HEYNE BÜCHER

SCIENCE FICTION

Herausgegeben
von Wolfgang Jeschke

Von James White erschien in der Reihe
HEYNE SCIENCE FICTION & FANTASY:

Die Föderation · 06/4826

Der ORBIT HOSPITAL-Zyklus:

1. *Hospital Station* · 06/4974
2. *Star Chirurg* · 06/4975
3. *Großoperation* · 06/4976
4. *Ambulanzschiff* · 06/4977 (in Vorb.)
5. *Sector General* · 06/4978 (in Vorb.)
6. *Notfall Code Blau* · 06/4979 (in Vorb.)
7. *Der Wunderheiler* · 06/4980 (in Vorb.)
8. *Radikaloperation* · 06/4981 (in Vorb.)

JAMES WHITE

Hospital Station

Erster Roman des Zyklus
ORBIT HOSPITAL

Ungekürzte Neuausgabe

Aus dem Englischen übersetzt von
KALLA WEFEL

WILHELM HEYNE VERLAG
MÜNCHEN

HEYNE SCIENCE FICTION & FANTASY
Band 06/4974

Titel der englischen Originalausgabe
HOSPITAL STATION
Deutsche Übersetzung von Kalla Wefel
Das Panoramabild zu dem gesamten Zyklus
malten Boros Zoltán und Szikszai Gábor

2. Auflage

Redaktion: Wolfgang Jeschke

Printed in Germany 1994
Umschlaggestaltung: Atelier Ingrid Schütz, München
Technische Betreuung: Manfred Spinola
Satz: Schaber Satz- und Datentechnik, Wels
Druck und Bindung: Elsnerdruck, Berlin

ISBN 3-453-06219-1

Inhalt

Bob Shaw
in Dankbarkeit gewidmet

Erster Teil

Der Mediziner

I

Der Alien, der O'Maras Schlafkabine in Beschlag genommen hatte, wog ungefähr eine halbe Tonne, hatte sechs kurze, dicke Gliedmaßen, die gleichermaßen als Arme und Beine dienten, und eine Haut wie eine biegsame Panzerplatte. Da er von Hudlar stammte, einer Vier-Ge-Welt*, auf der ein durchschnittlich fast siebenmal so starker atmosphärischer Druck wie auf der Erde herrschte, war ein solch robuster Körperbau zu erwarten. Doch wie O'Mara wußte, war das Wesen trotz seiner kräftigen Gestalt auf Hilfe angewiesen, denn es hatte im Alter von kaum sechs Monaten miterleben müssen, wie seine Eltern vor kurzem bei einem Montageunfall ums Leben gekommen waren. Und der Verstand des extraterrestrischen Babys war bereits so weit entwickelt, daß es durch dieses traumatische Erlebnis einen schweren Schock erlitten hatte.

»Ich ha-ha-hab den Kleinen hierhergebracht«, sagte Waring, einer der Traktorstrahlentechniker dieser Sektion. Er verabscheute O'Mara, und das aus gutem Grund, versuchte aber, seine Schadenfreude zu unterdrücken. »Ca-Ca-Caxton schickt mich. Er sagt, Sie seien wegen Ihres Beins für den normalen Dienst nicht einsatzfähig, und Sie sollen sich deshalb um den Kleinen kümmern, bis jemand von seinem Heimatplaneten eintrifft. Ca-Ca-Caxton kommt auch gleich rü-rü-rüber ...«

Waring verstummte und überprüfte die Verschlüsse seines Raumanzugs; offensichtlich hatte er es eilig hinauszukommen, noch bevor O'Mara etwas zu dem Unfall sagen konnte, und er schloß rasch: »Ich hab für den Kleinen auch etwas zum Essen mitgebracht. Es steht in der Luftschleuse.«

---

* Ge = Gravity earth: Erdbeschleunigung, Erdgravitation; G gilt als Abkürzung für Gravitation allgemein.

O'Mara nickte, sagte aber nichts. Er war ein junger Mann, mit einer Statur, die ihn befähigte, aus jeder Schlägerei als Sieger hervorzugehen, und in letzter Zeit hatte es eine Menge davon gegeben. Sein grob geschnittener Vierkantschädel entsprach in vielerlei Hinsicht seinem muskelbepackten Körper — im wahrsten Sinne des Wortes ein Mann mit Ecken und Kanten. Ihm war klar, daß Waring glauben müßte, er spiele nur Theater, wenn er jetzt zeigen würde, wie sehr ihm dieser Unfall an die Nieren gegangen war, denn er hatte schon frühzeitig entdecken müssen, daß von Männern seiner Konstitution keine emotionalen Regungen erwartet wurden.

Kaum war Waring verschwunden, begab sich O'Mara in die Luftschleuse, um die modifizierte Spritzpistole zu holen, mit der Hudlarer außerhalb ihres Heimatplaneten gefüttert wurden. Während er das Gerät und die dazugehörigen Essensbehälter überprüfte, versuchte er, sich die Geschichte zurechtzulegen, die er dem Sektionsleiter Caxton bei dessen Eintreffen würde auftischen müssen. In Gedanken versunken starrte er durch die Sichtluke der Luftschleuse auf die Einzelteile des gigantischen Puzzles, die sich draußen auf über hundert Kubikkilometern des Raums verteilten. Er versuchte nachzudenken, aber seine Gedanken wichen immer wieder vom Unfall ab und wurden auf Ereignisse gelenkt, die sowohl in der fernen Vergangenheit als auch in der nahen Zukunft lagen.

Die gewaltige Konstruktion, die allmählich im galaktischen Sektor zwölf Gestalt annahm und auf halber Strecke zwischen der Milchstraße und den dichtbevölkerten Sternsystemen der Großen Magellanschen Wolke lag, sollte ein Hospital werden — ein Hospital, wie es die Galaxis noch nicht gesehen hatte. Hunderte verschiedener Umweltbedingungen sollten hier genau simuliert werden können, was die Reproduktion von jedem erforderlichen Extrem an Hitze, Kälte, Druck,

Schwerkraft, Strahlung oder Atmosphäre einschloß, das für den Patienten oder dessen Pflegepersonal erforderlich sein würde. Solch eine gewaltige und komplexe Konstruktion überstieg bei weitem die Mittel eines einzelnen Planeten, und deshalb hatten Hunderte von Welten jeweils einzelne Sektionen vorgefertigt und zum Montageplatz transportiert.

Aber dieses Puzzle zusammenzusetzen, war alles andere als leicht.

Zwar besaß jede der betreffenden Welten einen detaillierten Gesamtplan, aber trotzdem traten immer wieder Irrtümer auf — wahrscheinlich, weil die Pläne in so viele verschiedene Sprachen und Maßsysteme übersetzt werden mußten. Sektionen, die glatt zusammenpassen hätten sollen, mußten häufig modifiziert werden, damit sie miteinander richtig verbunden werden konnten. Dies wiederum machte es erforderlich, daß die Sektionen mehrere Male mit massierten Traktor- und Pressorstrahlen zusammengeschoben und wieder getrennt werden mußten. Für die Traktor- und Pressorstrahlentechniker war dies eine äußerst heikle Angelegenheit, denn obwohl das Gewicht der Bauteile im Raum gleich Null war, so waren deren Masse und Trägheit doch gewaltig.

Und hatte irgend jemand das Pech, während eines solchen Ankopplungsvorgangs zwischen die Verbindungsstücke zweier Sektionen zu geraten, so wurde er — völlig unabhängig von der Widerstandsfähigkeit seiner Spezies — zur fast perfekten Verkörperung einer zweidimensionalen Gestalt.

Die Wesen, die umgekommen waren, gehörten einer äußerst widerstandsfähigen Spezies an, genau gesagt, wurden sie physiologisch als FROB eingestuft. Erwachsene Hudlarer wogen ungefähr zwei Erdtonnen, hatten eine unglaublich harte, aber flexible Körperdecke, die sie einerseits vor dem Druck auf ihrem Heimatplaneten schützte und ihnen andererseits gestattete, in jeder beliebigen Atmosphäre mit geringerem Luftdruck bis hinab zum luftleeren Raum des Alls fast uneingeschränkt arbeiten zu können. Zudem besaßen sie eine der höchsten Strahlungstoleranzen, wodurch sie insbesondere bei der Montage von Kernreaktoren von unschätzbarem Wert waren.

Der Verlust zweier so wertvoller Kräfte seiner Sektion hätte Caxton ganz unabhängig von anderen Erwägungen sowieso in Rage gebracht. O'Mara seufzte schwer; er hatte das Gefühl, seine innere Anspannung bedurfte dringend positiver Befreiung, und fluchte schließlich laut vor sich hin. Dann nahm er den Fütterungsapparat und begab sich in die Schlafkabine zurück.

Normalerweise nahmen Hudlarer die Nahrung aus der dichten, waschküchenartigen Atmosphäre ihres Planeten direkt durch die Haut auf, aber auf einer anderen Welt oder im All mußte auf die Flüssigkeit absorbierende Körperdecke in bestimmten Zeitabständen ein konzentriertes Nahrungspräparat gespritzt werden. Auf der Haut des jungen Extraterrestriers waren große freie Flecken zu sehen, und an einigen Stellen war die alte Nahrungsschicht bereits hauchdünn geworden. O'Mara schloß daraus, daß das junge Geschöpf dringend gefüttert werden mußte, und begann es zu besprühen, wobei er den geringstmöglichen Sicherheitsabstand einhielt.

Die Methode, so mit Nahrung besprüht zu werden, schien für den jungen FROB angenehm zu sein. Er hörte auf, in der Ecke zu kauern, und begann aufgeregt in der kleinen Schlafkabine hin und her zu tappen. Für O'Mara ging es jetzt darum, ein sich rasch bewegendes Objekt zu treffen, während er gleichzeitig gewaltige Ausweichmanöver vornehmen mußte. Sein verletztes Bein schmerzte dadurch mehr als je zuvor, und selbst das Mobiliar wurde in Mitleidenschaft gezogen.

Als Caxton eintraf, war nicht nur der junge, mittlerweile wieder friedfertige Alien mit dem klebrigen, scharf riechenden Nahrungspräparat überzogen, sondern auch praktisch sämtliche Oberflächen der Kabine.

»Was geht hier eigentlich vor?« fragte der Sektionsleiter empört.

Weltraumkonstrukteure waren im allgemeinen unkomplizierte Charaktere mit relativ schlichtem Gemüt, deren Reaktionen leicht vorherzusagen waren. Caxton war einer von denen, die andauernd fragten: »Was geht hier eigentlich vor?« — auch wenn er, wie jetzt, genau wußte, was vorging — am liebsten aber dann, wenn solche sinnlosen Fragen allein dazu dienen konnten, jemand anderen zu piesacken. Unter normalen Umständen mochte der Sektionsleiter durchaus ein ganz sympathischer Mensch sein, wie O'Mara meinte, aber bis zum heutigen Tag hatte sich zwischen ihm und Caxton noch kein normales Verhältnis entwickeln können.

Ohne seine Wut zu zeigen, beantwortete O'Mara die Frage und fügte hinzu: »Nach dem, was hier passiert ist, werde ich den Kleinen lieber im All aufbewahren und ihn dort auch füttern ...«

»Das werden Sie nicht tun!« fauchte Caxton ihn an. »Sie werden ihn hierbehalten, und zwar die ganze Zeit. Aber darüber reden wir später. Jetzt will ich erst einmal wissen, wie es denn Ihrer Ansicht nach zu diesem Unfall kommen konnte.«

Caxtons Gesichtsausdruck verriet, daß er O'Mara zwar zuhören wollte, aber bereits im voraus jedes Wort anzweifelte, das dieser von sich geben würde.

»Ehe Sie weitererzählen«, unterbrach ihn Caxton, nachdem O'Mara gerade zwei Sätze beendet hatte, »will ich Sie daran erinnern, daß das gesamte Projekt in den Zuständigkeitsbereich des Monitorkorps fällt. Gewöhnlich läßt uns das Korps auftretende Schwierigkeiten nach unserer eigenen Fasson regeln, aber in diesem Fall geht es um Extraterrestrier, und deshalb wird das Korps mit eingeschaltet werden wollen. Also wird es eine Untersuchung geben.« Er klopfte auf das kleine flache Kästchen, das vor seiner Brust hing und schloß: »Fairerweise will ich Sie darauf hinweisen, daß ich alles, was Sie sagen, aufnehmen werde.«

O'Mara nickte und mit leiser, ausdrucksloser Stimme trug er seine Darstellung des Unfalls vor. Wie er wußte, war es eine sehr schwache Geschichte, die noch konstruierter klang, sobald er irgendwelche Nebenhandlungen hervorhob, die zu seinen Gunsten sprachen.

Etliche Male setzte Caxton zum Sprechen an, besann sich aber eines Besseren. Schließlich sagte er: »Ist denn irgend jemand Augenzeuge Ihrer Aktionen gewesen? Oder hat jemand beobachtet, wie sich die beiden ETs in die Gefahrenzone begeben haben, während die Warnleuchten blinkten? Sie haben sich da eine hübsche, kleine Geschichte zurechtgelegt, um dieses wahnwitzige Verhalten der Hudlarer zu erklären — was Sie ganz nebenbei zu einem Helden macht —, aber genausogut könnte es sein, daß Sie die Lampen erst *nach* dem Unfall eingeschaltet haben. In dem Fall wäre also Ihre Fahrlässigkeit in bezug auf die Warnleuchten die Unfallursache gewesen und die ganze Geschichte von dem herumstrolchenden Alienbaby nichts als eine Lüge, um sich den schwerwiegenden Anschuldigungen zu entziehen und ...«

»Waring hat mich gesehen«, unterbrach ihn O'Mara gelassen.

Caxton starrte ihn durchdringend an, und sein anfangs von unterdrücktem Zorn geprägter Gesichtsausdruck verriet nun Ekel und unverhohlene Verachtung. O'Mara spürte, wie er unwillkürlich rot anlief.

»Ach, Waring also, ja?« hakte der Sektionsleiter mit ausdrucksloser Stimme nach. »Wirklich, ein toller Einfall! Sie wissen genauso wie wir alle, daß Sie Waring andauernd schikaniert und gepiesackt haben, und so, wie Sie sich permanent über seine Unfähigkeit ausgelassen haben, muß er Sie einfach wie Gift verabscheuen. Selbst wenn er Sie gesehen haben sollte, müßte das Gericht davon ausgehen, daß er es nicht zugeben würde. Wenn er Sie aber nicht gesehen hat, würde man trotzdem annehmen, daß er Sie sehr wohl gesehen hat, dies aber für sich behält. Sie kotzen mich an, O'Mara!«

Caxton drehte sich rasch um und stapfte auf die Luftschleuse zu. Als er bereits mit einem Fuß die Einstiegsluke betreten hatte, wandte er sich noch einmal um.

»Sie sind nichts weiter als ein notorischer Querulant, O'Mara«, sagte er wütend. »Ein griesgrämiger, streitsüchtiger Haufen aus Knochen und Fleisch mit gerade ausreichend Verstand, sich möglichst unentbehrlich zu machen. Wahrscheinlich glauben Sie sogar, Sie haben es Ihrer technischen Begabung zu verdanken, dieses Quartier für sich allein zugeteilt bekommen zu haben. Das ist aber nicht der Fall — Sie sind zwar gut, aber so gut auch wieder nicht! Die Wahrheit ist, daß niemand aus meinem Abschnitt mit Ihnen gemeinsam untergebracht werden möchte ...«

Der Sektionsleiter fuhr mit der Hand zum Schalter des Aufnahmegeräts, und seine abschließenden Worte klangen wie eine ernsthafte Drohung.

»... und sollten Sie diesem Kleinen hier irgendwelchen Schaden zufügen, O'Mara, oder sollte ihm überhaupt irgend etwas zustoßen, dann sorge ich dafür, daß das Monitorkorps nicht einmal mehr die Möglichkeit haben wird, Sie vor Gericht zu stellen!«

Als O'Mara vor sechs Monaten bei diesem Projekt angefangen hatte, erkannte er schnell, daß er wieder einmal zur Verrichtung einer Arbeit verdammt worden war, die zwar an sich wichtig war, ihn aber in keiner Weise befriedigte und weit unter seinen Fähigkeiten lag. Nach seinem Studium hatte er eine Aneinanderreihung solcher Enttäuschungen erleben müssen: Sämtliche Personalchefs wollten einfach nicht glauben, wie ein junger Mann mit einem solch häßlichen Quadratschädel und derart breiten Schultern, daß sein Kopf im Verhältnis dazu lächerlich klein wirkte, an so verzwickten Studienfächern wie Psychologie und Elektronik Gefallen gefunden haben konnte. Schließlich war er in den Weltraum gegangen, weil er hoffte, dort würde alles anders sein, um sich letztendlich doch eines Besseren belehren lassen zu müssen. Trotz seines steten Bemühens, während der Einstellungsgespräche durch sein beträchtliches Wissen Eindruck zu schinden, waren die Leute von seiner Muskelkraft zu sehr beeindruckt, um ihm wirklich zuzuhören. Deshalb waren seine Bewerbungen stets mit dem Stempel »Tauglich für langwierige, schwere körperliche Arbeit« versehen worden.

Als er bei diesem Projekt angefangen hatte, wollte er aus dem, was wieder einmal ein langweiliger und frustrierender Job zu werden versprach, das Beste machen — und entschied sich dafür, sich einfach unbeliebt zu machen. Die Folge war, daß sein Leben seither alles andere als langweilig verlaufen war. Aber in diesem Augenblick wünschte er sich inständig, er hätte mit seinen Unausstehlichkeitsbemühungen weniger Erfolg gehabt.

Was er jetzt am meisten brauchte, waren Freunde, aber er hatte nicht einmal einen einzigen.

Durch den Geruch des scharfen, alles durchdringenden hudlarischen Nahrungspräparats wurden seine Gedanken wieder von der trostlosen Vergangenheit auf die noch weniger erquickliche Gegenwart gelenkt. Etwas mußte unternommen werden, und zwar sofort. Er stieg rasch in den hauchdünnen Raumanzug und ging durch die Schleuse.

II

Seine Unterkunft befand sich in einem kleinen Unterabschnitt, der eines Tages die Sektion des Hospitals mit geringer Schwerkraft, die sogenannte MSVK-Abteilung, beherbergen sollte, und zwar samt Operationssaal und der chirurgischen Station mit den direkt anschließenden Versorgungsräumen. Zwei kleine Räume mit einem Verbindungsgang waren mit den notwendigen Druck- und Schwerkraftverhältnissen auf O'Maras Bedürfnisse angepaßt worden, den Rest der Konstruktion hatte man im luftleeren und somit schwerelosen Zustand belassen. O'Mara schwebte durch kurze, unfertige Gänge und Korridore, die in den freien Raum endeten, und blickte in die kahlen, rechteckigen Kabinen, an denen er vorbeiglitt. Überall zogen sich Installationsleitungen entlang und in jeder freien Ecke standen halb zusammengebaute Geräte, deren Verwendungszweck man unmöglich erahnen konnte, wenn man keinen MSVK-Lehrgang absolviert hatte. Aber sämtliche Kabinen, die er inspizierte, waren entweder zu klein, um den Alien aufzunehmen, oder waren in einer Richtung offen zum All. O'Mara murmelte einen leisen, aber um so befreienderen Fluch vor sich hin, stieß sich zu einer der zerklüfteten Grenzen seiner winzigen Domäne ab und starrte trotzig in sämtliche Richtungen.

Über und unter ihm und zu allen Seiten schwebten bis zu einer Entfernung von fünfzehn Kilometern Teile des Hospitals, die man nicht hätte sehen können, wären nicht die hellen blauen Warnleuchten gewesen, die man eigens für den Schiffsverkehr in dieser Region überall angebracht hatte. O'Mara hatte fast das Gefühl, als befände er sich im Zentrum eines dichten, kugelförmigen Sternhaufens; eigentlich eine angenehme Vorstellung, wenn man die entsprechende Genießerlaune dazu hatte. Ihm war aber nicht danach zumute, denn auf fast sämtlichen dieser schwebenden Unterabschnitte hielten Pressorstrahlentechniker Wache, die dort stationiert waren, um eventuell drohende Kollisionen von Sektionen abzuwenden. Und selbst wenn er lediglich vorgehabt hätte, das Alienbaby nur zum Füttern nach draußen zu bringen, würden es diese Männer mitbekommen und Caxton sofort davon berichten.

Anscheinend waren Nasenpfropfen die einzige Lösung, dachte er angewidert, während er sich auf den Rückweg machte.

In der Schleuse wurde er von einem Lärm empfangen, der an das blecherne Geräusch eines Nebelhorns erinnerte. Das Alienbaby stieß immer wieder langanhaltende, disharmonische Laute aus, und zwar in solch geringen Abständen, daß ihm dazwischen gerade noch Zeit genug blieb, sich vor dem nächsten Auftreten des Geräusches zu fürchten. Nach eingehender Untersuchung konnte er durch die letzte Nahrungsschicht hindurch freie Hautstellen entdecken, und da sein kleiner Liebling offensichtlich wieder hungrig war, holte er die Spritzpistole.

Als etwa drei Quadratmeter bedeckt waren, gab es eine Unterbrechung — Dr. Pelling war gekommen.

Der Projektarzt nahm nur Helm und Handschuhe ab, spannte die steif gewordenen Finger an und murrte: »Mir wurde gesagt, Sie haben sich am Bein verletzt. Lassen Sie mich mal einen Blick darauf werfen.«

Pelling hätte O'Maras verletztes Bein nicht behutsamer untersuchen können, aber offensichtlich handelte er allein aus Pflichtgefühl und nicht aus Freundschaft. Entsprechend zurückhaltend klang seine Stimme, als er sagte: »Schwere Prellungen und einige Muskelfasern sind gerissen, das ist alles. Sie hatten Glück. Sie müssen das Bein möglichst ruhigstellen. Ich gebe Ihnen etwas zum Einreiben. Ist bei Ihnen neu gestrichen worden?«

»Wie bitte …?« setzte O'Mara an, dann sah er, wohin der Arzt blickte. »Ach, das ist nur ein Nahrungspräparat. Dieser kleine Bursche hier wollte einfach nicht stillsitzen, während ich ihn besprüht hab. Aber da wir gerade von dem Kleinen sprechen, können Sie mir vielleicht sagen, wie ich ...«

»Nein, das kann ich nicht«, unterbrach Pelling ihn. »Mein Kopf ist mit den Leiden meiner eigenen Spezies und den Anwendungen artbezogener Gegenmittel bereits überbelastet, und für FROB-Physiologiekurse ist da kein Platz mehr. Außerdem sind diese Hudlarer ausgesprochen widerstandsfähig — die sind doch fast gegen alles immun!« Er schnupperte deutlich vernehmbar und schnitt eine Grimasse. »Warum bringen Sie den Kleinen nicht einfach irgendwo draußen unter?«

»Gewisse Leute haben nun einmal ein zu weiches Herz«. antwortete O'Mara leicht verbittert. »Die empfinden es schon als entsetzliche Grausamkeit, wenn man ein Kätzchen am Genick ergreift ...«

»Mhm ... wohl wahr, aber das ist Ihr Problem«, sagte der Arzt, wobei er fast mitfühlend wirkte. »In ein paar Wochen sehen wir uns wieder.«

»Warten Sie!« rief O'Mara eindringlich und humpelte Pelling aufgeregt hinterher, wobei das leere Hosenbein flatterte. »Was ist, wenn etwas passiert? Es muß doch Anleitungen geben, wie man diese Biester pflegt und füttert. Simple Anleitungen. Sie können mich hier doch nicht einfach zurücklassen, ohne ... ohne ...«

»Ich weiß, was Sie meinen«, entgegnete Pelling. Einen Augenblick lang wirkte er nachdenklich, dann fuhr er fort: »Ich hab bei mir irgendwo ein Buch herumliegen, eine Art Leitfaden für die Anwendung Erster Hilfe bei Hudlarern. Aber es ist in Universal gedruckt und ...«

»Ich kann Universal lesen«, unterbrach ihn O'Mara.

Pelling sah ihn überrascht an. »Kluges Kerlchen! Also gut, ich werde es Ihnen zukommen lassen.« Er nickte kurz und verschwand.

O'Mara schloß die Kabinentür des Schlafraums, in der Hoffnung, dadurch den penetranten Geruch verringern zu können. Dann ließ er sich auf der Couch in der Wohnkabine nieder, weil er meinte, eine Ruhepause mehr als verdient zu haben. Er legte das verletzte Bein so, daß der Schmerz fast wohltat, und versuchte sich selbst davon zu überzeugen, seine Lage einfach zu akzeptieren. Aber mehr als eine rein philosophische Gelassenheit kam dabei nicht heraus, denn innerlich kochte er vor Wut.

Andererseits war er derart erschöpft, daß ihm selbst die Anstrengung, sich zu ärgern, zu groß wurde. Seine Augenlider wurden ihm schwer, und ein Gefühl angenehmer Trägheit breitete sich, von Händen und Füßen ausgehend, über seinen ganzen Körper aus. Er seufzte, räkelte sich und machte sich zum Schlafen bereit.

Das Geräusch, das ihn von der Couch hochschnellen ließ, war von der durchdringenden, respekteinflößenden Eindringlichkeit sämtlicher existierender Signalhörner der Galaxis und von einer solchen Lautstärke, daß die Tür zur Schlafkabine aus den Laufschienen zu springen drohte. Instinktiv griff O'Mara nach seinem Raumanzug, ließ ihn aber wieder fluchend fallen, als ihm bewußt wurde, was vorging, dann holte er die Spritzpistole.

Junior hatte wieder mal Hunger ...!

Während der folgenden achtzehn Stunden wurde O'Mara immer klarer, was er eigentlich wirklich von hudlarischen Kleinkindern wußte. Zwar hatte er sich mit Hilfe des Translators oft mit den Eltern unterhalten, wobei das Baby häufig das Gesprächsthema gewesen war, aber irgendwie waren die wirklich wichtigen Dinge nie zur Sprache gekommen — Schlaf zum Beispiel.

Nach all seinen aktuellen Beobachtungen und früheren Erfahrungen mit FROBs, schlief deren Nachwuchs anscheinend nie. Während der viel zu kurzen Intervalle zwischen den Fütterungen, tollten die Babies statt dessen in Schlafzimmern herum und zertrümmerten sämtliches Mobiliar, das nicht niet- und nagelfest war — metallene Gegenstände verbogen sie bis zur Unkenntlichkeit und absoluten Unverwendbarkeit — oder sie kauerten sich in eine Ecke und machten Knoten in ihre Tentakel. Wahrscheinlich würde dieser Anblick eines Babys, das praktisch nur mit seinen Fingern spielte, bei einem erwachsenen Hudlarer helles Entzücken hervorrufen, aber O'Mara hatte die Nase ganz einfach gestrichen voll davon.

Und fast auf die Minute genau mußte er die Nervensäge alle zwei Stunden füttern. Wenn er Glück hatte, blieb das Junge ruhig liegen, aber meisten mußte er ihm mit der Spritzpistole hinterherjagen. Normalerweise waren FROBs in diesem Alter noch zu schwach, um herumzutollen — aber das galt nur unter den extremen Schwerkraftbedingungen auf Hudlar. Hier, wo für ihn nicht einmal ein Viertel der gewohnten Schwerkraft herrschte, konnte der kleine Hudlarer nach Lust und Laune herumtollen, was ihm offensichtlich Vergnügen bereitete.

Ganz im Gegensatz zu O'Mara: Er hatte das Gefühl, sein Körper wäre ein dicker, feuchter Schwamm, der vor Erschöpfung triefte. Nach jeder Fütterung ließ er sich auf die Couch fallen und versank jedesmal fast in Ohnmacht. Er war derart ausgelaugt, daß er fest davon überzeugt war, das nächste Hungertröten der Nervensäge garantiert zu überhören, weil er zu tief schlafen würde. Aber kaum war er eingenickt, riß ihn dieses disharmonisch blökende Nebelhorn aus dem Schlaf und ließ ihn wie eine angetrunkene Marionettenpuppe mechanisch jenen Bewegungsablauf nachvollziehen, der dem irrsinnigen Getöse schließlich ein Ende bereitete.

Nach fast dreißig Stunden wußte O'Mara, daß er es nicht mehr lange ertragen könnte. Ob man ihm den Sprößling nun in zwei Tagen oder zwei Monaten abnahm, es käme, was ihn betraf, aufs gleiche hinaus: er würde bis dahin ein Fall für die geschlossene Anstalt sein — falls er nicht zuvor in einem schwachen Moment auf die Idee käme, einen ausgiebigen Spaziergang durchs All zu unternehmen, allerdings ohne Raumanzug.

Zwar wußte er, daß Pelling ihm niemals gestattet hätte, eine solche Strapaze auf sich zu nehmen, aber was die Lebensform der FROBs betraf, war der Arzt ein absoluter Laie. Und Caxton, der diesbezüglich nur etwas beschlagener war, gehörte jenem schlichten, direkten Menschenschlag an, der an solch brutalen Streichen seine helle Freude hatte, besonders dann, wenn er meinte, das Opfer verdiene seine Strafe.

Aber angenommen, der Sektionsleiter war gar nicht so ein schlichtes Gemüt, wie O'Mara vermutete? Angenommen, er wußte genau, wozu er ihn verurteilt hatte, als er ihm den kleinen Hudlarer in Pflege gab? O'Mara fluchte vor sich hin, aber da er die letzten zehn, zwölf Stunden nichts anderes getan hatte, als permanent Verwünschungen auszustoßen, war sein Repertoire an Kraftausdrücken allmählich erschöpft und hatte somit als emotionales Ablaßventil ausgedient. Er schüttelte wütend den Kopf und versuchte vergebens, wieder klare Gedanken zu fassen.

Caxton sollte jedenfalls nicht ungeschoren davonkommen.

O'Mara wußte von sich, daß er der Mann mit der größten Kondition beim ganzen Projekt war und beachtliche Kraftreserven haben mußte. All diese körperliche Erschöpfung und die nervösen Zuckungen waren nichts als Einbildung, redete er sich mit Nachdruck ein, und zwei Tage, in denen er praktisch nicht geschlafen hatte, bedeuteten für seine enorme körperliche Konstitution gar nichts — auch nicht nach dem Schock, den er während des Unfalls erlitten hatte. Außerdem, schlimmer als jetzt konnte die gegenwärtige Situation mit dem kleinen Alien sowieso nicht mehr werden, also konnte sie sich nur noch verbessern. Er wollte sich nicht geschlagen geben. Caxton würde es nicht gelingen, ihn zum Wahnsinn zu treiben, nicht einmal dazu, ihn um Hilfe zu bitten.

Das hier war eine Herausforderung, entschied er mit überdrüssiger Entschlossenheit. Bis zum heutigen Zeitpunkt hatte er sich immer wieder darüber beklagt, daß seine Fähigkeiten noch nie voll ausgeschöpft worden waren. Nun, hierbei handelte es endlich um ein Problem, das sowohl sein physisches als auch psychisches Durchhaltevermögen bis an die Grenzen der Belastbarkeit beanspruchen würde. Ihm war ein junger Alien in Obhut gegeben worden, und er wollte sich unter allen Umständen um ihn kümmern, sei es nun für zwei Wochen oder gar für zwei Monate. Obendrein wollte er sich darum bemühen, daß ihm der Allgemeinzustand des kleinen Hudlarers zur Ehre gereichen würde, sobald dessen Pflegeeltern eintrafen …

Nach der achtundvierzigsten Stunde in Gesellschaft mit dem jungen FROB und der siebenundfünfzigsten ohne festen Schlaf schienen O'Mara solche unlogischen und gefühlsduseligen Gedanken keineswegs fremd.

Doch plötzlich trat bei dem, was er mittlerweile als den unabänderlichen Lauf des Schicksals anerkannt hatte, eine Veränderung ein: Nach dem üblichen Hungertröten und der darauffolgenden Fütterung weigerte sich der kleine FROB, Ruhe zu geben.

Zunächst reagierte O'Mara überrascht und gekränkt zugleich — das war gegen die *Spielregeln!* Wenn eine Nervensäge kreischte, fütterte man sie, damit sie aufhörte zu kreischen — wenigstens für eine Weile. Das hier aber war so unfair, daß ihm vor lauter panischer Ratlosigkeit zunächst keine geeigneten Gegenmaßnahmen einfielen.

Es entwickelte sich eine Lärmorgie in verschiedenen

Variationen. Langanhaltende, disharmonische Blasgeräusche prasselten auf ihn ein, wobei sich Tonhöhe und Lautstärke auf völlig irrsinnige und willkürliche Art und Weise veränderten, und hin und wieder folgte ein knirschendes Stakkato, als hätten sich Glassplitter und Heftzwecken in die Luftröhre verirrt. Es gab auch zwei bis dreißig Sekunden lange Intervalle der völligen Stille, während derer O'Mara bereits mit Schaudern dem nächsten Lärmausbruch entgegensah. All das hielt er so lange aus, wie er es ertragen konnte — etwa zehn Minuten —, dann schleppte er seinen bleiernen Körper wieder von der Couch zur vermeintlichen Schlafkabine.

»Verdammt noch mal! Was ist eigentlich los mit dir?« brüllte O'Mara gegen den Lärm an. Der FROB war von oben bis unten mit dem Nahrungspräparat bedeckt, Hunger konnte er folglich nicht haben.

Als der kleine Alien ihn jetzt gesehen hatte, nahmen die Lautstärke und die Eindringlichkeit seiner Schreie noch zu. Die äußere, blasebalgartige Muskelklappe auf dem Rücken des süßen Kleinen — die allein zur Geräuscherzeugung diente, da die FROBs keine Sauerstoffatmer waren — schwoll rasch an und ab. O'Mara preßte sich die Hände gegen die Ohren, was ihm allerdings kaum Erleichterung verschaffte, und brüllte: *»Jetzt halt endlich das Maul!«*

Ihm war klar, daß sich der erst kürzlich zum Waisen gewordene Hudlarer noch immer verwirrt und ängstlich fühlen mußte und der bloße Fütterungsvorgang unmöglich all seine emotionalen Bedürfnisse befriedigen konnte — all das wußte O'Mara, und er empfand tiefes Mitleid mit dem Wesen. Aber dieses Mitgefühl regte sich bei ihm in einem gelassen, gesund und rational denkenden Abschnitt seines Gehirns, abgeschottet von all dem Schmerz und der Müdigkeit und den schrecklichen Geräuschattacken, denen sein geschundener Körper gegenwärtig hilflos ausgesetzt war. Er war in dieser Frage wirklich gespalten — während die eine Seite den Grund für diesen Lärm verstand und damit umzugehen wußte, reagierte die andere, rein körperliche Seite instinktiv und boshaft darauf und wollte den Radau mit aller Macht unterbinden.

»*Halt's Maul!* Halt endlich dein verfluchtes Maul!« schrie O'Mara, wobei er begann, mit Fäusten und Füßen wild auf den Kleinen einzuschlagen.

Erstaunlicherweise hörte der Hudlarer nach etwa zehn Minuten zu schreien auf.

Am ganzen Körper zitternd kehrte O'Mara zur Couch zurück. Während dieser zehn Minuten war er von einem unkontrollierbaren, fast mörderischen Zorn erfaßt worden. Er hatte brutal um sich geschlagen und getreten, bis ihn die Schmerzen an den Händen und dem verletzten Bein dazu zwangen, diese Körperglieder lieber nicht mehr einzusetzen. Aber wild um sich tretend und Beschimpfungen ausstoßend, hatte er die ihm noch verbliebenen Waffen eingesetzt — sein gesundes Bein und seine große Klappe. Die schiere Boshaftigkeit dessen, was er gerade getan hatte, schockierte ihn jetzt, und er ekelte sich vor sich selbst.

Es nützte auch nichts, sich einzureden, daß der Hudlarer ein zäher Bursche war und die Schläge möglicherweise nicht einmal gespürt hatte; jedenfalls hatte das Junge aufgehört zu schreien, und er mußte sich ihm irgendwie verständlich gemacht haben. Zugegebenermaßen waren Hudlarer stark und kräftig, aber hier handelte es sich um ein Baby, und Babies haben nun einmal empfindliche Stellen. Menschliche Babies haben zum Beispiel direkt oben auf dem Kopf eine sehr weiche Stelle ...

Als O'Mara völlig erschöpft in den Schlaf fiel, war sein letzter, einigermaßen zusammenhängender Gedanke, daß er der mieseste und niederträchtigste Scheißkerl war, der jemals das Licht dieser Welt erblickt hatte.

Sechzehn Stunden später wachte er auf. Es war ein langsamer, natürlicher Prozeß, der ihn allerdings kaum über die Schwelle der Bewußtlosigkeit ins Diesseits beförderte. Kurz wunderte er sich darüber, daß der kleine Alien nicht für sein Aufwachen verantwortlich gewesen war, dann sank er wieder in tiefen Schlaf. Das nächstemal wachte er fünf Stunden später von dem Geräusch auf, das Waring beim Öffnen der Luftschleuse verursachte.

»Doktor Pe-Pe-Pelling hat mich gebeten, Ihnen das hier zu bringen«, sagte er und warf O'Mara ein kleines Buch auf die Couch. »Und damit will ich Ihnen keinen Ge-Ge-Gefallen tun, verstanden? Ich ma-ma-mache das nur, weil er ge-ge-gesagt hat, es sei zum Wohle des kleinen Hudlarers, Wie ge-ge-geht es ihm überhaupt?«

»Er schläft«, murmelte O'Mara.

Waring feuchtete sich die Lippen an. »Ich soll nach ihm se-se-sehen, hat Ca-Ca-Caxton gesagt.«

»Ty-ty-typisch Ca-Ca-Caxton«, äffte O'Mara ihn nach.

Er beobachtete Waring stumm, während dessen Gesicht immer röter wurde. Waring war ein hagerer junger Mann, zartbesaitet, nicht sehr kräftig, aber durchaus aus dem Stoff, aus dem Helden gemacht werden.

Nach O'Maras Ankunft jedenfalls hatte man ihn umgehend mit den Heldentaten dieses Traktorstrahlentechnikers überschüttet. So hatte es beim Probelauf eines Kernreaktors einen Zwischenfall gegeben, wobei Waring in einem Abschnitt festgesessen hatte, der nicht ausreichend gegen Strahlung abgeschirmt gewesen war. Aber er hatte damals einen klaren Kopf behalten und es geschafft, nach Instruktionen, die ihm von draußen durch einen Ingenieur per Funk vermittelt worden waren, eine langsame Atomexplosion abzuwenden, die sonst sämtlichen Mitarbeitern in seiner Sektion das Leben gekostet hätte. Dabei soll ihm die ganze Zeit durchaus bewußt gewesen sein, daß die Strahlendosis, der er ausgesetzt gewesen war, ausgereicht hätte, ihn in wenigen Stunden zu töten.

Aber die Abschirmung hatte sich als wirksamer erwiesen, als man erwartet hatte, und Waring war am Leben geblieben. Dennoch hatte der Unfall seine Spuren bei ihm hinterlassen, wie man O'Mara erzählte. Seither hatte er Blackouts, stotterte, und sein Nervensystem war in Mitleidenschaft gezogen worden. Außerdem, so sagte man, gäbe es noch andere Dinge, die O'Mara schon selbst feststellen würde und die er auf keinen Fall beachten sollte. Schließlich habe Waring ihrer aller Leben gerettet und verdiene deshalb, besonders behandelt zu werden. Deshalb ließ man ihn auch überall gewähren, egal, wo er auftauchte. Man ließ ihn sämtliche Prügeleien gewinnen, jeden Streit, jedes Spiel, jede Wette, und behandelte ihn stets so, als sei er in einen Kokon aus hochempfindlicher Verbandwatte gewickelt.

Und deshalb führte sich Waring heute unerträglich und affektiert wie ein verhätscheltes Muttersöhnchen auf.

O'Mara mußte grinsen, als er jetzt Warings weiß angelaufene Lippen und seine geballten Fäuste sah. Wenn er es irgendwie anstellen konnte, ließ er Waring bei jeder Gelegenheit den kürzeren ziehen. Als sich der Traktorstrahlentechniker zum erstenmal auf einen handgreiflichen Streit mit ihm eingelassen hatte, war das auch zugleich das letztemal gewesen. Zwar hatte O'Mara ihn dabei nicht verletzt, hatte aber genug Durchschlagskraft an den Tag gelegt, um ihm zu demonstrieren, daß es keine so gute Idee war, sich mit jemandem wie ihm anzulegen.

»Jetzt sehen Sie schon endlich nach«, sagte O'Mara schließlich gelangweilt. »Tun Sie, was Ca-Ca-Caxton Ihnen befohlen hat.«

Sie gingen gemeinsam hinein, warfen auf den schwach mit seinen Tentakeln zuckenden kleinen Hudlarer einen kurzen Blick und kamen wieder heraus. Waring stammelte, er müsse nun gehen, und steuerte bereits auf die Luftschleuse zu. Wie O'Mara wußte, stotterte Waring seit einiger Zeit eigentlich kaum noch, aber wahrscheinlich hatte er gerade Angst, die Geschichte mit dem Unfall könnte zur Sprache kommen.

»Einen Moment noch«, rief O'Mara ihm hinterher. »Mir geht das Nahrungspräparat aus, könnten Sie mir etwas davon holen und ...«

»Ho-ho-holen Sie es sich doch selbst!«

O'Mara starrte ihn so lange an, bis Waring beiseite sah, dann fuhr er leise fort: »Beides auf einmal kann ich nicht machen, auch nicht für Caxton. Da man sich um diesen Kleinen so gründlich kümmern muß, daß mir nicht einmal gestattet ist, ihn im luftleeren Raum zu füttern oder aufzubewahren, würde ich fahrlässig handeln, wenn ich ihn hier einige Stunden allein zurückließe, nur um Essen zu holen. Sicherlich sehen Sie das ein. Gott allein weiß, was dem Kleinen alles zustoßen könnte, wenn man ihn allein läßt. Man hat mich für das Wohlergehen dieses Sprößlings verantwortlich gemacht, und deshalb bestehe ich darauf, daß Sie ...«

»A-a-aber ich will ni-ni ...«

»Das heißt lediglich, daß Sie alle zwei, drei Tage etwa eine Stunde Ihrer Freizeit opfern müssen«, unterbrach O'Mara ihn scharf. »Und jetzt hören Sie endlich auf, hier herumzunörgeln. Und stottern Sie gefälligst nicht so. Sie sind alt genug, um anständig zu reden.«

Waring knirschte vor Wut mit den Zähnen. Er atmete tief ein und bebte am ganzen Körper. Dann stieß er die Luft durch die noch immer fest zusammengepreßten Kiefer aus, wobei das Geräusch an ein aufgebrochenes Luftschleusenventil erinnerte. Schließlich zischte er: »Das ... kostet ... mich ... meine ... nächsten beiden Pausen. Die FROB-Unterkünfte werden samt Lebensmittellager übermorgen an die Hauptsektion angeschlossen. Also müßte das Nahrungspräparat schon vorher geholt werden.«

»Sehen Sie, so einfach ist das, wenn man sich Mühe gibt«, sagte O'Mara grinsend. »Am Anfang haben Sie noch etwas gestammelt, aber ich hab jedes Wort verstanden. Sie machen das schon ganz prima. Ach, und noch etwas, wenn Sie die Essensbehälter vor der Luftschleuse stapeln, würden Sie bitte darauf achten, leise zu sein, damit unser Kleiner nicht aufwacht?«

Die nächsten zwei Minuten schleuderte Waring O'Mara Schimpfwörter an den Kopf, ohne sich auch nur einmal wiederholen oder stottern zu müssen.

»Ich hab doch gesagt, daß Sie das schon ganz prima machen«, bemerkte O'Mara mit gönnerhafter Miene. »Aber müssen Sie denn gleich so angeben?«

III

Nachdem Waring gegangen war, dachte O'Mara über die Abtrennung der hudlarischen Unterkünfte nach. Mit Gravitationsgittern, die auf vier Ge eingestellt waren, und einigen anderen speziellen Einrichtungen, derer sie bedurften, hatten die FROBs bislang einen der wichtigsten Abschnitte bewohnt. Wenn es nun an der Zeit war, diesen an die Hauptsektion anzugliedern, dann konnte es bis zur Fertigstellung des gesamten Hospitalkomplexes nur noch fünf bis sechs Wochen dauern. Wie O'Mara wußte, würde die Schlußphase sehr aufregend sein: So bewegten Traktorstrahlentechniker bei ihren umsichtigen Manövern Lasten durchs All, die Tausende von Tonnen wogen, führten sie langsam zusammen — die Vertiefungen der Verbindungsstücke mußten genau aufeinander passen —, während Monteure die Ausrichtung kontrollierten, gegebenenfalls veränderten und die sich allmählich schließenden Stirnseiten für die Ankopplung vorbereiteten. Viele von ihnen würden die Warnleuchten bis zum letztmöglichen Moment nicht beachten und fast unvorstellbare, haarsträubende Risiken eingehen, nur um sich die Zeit und die Mühe zu ersparen, die Sektionen für ein erneutes Kopplungsmanöver noch einmal voneinander trennen zu müssen.

Natürlich hätte O'Mara viel lieber draußen im All an dieser Endmontage teilgenommen, anstatt hier drinnen als Babysitter Dienst tun zu müssen!

Der Gedanke an den Kleinen brachte all die Sorgen zurück, die er vor Waring so erfolgreich verheimlicht hatte. So lange wie jetzt hatte das Alienbaby zuvor noch nie geschlafen. Seit es eingeschlafen war — beziehungsweise von O'Mara mit Tritten in den Schlaf befördert worden war — mußten mittlerweile zwanzig Stunden vergangen sein. Sicher, FROBs waren widerstandsfähige Wesen, aber konnte es nicht durchaus möglich sein, daß der Kleine gar nicht schlief, sondern vielmehr bewußtlos war oder vielleicht sogar eine Gehirnerschütterung hatte ...?

O'Mara nahm das Buch, das Pelling ihm hatte bringen lassen, und stöberte darin herum.

Es war zähflüssig geschrieben und schwer zu lesen, aber trotzdem wußte er nach zwei Stunden etwas mehr über die Pflege hudlarischer Babies, und dieses Wissen löste bei ihm Erleichterung und Verzweiflung zugleich aus. Offenbar waren sein Wutanfall und die darauffolgenden Hiebe und Tritte für das Baby genau das richtige gewesen — FROB-Babies bedurften steter Liebkosungen, und wenn man kurz hochrechnete, welche Kraft ein erwachsener Hudlarer aufwandte, um seinem Nachwuchs einen sanften Klaps zu verabreichen, wurde einem klar, daß O'Maras blindwütige Attacken tatsächlich nichts anderes als ein zärtliches Streicheln gewesen waren. Aber das Buch warnte auch vor den Gefahren des Überfütterns, und was diesen Punkt betraf, hatte er sich eindeutig falsch verhalten. Offenbar wäre es richtig gewesen, das Baby während der Wachphasen etwa alle fünf bis sechs Stunden zu füttern, und sobald es unruhig wurde oder immer noch hungrig war, es mit Streicheleinheiten — also mit ein paar kräftigen Tritten — zu besänftigen. Zudem schienen kleine FROBs recht häufig gebadet werden zu müssen.

Auf ihrem Heimatplaneten schloß dies eine ausgiebige Behandlung mit einer Art Sandstrahlgebläse ein, aber wie O'Mara annahm, lag das wahrscheinlich an dem dort herrschenden Druck und der stickigen Atmosphäre. Ein weiteres Problem, das er zu lösen hatte, war, wie er dem Baby einen Klaps verabreichen konnte, der kräftig genug war, ohne seine tröstende Wirkung zu verfehlen. Er zweifelte stark daran, sich jedesmal in einen Wutanfall hineinsteigern zu können, sobald das Baby quasi nach der mütterlichen Brust verlangte.

Aber wenigstens stand ihm genug Zeit zur Verfügung, sich etwas Passendes einfallen zu lassen, denn unter anderem hatte er herausgefunden, daß FROBs im Kindesalter zwei Tage am Stück wach zu sein pflegten, danach aber fünf Tage hintereinander schliefen.

Während der ersten fünftägigen Schlafphase gelang es O'Mara, sich Methoden auszudenken, wie er seinen Schützling streicheln und baden konnte. Er hatte sogar noch zwei freie Tage gehabt, um sich ausruhen und neue Kräfte für die auf ihn zukommenden zwei Tage Schwerstarbeit sammeln zu können, bevor der Kleine wieder aufgewacht war. Für einen durchschnittlich kräftigen Mann wäre es ein kaum zu bewältigendes Pensum gewesen, aber O'Mara hatte bereits nach den ersten beiden Wochen das Gefühl, sich seelisch wie körperlich auf diese Aufgabe richtig eingestellt zu haben. Am Ende der vierten Woche war sogar sein Bein schmerzfrei und nicht mehr steif, und was das Baby anging, lief alles wie geschmiert.

Draußen näherte sich das Projekt der Vollendung. Bis

auf ein paar unwichtige Einzelstücke am Rand war das gigantische, dreidimensionale Puzzle komplett.

Ein Untersuchungsinspektor des Monitorkorps war eingetroffen, der anscheinend außer O'Mara jeden einzelnen einem Verhör unterzog.

O'Mara fragte sich immer wieder, ob Waring bereits ausgehorcht worden war und, wenn ja, was der Traktorstrahlentechniker gesagt hatte. Im Gegensatz zu anderen bereits am Projekt beschäftigten Angehörigen des Monitorkorps, die ausschließlich als Ingenieure ausgebildet waren, war dieser Inspektor ein Psychologe und sehr wahrscheinlich kein Fachidiot. O'Mara selbst hielt sich auch nicht gerade für einen Dummkopf; er hatte alles genau überdacht und hätte eigentlich vor dem Untersuchungsergebnis keine Angst zu haben brauchen. Nach Einschätzung der allgemeinen Lage und der Situation, in der sich die Leute hier befanden, schienen ihm zwar die Reaktionen jedes einzelnen voraussagbar zu sein, aber dennoch hing letztendlich alles davon ab, was Waring diesem Monitor erzählen würde.

Du bist ja ein richtiger Angsthase! dachte O'Mara voller Selbstverachtung. *Kaum wird deine Lieblingstheorie auf die Probe gestellt, hast du schon Schiß, sie könnte nicht funktionieren, und willst am liebsten vor Waring auf die Knie fallen und ihm die Füße küssen!*

Aber natürlich wußte er, daß auf diese Weise in eine ansonsten vorauszuberechnende Situation eine Unbekannte eingeführt werden würde, die alles über den Haufen werfen konnte. Doch nichtsdestotrotz war die Versuchung groß.

Als er am Anfang der sechsten Woche seiner aufgezwungenen Vormundschaft über den kleinen Hudlarer gerade etwas über die seltsamen und wundersamen Krankheiten las, zu denen FROB-Babies neigten, kündigte ihm das Kontrollicht der Luftschleuse einen Besucher an. Er stand rasch von der Couch auf, sammelte sich und blickte gefaßt in Richtung der Schleuse, als könnte ihm nichts auf der Welt etwas anhaben.

Aber es war nur Caxton.

»Ehrlich gesagt, hab ich den Monitor erwartet«, sagte O'Mara.

Caxton schnaufte abfällig. »Sie haben ihn wohl noch nicht gesprochen, wie? Vielleicht empfindet er das nur als Zeitverschwendung. Nach allem, was er von uns gehört hat, hält er den Fall wahrscheinlich für abgeschlossen. Wenn er hier auftaucht, wird er mit Handschellen kommen.«

O'Mara sah Caxton nur an. Am liebsten hätte er ihn gefragt, ob das Korpsmitglied bereits Waring verhört hatte, besann sich aber eines Besseren.

»Ich bin gekommen, weil ich wissen will, was mit dem Wasser ist«, fuhr Caxton unwirsch fort. »Von der Magazinverwaltung hab ich gehört, daß Sie die dreifache Wassermenge angefordert haben, die Sie im Höchstfall verbrauchen können. Haben Sie hier ein Aquarium eröffnet oder so was?«

O'Mara gab absichtlich keine direkte Antwort und entgegnete nur: »Es ist übrigens der Zeit, das Baby zu baden. Haben Sie Lust zuzusehen?«

Er bückte sich, entfernte geschickt einige Platten aus dem Boden und griff hinein.

»Was machen Sie da?« brüllte Caxton los. »Das sind die Schwerkraftgitter, da dürfen Sie nicht einfach ran ...«

Plötzlich hatte der Boden dreißig Grad Schlagseite. Caxton taumelte gegen eine Wand und fluchte. O'Mara richtete sich wieder auf, öffnete die innere Luke der Luftschleuse und ging auf die Schlafkabine zu, wobei der Boden jetzt stark anstieg. Caxton, der noch immer lautstark darauf bestand, daß O'Mara weder die Erlaubnis noch die Qualifikation besäße, die Einstellung des künstlichen Schwerkraftfelds zu verändern, folgte ihm.

Drinnen angelangt, sagte O'Mara: »Das hier ist die Reservespritzpistole. Ich hab die Düse verengt, um so einen stärkeren Wasserstrahl zu erhalten.« Er richtete das Gerät auf eine kleine Fläche der Haut des Alienbabys, um Caxton zu demonstrieren, wie es funktionierte. Der Hauptdarsteller dieser Vorführung beachtete die beiden nicht, denn er war gerade eifrig damit beschäftigt, die kärglichen Überreste eines von O'Maras Stühlen in noch unkenntlichere Formen zusammenzustauchen.

»Wie Sie sehen können, ist das Nahrungspräparat an einigen Stelle der Haut getrocknet. Diese Stellen müssen in gewissen Abständen gewaschen werden, weil sie sonst den Absorptionsmechanismus verstopfen. Kleine Hudlarer fühlen sich dann sehr unwohl, sie machen sich entsprechend laut bemerkbar und ...«

O'Mara unterbrach sich. Er sah, daß Caxton das Alienbaby überhaupt nicht ansah, sondern nur auf das Wasser achtete, das von dessen Haut abprallte und entlang der jetzt schräg geneigten Tür der Schlafkabine quer durch den Wohnraum in die offene Luftschleuse floß. Daß Caxton abgelenkt war, war O'Mara nur recht, denn er hatte mit der Spritzpistole eine Hautstelle freigelegt, deren Struktur und Farbe er zuvor noch nie gesehen hatte, und selbst wenn dies kein Anlaß zur Sorge war, war es doch besser, wenn Caxton nichts davon bemerkte und keine Fragen stellte.

»Was ist denn das da oben?« fragte Caxton, wobei er zur Decke deutete.

Um dem Baby die notwendigen Streicheleinheiten zukommen lassen zu können, hatte O'Mara aus Hebeln, Rollen, Seilen und Gegengewichten eine Vorrichtung montiert und das komplette unförmige Gebilde an der Decke aufgehängt. Er war ziemlich stolz auf die Apparatur, die ihn in die Lage versetzte, dem Baby an jeder beliebigen Stelle der panzerähnlichen Haut einen anständigen, kräftigen Klaps zu verabreichen, der einen

Menschen auf der Stelle getötet hätte. Trotzdem bezweifelte er, daß Caxton das Gerät richtig zu würdigen wußte. Wahrscheinlich würde der Sektionsleiter ihm vorwerfen, das Baby zu quälen, und den Einsatz des Geräts sogar verbieten.

O'Mara ging auf den Ausgang zu und sagte über die Schulter hinweg: »Das ist nur ein Flaschenzug.«

Die nassen Stellen auf dem Boden wischte er mit einem Lappen auf, den er anschließend in die jetzt teilweise mit Wasser gefüllte Luftschleuse warf. Seine Sandalen und der Overall waren auch durchnäßt worden, und er schmiß sie hinterher, bevor er die innere Luke schloß und die äußere öffnete. Während das Wasser draußen im luftleeren Raum verdampfte, stellte er die Schwerkraftgitter zurück, so daß der Boden wieder eben und die Wände gerade waren. Dann holte er die Sandalen, den Overall und den Lappen aus der Luftschleuse, die nun knochentrocken waren.

»Sie scheinen ja alles gut organisiert zu haben«, sagte Caxton zähneknirschend, während er sich den Helm aufsetzte. »Wenigstens kümmern Sie sich um das Baby mehr als damals um seine Eltern. Sehen Sie zu, daß es so bleibt.« Bevor er ging, fügte er hinzu: »Der Monitor wird Sie übrigens morgen früh gegen neun Uhr aufsuchen.«

O'Mara kehrte umgehend in die Schlafkabine zurück, um sich die verfärbte Stelle auf der Haut genauer anzusehen. Es war ein blaugrauer Fleck, und die sonst glatte, fast stahlharte Hautoberfläche des Hudlarers war an dieser Stelle spröde und rissig. O'Mara rieb leicht darüber, worauf der FROB zusammenzuckte und ein Geräusch von sich gab, das leicht fragend klang.

»Wir beide sind schon zwei ...«, murmelte O'Mara geistesabwesend. Er konnte sich nicht daran erinnern, irgend etwas über ein solches Phänomen gelesen zu haben, andererseits hatte er das Buch noch nicht ganz durchgearbeitet, also war es an der Zeit, dies umgehend nachzuholen.

In erster Linie fand die Verständigung zwischen Angehörigen verschiedener Spezies mittels eines Translators statt, der automatisch sämtliche sinnvollen Laute sortierte und klassifizierte und sie dann in der Sprache des Anwenders wiedergab. Eine andere Methode war das System der Schulungsbänder, die angewandt wurde, wenn eine große Anzahl genauer Daten übermittelt werden mußte, die eher subjektiver Natur waren. Hierbei wurden alle Sinneseindrücke, das gesamte Wissen und die Persönlichkeit eines Wesens in das Gehirn eines anderen übertragen. Was die Beliebtheit und die Genauigkeit anging, so lag weit abgeschlagen an dritter Stelle die Schriftsprache, die etwas hochgestochen Universal genannt wurde.

Universal war nur solchen Wesen nützlich, deren Gehirne mit optischen Rezeptoren verbunden waren, die ihrerseits aus Zeichen auf einer ebenen Fläche — mittels bedruckter Seiten also — Wissen deuten und vermitteln konnten. Zwar besaßen viele Spezies diese Fähigkeit, doch auf Farben reagierten sie häufig völlig unterschiedlich. Was O'Mara wie ein blaugrauer Fleck vorkam, mochte einem anderen Geschöpf gelbgrau bis dunkellila erscheinen, und das Problem bestand nun darin, daß der Autor des Buches einer anderen Spezies angehören konnte.

In einem der Anhänge gab es zwar eine ungefähre Vergleichstabelle für Farben, aber dort nachzusehen, war eine mühselige und zeitaufwendige Arbeit, und O'Maras Universal-Sprachkenntnisse waren alles andere perfekt.

Fünf Stunden später hatte er bei der Diagnose der Krankheit noch immer keine Fortschritte erzielt, und die blaugraue Stelle auf der Haut des FROB war bereits fast ums Doppelte seiner ursprünglichen Größe angewachsen, und drei weitere Flecke hatten sich hinzugesellt. Er fütterte das Alienbaby, wobei er sich besorgt fragte, ob eine Nahrungsaufnahme in diesem Fall überhaupt richtig war, danach wandte er sich wieder umgehend seinen Studien zu.

Laut Handbuch gab es sage und schreibe Hunderte von leichten, kurzfristigen Krankheiten, von denen junge Hudlarer in der Regel befallen wurden. Dieses Alienbaby war allein deshalb davon verschont geblieben, weil es bislang mit einem in dichten Behältern gelagerten Nahrungspräparat gefüttert worden war und somit keinen durch die Luft übertragenen Bakterien ausgesetzt gewesen war, wie sie auf seinem Heimatplaneten sehr häufig vorkamen. Wahrscheinlich war diese Krankheit nicht schlimmer als Masern für Menschen, redete sich O'Mara immer wieder ein, aber es sah doch *sehr ernst* aus. Bei der nächsten Fütterung war die Zahl der Flecke bereits auf sieben angewachsen, und sie hatten mittlerweile ein dunkleres, bedrohlicheres Blau angenommen. Außerdem schlug sich das Baby andauernd mit seinen Tentakeln auf die wunden Stellen, die offensichtlich furchtbar juckten. Mit diesen neuen Erkenntnissen ausgestattet, widmete sich O'Mara wieder seinem Buch.

Und plötzlich fand er, wonach er suchte. Die Symptome wurden als rauhe, verfärbte Flecke auf der Haut geschildert, verbunden mit starkem Juckreiz, der durch nicht absorbierte Nahrungsreste hervorgerufen wurde. Die Behandlung bestand einzig und allein darin, die gereizten Stellen nach jedem Füttern zu reinigen, um so den Juckreiz zu beenden, und ansonsten den natürlichen Heilungsprozeß abzuwarten. Heutzutage war diese Krankheit auf Hudlar sehr selten. Ihre Symptome traten urplötzlich auf, um nach einer gewissen Zeit ebenso schnell wieder zu verschwinden, und laut Handbuch war die Krankheit bei gewöhnlicher Behandlung für den Patienten ungefährlich.

Als nächstes begann O'Mara, die Zahlenangaben in terrestrische Zeit- und Maßeinheiten umzurechnen. Nach seinen Berechnungen sollten die farbigen Flecke bis auf fast einen halben Meter im Durchmesser anwachsen, die erst wieder verschwinden würden, sobald etwa ein Dutzend davon aufgetreten waren. Ausgehend vom Zeitpunkt des Auftauchens des ersten Flecks, würde das in ungefähr sechs Stunden der Fall sein.

Eigentlich brauchte er sich also gar keine Sorgen zu machen.

IV

Nach dem nächsten Füttern sprühte O'Mara die blauen Flecke gründlich sauber, aber der junge FROB prügelte noch immer wütend auf sich selbst ein und bebte am ganzen Körper. Wie ein Elefant, der mit sechs Rüsseln wild um sich schlägt, dachte O'Mara. Dann zog er erneut das Buch zu Rate, aber dort wurde noch immer behauptet, es handle sich unter normalen Umständen um eine harmlose und kurzfristige Erkrankung, und die einzig mögliche und schmerzlindernde Behandlungsmethode sei Ruhe und dafür zu sorgen, die befallenen Stellen rein zu halten.

Kinder bereiten einem doch nichts als Kummer und Sorgen ...! dachte O'Mara beunruhigt.

Aber wie ihm sein gesunder Menschenverstand verriet, wirkte das ganze Gezeter und Getöse des Babies nicht echt und sollte unterbunden werden können. Möglicherweise kratzte es sich nur aus reiner Gewohnheit — obwohl dies in Anbetracht seiner Selbstkasteiungsversuche nicht unbedingt einleuchtend erschien —, und durch ein Ablenkungsmanöver würde es sich vielleicht davon abbringen lassen. O'Mara entschied sich für ein Fünfzig-Pfund-Gewicht und zog es mit Hilfe des Flaschenzugs an die Decke. Dann ließ er es im regelmäßigen Rhythmus auf die Stelle fallen, die, wie er festgestellt hatte, dem Alienbaby am meisten Behagen bereitete — sie lag gut einen halben Meter hinter der harten, durchsichtigen Membran, die seine Augen schützten. Ein Fünfzig-Pfund-Gewicht, das aus einer Höhe von zweieinhalb Metern fallen gelassen wurde, empfand ein Hudlarer als ein angenehmes Streicheln.

Zwar wurden die Bewegungen des FROB beim Austeilen dieser Streicheleinheiten weniger ungestüm, aber sobald O'Mara damit aufhörte, begann der Kleine um so wilder um sich zu schlagen und rannte sogar mit voller Wucht gegen die Wände und gegen all das, was von der Einrichtung noch übrig war. Während eines solchen Tobsuchtsanfalls wäre das Alienbaby beinahe in den Wohnraum entwichen. Allein die Tatsache, daß es zu groß war, um durch die Tür zu passen, hinderte es daran. Bis zu diesem Zeitpunkt hatte O'Mara gar nicht bemerkt, wie stark das Baby in den letzten fünf Wochen zugenommen hatte.

Schließlich wurde er von bleierner Müdigkeit übermannt und mußte aufgeben. Er ließ den noch immer randalierenden und wild um sich dreschenden FROB in der Schlafkabine zurück und warf sich draußen erschöpft auf die Couch, um nachdenken zu können.

Laut Handbuch war es an der Zeit, daß die blauen Flecke allmählich verschwanden. Aber das taten sie nicht — mittlerweile hatten sie die maximale Anzahl von zwölf erreicht, aber anstatt höchstens einen halben Meter im Durchmesser zu sein, waren sie fast ums Doppelte angewachsen. Sie waren so groß geworden, daß die freie Absorptionsfläche des Babies beim nächsten Füttern auf die Hälfte zusammengeschrumpft sein würde, was für seinen Schützling bedeutete, durch zu geringe Nahrungsaufnahme noch schwächer zu werden.

Und es ist eine Binsenweisheit, daß man juckende

Stellen nicht kratzen darf, weil sich der Gesundheitszustand sonst nur noch verschlimmert …

O'Maras Gedankengang wurde durch das blecherne Tröten eines Nebelhorns unterbrochen. Er hatte mittlerweile Erfahrung genug, um an dem Geräusch zu erkennen, daß der Kleine schreckliche Angst hatte, und die relativ geringe Lautstärke zeugte außerdem von der zunehmenden körperlichen Schwäche des Alienbabies.

O'Mara benötigte dringend Hilfe, bezweifelte aber, jemanden zu finden, der ihm beistehen konnte. Caxton davon zu erzählen wäre sinnlos — der Sektionsleiter würde lediglich Pelling zu Rate ziehen, und Pelling war im Umgang mit hudlarischen Kindern weit weniger erfahren als O'Mara selbst, der sich in den letzten fünf Wochen zu einem regelrechten Spezialisten auf diesem Gebiet entwickelt hatte. Ein solches Vorgehen wäre nichts als Zeitverschwendung und würde dem Kind kein Stück weiterhelfen. Ganz unabhängig von der Anwesenheit eines Monitors würde Caxton höchstwahrscheinlich dafür sorgen, O'Mara hart zu bestrafen, weil dem Kind etwas zugestoßen war, da der Sektionsleiter die alleinige Verantwortung für den Gesundheitszustand des FROB bei ihm sehen würde.

Caxton mochte O'Mara einfach nicht. Niemand mochte O'Mara.

Wäre er bei den anderen am Projekt beteiligten Leuten beliebt gewesen, würde niemand auf die Idee kommen, ihm für die Krankheit des hudlarischen Kindes die Schuld zu geben, noch hätte man ihn so direkt und einmütig zum Alleinverantwortlichen für den Tod der Eltern des Babies gemacht. Aber er hatte sich einst dazu entschlossen gehabt, sich als ein ausgesprochen mieser Typ aufzuführen, und hatte nun allerdings fast zu viel Erfolg damit.

Möglicherweise war er ja wirklich ein Ekel, und ihm war die Rolle deshalb so leichtgefallen. Vielleicht war er durch den permanenten Frust, nie die Chance bekommen zu haben, den in seinem häßlichen, muskelbepackten Körper steckenden Verstand einmal wirklich einsetzen zu können, bereits so griesgrämig geworden, daß die Rolle, die er zu spielen glaubte, in Wirklichkeit sein wahres Ich war.

Hätte er sich doch nur aus der Geschichte mit Waring herausgehalten, denn nur deshalb waren alle wirklich sauer auf ihn ...

Aber diese Gedankengänge brachten ihn jetzt auch nicht weiter. Die Lösung seiner eigenen Probleme bestand — zumindest teilweise — darin, sich zukünftig als verantwortungsbewußter, geduldiger und freundlicher Mensch zu erweisen, der auch all die anderen Eigenschaften besaß, die bei seinen Mitmenschen Respekt hervorriefen. Um damit Erfolg zu haben, mußte er als erstes beweisen, daß man ihm die Pflege eines Babies anvertrauen konnte.

Er fragte sich plötzlich, ob der Monitor ihm nicht weiterhelfen könnte; wenn auch nicht persönlich — man konnte von einem Psychologen des Monitorkorps kaum erwarten, sich mit hudlarischen Kinderkrankheiten auszukennen —, so doch durch seine führende Rolle in der Organisation. Als Polizei der Galaxis, als Mädchen für alles und allgemein höchste Autorität müßte das Monitorkorps binnen kurzem ein Wesen ausfindig machen können, das die notwendigen Antworten kannte. Aber ein solches Geschöpf wiederum würde mit höchster Wahrscheinlichkeit von Hudlar selbst stammen, wo die Behörden schon längst von der kritischen Lage des Waisenkinds informiert worden waren. Wahrscheinlich war von dort bereits seit Wochen Hilfe unterwegs, die noch eher eintreffen würde, als der Monitor sie jetzt anfordern könnte. Die Frage, ob die Hilfe rechtzeitig eintreffen würde, um das Kind noch zu retten, blieb allerdings nach wie vor offen.

Also lag das Problem nach wie vor bei O'Mara.

Etwa so schlimm wie Masern …

Aber Masern konnten bei einem menschlichen Baby sehr schlimme Folgen haben, wenn der kleine Patient in einem kalten Raum oder einer ähnlich unwirtlichen Umgebung aufbewahrt wurde. Obwohl die Krankheit selbst nicht tödlich war, konnte sie doch einen Organismus vernichten, dessen Widerstandskraft durch Krankheit oder Nahrungsmangel geschwächt war. Das Handbuch schrieb lediglich Ruhe und penible Sauberkeit vor, sonst nichts. Oder vielleicht doch? Jedenfalls ging man dort grundsätzlich von der Annahme aus, daß sich der betreffende Patient zur Zeit der Krankheit auf seinem Heimatplaneten aufhielt. Und unter diesen normalen Lebensbedingungen war die Krankheit wahrscheinlich wirklich harmlos und nur von kurzer Dauer.

In O'Maras Schlafkabine aber herrschten für ein hudlarisches Baby mit einer solchen Krankheit alles andere als normale Umweltbedingungen.

Bei diesem Gedanken fiel ihm plötzlich die Antwort ein — hoffentlich nicht zu spät. Er sprang von der Couch und lief zum Spind hinüber, in dem die Raumanzüge hingen. Als er gerade in das strapazierfähigste Modell stieg, summte der Kommunikator.

»O'Mara!« wurde er von Caxtons Stimme angefahren, nachdem er sich gemeldet hatte, »der Monitor will mit Ihnen sprechen. Eigentlich war das erst für morgen geplant, aber …«

»Vielen Dank, Mister Caxton«, mischte sich eine ruhige, feste Stimme ein, die nach einer kurzen Pause fortfuhr: »Mein Name ist Craythorne, Mister O'Mara. Wie Sie wissen, wollte ich Sie eigentlich erst morgen treffen, aber ich konnte hier einige andere Arbeiten vorzeitig erledigen, wodurch ich schon mal Zeit für ein Vorbereitungsgespräch hätte …«

Einen dämlicheren Zeitpunkt hättest du dir auch nicht einfallen lassen können! dachte O'Mara wutschnaubend. Er schlüpfte ganz in den Anzug, ließ aber Handschuhe und Helm liegen. Anschließend machte er sich an der Frontplatte zu schaffen, hinter der sich die Instrumente für die Luftzufuhr befanden.

»... um die Wahrheit zu sagen«, fuhr die ruhige Stimme des Monitors fort, »ist Ihr Fall für meine eigentliche Aufgabe hier nur nebensächlich. Mein Auftrag lautet, für die Unterbringung und Verpflegung des in Kürze eintreffenden Hospitalpersonals zu sorgen. Außerdem soll ich unter allen Umständen eventuell auftretende Reibereien vermeiden, die bei der Ankunft dieser verschiedenen Spezies entstehen könnten. Zwar gibt es dabei eine Menge kniffliger Details zu beachten, aber im Augenblick bin ich frei. Außerdem bin ich neugierig auf Sie, O'Mara, und würde Ihnen gerne ein paar Fragen stellen.«

Was für ein raffinierter Mistkerl! dachte O'Mara, während er gleichzeitig feststellte, daß die Instrumente für die Luftzufuhr jetzt so eingestellt waren, um die von ihm gewünschten Bedingungen zu liefern. Er ließ die Frontplatte lose hängen und entfernte eine der Bodenfliesen, um an das darunter befindliche Schwerkraftgitter zu gelangen. Schließlich bemerkte er ein wenig abwesend: »Sie müssen schon entschuldigen, wenn ich während unseres Gesprächs arbeite. Caxton kann Ihnen erklären, warum ...«

»Ich hab Mister Craythorne schon von dem Alienbaby erzählt«, fuhr Caxton dazwischen. »Und wenn Sie glauben, Sie könnten ihm etwas vorspielen, indem Sie jetzt die von Sorgen geplagte Mutter mimen, dann ...«

»Ich verstehe ...«, unterbrach ihn der Monitor ungeduldig, und an O'Mara gewandt, fuhr er fort: »Trotzdem möchte ich an dieser Stelle nicht unerwähnt lassen, daß die Vorgehensweise, Sie zum Zusammenleben mit einem kleinen FROB gezwungen zu haben, nur unter dem Stichwort grausame und außergewöhnliche Bestrafung abgeheftet werden kann. Und für das, was Sie in den letzten Wochen durchmachen mußten, sollte man Ihnen zehn Jahre Ihrer Strafe erlassen — natürlich nur dann, wenn man Sie für schuldig befindet. Und jetzt möchte ich gerne wissen, mit wem ich überhaupt rede. Würden Sie bitte die Kamera einschalten?«

O'Mara wurde von der Geschwindigkeit überrascht, mit der die künstlichen Schwerkraftgitter von ein auf zwei Ge umschalteten. Seine Arme knickten förmlich unter ihm zusammen, und er schlug mit dem Brustkorb auf den Boden. Ein Schreckensschrei seines Schützlings im Nebenraum mußte das dabei verursachte Geräusch übertönt haben, denn seine Gesprächspartner ersparten sich irgendwelche Bemerkungen zu dem Vorfall. Als er sich schließlich auf die Knie stemmte, kam er sich wie ein alter Opa beim Liegestütz vor.

Nur unter großer Anstrengung konnte er das Keuchen unterdrücken, als er sagte: »Tut mir leid, aber meine Kamera ist kaputt.«

Der Monitor schwieg gerade lange genug, um O'Mara wissen zu lassen, daß er die Lüge zwar durchschaut hatte, im Augenblick aber nicht darauf eingehen wollte. Schließlich sagte er: »Gut, aber immerhin können Sie ja *mich* sehen«, und O'Maras Bildschirm flackerte auf.

Ein junger Mann mit kurzgeschnittenem Haar erschien auf dem Schirm, dessen Augen zwanzig Jahre älter als seine restlichen Gesichtszüge zu sein schienen. Auf der eleganten, dunkelgrünen Uniform trug er die Schulterklappen eines Majors und am Kragenansatz das Symbol eines Äskulapstabs.

Unter anderen Umständen hätte O'Mara diesen Mann wahrscheinlich sympathisch gefunden. »Ich muß noch etwas im Nebenraum erledigen ... bin in einer Minute wieder zurück«, log er erneut.

Er begann damit, den Gravitationsgürtel an seinem Anzug auf zwei Ge Abstoßung einzustellen, wodurch die gegenwärtige Anziehung des Bodens exakt neutralisiert wurde, so daß er die Anziehungskraft auf vier Ge erhöhen könnte, ohne sich selbst zu überfordern. Danach wollte er den Gürtel auf drei Ge stellen, wodurch er für sich eine scheinbar normale Schwerkraft von ein Ge zurückerlangen würde.

Wenigstens hätte es eigentlich so funktionieren sollen.

Aber statt dessen produzierten der Gürtel oder die Bodengitter oder gar beide zusammen Halb-Ge-Schwankungen, und die Kabine spielte völlig verrückt. Es war wie in einem Hochgeschwindigkeitslift, der andauernd gestartet und wieder gestoppt wurde. Die Frequenz der Stoßwellen wuchs rasch an, bis O'Mara derart durchgeschüttelt wurde, daß bereits seine Zähne klapperten. Ehe er auf die Situation reagieren konnte, trat eine neue, noch gefährlichere Komplikation ein. Die Bodengitter arbeiteten mit unterschiedlicher Stärke nicht mehr im rechten Winkel zu ihrer Oberfläche und wichen auch noch nach Belieben zwischen zehn und dreißig Grad von der Vertikalen ab. Kein sturmgepeitschtes Schiff war jemals so grauenhaft ins Schaukeln und Stampfen geraten, und O'Mara taumelte hin und her. Er grapschte verzweifelt nach der Couch, griff aber daneben und wurde mit voller Wucht gegen die Wand geschleudert. Die nächste Stoßwelle warf ihn schlitternd an die gegenüberliegende Wand, bis es ihm endlich gelang, den Ge-Gürtel abzuschalten.

Schließlich herrschte im Raum wieder eine gleichmäßige Gravitation von zwei Ge.

»Wird das noch lange dauern?« fragte plötzlich der Monitor.

O'Mara hatte den Major während der letzten hektischen Sekunden fast vergessen. Als er schließlich antwortete, gab er sich alle Mühe, seine Stimme so natürlich wie möglich klingen zu lassen und so zu tun, als würde er aus dem Nebenraum sprechen. »Kann sein. Könnten Sie sich später noch mal melden?«

»Ich warte lieber«, antwortete der Monitor.

In den folgenden Minuten versuchte O'Mara, die Blessuren zu vergessen, die er sich trotz des Schutzes, den der schwere Raumanzug bot, zugezogen hatte. Er konzentrierte sich darauf, einen Ausweg aus diesem erneuten Schlamassel zu finden, und begriff allmählich, was geschehen sein mußte.

Wenn zwei Schwerkraftgeneratoren mit gleicher Leistung und Frequenz dicht nebeneinander eingesetzt wurden, traten Interferenzen auf, wodurch die Stabilität beider Kraftfelder beeinflußt wurde. Die Schwerkraftgitter in O'Maras Unterkunft waren lediglich ein Provisorium und wurden von einem Generator gespeist, der dem in seinem Raumanzug glich, obwohl beide normalerweise auf unterschiedliche Frequenzen eingestellt waren, um eventuell auftretende Instabilitäten zu verhindern. Aber O'Mara hatte die letzten fünf Wochen andauernd an den Gittereinstellungen herumgespielt — vor allem jedesmal dann, wenn das Kind gebadet worden war —, so daß er versehentlich die Frequenz verändert haben mußte.

Vier Ge minus dreiviertel Ge ergeben etwas mehr als drei Ge. Und es sieht ganz so aus, dachte O'Mara grimmig, *als müßte ich mich doch für die brutale Methode entscheiden …*

V

O'Mara klappte schnell den Helm zu, dann schloß er das Mikrofon in seinem Raumanzug mit einem Kabel an den Kommunikator an. Auf diese Weise konnte er sprechen, ohne Caxton oder den Monitor merken zu lassen, daß er im Raumanzug steckte. Um für die erfolgreiche Durchführung seines Vorhabens genug Zeit zu haben, durften die beiden nicht ahnen, daß hier etwas Außergewöhnliches vor sich ging.

Zuletzt waren die restlichen Einstellungen am Luftdruckregulator und an den Schwerkraftgittern fällig. Binnen zwei Minuten hatte sich der atmosphärische Druck in beiden Kabinen versechsfacht, und die momentane Schwerkraft betrug vier Ge — tatsächlich also der größte Näherungswert, den O'Mara erreichen konnte, um ›normale Umweltbedingungen‹ für einen Hudlarer zu schaffen. Als er die unglaublich schwere und träge Masse, zu der sein Arm geworden war, aus der Vertiefung für die Bedienungselemente der Schwerkraftgitter zog, krachte seine Schultermuskulatur unter der Anstrengung — weil sein Gürtel nur dreiviertel Ge der im Raum herrschenden vier Ge Anziehungskraft neutralisierte —, dann wälzte er sich schwerfällig auf den Rükken.

Er hatte das Gefühl, als säße das Baby auf seinem Brustkorb und große schwarze Flecke hingen pulsierend vor seinen Augen. Durch sie hindurch konnte er verschwommen einen Teil der Decke erkennen und in einem völlig verdrehten Blickwinkel den Bildschirm. Das Gesicht darauf begann ungeduldig zu werden.

»Ich bin wieder da, Major«, keuchte O'Mara, wobei er darum kämpfte, kontrolliert zu atmen, damit seine Stimme nicht zu gepreßt klang. »Ich nehme an, Sie wollen meine Schilderung des Unfalls hören, stimmt's?«

»Nein«, entgegnete der Monitor. »Ich hab die Aufnahme gehört, die Caxton gemacht hat. Was mich wirklich interessiert, ist, aus welchen Motiven Sie eigentlich hierhergekommen sind. Ich hab Nachforschungen angestellt, und es gibt da etwas, das mir nicht ganz schlüssig vorkommt und ...«

Das Gespräch wurde durch einen donnernden Lärmausbruch abrupt unterbrochen. Trotz der durch den steigenden Luftdruck tieferen Tonlage wußte O'Mara, was das Signal zu bedeuten hatte: Baby war wieder mal unzufrieden und hatte Hunger.

Mit gewaltiger Anstrengung wälzte er sich auf die

Seite, dann stemmte er sich auf den Ellbogen hoch. Eine Weile verharrte er in dieser Lage, um Kräfte zu sammeln, schließlich versuchte er, sich auf Händen und Knien abzustützen. Als ihm das gelungen war, mußte er feststellen, daß seine Arme und Beine so stark angeschwollen waren, als würden sie im nächsten Augenblick vom Druck des dort angesammelten Bluts zerbersten. Stöhnend legte er sich wieder flach auf die Brust. Plötzlich schoß das Blut nach vorn in seinen Körper, und ihm wurde schwarz vor Augen.

Er konnte weder auf allen vieren kriechen, noch sich auf dem Bauch vorwärts robben, und bei drei Ge war es ihm unmöglich, aufzustehen und zu gehen. Welche Möglichkeiten gab es also noch?

Er rollte sich wieder auf die Seite und dann auf den Rücken. Dieses Mal stemmte er sich aber auf den Ellbogen ab. Die Nackenstütze des Raumanzugs gab seinem Kopf Halt, aber die Innenseiten der Ärmel waren nur sehr schwach gepolstert, und seine Ellbogen schmerzten. Allein die Anstrengung, auch nur einen Teil seines Körpers hochzuhalten, der jetzt dreimal schwerer als sonst war, verursachte bereits Herzrasen. Am schlimmsten war, daß er wieder Ohnmachtsanfälle bekam.

Aber irgendeine Möglichkeit mußte es doch geben, die Druckverhältnisse in seinem Körper auszugleichen oder wenigstens so zu verteilen, um bei Bewußtsein zu bleiben und sich bewegen zu können. O'Mara versuchte, sich die Form der Beschleunigungsliegen in Erinnerung zu rufen, die in Raumschiffen eingesetzt worden waren, bevor es künstliche Schwerkraft gegeben hatte. Auf einmal fiel ihm ein, daß man darin in nicht völliger Bauchlage mit angezogenen Knien gelegen hatte.

Zentimeter um Zentimeter schob er sich auf Ellbogen, Gesäß und Füßen vor und näherte sich so im Schnekkentempo der Schlafkabine. Sein fast beschämender Reichtum an Muskelkraft war nun sicherlich von Nutzen — jeder andere Mensch wäre unter diesen Bedingungen hilflos flach am Boden kleben geblieben. Um an die Spritzpistole in der Schlafkabine zu gelangen, benötigte er dennoch eine Viertelstunde, während der das Baby praktisch ununterbrochen einen ohrenbetäubenden Lärm veranstaltete. Aufgrund des erhöhten Luftdrucks war der Krach so unerträglich laut und durchdringend, daß sämtliche Knochen in O'Maras Körper mitzuschwingen schienen.

»Ich versuche, mit Ihnen zu reden!« brüllte der Monitor während einer kurzen Verschnaufpause des Alien-Babies. »Können Sie diesem Schreihals nicht mal das Maul stopfen?«

»Der Kleine hat Hunger«, keuchte O'Mara. »Sobald ich ihn gefüttert hab, wird er sich beruhigen ...«

Die Spritzpistole war an einer Art Sackkarre befestigt, an die O'Mara ein Pedal angebracht hatte, um beide Hände zum Zielen frei zu haben. Da sein kleiner Schützling durch die vier Ge fast außer Gefecht gesetzt war, brauchte O'Mara jetzt seine Hände nicht zu benutzen. Statt dessen rückte er die Sackkarre mit den Schultern in die richtige Position und drückte das Pedal mit dem Ellbogen nach unten. Wegen der zusätzlichen Schwerkraft tendierte der Hochdruckstrahl dazu, sich nach unten zu neigen, aber schließlich gelang es ihm, das Kind mit dem Nahrungspräparat zu bedecken. Die entzündeten Stellen vom Nahrungsbrei zu reinigen war schon etwas schwieriger. Die Wasserdüse, die vom Boden aus nur sehr schlecht zu bedienen war, arbeitete völlig unpräzise. Am besten gelang es ihm noch, die große, leuchtendblaue Stelle abzusprühen, die sich aus drei zusammengewachsenen Flecken gebildet hatte und mittlerweile fast ein Viertel der gesamten Hautoberfläche bedeckte.

Danach streckte O'Mara die Beine aus und sackte mit dem Rücken allmählich zu Boden. Trotz der drei Ge, die auf ihm lasteten, empfand er diese Lage nach der Anstrengung der letzten halben Stunde, die er in halbsitzender Position verbracht hatte, fast als bequem.

Das Baby hatte aufgehört zu schreien.

»Was ich eigentlich gerade sagen wollte, ist, daß die früheren Zeugnisse Ihrer Arbeitgeber dem widersprechen, was ich hier vorfinde«, meldete sich der Monitor genervt, als die entstandene Ruhe ein paar Minuten anzuhalten schien. »Zwar sind Sie schon immer ein ungeduldiger Querkopf gewesen, bei Ihren Kollegen aber waren Sie ausnahmslos beliebt, sogar bei Ihren Vorgesetzten. Bei Letzteren allerdings nur mit einigen Abstrichen, was anscheinend darauf zurückzuführen ist, daß diese sich — ganz im Gegensatz zu Ihnen — hin und wieder irrten ...«

»Ich war denen kein Stück unterlegen und hab das auch oft genug bewiesen«, sagte O'Mara erschöpft. »Aber ich sehe einfach nicht intelligent genug aus und wirke eben auf die meisten Leute nur wie ein hirnloser Muskelprotz.«

Eigenartig, dachte O'Mara, aber seine persönlichen Schwierigkeiten schienen ihn in diesem Augenblick kaum noch zu interessieren. Er konnte einfach von der entzündeten blauen Stelle auf der Haut des Kleinen nicht wegsehen. Die Farbe war dunkler geworden, und der Fleck schien in der Mitte angeschwollen zu sein. Es sah ganz so aus, als wäre die extrem harte Oberhaut an dieser Stelle weich geworden und als hätte der starke innere Druck des FROB dort eine Schwellung verursacht. Durch die Erhöhung der Schwerkraft und des Drucks auf hudlarische Norm hoffte O'Mara, diese Entwicklung zum Stillstand zu bringen — es sei denn, es handelte sich um Symptome einer völlig anderen Krankheit.

Er hatte sogar daran gedacht, mit seiner Idee noch einen Schritt weiterzugehen und den gesamten Raum mit dem Nahrungspräparat vollzusprühen. Auf Hudlar bestand die Nahrung der Eingeborenen aus winzigen Organismen, die in der extrem dichten Atmosphäre herumschwebten, aber im Handbuch wurde ausdrücklich darauf hingewiesen, man müsse sämtliche Nahrungsteilchen von den befallenen Hautstellen fernhalten, so daß die zusätzliche Schwerkraft und der erhöhte Druck ausreichen sollten ...

»... trotzdem«, meldete sich der Monitor, »wenn ein ähnlicher Unfall auf einer Ihrer früheren Arbeitsstellen passiert wäre, hätte man Ihnen Ihre Geschichte geglaubt. Und selbst wenn Sie schuld daran gewesen wären, hätte man sich schützend vor Sie gestellt, um Ihnen solche Leute wie mich vom Leib zu halten. Wodurch haben Sie sich eigentlich von einem so freundlichen, sympathischen Menschen von damals zu dem, was Sie heute sind, entwickelt ...?«

»Ich hab mich gelangweilt«, gab O'Mara knapp zur Antwort.

Bislang hatte der kleine Hudlarer noch keinen Laut von sich gegeben, aber O'Mara hatte die typischen Tentakelbewegungen des FROB registriert, die einen baldigen Lärmausbruch ankündigten. Und dieser ließ auch nicht lange auf sich warten. Folglich war die nächsten zehn Minuten keine weitere Unterhaltung möglich.

O'Mara wälzte sich auf die Seite und rollte sich wieder auf seine mittlerweile abgeschürften und blutenden Ellbogen. Er wußte, wo der Fehler lag — das Baby vermißte die sonst üblichen Liebkosungen nach dem Füttern. Er schleppte sich langsam zu den beiden Seilen mit den Gegengewichten, die zu der Flaschenzugkonstruktion gehörten, die er sich für das Streicheln des Kleinen ausgedacht hatte, und bereitete sich darauf vor, das Versäumte nachzuholen. Aber die Seilenden hingen mehr als einen Meter über dem Boden.

Auf einen Ellbogen gestützt und darum bemüht, seinen furchtbar schweren anderen Arm zu heben, bekam O'Mara das Gefühl, als sei das Seil meilenweit von ihm entfernt. Durch die ungeheure Anstrengung rann ihm der Schweiß über Gesicht und Körper. Er zitterte und schwankte so stark, daß er trotz seines Handschuhs beim erstenmal abglitt, doch schließlich bekam er es zu fassen. Als er sich langsam zu Boden sinken ließ, umfaßte er das Seil noch immer fest.

Die Vorrichtung funktionierte durch eine spezielle Anordnung von Gegengewichten, so daß er an den Halteseilen nicht noch einmal zusätzlich ziehen mußte. Ein schweres Gewicht stürzte genau auf den Rücken des hudlarischen Kindes und verabreichte ihm so einen beruhigenden Klaps. O'Mara verweilte ein paar Minuten, dann kämpfte er sich wieder ein Stück hoch, um den Vorgang mit dem anderen Seil zu wiederholen. Kaum hatte er daran gezogen, wurde das erste Gewicht gleichzeitig wieder in seine Ausgangsstellung zurückbefördert.

Nach etwa acht Klapsen mußte er feststellen, daß er das Ende des Seils, nach dem er gerade griff, nicht mehr sehen konnte, obwohl er es fest umschlossen hielt. Offensichtlich hatte er den Kopf zu lange hochhalten müssen und stand nun kurz vor einer Ohnmacht. Die verringerte Durchblutung seines Gehirns hatte auch noch andere Auswirkungen ...

»... nun komm schon, mein Kleiner, sei brav«, hörte sich O'Mara mit einer eindeutig rührseligen Stimme sagen. »Jetzt geht's dir doch bestimmt schon besser, nicht wahr? Papi kümmert sich ja um dich ... pssst ... ach, was für ein liebes Baby du doch bist ...«

Das Komische daran war, daß er trotz eines gewissen Widerwillens aufrichtige Verantwortung für das Kind empfand und seine Besorgnis um den Kleinen sehr groß war. Schließlich hatte er das Baby damals gerettet ... und das hatte er nun davon! Vielleicht riefen auch die drei Ge, durch die er gegen den Boden gepreßt wurde — wobei jeder Atemzug zu Schwerstarbeit wurde und die geringste Bewegung die letzten Kraftreserven aufzehrte

— Erinnerungen an eine andere Art von Druck in ihm hervor, nämlich an das langsame und unaufhaltsame Zusammenstreben zweier großer lebloser und gefühlloser Metallmassen.

Der Unfall.

O'Mara, damals verantwortlicher Monteur der diensthabenden Schicht, hatte gerade die Warnleuchten angeschaltet, als er die beiden erwachsenen Hudlarer auf der Stirnseite eines der Verbindungsstücke ihrem Baby nachjagen sah. Er warnte sie über seinen Translator und bat sie eindringlich, sich in Sicherheit zu bringen und es ihm zu überlassen, den Kleinen dort zu verjagen — da das Kind viel kleiner als seine Eltern war, wäre es nicht so schnell von den Stirnseiten erfaßt worden, und während dieser paar zusätzlichen Minuten hätte O'Mara es aus der Gefahrenzone vertreiben können. Aber entweder waren damals die Translatoren der beiden Hudlarer abgeschaltet, oder sie wollten die Sicherheit ihres Kindes nicht einem dieser winzigen Menschen anvertrauen. Aus welchem Grund auch immer blieben sie jedenfalls zwischen den Stirnseiten stehen, bis es zu spät war, und O'Mara mußte hilflos dabei zusehen, wie die beiden zwischen den Verbindungsstükken eingeklemmt und schließlich zermalmt wurden.

Der Anblick des kleinen Hudlarers, der wegen seiner geringeren Größe noch immer unverletzt geblieben war und sich zwischen den leblosen Körpern seiner Eltern abstrampelte, ließ O'Mara mit leichter Verspätung handeln. Aber es gelang ihm schließlich, das Baby aus der Gefahrenzone zu vertreiben, ehe es auch von den Verbindungsstücken eingeklemmt werden konnte. Er selbst schaffte es gerade noch in letzter Sekunde zu entwischen, wobei er schon befürchtet hatte, ein Bein zurücklassen zu müssen.

Das hier war sowieso kein Platz für Kinder, sagte er sich wütend, als er jetzt auf den bebenden und zuckenden

Körper mit den schuppigen, dunkelblauen Flecken blickte. Eigentlich müßte es sogar verboten sein, Kinder hierherzubringen, selbst wenn sie so kräftig wie die hudlarischen Babies waren.

Aber Major Craythorne meldete sich nun wieder zu Wort.

»... nach dem zu urteilen, was dort akustisch bei Ihnen vor sich geht, scheinen Sie sich ja geradezu aufopferungsvoll um Ihren Pflegling zu kümmern«, bemerkte der Monitor mit leicht ironischem Unterton. »Wenn Sie den Kleinen bei guter Laune und Gesundheit halten, wird das sicherlich zu Ihrem Vorteil sprechen ...«

Bei guter Laune und Gesundheit halten, dachte O'Mara, während er erneut an einem Seil zog. *Gesundheit ...!*

»... aber es gibt noch andere Überlegungen«, fuhr die ruhige Stimme fort. »Wichtig ist zum Beispiel die Frage, ob der allgemein gegen Sie erhobene Vorwurf der Fahrlässigkeit gerechtfertigt ist, weil Sie die Warnleuchten erst nach dem Unfall eingeschaltet haben sollen. Und völlig ungeachtet Ihrer früheren Zeugnisse, haben Sie sich zumindest hier auf der Baustelle wie ein mürrischer und streitsüchtiger Raufbold aufgeführt. Besonders Ihr Verhalten gegenüber Waring ist ...«

Der Monitor brach ab, blickte leicht mißbilligend drein und fuhr dann fort: »Vor wenigen Minuten haben Sie gesagt, daß Sie sich so verhalten, weil Sie sich langweilen. Erklären Sie mir das bitte genauer.«

»Moment mal, Major«, fuhr Caxton dazwischen, wobei sein Gesicht plötzlich hinter Craythornes auf dem Schirm erschien. »Ich bin mir sicher, er versucht aus irgendeinem Grund Zeit zu schinden. All diese Unterbrechungen, diese keuchende Stimme, mit der er spricht, und dieses ganze ›Ei-wo-ist-denn-unser-Kleiner‹-Gehabe macht er doch nur, um uns zu zeigen, was für ein tolles Kindermädchen er ist. Ich denke, ich begebe mich am besten zu ihm und hole ihn hierher, damit er Ihnen die Fragen von Angesicht zu Angesicht beantworten kann ...«

»Das wird nicht nötig sein«, wandte O'Mara sofort ein. »Ab sofort stehe ich Ihnen für alle Fragen zur Verfügung ...«

In einer regelrechten Schreckensvision stellte er sich Caxtons Reaktion vor, wenn dieser das Alienbaby in seinem gegenwärtigen Zustand zu sehen bekäme; zwar wurde O'Mara von dem Anblick des Kleinen selbst schlecht, aber er hatte sich wenigstens mittlerweile daran gewöhnt. Caxton würde nicht lange überlegen oder gar auf eine Erklärung warten und erst recht nicht sich selbst fragen, ob es fair gewesen war, einen ET in die Obhut eines Menschen zu geben, der keinerlei Kenntnisse von der Physiologie und dem Krankheitsbild des Aliens besaß. Caxton würde lediglich reagieren, und das mit aller Schärfe.

Und was den Monitor betraf ...

O'Mara hoffte, aus der Geschichte mit dem Unfall möglicherweise ungeschoren davonzukommen, sollte das Baby aber sterben, hatte er keine Chance. Zwar hatte sich das Kind nur eine leichte, wenn auch ungewöhnliche Krankheit zugezogen, sie hätte aber schon vor Tagen richtig behandelt werden müssen. Da dies nicht geschehen war, hatte sich sein Zustand ständig verschlechtert, so daß es mittlerweile dem Tode geweiht war, falls O'Maras letzter verzweifelter Versuch, die Umweltbedingungen von Hudlar zu reproduzieren, scheitern sollte. Was er jetzt brauchte, war Zeit. Laut Handbuch etwa vier bis sechs Stunden.

Plötzlich kam ihm alles furchtbar sinnlos vor. Der Gesundheitszustand des Babies hatte sich nicht gebessert — es bebte und zuckte noch immer am ganzen Körper und sah ganz allgemein wie das mit Abstand kränkste und bedauernswerteste Geschöpf aller Zeiten aus. O'Mara fluchte hilflos. Was er jetzt versuchte, hätte er schon vor Tagen probieren müssen. Sein Baby war so gut wie tot, und sollte er die derzeitige Behandlungsmethode weitere vier bis sechs Stunden durchführen, wäre er wahrscheinlich selbst tot oder müßte sein restliches Leben als Krüppel verbringen. Doch das würde ihm ganz recht geschehen, wie er selber meinte.

VI

Die unheildrohende Krümmung der Tentakel des hudlarischen Kindes kündigten O'Mara erneutes Gebrüll an. Mit grimmiger Miene stemmte er sich abermals auf die Ellbogen, um wieder Streicheleinheiten austeilen zu können. Obwohl er von der Sinnlosigkeit seines Unterfangens überzeugt war, mußte man dem Kind wenigstens eine Chance geben. Wollte er seine Behandlung ohne Unterbrechung beenden, brauchte er Zeit, und deshalb mußte er jetzt die Fragen des Monitors ausführlich und zufriedenstellend beantworten, denn sobald das Baby wieder zu schreien anfangen würde, wäre er dazu nicht mehr in der Lage.

»... um Ihnen die Zusammenarbeit ein wenig zu erleichtern, möchte ich zunächst einmal gerne eine Erklärung für Ihren plötzlichen Persönlichkeitswandel von Ihnen hören«, sagte der Major.

»Ich hab mich einfach gelangweilt, weil ich hier nicht genug zu tun hatte«, entgegnete O'Mara. »Vielleicht bin ich dadurch ein wenig aggressiv und auch verbiestert geworden. Aber der Hauptgrund, daß ich mich hier manchmal wie ein Kotzbrocken aufgeführt hab, lag an der Arbeit, die von einem netten Typ gar nicht hätte erledigt werden können. Ich hab viel studiert und halte mich für einen recht guten, praxisbezogenen Psychologen ...«

Plötzlich geschah die Katastrophe. Der Ellbogen, auf

dem O'Mara sich abstütze, als er gerade nach dem Halteseil griff, rutschte ab, und er wurde aus einer Höhe von einem halben Meter zu Boden geschmettert. Bei drei Ge entsprach dies einem Fall aus über zwei Meter Höhe. Zum Glück trug er einen schweren Anzug mit einem gepolsterten Helm, so daß er nicht das Bewußtsein verlor. Aber er schrie auf und hielt sich beim Fallen instinktiv am Seil fest.

Das war sein Fehler.

Ein Gewicht stürzte herab, das andere schoß zu weit nach oben und schlug krachend gegen die Decke, wobei es den Leichtmetallträger aus seiner Verankerung riß, der es abstützte. Die gesamte Konstruktion begann abzusacken, rutschte heraus und krachte schließlich bei vier Ge auf das Kind herab. In seinem benommenen Zustand konnte O'Mara nur erahnen, mit welcher Wucht das Gewicht auf das Kind herabgestürzt sein mußte. Danach war das Baby jedenfalls völlig still, was ihn verständlicherweise beunruhigte.

»... zum drittenmal«, brüllte der Monitor, »was, zum Teufel, geht dort eigentlich vor?«

O'Mara murmelte irgend etwas vor sich hin, was selbst in seinen eigenen Ohren ziemlich dämlich klang.

Dann mischte sich Caxton wieder ein. »Da ist doch irgendwas faul, und ich wette, es hat etwas mit dem Kind zu tun! Ich mache mich jetzt auf den Weg und werde mal nachsehen ...«

»Nein, warten Sie!« wandte O'Mara verzweifelt ein. »Geben Sie mir noch sechs Stunden ...«

»In zehn Minuten bin ich bei Ihnen«, ließ Caxton nicht locker.

»Caxton!« schrie O'Mara. »Wenn Sie durch meine Luftschleuse kommen, bringen Sie mich um! Ich werde die Innenluke geöffnet und fest verkeilt haben, und wenn Sie die Außenluke öffnen, wird die Luft herausströmen. Glauben Sie mir, dann hat der Major niemanden mehr, den er verhaften kann.«

Plötzlich herrschte Schweigen, dann fragte der Major gefaßt: »Wozu brauchen Sie denn die sechs Stunden?«

O'Mara versuchte den Kopf zu schütteln, um wieder klare Gedanken fassen zu können, aber da sein Schädel jetzt das Dreifache wog, verrenkte er sich lediglich den Hals. Als er sich umsah, fragte er sich selbst, wozu er diese sechs Stunden eigentlich noch brauchte, denn sowohl die Spritzpistole als auch der mit ihr verbundene Wasserbehälter waren durch den von der Decke fallenden Flaschenzug demoliert worden. Also konnte er das Baby weder füttern oder waschen, noch konnte er es unter den herabgestürzten Trümmern überhaupt sehen. Folglich blieb ihm nichts anderes übrig, als sechs Stunden lang auf ein Wunder zu warten.

»Ich mach mich jetzt auf den Weg«, beharrte Caxton.

»Sie bleiben hier, Caxton!« befahl der Major im höflichen, aber bestimmten Ton. »Ich will der Sache auf den Grund gehen. Sie warten jetzt draußen, bis ich mit O'Mara allein gesprochen hab. Also, O'Mara, schießen Sie los! *Was ... geht ... bei ... Ihnen ... vor?*«

Wieder flach auf dem Rücken liegend, kämpfte O'Mara darum, genug Atem zu bekommen, um ein ausgedehntes Gespräch führen zu können. Er hatte sich entschieden, dem Monitor am besten die ganze Wahrheit zu sagen und ihn dann zu bitten, ihm auf die einzig mögliche Weise zu helfen, durch die das Kind gerettet werden könnte — nämlich ihn sechs Stunden lang allein zu lassen. Aber während O'Mara erzählte, fühlte er sich im wahrsten Sinne des Wortes am Boden zerstört, und sein Blick war so verschwommen, daß er manchmal selbst nicht sagen konnte, ob seine Augenlider offen oder geschlossen waren. Er sah allerdings, wie jemand dem Major eine Nachricht übergab, die Craythorne aber erst las, als O'Mara zu Ende gesprochen hatte.

»Sie haben leider Pech«, sagte Craythorne schließlich, wobei er kurz so etwas wie Mitleid durchblicken ließ, dann aber wurde seine Stimme wieder strenger. »Normalerweise würde ich mich gezwungen sehen, Ihrem Vorschlag zu folgen und Ihnen die sechs Stunden zu bewilligen. Schließlich haben Sie das Buch und sind deshalb besser unterrichtet als wir. Aber die Lage hat sich in den letzten Minuten schlagartig geändert. Ich bin gerade unterrichtet worden, daß zwei Hudlarer eingetroffen sind, von denen einer Arzt ist. Sie sollten lieber aufgeben, O'Mara. Sie haben wirklich alles versucht, aber jetzt überlassen Sie es bitte den Fachleuten, die Situation zu retten ... um des Kindes willen«, fügte er hinzu.

Mittlerweile waren drei Stunden vergangen. Caxton, Waring und O'Mara saßen dem Monitor, der gerade hereingekommen war, am Tisch gegenüber.

»Die nächsten Tage hab ich eine Menge um die Ohren, also lassen Sie uns die Angelegenheit rasch klären«, sagte Craythorne geschäftig. »Zuerst der Unfall. O'Mara, Ihr Fall hängt allein von der Aussage Warings ab. Ihrerseits scheint es da einige sehr fragwürdige Gedankengänge zu geben. Ich hab Warings Zeugenaussage bereits gehört, aber um meine eigene Neugier zu befriedigen, möchte ich gern wissen, was er Ihrer Meinung nach gesagt hat.«

»Er hat meine Aussage bestimmt bestätigt«, sagte O'Mara gleichgültig. »Schließlich hatte er gar keine andere Wahl.« Er blickte auf seine Hände und mußte immer noch an das schwerkranke Baby denken, das er in seinem Quartier zurückgelassen hatte. Immer wieder versuchte er, sich einzureden, für die Vorkommnisse nicht verantwortlich zu sein, aber tief im Innern spürte er, daß das Kind jetzt wohlauf gewesen wäre, wenn er mehr geistige Flexibilität bewiesen und mit der Druckbehandlung früher begonnen hätte.

»Und warum glauben Sie, daß Waring keine andere Wahl hatte?« drängte der Monitor.

Caxton saß mit offenem Mund da und wirkte verwirrt. Waring war schon die ganze Zeit O'Maras Blick ausgewichen und errötete jetzt.

»Als ich hierherkam«, begann O'Mara lustlos, »hab ich mich nach einer zweiten Aufgabe umgesehen, um meine Freizeit besser auszufüllen. Dabei kam heraus, daß ich mich an Warings Fersen geheftet hab. Er ist der Grund, weshalb ich hier so verhaßt bin. Auf der anderen Seite war das die einzige Möglichkeit, ihm zu helfen. Aber um das zu verstehen, müßte ich etwas weiter ausholen.

Wegen des Kernreaktorunfalls«, fuhr O'Mara fort, »standen alle Männer seines Abschnitts tief in Warings Schuld — wahrscheinlich kennen Sie mittlerweile die Einzelheiten. Waring selbst war übel dran. Körperlich war er am Ende. Ihm mußten Spritzen verabreicht werden, um sein Blutbild aufrechtzuerhalten, und physisch war er gerade noch kräftig genug, um an seinem Kontrollpult zu arbeiten. Ansonsten schwelgte er in Selbstmitleid. Seelisch war er ein Wrack. Trotz Pellings Versicherungen, die Spritzen seien nur noch ein paar Monate notwendig, war er davon überzeugt, unter bösartiger Anämie zu leiden. Außerdem hat er trotz gegenteiliger Aussagen des Arztes geglaubt, er sei zeugungsunfähig geworden. Und aus dieser Überzeugung heraus nahm er ein so merkwürdiges Verhalten an, daß man als normaler Mensch eine Gänsehaut bekam — zumal alles nur auf Einbildung beruhte und ihm in dieser Hinsicht überhaupt nichts fehlte. Als ich mitbekam, wo der Hase langlief, begann ich, ihn bei jeder sich mir bietenden Gelegenheit lächerlich zu machen und hab ihm gnadenlos nachgestellt. Deshalb hatte er meiner Meinung nach gar keine andere Wahl, als meine Darstellung der Ereignisse zu bestätigen — schon aus bloßer Dankbarkeit.«

»Langsam geht mir ein Licht auf«, warf der Major ein. »Aber erzählen Sie bitte weiter.«

»Wie gesagt, die Männer in Warings Umgebung standen tief in seiner Schuld«, fuhr O'Mara fort. »Aber anstatt ihn zu bremsen und sich vernünftig mit ihm zu unterhalten, überhäuften sie ihn mit Mitleid. Sie ließen ihn jeden Streit, jedes Kartenspiel und was sonst noch alles gewinnen und behandelten ihn ganz generell wie einen kleinen Gott. Ich hab da nicht mitgemacht. Jedesmal, wenn er lispelte oder stotterte oder sich sonst wie tölpelhaft aufführte, hab ich ihn gnadenlos heruntergemacht — egal, ob es sich dabei um eine sich selbst eingeredete psychische Behinderung handelte oder um eine körperliche, für die er nichts konnte. Vielleicht bin ich manchmal zu grob mit ihm umgegangen, aber bedenken Sie, daß ich als einzelner einen Schaden ungeschehen machen wollte, der von fünfzig Leuten angerichtet worden war. Natürlich konnte mich Waring auf den Tod nicht ausstehen, aber bei mir wußte er wenigstens immer genau, wo er dran war. Und ich hab ganz schön vom Leder gezogen. Bei den seltenen Gelegenheiten, wo er es schaffte, mich einmal unterzukriegen, hatte er trotz meines erbitterten Widerstands wirklich gewonnen, und das wußte er — ganz im Gegensatz zu seinen Freunden, die sich von ihm in allem schlagen ließen, wodurch seine vermeintliche Überlegenheit völlig bedeutungslos wurde. Dabei brauchte er aber gerade jemanden, der ihn schikanierte, ihn aber auch als Gleichberechtigten behandelte und keinerlei Zugeständnisse machte. Als dann diese schlimme Geschichte passierte«, schloß O'Mara, »war ich mir ziemlich sicher, er würde — bewußt wie auch unbewußt — allmählich kapieren, was ich für ihn getan hab, und neben der Tatsache, daß er im Grunde ein anständiger Kerl ist, aus bloßer Dankbarkeit keine Beweise zurückhalten, die meine Unschuld untermauern. Hab ich recht behalten?«

»Ja«, bestätigte der Major. Er hielt kurz inne, um auf Caxton beschwichtigend einzuwirken, der protestierend aufgesprungen war, und fuhr dann fort: »Wobei wir bei dem kleinen FROB wären. Offenbar hat sich Ihr Baby eine der leichten, aber seltenen Krankheiten eingefangen, die nur auf seinem Heimatplaneten erfolgreich behandelt werden können.« Craythorne grinste plötzlich. »Jedenfalls wurde das bis vor ein paar Stunden von unseren hudlarischen Freunden so angenommen. Jetzt aber haben die beiden verlauten lassen, daß die richtige Behandlung von Ihnen bereits eingeleitet worden ist und sie nur noch ein paar Tage abzuwarten brauchen, bis das Kind wieder völlig gesund sein wird. Aber die beiden sind auch ziemlich sauer auf Sie, O'Mara«, fuhr der Monitor fort. »Die Hudlarer behaupten, Sie hätten irgendein spezielles Gerät zusammengebastelt, um das Kind streicheln und besänftigen zu können. Sie sollen das aber viel öfter getan haben, als es zu wünschen gewesen wäre. Das Baby sei schrecklich verwöhnt und zudem überfüttert, sagen die beiden, und zwar in einem solchen Ausmaß, daß es derzeit Menschen den Angehörigen seiner eigenen Spezies vorzieht ...«

Plötzlich schlug Caxton mit der Faust auf den Tisch. »Sie werden ihn doch wohl nicht so einfach davonkommen lassen!« brüllte er mit puterrotem Gesicht. »Waring weiß einfach nicht, was er manchmal sagt ...«

»Mister Caxton!« unterbrach ihn der Major scharf. »Sämtliche uns zur Verfügung stehenden Beweise belegen, daß man Mister O'Mara nichts vorwerfen kann, sowohl was den Unfall angeht als auch die spätere Pflege des Kindes. Trotzdem bin ich mit ihm hier noch nicht fertig. Vielleicht wären Sie beide deshalb jetzt erst einmal so freundlich und gehen hinaus ...«

Caxton ließ sich nicht lange bitten und stürmte wütend nach draußen.

Waring folgte ihm gemächlich. Dann drehte er sich an der Tür noch einmal um, warf O'Mara einen druckreifen und drei nicht druckreife Ausdrücke an den Kopf und verschwand schließlich mit einem zufriedenen Grinsen.

Der Major seufzte nur und sagte streng: »O'Mara, Sie haben wieder einmal Ihren Job verloren. Zwar gebe ich in der Regel keine ungebetenen Ratschläge, möchte Sie aber an einige grundlegende Dinge erinnern. In wenigen Wochen wird hier das Personal samt Wartungsingenieuren für dieses Hospital eintreffen, und es wird praktisch aus sämtlichen bekannten Spezies dieser Galaxis zusammengesetzt sein. Meine Aufgabe besteht nun darin, allen bei der Eingewöhnung behilflich zu sein und eventuell auftretende Reibereien gleich im Keim zu ersticken, damit sie letztendlich als Team zusammenarbeiten werden. Bis jetzt gibt es noch keine schriftlich fixierten Verhaltensmaßregeln für dieses Problem, aber meine Vorgesetzten haben mir vor meiner Abreise gesagt, daß es einen guten, praxisorientierten Psychologen mit einer Menge gesundem Menschenverstand erfordere, der sich nicht scheut, hin und wieder ein kalkuliertes Risiko einzugehen. Ich brauche Ihnen gegenüber wohl nicht zu erwähnen, daß zwei solche Psychologen weit mehr erreichen könnten als einer und ...«

O'Mara hörte dem Monitor nur mit einem Ohr zu, weil er daran denken mußte, wie Waring ihn beim Hinausgehen angegrinst hatte. Sowohl das Kind als auch Waring waren jetzt auf dem Weg der Besserung, dessen war er sich sicher, und in seinem gegenwärtigen Zustand der Glückseligkeit konnte er niemandem etwas abschlagen. Aber anscheinend hatte der Major seine Geistesabwesenheit falsch gedeutet.

»... verdammt, O'Mara! Ich biete Ihnen einen Job an. Sie gehören und *passen* hierher! Kapieren Sie das nicht, Mann? Das hier ist ein Hospital, und Sie haben unseren ersten Patienten geheilt ...!«

Zweiter Teil

Das Orbit Hospital

I

Was aus der Ferne wie ein mißgestalteter Weihnachtsbaum aussah, waren die strahlenden Lichter des Orbit Hospitals, die sich im galaktischen Sektor zwölf vor dem nebelhaften Hintergrund der Sterne nach allen Seiten ausbreiteten. Aus den Sichtfenstern schienen gelbe, rotorangefarbene und hellgrüne Lichter, andere leuchteten in einem grellen Blau, das in den Augen stach. An einigen Stellen war es auch dunkel. Dort waren strahlenundurchlässige Stahlplatten angebracht worden, hinter denen entweder Abschnitte lagen, in denen das Licht derart grell war, daß die Augen der anfliegenden Raumpiloten davor geschützt werden mußten, oder aber Abteilungen, in denen es völlig dunkel und kalt war, weil nicht einmal das Sternenlicht die Augen der Bewohner erreichen durfte.

Für die Insassen des Telfischiffs, das gerade aus dem Hyperraum glitt und etwa dreißig Kilometer von dieser gewaltigen Konstruktion entfernt im Raum schwebte, war diese auffallende Beleuchtung dennoch zu schwach, um ohne den Einsatz von Instrumenten wahrgenommen zu werden. Die Telfi waren Kernenergieverwerter. Der Schiffskörper schimmerte in einem fließenden, blauen radioaktiven Licht, und das Innere war mit hochgradiger harter Strahlung angefüllt, was aber durchaus normal war. Lediglich im Heck des kleinen Schiffs herrschten ungewöhnliche Bedingungen. Hier im Maschinenraum hatte sich der aktive Kern eines Reaktors in unterkritische und unabgeschirmte Massen aufgelöst, und dort war selbst für einen Telfi die radioaktive Strahlung zu stark geworden.

Das denkende Gruppenwesen, das den Kapitän und die *Besatzung* in einem verkörperte, aktivierte den Kurzstreckenkommunikator und redete in der abgehackten und dröhnenden Sprache, in der man sich mit jenen rückständigen Wesen unterhielt, die unfähig waren, sich mit einer Telfigestalt zu verschmelzen.

»Hier meldet sich eine Hundert-Einheiten-Telfigestalt«, sagte das Wesen langsam und deutlich. »Wir haben Verletzte an Bord und benötigen Ihre Hilfe. Unsere Klassifikation als ganze Gruppe lautet VTXM. Ich wiederhole: VTXM ...«

»Bitte Einzelheiten und Dringlichkeitsstufe«, fuhr eine Stimme energisch dazwischen, als die Telfigestalt seine Mitteilung gerade wiederholen wollte. Die Rückmeldung wurde in dieselbe Sprache übertragen, die der Kapitän benutzt hatte. Die Gestalt lieferte umgehend die geforderten Einzelheiten und wartete ab. Sie bestand aus hundert spezialisierten Einheiten, die sowohl ihren Verstand als auch ihren Körper bildeten. Einige der Einheiten waren blind, taub und vielleicht sogar tote Zellen, die keinerlei Sinneseindrücke empfangen oder aufzeichnen konnten, wohingegen andere solch unerträgliche Schmerzenswellen ausstrahlten, daß sich das Gruppenwesen krümmte und sich in stiller Anteilnahme wand. Wollte diese Stimme denn niemals antworten, fragten sich die Telfigestalt, und wenn ja, würde man ihr helfen können?

»Sie dürfen sich dem Hospital höchstens bis auf zehn Kilometer nähern«, meldete sich die Stimme plötzlich. »Andernfalls würden Sie den von radioaktiven Strahlen unabgeschirmten Verkehr in der unmittelbaren Umgebung des Sektors zwölf oder die Wesen mit einer geringen Strahlungstoleranz innerhalb des Orbit Hospitals gefährden.«

»Wir verstehen«, sagte die Telfigestalt.

»Sehr gut«, antwortete die Stimme erleichtert. »Außerdem müssen Sie bedenken, daß es uns bei Ihnen im Schiff zu heiß ist, um direkt eingreifen zu können. Ferngesteuerte Geräte sind bereits zu Ihnen unterwegs. Sie können die Sache vereinfachen, wenn Sie sich darum kümmern, daß Ihre Verletzten so nahe wie möglich zur größten Einstiegsluke gebracht werden. Keine Sorge, falls das nicht möglich ist, besitzen wir die technischen Hilfsmittel in Ihr Schiff einzudringen und die Verletzten zu bergen.« Die Stimme schloß mit den Worten, daß man zwar hoffe, den Patienten helfen zu können, man aber gegenwärtig noch nicht imstande sei, eine genaue Prognose zu stellen.

Die Telfigestalt dachte darüber nach, daß zwar die Schmerzen, von denen ihr Verstand und ihr verästelter und vielgliedriger Körper heimgesucht wurde, bald verschwunden sein würden, aber ebenso fast ein Viertel ihrer gesamten Struktur ...

Mit jenem Glücksgefühl, das man nur hat, wenn man nach acht Stunden Tiefschlaf ein reichhaltiges Frühstück genossen und eine interessante Arbeit vor sich hatte, begab sich Conway gutgelaunt zu seiner Abteilung. Es war natürlich nicht wirklich *seine* Abteilung — falls auf irgendeiner Krankenstation etwas Ernsthaftes passieren sollte, wurde allenfalls von ihm erwartet, Hilfe herbeizurufen. Aber angesichts der Tatsache, erst seit zwei Monaten hier zu sein, störte ihn das genausowenig wie die Begleiterscheinung, daß noch einige Zeit vergehen würde, ehe man ihm Fälle anvertrauen wollte, die mehr als nur mechanischer Behandlungsmethoden bedurften. Lückenloses Wissen über die Physiologie einer beliebigen Spezies konnte man innerhalb weniger Minuten durch Schulungsbänder erlangen, aber das Geschick, dieses Wissen auch praktisch anzuwenden — erst recht in der Chirurgie —, brauchte seine Zeit. Conway jedenfalls freute sich mit unverhohlenem Stolz darauf, von nun an sein Leben damit zu verbringen, sich diese Fähigkeiten anzueignen.

An einer Stelle, wo sich zwei Gänge kreuzten, traf er auf einen FGLI, den er kannte — einen tralthanischen Medizinalassistenten, der seinen elefantenähnlichen Körper auf sechs schwammigen Füßen vorwärts schleppte. Die untersetzten Beine schienen noch gummiartiger als gewöhnlich, und der kleine OTSB, der in einer Symbiose mit dem Alien lebte, lag praktisch im Koma.

»Guten Morgen«, begrüßte Conway ihn strahlend.

Als übersetzte und deshalb zwangsläufig emotionslos klingende Antwort erhielt er nur: »Laß mich bloß in Ruhe!«

Conway grinste.

In und um die Unfallaufnahme herum hatte es gestern viel Wirbel gegeben. Zwar war Conway nicht gerufen worden, aber es sah ganz so aus, als hätte der Tralthaner seither keine einzige ruhige Minute mehr gehabt.

Einige Meter weiter begegnete er einem anderen Tralthaner, der langsam neben einem kleinen Wesen herging, das wie er selbst ein DBDG war, sich allerdings von ihm wesentlich unterschied. DBDG war nur die Obergruppenklassifikation, mit der die physischen Eigenschaften einer Spezies — die Anzahl der Arme, Köpfe, Beine und so weiter — allgemein bestimmt wurden. Die Tatsache, daß dieses Wesen siebenfingrige Hände hatte, nur ein Meter zwanzig groß war und wie ein extrem plüschiger Teddybär aussah, wurde erst deutlich, wenn man die Klassifikation auf zwei oder drei Untergruppen ausdehnte. Conway hatte zwar das Sternsystem vergessen, aus dem das Wesen stammte, erinnerte sich aber, gehört zu haben, daß es von einem Planeten kam, auf dem plötzlich eine Eiszeit ausgebrochen war. Aus diesem Grund hatte dessen am weitesten fortgeschrittene Lebensform gleichzeitig Intelligenz und einen dicken roten Pelz entwickelt. Der DBDG hielt die Hände hinter dem Rücken verschränkt und starrte geistesabwesend zu Boden. Sein enorm großer Begleiter zeigte ähnliche Anzeichen der Konzentration, zog aber wegen der verschiedenartigen Lage der Sehorgane die Decke vor. Beide trugen ihre Berufsbezeichnung an goldenen Armbändern, was in diesem Fall bedeutete, daß es sich um keine Geringeren als um Diagnostiker handelte, die sich häufig etwas blasiert gaben. Conway hütete sich davor, die beiden zu begrüßen, und schlich auf Zehenspitzen an ihnen vorbei.

Möglicherweise waren sie gerade in irgendein medizinisches Problem vertieft, dachte Conway, oder aber, was ebenso wahrscheinlich war, sie hatten sich gerade gestritten und ignorierten ostentativ die Gegenwart des anderen. Diagnostiker waren eigentümliche Leute. Um es vorwegzunehmen: Sie waren zwar nicht direkt verrückt, aber ihr Beruf zwang ihnen eine gewisse Schrulligkeit regelrecht auf.

An jeder Kreuzung gab es fortwährend Lautsprecherinformationen in einem unverständlichen Alienkauderwelsch, die Conway im Vorübergehen bislang nur halb wahrgenommen hatte. Aber als plötzlich eine Durchsage auf terranisch durchgegeben wurde und zu seiner Überraschung sein Name aufgerufen wurde, blieb er wie angewurzelt stehen.

»... sofort zur Einlaßschleuse zwölf«, wiederholte die Stimme monoton. »Klassifikation VTXM-23. Doktor Conway, bitte begeben Sie sich sofort zur Einlaßschleuse zwölf. Klassifikation VTXM-23 ...«

Conways erster Gedanke war, daß unmöglich er gemeint sein konnte. Aber tatsächlich deutete alles darauf hin, als wollte man ihn zu einem Fall hinzuziehen, und zwar zu einem großen, denn die ›23‹ hinter dem Klassifikationscode bezog sich auf die Anzahl der zu behandelnden Patienten. Die Klassifikation VTXM war ihm allerdings völlig fremd. Natürlich wußte er, was die Buchstaben bedeuteten, aber er hätte nie geglaubt, sie jemals in dieser Kombination anzutreffen. Nach allem, was er wußte, mußte es sich um irgendeine Art telepathischer Spezies handeln, die Strahlungsenergie direkt umwandeln konnte und gewöhnlich als eng zusammenhängende Gruppe oder als sogenannte ›Gestalt‹ existierte. Das V an erster Stelle der Klassifikation deutete darauf hin, daß extrasensorische Kräfte ihr allerwichtigstes Merkmal, der gesamte Körperbau hingegen absolut zweitrangig war. Während Conway sich noch fragte, ob er einem solchen Fall bereits gewachsen war, hatte er bereits auf dem Absatz kehrtgemacht und eilte wie automatisch zur Schleuse zwölf.

Dort wurde er schon von seinen Patienten in einem Metallbehälter erwartet, der rundum mit Bleiplatten abgedeckt war und bereits auf einer mit einem Fahrersitz versehenen Elektrobahre lag. Ein Pfleger berichtete Conway in kurzen Worten, daß sich die Wesen selbst als ›Telfigestalt‹ bezeichneten. Außerdem lasse eine vorläufige Diagnose die Benutzung des Strahlungsoperationssaals als notwendig erscheinen, der schon vorbereitet worden sei. Zudem könne er infolge der leichten Transportfähigkeit seiner Patienten Zeit sparen, indem er sie zum Schulungsraum mitnahm und draußen warten ließ, während er sich mit Hilfe eines Schulungsbandes über die Physiologie der Telfi unterrichten würde.

Conway bedankte sich mit einem Nicken, sprang auf den Wagen und setzte ihn in Bewegung, wobei er vor dem Pfleger den Eindruck zu erwecken versuchte, es handle sich für ihn lediglich um einen ganz alltäglichen Routinefall.

Sein angenehmes, aber durchaus arbeitsreiches Leben, das ihm eine so außergewöhnliche Einrichtung wie das Orbit Hospital bot, hatte nur einen einzigen bitteren Beigeschmack, den er beim Betreten des Schulungsraums wieder einmal zu spüren bekam: ein Monitor hatte Dienst. Conway verabscheute Monitore. Die Gegenwart einer solchen Person wirkte sich auf ihn mehr aus als die unmittelbare Nähe eines Überträgers einer ansteckenden Krankheit. Und wenn er auch stolz darauf war, daß er als ein kultivierter und mit hohen moralischen Werten ausgestatteter Mensch es niemals über sich bringen würde, irgend etwas oder irgend jemanden zu hassen, so verabscheute er Monitore doch aus tiefstem Herzen. Natürlich wußte er, wie einige Wesen manchmal durchdrehen konnten und daß es jemanden geben mußte, der die notwendigen Gegenmaßnahmen ergreifen konnte, um den Frieden zu wahren. Aber allein wegen seiner Abscheu vor Gewalt in jedweder Form konnte er Leute, die solche Sanktionen vornahmen, einfach nicht mögen.

Und was hatten Monitore überhaupt in einem Hospital zu suchen?

Als er den Raum betrat, drehte sich die Gestalt, die in einem engen, dunkelgrünen Overall vor dem Schulungskontrollpult saß, schnell herum. Conway bekam einen zweiten Schock. Der Monitor trug nicht nur das Rangabzeichen eines Majors auf der Schulter, sondern zusätzlich den Äskulapstab der ärztlichen Zunft am Kragen!

»Guten Tag, mein Name ist O'Mara«, begrüßte ihn der Major mit freundlicher Stimme. »Ich bin der Chefpsychologe in diesem Irrenhaus. Ich nehme an, Sie sind Doktor Conway, stimmt's?« fügte er lächelnd hinzu.

Conway erwiderte das Lächeln, wußte aber, wie gezwungen es wirken mußte und daß dies seinem Gegenüber nicht verborgen geblieben war.

Etwas weniger entgegenkommend fuhr O'Mara fort: »Sie brauchen also das Telfiband. Nun, Doktor, Sie haben sich diesmal etwas sehr Ausgefallenes aufhalsen lassen. Sobald Sie Ihre Arbeit erledigt haben, sollten Sie das Band so schnell wie möglich wieder aus Ihrem Gedächtnis löschen. Glauben Sie mir, Sie werden die Informationen bestimmt nicht behalten wollen. Also gut, geben Sie mir bitte hier Ihren Daumenabdruck, und dann setzen Sie sich dort hinüber.«

Während Conway mit dem Schulungsgerät durch ein Stirnband und Elektroden verbunden wurde, war er bemüht, gleichgültig dreinzuschauen und den festen und geschickten Händen des Majors nicht mit dem Kopf auszuweichen.

O'Maras kurzgeschnittenes Haar war metallisch grau, und seine Augen hatten die durchdringende Wirkung von blauen Stahlbohrern. Conway wußte, daß diese Augen jede seiner Reaktionen genau beobachtet hatten und ein genauso scharfer Verstand nun seine Schlußfolgerungen daraus zog.

»So, das war's«, sagte O'Mara, als endlich alles vorbei war. »Bevor Sie gehen, Doktor, wollte ich Ihnen noch sagen, daß wir dringend einen kleinen Plausch miteinander halten müssen. Lassen Sie es uns eine Art Neuorientierungsgespräch nennen. Allerdings nicht jetzt, schließlich haben Sie noch zu tun, aber sobald Sie mit Ihrer Aufgabe fertig sind.«

Als Conway hinausging, spürte er, wie sich die stahlblauen Augen in seinen Rücken bohrten.

Wie ihm geraten worden war, hätte er sich jetzt durch nichts ablenken lassen sollen, damit sich das neu eingeprägte Wissen in aller Ruhe setzen konnte. Aber seine Gedanken drehten sich nur noch darum, daß im Orbit Hospital ein Monitor ein ranghohes Mitglied des Mitarbeiterstabs war — und ein Arzt noch dazu. Wie ließen sich diese beiden Berufe überhaupt miteinander vereinbaren?

Conway betrachte nachdenklich seine Armbinde, auf der der tralthanische schwarz-rote Kreis, die flammende Sonne der chloratmenden Illensaner und die sich um den Stab windende Schlange der Erde abgebildet waren — all die in hohen Ehren gehaltenen medizinischen Symbole der drei bekanntesten Spezies der galaktischen Union. Und jetzt tauchte da dieser Dr. O'Mara auf, dessen Kragenansatz behauptete, er stehe im Dienste der Heilkunst, dessen Schulterklappen aber verrieten, daß er etwas ganz anderes war.

Eins jedenfalls stand jetzt für Conway fest: Er würde

sich erst dann wieder hier wirklich wohl fühlen, sobald er herausgefunden hatte, weshalb der Chefpsychologe des Hospitals ein Monitor war.

II

Es war Conways erste Erfahrung mit einem Schulungsband über die Physiologie von Aliens, und mit Interesse bemerkte er, wie er in zunehmendem Maße in Gedanken doppelt zu sehen begann — ein eindeutiges Indiz dafür, daß das Band seine Wirkung nicht verfehlt hatte. Als er den Strahlungsoperationssaal betrat, hatte er das Gefühl, als verkörpere er zwei Lebewesen in einem — einen Menschen namens Conway und die beeindruckende und in diesem Fall sogar aus fünfhundert Einheiten bestehende Telfigestalt, die zuvor nachgebildet worden war, um sämtliches bekanntes Wissen über die Physiologie dieser Spezies mental weitervermitteln zu können. Dieses Schulungssystem hatte allerdings auch einen Nachteil, wenn es denn überhaupt einer war: Während des ›Unterrichts‹ wurde nicht nur Wissen vermittelt, es wurden auch die verschiedenen Persönlichkeitsstrukturen der Wesen übertragen, die dieses Wissen einst besessen hatten. Somit ist es alles andere als ein Wunder, daß die Diagnostiker, die zeitweilig bis zu zehn Schulungsbänder im Kopf gespeichert hatten, oft ein wenig überdreht wirkten.

Ein Diagnostiker erfüllte die wichtigste Aufgabe in einem Hospital, dachte Conway, während er den Strahlenschutzpanzer anlegte und seine Patienten für die Voruntersuchung vorbereitete. Hin und wieder, wenn er sich etwas selbstbewußter als gewöhnlich fühlte, spielte er selbst mit dem Gedanken, irgendwann einmal Diagnostiker zu werden. Ihre Hauptaufgabe bestand darin, grundsätzliche Arbeit in der xenologischen Medizin und Chirurgie zu leisten, wobei sie ihren mit Informationen vollgestopften Verstand als Ausgangsbasis benutzten. Außerdem mußten sie sich der Notfälle annehmen, für die es keine Schulungsbänder gab, um eine Diagnose zu stellen und die vorläufige Behandlung einzuleiten.

So etwas Banales wie leichte Verletzungen und Krankheiten fielen nicht in ihren Aufgabenbereich. Bevor sich ein Diagnostiker einem Patienten widmete, mußte dieser bereits zu drei Viertel tot sein, mußte es sich also um einen einzigartigen und fast hoffnungslosen Fall handeln. Sobald sich allerdings ein Diagnostiker eines Patienten annahm, war dieser so gut wie geheilt — mit geradezu monotoner Regelmäßigkeit vollbrachten sie regelrechte Wunder.

Wie Conway nur zu gut wußte, unterlagen rangniedrigere Ärzte immer wieder der Versuchung, den Inhalt eines Bandes zu behalten, anstatt ihn zu löschen. Sie hofften, auf diese Weise irgendeine wichtige Entdekkung zu machen, die ihnen zu Ruhm und Anerkennung verhelfen könnte. Bei praktisch veranlagten und ausgeglichenen Menschen wie ihm würde es allerdings bestimmt nur bei einer Versuchung bleiben.

Um seine Patienten wirklich sehen zu können, hätte Conway eine komplizierte Vorrichtung aus Bleiplatten und Spiegeln aufbauen müssen. Dennoch konnte er jeden einzeln untersuchen; das Schulungsband hatte ihn nämlich praktisch zu einem von ihnen gemacht, und deshalb wußte er, wie sie sowohl von innen als auch von außen aussahen. Diese Kenntnisse, verbunden mit seinen eigenen Untersuchungsergebnissen und der ihm zuvor mitgeteilten Krankheitsgeschichte, verrieten Conway alles, was er wissen mußte, um die Behandlung einleiten zu können.

Als Bestandteile einer Telfigestalt hatten seine Patienten zur Besatzung eines interstellaren Kreuzers gehört, auf dem in einem der Kernreaktoren ein Unfall passiert war. Die kleinen, käferähnlichen und teilweise sehr dummen Wesen absorbierten radioaktive Strahlung, aber diese Explosion war selbst für sie zuviel gewesen. Ihr Leiden konnte man als einen besonders schlimmen Fall von Übersättigung bezeichnen, verbunden mit einer zu langen Überstimulation der sensorischen Systeme, insbesondere der Schmerzzentren. Wenn er sie einfach in einem abgeschirmten Behälter ließ und ihnen radioaktive Strahlung vorenthielt — eine Behandlungsmethode, die auf ihrem hochradioaktiven Raumschiff unmöglich war —, konnte man davon ausgehen, daß sich etwa siebzig Prozent von ihnen innerhalb weniger Stunden selbst kurieren würden. Diese siebzig Prozent hatten Glück, und Conway konnte sogar sagen, welche von ihnen zu dieser Kategorie gehörten. Auf die anderen wartete eine Tragödie. Selbst wenn sie nicht direkt sterben würden, wäre ihr Schicksal fast noch schlimmer: Sie würden die Fähigkeit verlieren, sich mit der Telfigestalt geistig zu verbinden, und das war für ein Telfi dasselbe wie ein Dasein als unheilbar kranker Krüppel.

Nur jemand, der am Verstand, an der Persönlichkeit und den Instinkten eines Telfi teilhaben konnte, wußte um die Bedeutung einer solchen Tragödie.

Das war sehr bedauerlich, zumal die Krankheitsgeschichte nachwies, daß es genau diese Individuen gewesen waren, die sich nach der unerwarteten Explosion sofort zur Umstellung gezwungen hatten. Die wenigen Sekunden, die zum Verstreuen und Neutralisieren der Reaktorteile benötigt worden waren, waren sie aktiv geblieben, um ihr Schiff vor der völligen Vernichtung zu retten. Jetzt hatte sich ihr Stoffwechsel auf die dreifache Energiemenge eingestellt, die ein Telfi normalerweise aufnehmen konnte. Falls diese Energieaufnahme für eine längere Zeitspanne unterbrochen wurde, angenommen noch ein paar Stunden, würden die Kommunikationszentren ihres Gehirns in Mitleidenschaft gezogen werden. Behielt man aber andererseits diese überhöhte Energiezufuhr bei, würden sie sich binnen einer Woche praktisch selbst verbrennen.

Für diese bedauernswerten Wesen gab es nur noch eine einzige angebrachte Behandlungsmethode. Während Conway die Geräte für den bevorstehenden Eingriff vorbereitete, bekam er immer mehr das Gefühl, daß es sich dabei um eine höchst unbefriedigende Methode handelte — denn sie war nichts anderes als ein kalkuliertes Risiko, eine nüchterne medizinische Statistik, ein Vorgang, den er durch nichts beeinflussen konnte, und er kam sich allenfalls wie ein etwas besserer Mechaniker vor.

Da er schnell vorankam, konnte er schon bald feststellen, daß sechzehn seiner Patienten an der telfischen Entsprechung einer akuten Verdauungsstörung litten. Diese Telfi separierte er in abgeschirmte, hitzeabsorbierende Flaschen, damit die radioaktive Strahlung ihrer noch immer ›heißen‹ Körper den ›Aushungerungsprozeß‹ nicht verlangsamte. Die Flaschen stellte er in einen kleinen Reaktorofen, der auf normale Telfistrahlung eingestellt war. In jeder Flasche befand sich ein Detektor, der dafür sorgte, daß die Abschirmung abgestoßen wurde, sobald die überschüssige Radioaktivität abgebaut war. Die anderen sieben Telfi benötigten eine Spezialbehandlung. Conway brachte die restlichen sieben in einem Reaktorofen unter, den er gerade auf die fast exakt gleichen Bedingungen einstellte, die während des Unfalls im Schiff geherrscht hatten, als der Kommunikator summte. Erst als er mit seiner Arbeit fertig war und noch einmal alles überprüft hatte, meldete er sich.

»Ja, bitte?«

»Hier spricht die Zentrale, Doktor Conway. Das Telfischiff erkundigt sich nach dem Befinden seiner Verletzten. Gibt es schon irgend etwas Neues?«

Unter den gegebenen Umständen war sein Zwischenbericht nicht einmal der schlechteste, trotzdem wünschte sich Conway nichts mehr, als daß er hätte besser ausfallen können. Die Auflösung oder Modifizierung einer einmal geformten Telfigestalt mußten die betroffenen Wesen wie ein Todestrauma empfinden, und mit dem zunehmendem Einfühlungsvermögen, das er durch das Physiologieband erworben hatte, konnte sich Conway seelisch wie körperlich in ihre Lage versetzen.

»Sechzehn von ihnen werden in etwa vier Stunden so gut wie völlig wiederhergestellt sein. Bei den anderen sieben wird es leider zu fünfzig Prozent Todesfälle geben, aber wen das betrifft, werden wir erst in ein paar Tagen wissen. Zur Zeit brüten sie in einem Reaktor mit mehr als dem Doppeltem ihrer sonst erforderlichen Strahlung, die allmählich auf die normale Strahlendosis reduziert wird. Die Hälfte von ihnen müßte überleben. Haben Sie alles verstanden?«

»Alles klar.« Nach ein paar Minuten meldete sich die Stimme erneut: »Die Telfigestalt ist mit Ihrem Zwischenbericht sehr zufrieden, Doktor Conway, und bedankt sich bei Ihnen. Ende.«

Eigentlich hätte sich Conway darüber freuen müssen, seinen ersten Fall so erfolgreich gelöst zu haben, aber irgendwie fühlte er sich niedergeschlagen. Jetzt, da fast alles vorüber war, konnte er kaum noch einen klaren Gedanken fassen. Er dachte fortwährend daran, daß fünfzig Prozent von sieben dreieinhalb war, und was würde nun aus diesem merkwürdigen halben Telfi werden? Er hoffte, vier anstatt drei Telfi würden die Behandlung überstehen, ohne dabei zu geistigen Krüppeln zu werden. Seinem derzeitigen Empfinden nach müßte das Leben als ein Telfi schön sein, denn ein solches Wesen konnte nicht nur radioaktive Strahlung aufnehmen, sondern auch die zahlreichen und verschiedenartigen Eindrücke eines aus etwa hundert Individuen bestehenden Gemeinschaftskörpers. Bei diesem Gedanken kam ihm sein eigener Körper irgendwie kalt und vereinsamt vor, und es fiel ihm schwer, sich von der wohligen Wärme im Strahlungsoperationssaal loszureißen.

Draußen stieg er auf die Elektrobahre und brachte sie zur Einlaßschleuse zurück. Jetzt wäre es an der Zeit, sich im Schulungsraum zu melden und das Telfiband löschen zu lassen — schließlich hatte man ihn dazu sogar aufgefordert. Aber er wollte nicht gehen; allein der Gedanke an O'Mara beunruhigte ihn zutiefst, ängstigte ihn sogar. Zwar war ihm bewußt, daß er sich in der Gegenwart von Monitoren generell unwohl fühlte, aber dieses Mal war es noch etwas anderes — es ging um O'Maras Gehabe und jenen ›kleinen Plausch‹, den er erwähnt hatte. Conway war sich völlig klein vorgekommen, als wäre dieser Monitor so etwas wie sein Vorgesetzter gewesen. Dabei konnte er beileibe nicht verstehen, warum er sich ausgerechnet vor einer Laus wie einem Monitor klein vorkommen sollte!

Die Intensität seiner Gefühle schockierte ihn selbst; als kultivierter und ausgesprochen besonnener Mensch sollten ihm solche Gedanken eigentlich fremd sein. Seine Emotionen grenzten bereits an Haß, und da er dieses Mal vor sich selbst Angst bekam, versuchte er, wenigstens ansatzweise klare Gedanken zu fassen.

Schließlich entschied er sich, das Problem zu vertagen und sich erst im Schulungsraum zu melden, nachdem er einen Rundgang durch seine Station gemacht hatte. Falls sich O'Mara über die Verzögerung beschweren sollte, hätte er so eine legitime Entschuldigung, und vielleicht, so hoffte er jedenfalls, würde der Chefpsychologe in der Zwischenzeit ja gar nicht mehr da sein oder woandershin beordert worden sein.

Als erstes suchte er einen AUGL von Chalderescol II auf, der zur Zeit der einzige Patient in der für seine Spezies reservierten Abteilung war. Dazu zog er sich die entsprechende Schutzkleidung an — in diesem Fall einen gewöhnlichen Taucheranzug — und begab sich durch die Schleuse direkt in einen Tank, in dem sich grünes, lauwarmes Wasser befand, das die Umweltbedingungen dieses Wesens nachahmte. Drinnen holte er aus einem verschließbaren Schrank die notwendigen Instrumente, dann kündigte er laut seine Gegenwart an. Falls der Chalder da unten wirklich schlafen und zusammenschrecken sollte, konnte das ernste Folgen haben: Schon ein einziger versehentlicher, leichter Schwanzschlag dieses Wesens würde die Anzahl der Patienten in dieser Abteilung umgehend verdoppeln.

Der Chalder besaß einen dicken Schuppenpanzer und ähnelte entfernt einem etwa zwölf Meter langen Krokodil. Statt Beinen hatte er allerdings eine anscheinend planlose Anordnung stummelartiger Flossen, und um die Leibesmitte zog sich ein Ring schlauchartiger Tentakel. Das Wesen trieb in dem riesigen Tank teilnahmslos in der Nähe des Bodens, und das einzige Lebenszeichen waren die trüben Wasserstrudel um die Kiemen herum. Conway untersuchte den Chalder nur flüchtig — durch die Behandlung der Telfis war er spät dran — und stellte die üblichen Fragen. Auf fast wundersame Weise gelangte die Antwort in Form einer trägen, eintönigen Stimme durch das Wasser über den Translator bis in seine Kopfhörer.

»Ich fühle mich furchtbar elend und leide unter entsetzlichen Schmerzen«, sagte der Chalder, wobei er das mit sechs Zahnreihen besetzte Maul kaum öffnete.

Du lügst doch das Blaue vom Himmel herunter, dachte Conway im stillen. Dr. Lister, Direktor des Orbit Hospitals und der derzeit wahrscheinlich beste lebende Diagnostiker, hatte diesen Chalder praktisch von oben bis unten untersucht. Seine Diagnose hatte ergeben, daß es sich um unheilbare Hypochondrie handelte. Weiterhin führte er damals aus, die an gewissen Stellen auftretenden Überlastungserscheinungen im Schuppenpanzer des Patienten und die dort gelegentlich auftauchenden

Schmerzen seien allein auf die ungemeine Faulheit und Gefräßigkeit dieses eingebildeten Kranken zurückzuführen. Ein jeder wisse, eine Lebensform mit einem Ektoskelett könne nur von innen zunehmen. Nun, Diagnostiker waren nicht gerade für ihren zimperlichen Umgang mit Kranken bekannt.

Der Chalder wurde immer nur dann wirklich krank, sobald Gefahr drohte, daß er nach Hause entlassen werden sollte. Auf diese Weise hatte das Hospital einen Dauerpatienten bekommen, was allerdings noch nie jemanden gestört hatte. Bis zum heutigen Tag war er regelmäßig und in kurzen Abständen sowohl von Ärzten und Psychologen aus dem festen Mitarbeiterstab als auch von Gastmedizinern untersucht und von fast allen Medizinalassistenten, Pflegern und Schwestern sämtlicher zum Orbit Hospital gehörenden Spezies begutachtet worden. Er war so zum lebenden Anschauungsobjekt für die Auszubildenden im Medizinwesen geworden, die ihn von oben bis unten traktierten, an ihm herumstocherten oder je nach Grad ihres Sanftmuts auf ihn einhämmerten — und der Chalder genoß jede Minute davon. Das Hospital war mit dieser Lösung des Problems genauso glücklich wie der vermeintliche Patient selbst, und niemand sprach mehr von seiner Entlassung.

III

Conway zögerte kurz, bevor er in dem riesigen Tank nach oben schwamm, denn er hatte kein gutes Gefühl. Seine nächste Visite sollte nämlich den beiden methanatmenden Lebensformen in der Niedertemperaturabteilung seiner Station gelten, und er hatte überhaupt keine Lust dazu. Trotz des warmen Wassers und der innerlichen Aufwärmung durch die körperliche Anstrengung beim Schwimmen um seinen stattlichen Patienten herum war ihm kalt, und er hätte alles dafür gegeben, wenn eine Horde Studenten gekommen wäre, die in den Tank springen und ihm Gesellschaft leisten würde. Gewöhnlich mochte Conway keine Gesellschaft, erst recht nicht die von Auszubildenden, aber in diesem Augenblick fühlte er sich ausgeschlossen, allein und ohne Freunde. Und dieses Einsamkeitsgefühl war so stark, daß er Angst davor bekam. Ein Gespräch mit einem Psychologen schien ihm unausweichlich ... allerdings bestimmt nicht mit O'Mara.

In diesem Abschnitt ähnelte die Konstruktion des Hospitals einem Haufen Spaghetti — es gab gerade, gebogene und unbeschreiblich ineinander verschlungene ›Spaghetti‹. Zu jedem Verbindungsgang, in dem es zum Beispiel eine erdähnliche Atmosphäre gab, verliefen oberhalb und unterhalb und parallel zu beiden Seiten andere Korridore — die sich wiederum mit anderen in regelmäßigen Abständen von unten und oben kreuzten —, in denen völlig verschiedenartige und gegenseitig tödliche Atmosphäre-, Druck- oder Temperaturbedingungen herrschten. Auf diese Weise wollte man gewährleisten, daß bei einem dringenden Notfall jeder Patient von jedem Arzt möglichst schnell aufgesucht werden konnte, egal, welcher Spezies der eine oder der andere angehörte. Hätte man die gesamte Strecke des Hospitals in einem Anzug zurücklegen müssen, der den Arzt bei seiner Ankunft vor den Umweltbedingungen seines Patienten schützen sollte, dann war das nicht nur unbequem, sondern auch viel zu zeitraubend. Als weitaus zweckmäßiger hatte sich erwiesen, die entsprechende Schutzkleidung erst außerhalb der betreffenden Krankenstation anzulegen, wie Conway es eben getan hatte.

Er rief sich noch einmal die Geographie dieses Abschnitts in Erinnerung, und ihm fiel ein, daß es eine Abkürzung gab, die er nehmen konnte, um zu seinen kaltblütigen Patienten zu gelangen. Dieser Weg führte zunächst durch den wassergefüllten Gang, durch den man zum Chalder-OP gelangte, dann durch die Schleuse in die Chloratmosphäre der illensanischen PVSJs und schließlich zwei Ebenen höher zur Methanstation. Außerdem konnte er sich auf diese Weise etwas länger im warmen Wasser aufhalten, denn er fror wirklich.

Als in der Chlorabteilung ein PVSJ, der auf dem Weg der Besserung war, auf stacheligen, membranartigen Gliedmaßen an ihm vorbeihuschte, verspürte Conway den dringenden Wunsch, mit dem Alien über irgend etwas zu reden, und er mußte sich zwingen weiterzugehen.

Der Schutzanzug, den DBDGs wie er bei einer Visite auf der Methanstation tragen mußten, war in Wirklichkeit ein kleiner mobiler Behälter. Er war im Innern mit einer Heizung ausgestattet, um seinen Insassen am Leben zu erhalten, und außen mit einer Kühlanlage versehen, damit die austretende Wärme die Patienten nicht zusammenschmelzen ließ, für die schon die geringste Strahlungswärme und selbst schwaches Licht absolut tödlich war. Conway hatte keine Ahnung, wie der Scanner, den er bei solchen Untersuchungen benutzte, funktionierte — das wußten nur diese technischen Tüftler mit den Ingenieursarmbinden —, jedenfalls nicht durch Infrarotstrahlen, denn die gaben zuviel Wärme ab.

Während der Visite drehte Conway die Heizung immer höher, bis ihm der Schweiß aus den Poren trat, und dennoch fror er am ganzen Körper. Hatte er sich vielleicht irgendwo angesteckt? Als er draußen wieder Luft atmen konnte, warf er einen Blick auf die winzige Kontrollskala, die man ihm direkt unter die obere Hautschicht des Oberarms implantiert hatte. Puls, Atmung und Drüsenfunktionen waren normal, sah man von kleinen Unregelmäßigkeiten ab, die durch seine innere Unruhe hervorgerufen wurden. Auch der Blutkreislauf war stabil. Was also stimmte bloß nicht mit ihm?

Conway beendete seinen Rundgang so schnell wie möglich. Wieder war er verwirrt. Falls ihm sein Verstand einen Streich spielen sollte, mußte er die notwendigen Schritte unternehmen, um diesen Zustand zu ändern. Es mußte etwas mit dem Telfiband zu tun haben, das er in seinem Kopf gespeichert hatte. O'Mara hatte zuvor auch irgend etwas dazu gesagt, aber im Augenblick konnte Conway sich nicht mehr genau erinnern, was. Auf alle Fälle wollte er sich umgehend auf den Weg zum Schulungsraum machen, ob O'Mara nun da war oder nicht.

Unterwegs kamen ihm zwei Monitore entgegen, die beide bewaffnet waren. Conway empfand ihnen gegenüber zwar seinen gewohnten Haß und war zudem darüber schockiert, daß sie innerhalb eines Hospitals Waffen trugen, aber am liebsten hätte er ihnen auf die Schulter geklopft oder sie gar umarmt. Er wollte unbedingt Leute um sich herum haben, mit ihnen reden und Ideen und Eindrücke austauschen, damit er sich nicht mehr so schrecklich einsam fühlte. Als sie mit ihm auf gleicher Höhe waren, brachte er tatsächlich ein stotteriges ›Guten Tag‹ über die Lippen. Es war das erstemal in seinem Leben, daß er einen Monitor angesprochen hatte.

Einer der beiden lächelte leicht, der andere nickte ihm kurz zu. Als sie an ihm vorbeigingen, sahen sie ihn über die Schulter hinweg etwas befremdet an, denn seine Zähne klapperten deutlich vernehmbar.

Den Vorsatz, sich umgehend in den Schulungsraum zu begeben, hatte er eigentlich schon fest gefaßt, aber plötzlich schien ihm das kein sonderlich guter Einfall mehr zu sein. Durch die vielen Maschinen und das gedämpfte Licht herrschte in dem Raum eine kalte und finstre Atmosphäre, und wahrscheinlich war O'Mara die einzige Gesellschaft, die er dort haben würde. Conway wollte am liebsten in einer Menschenmenge untergehen, und je größer diese war, desto besser. Also machte er sich auf den Weg zu einer in der Nähe liegenden Kantine. An einer Kreuzung las er auf einer elektronischen Anzeige »Diätküche, Stationen 52 bis 68, Spezies DBDG, DBLF & FGLI«, und ihm fiel unwillkürlich ein, wie schrecklich kalt ihm war …

Die Mitarbeiter in der Diätküche waren viel zu beschäftigt, als daß er ihnen aufgefallen wäre. Er lehnte sich mit dem Rücken gegen eine Art Backofen, so daß er praktisch in den bazillentötenden UV-Strahlen badete, von denen der ganze Raum erfüllt war. Der versengte Geruch, der schon bald von seiner leichten Kleidung ausging, störte ihn nicht. Es war ihm jetzt wärmer, etwas wärmer. Trotzdem ließ ihn der quälende Gedanke, über alle Maßen allein zu sein, nicht mehr los. Er war völlig isoliert, niemand liebte ihn oder wollte etwas mit ihm zu tun haben, und er wünschte sich, er wäre nie geboren worden.

Wenige Minuten später wurde er von einem Monitor abgeholt, der sich einen hitzeabweisenden Schutzanzug übergestülpt hatte, den er sich schnell von einem der Diätköche geliehen hatte. Es war einer der beiden Monitore, deren Neugier zuvor durch Conways befremdliches Verhalten geweckt worden war, und Conway war in Tränen aufgelöst …

»Sie sind wirklich ein selten dämlicher Kerl … allerdings auch ein Glückspilz«, sagte eine Stimme, an die sich Conway nur zu gut erinnerte.

Er öffnete die Augen und stellte fest, daß er auf der Löschcouch lag und O'Mara und ein anderer Monitor auf ihn herabblickten. Sein Rücken fühlte sich an, als habe man ihn halb durchgebraten, und sein ganzer Körper brannte wie nach einem schweren Sonnenbrand.

O'Mara blickte ihn jetzt wütend an und fuhr fort: »Ein Glückspilz, weil Sie sich nicht ernsthaft verbrannt haben und nicht erblindet sind, und ein selten dämlicher Kerl, weil Sie vergessen haben, mich über einen ganz entscheidenden Punkt zu informieren, nämlich daß es sich um Ihre *erste* Erfahrung mit einem Schulungsband handelte …«

An dieser Stelle klang O'Maras Stimme ein wenig so, als würde er sich Selbstvorwürfe machen. Er fuhr fort und sagte Conway, daß er ihn, wenn er darüber informiert gewesen wäre, einer Hypnosebehandlung unterzogen hätte, damit er zwischen seinen eigenen Bedürfnissen und denen eines Telfi besser hätte unterscheiden können. So aber sei ihm erst klargeworden, daß es sich bei Conway um einen Neuling handelte, als er den Abschnitt mit seinem Daumenabdruck zu den Akten gelegt hatte. Woher hätte er denn, verdammt noch mal, wissen sollen, wer neu war und wer nicht? Hätte sich Conway außerdem mehr Gedanken um seine Arbeit gemacht als um die Tatsache, daß er von einem Monitor an den Schulungsapparat angeschlossen wurde, wäre all das nie mit ihm geschehen.

O'Maras Stimme wurde jetzt zunehmend bissiger. Für ihn sei er nichts anderes als ein scheinheiliger Frömmler, der sich nicht einmal die Mühe gab, seine zutiefst verletzten religiösen Gefühle zu verbergen, die er bei einer so entweihenden Berührung wie durch die Hand eines Monitors empfand, die ja bekanntlich allesamt nichts anderes als unzivilisierte Rohlinge waren. Weiter meinte O'Mara, es übersteige sein Begriffsvermögen, wie sich eine Person, die mit genügend Intelligenz beschlagen war, um an dieses Hospital verpflichtet zu werden, zu solchen Gefühlsduseleien hatte hinreißen lassen können.

Conway spürte, wie sein Gesicht brannte. Es war wirklich dämlich von ihm gewesen, den Psychologen nicht unterrichtet zu haben, daß er ein Neuling war. O'Mara könnte ihn leicht wegen Nachlässigkeit gegenüber der eigenen Person anklagen und rausschmeißen lassen — eine Anklage, die in einem Hospital mit so vielen verschiedenartigen Spezies fast genauso schwerwiegend war wie Fahrlässigkeit im Umgang mit einem

Patienten. Aber diese Möglichkeit, so schlimm sie auch war, machte ihm zur Zeit weit weniger zu schaffen als der Umstand, von einem *Monitor* niedergemacht zu werden, und das vor den Augen eines anderen Monitors!

Der Mann, der ihn hierhergebracht haben mußte, blickte jetzt auf ihn herab, wobei seine braunen Augen nicht nur leichte Belustigung, sondern durchaus so etwas wie Mitgefühl verrieten. Verglichen mit O'Maras Beleidigungen empfand Conway das allerdings als noch schlimmer. Wie konnte ein Monitor es wagen, ausgerechnet mit *ihm* Mitleid zu haben?

»... und falls Sie sich noch immer fragen, was passiert ist«, fuhr O'Mara in einem vernichtenden Ton fort, »Sie haben es zeitweilig zugelassen — wenn auch durch Mangel an Erfahrung —, telfische Gewohnheiten, die Ihnen vom Band übermittelt wurden, selbst anzunehmen. Das Verlangen eines Telfi nach harter Strahlung, intensiver Hitze, grellem Licht und vor allem nach geistiger Vereinigung, die für ein Gruppenwesen unabdingbar ist, wurde zu ihrem eigenen Bedürfnis. Natürlich alles auf menschliche Maßstäbe übertragen. Sie haben das Leben als ein einzelnes Telfiwesen erfahren. Und ein telfisches Individuum, das keinen geistigen Kontakt mehr zu seiner Gruppe hat, ist völlig isoliert — und ein schrecklich armer Tropf.«

O'Maras Stimme war im Laufe seiner Erläuterungen ruhiger geworden, und sie klang fast unbeteiligt, als er fortfuhr: »Viel mehr als einen schweren Sonnenbrand haben Sie sich allerdings nicht zugezogen. Insbesondere Ihr Rücken wird eine Weile überempfindlich reagieren und später sicherlich jucken. Geschieht Ihnen ganz recht. Und jetzt verschwinden Sie hier. Ich will Sie nicht vor übermorgen früh um neun Uhr wiedersehen. Halten Sie sich diesen Termin frei. Das ist ein Befehl. Sie erinnern sich doch hoffentlich, daß wir uns noch dringend miteinander unterhalten müssen, oder?«

Draußen im Korridor überkam Conway ein Gefühl völliger Leere, das gleichzeitig mit unzähmbarem Zorn, der völlig außer Kontrolle zu geraten drohte, verbunden war — eine fürwahr furchtbar frustrierende Kombination. Er konnte sich nicht erinnern, in den dreiundzwanzig Jahren seines Lebens jemals solch extremen inneren Qualen ausgesetzt gewesen zu sein. Wie einen kleinen Jungen, schlimmer noch, wie einen unerzogenen Rotzbengel hatte man ihn vorgeführt. Dabei hatte er schon als Kind immer als artiger und wohlerzogener Junge gegolten. Das alles tat schon sehr weh.

Er hatte gar nicht bemerkt, daß neben ihm immer noch sein Retter ging, bis dieser etwas sagte.

»Jetzt zerbrechen Sie sich wegen des Majors nicht gleich den Kopf«, sagte der Monitor mitfühlend. »Eigentlich ist er ein wirklich netter Mensch. Wenn Sie sich demnächst mit ihm unterhalten, werden Sie schon selbst dahinterkommen. Zur Zeit ist er etwas abgespannt und überreizt. Sie müssen wissen, es sind gerade drei Monitorkompanien eingetroffen, und es kommen noch mehr. Aber in ihrem gegenwärtigen Zustand sind die uns nicht gerade von Nutzen — die meisten von ihnen leiden unter schwerer Kampfesmüdigkeit. Major O'Mara und seine Leute müssen da erst mal in psychologischer Hinsicht Erste Hilfe leisten ...«

»Kampfesmüdigkeit ...«, prustete Conway so abfällig wie er konnte. Er hatte es einfach satt, daß Menschen, die er intellektuell und moralisch weit unter sich wähnte, ihn entweder beschimpften oder bemitleideten. »Soll das heißen, diese Leute sind es leid, Menschen zu töten?« fügte er hinzu.

Das junggebliebene Gesicht des Monitors versteinerte sich, und seine Augen verrieten sowohl Gekränktheit als auch Zorn. Er blieb stehen, setzte zu einer Schimpfkanonade à la O'Mara an, besann sich dann aber eines Besseren und sagte beherrscht: »Für jemanden, der bereits seit zwei Monaten hier ist, haben Sie, gelinde gesagt, eine höchst unrealistische Anschauung vom Monitorkorps. Ehrlich gesagt, verstehe ich das nicht. Hatten Sie zuviel zu tun, um sich hier mit Leuten zu unterhalten?«

»Nein«, antwortete Conway abweisend, »aber wo ich herkomme, diskutieren wir nicht über Personen Ihres Schlags. Wir ziehen erfreulichere Gesprächsthemen vor.«

»Ich hoffe nur, daß es all Ihren vielen Freunden in nächster Zeit mächtig Spaß macht, Ihnen kräftig auf den Rücken zu schlagen — falls Sie überhaupt welche haben«, konterte der Monitor. Dann wandte er sich ab und eilte wütend davon.

Bei dem Gedanken, es könne irgend etwas Schwereres als eine Feder auf seinen verbrannten und überempfindlichen Rücken schlagen, zuckte Conway unwillkürlich zusammen. Aber er mußte auch an die vorangegangenen Worte des Monitors denken. Seine Haltung gegenüber dem Monitorkorps war also unrealistisch — wollte man wirklich von ihm verlangen, daß er Gewalt oder gar Mord duldete und die Verantwortlichen dafür auch noch zu seinen Freunden erkor? Außerdem hatte dieser Typ die Ankunft einiger Monitorkompanien erwähnt. Warum? Wozu? Plötzlich wurde sein ansonsten so stabiles Selbstvertrauen von Angst erschüttert. Es mußte hier irgend etwas geben, das er nicht mitbekommen hatte, und zwar etwas Wichtiges.

Als er vor zwei Monaten im Orbit Hospital eingetroffen war, hatte der Alien, der Conway die ersten Instruktionen und Aufträge erteilt hatte, zum Abschluß ein paar aufmunternde Worte hinzugefügt. Er sagte damals zu ihm, er habe viele Tests über sich ergehen lassen müssen, um hierherzukommen, und man heiße ihn willkommen und hoffe, die Arbeit würde ihm genug Spaß machen, um hierzubleiben. Seine Probezeit sei nun vorbei, und fortan würde niemand mehr versuchen, ihn hereinzulegen. Sollte er aber einmal aus irgendeinem

Grund vor Verzweiflung nicht mehr aus noch ein wissen und zu dem Schluß kommen, nicht mehr länger bleiben zu können — sei es wegen Reibereien mit Angehörigen seiner eigenen oder einer anderen Spezies oder aufgrund irgendeiner xenologischen Psychose —, so würde man ihm, wenn auch nur unter großen Vorbehalten, gestatten zu gehen.

Außerdem wurde ihm damals der Ratschlag erteilt, so viele verschiedene Spezies kennenzulernen wie möglich, um auf diese Weise mehr Verständnis füreinander zu entwickeln, vielleicht sogar Freundschaften zu schließen.

Schließlich riet ihm noch der Alien, sich am besten an zwei Terrestrier namens O'Mara und Bryson zu wenden, falls er aus Unwissenheit oder aus irgendeinem anderen Grund in Schwierigkeiten geraten sollte. Auf Wunsch könnten ihm natürlich auch Angehörige jeder anderen Spezies weiterhelfen, wenn sie die entsprechende Qualifikation besaßen.

Unmittelbar darauf hatte er den Arzt kennengelernt, der für die ihm zugeteilte Station verantwortlich war, einen sehr fähigen Chirurgen namens Mannon. Dr. Mannon war noch kein Diagnostiker, obwohl er sich sehr darum bemühte, und führte sich deshalb die meiste Zeit des Tages recht menschlich auf. Er war der stolze Besitzer eines kleinen Hundes, der im wahrsten Sinne des Wortes so sehr an ihm hing, daß extraterrestrische Besucher schnell zu der Annahme kamen, die beiden lebten in einer Symbiose.

Conway mochte Dr. Mannon sehr. Und jetzt wurde ihm allmählich klar, daß sein Vorgesetzter der einzige Angehörige seiner eigenen Spezies war, dem er freundschaftliche Gefühle entgegenbrachte. Natürlich war das ein wenig seltsam, und es brachte Conway dazu, sich endlich über sich selbst Gedanken zu machen.

Nach den beruhigenden und aufmunternden Begrüßungsworten hatte Conway geglaubt, er wäre für alles gewappnet gewesen — erst recht, nachdem er festgestellt hatte, wie leicht es war, sich mit den ETs aus dem Personal anzufreunden. Doch mit der einen Ausnahme von Mannon hatte er zu seinen terrestrischen Kollegen nie richtigen Kontakt gefunden, weil sie leicht dazu neigten, diese so wichtige und lohnenswerte Arbeit, die sie und er leisteten, nicht ernst zu nehmen oder gar durch den Kakao zu ziehen. Aber die Vorstellung, deshalb vor Verzweiflung weder aus noch ein zu wissen, war geradezu lachhaft.

So jedenfalls hatte er noch gedacht, bevor O'Mara ihm heute Scheinheiligkeit vorgeworfen und ihn einen dämlichen Kerl genannt hatte. Sein Selbstbewußtsein hatte jedenfalls einen schweren Knacks bekommen, und so etwas konnte einen wirklich zur Verzweiflung treiben. Und sollte er weiterhin seitens der Monitore so behandelt werden, würde man ihn tatsächlich dazu bringen, das Orbit Hospital zu verlassen. Er war ein kultivierter Mensch mit hohen moralischen Werten. Was also berechtigte ausgerechnet einen Monitor dazu, ihn niederzumachen? Conway verstand die Welt nicht mehr. Zwei Dinge jedoch wußte er ganz genau: Er wollte unbedingt im Orbit Hospital bleiben und um das zu erreichen, brauchte er Hilfe.

IV

Plötzlich fiel ihm wieder der Name ›Bryson‹ ein, einer der beiden Namen, die ihm genannt worden waren, falls er in Schwierigkeiten geraten sollte. Den anderen, O'Mara, konnte er abhaken, aber diesen Bryson …

Conway hatte hier persönlich noch niemanden kennengelernt, der so hieß. Als er sich jedoch bei einem zufällig vorbeikommenden Tralthaner erkundigte, konnte dieser ihm sogar erklären, wo Bryson zu finden war. Conway kam aber nur bis zur Tür, denn als er das Schild »Captain Bryson, Monitorkorps, Kaplan« las, machte er wütend auf dem Absatz kehrt. Noch so ein Monitor! Jetzt gab es nur noch einen, der ihm helfen konnte: Doktor Mannon. Er hätte es von vornherein bei ihm versuchen sollen.

Als er seinen Vorgesetzten endlich ausgemacht hatte, war dieser im LSVO-Operationssaal, wo er gerade einem tralthanischen Diagnostiker bei einer besonders komplizierten chirurgischen Voruntersuchung assistierte. Conway begab sich auf die Galerie, wo er bis zur Beendigung des Eingriffs warten wollte.

Der LSVO-Patient stammte von einem Planeten mit dichter Atmosphäre und geringer Schwerkraft. Es handelte sich um eine geflügelte Lebensform mit einem extrem empfindlichen Körperbau. Deshalb herrschte in dem OP fast keine Schwerkraft, und die Ärzte waren an ihren Positionen rings um den Tisch angeschnallt. Der kleine OTSB, der mit dem elefantenähnlichen Tralthaner in Symbiose lebte, war nicht angeschnallt, wurde aber von einem der untergeordneten Tentakel seines Wirts sicher über den OP-Tisch gehalten. Wie Conway wußte, durfte ein OTSB den physischen Kontakt zu seinem Wirt nur für wenige Minuten verlieren, ohne geistigen Schaden zu nehmen. Trotz seiner eigenen Sorgen begann sich Conway für die Operation zu interessieren und versuchte sich zu konzentrieren.

Ein Teil des Verdauungstrakts des Patienten war freigelegt worden, und man konnte ein schwammartiges, bläuliches Gewächs erkennen, das mit den Eingeweiden verwachsen war. Ohne das LSVO-Physiologieband konnte Conway nicht sagen, ob der Zustand des Patienten ernst war oder nicht, aber garantiert handelte es sich in technischer Hinsicht um eine schwierige Operation. Dies konnte man an der Art und Weise, in der sich Mannon über den Patienten beugte, erkennen und an den fest angespannten Tentakeln, die der Tralthaner nicht benutzte. Wie gewöhnlich erledigte der kleine OTSB mit seinen dünnen, drahtähnlichen Tentakeln, die mit winzigen Augen und Saugnäpfen besetzt waren, die Feinarbeit, wobei er unendlich genau detaillierte, visuelle Informationen über das Operationsfeld an seinen riesigen Wirt weitergab, auf deren Grundlage er gleich darauf neue Instruktionen erhielt. Mit Skalpellen, Klammern, Nadeln und Tupfern verrichteten der Tralthaner und Dr. Mannon die vergleichsweise groben Arbeiten.

Dr. Mannon hatte nicht viel mehr zu tun, als zu beobachten, wie die überempfindlichen Tentakel des tralthanischen Parasiten durch seinen Wirt geführt wurden. Aber Conway wußte, wie stolz er war, an einer solchen Operation überhaupt teilnehmen zu dürfen. Die Tralthaner waren in der Verbindung mit den OTSBs die besten Chirurgen, die es je in der Galaxis gegeben hatte. Sämtliche Chirurgen wären Tralthaner gewesen, wenn ihre gewaltige Größe und komplizierte Operationsweise es nicht verhindert hätten, gewisse Lebensformen zu operieren.

Als die beiden Ärzte aus dem OP kamen, wartete Conway draußen bereits auf sie. Der Tralthaner klopfte Dr. Mannon mit einem seiner Tentakel kräftig auf den Kopf — eine Geste, die ein großes Kompliment ausdrückte. Gleich darauf sprang hinter einem Spind ein Knäuel aus Fell und Zähnen hervor und attackierte das große Wesen, das offensichtlich sein Herrchen angriff. Conway hatte dieses Spielchen schon häufig beobachtet, und es kam ihm immer noch furchtbar lächerlich vor. Während Mannons Hund die ihn und sein Herrchen bei weitem überragende Kreatur so rasend ankläffte, als wolle er seinen übermächtigen Gegner zu einem Duell auf Leben und Tod herausfordern, schreckte der Tralthaner mit gespielter Angst vor dem zotteligen Wesen zurück und schrie: »Hilfe! Rettet mich vor diesem Bluthund!« Der Hund, der noch immer wie rasend bellte, umkreiste ihn und schnappte nach der lederartigen Körperdecke, die dem Tralthaner bis über die sechs klobigen Beine hing. Während er noch immer laut um Hilfe rief, machte sich der Tralthaner überstürzt davon, wobei er genau darauf achtete, seinen kleinen Widersacher nicht mit einem seiner Elefantenfüße zu zermalmen. Folglich war der Korridor noch eine ganze Weile von dem Kampfeslärm erfüllt.

Als der Radau wenigstens so erträglich geworden war, daß man sein eigenes Wort wieder verstehen konnte, sagte Conway: »Guten Tag, Doktor Mannon. Ich wollte Sie fragen, ob Sie mir vielleicht bei einem Problem behilflich sein können. Ich brauche dringend Ihren Rat oder wenigstens ein paar Informationen von Ihnen. Es geht dabei allerdings um eine ziemlich heikle Angelegenheit ...«

Conway sah, wie Dr. Mannon die Augenbrauen hochzog und die Mundwinkel zu einem schrulligen Lächeln verzog.

»Ich helfe Ihnen natürlich gern, Conway«, sagte der Arzt. »Aber ich fürchte, bei einem Ratschlag von mir käme zur Zeit nur ziemlicher Blödsinn heraus.« Er machte ein angewidertes Gesicht und flatterte mit den Armen. »Ich hab nämlich noch ein LSVO-Band gespeichert. Sie wissen ja, was das heißt — die eine Hälfte von mir glaubt, ich sei ein Vogel, und die andere wundert sich darüber. Aber was für einen Rat benötigen Sie denn?« fuhr er fort, wobei er auf befremdlich anmutende Weise den Kopf wie ein Vogel zur Seite neigte. »Falls es sich dabei um diese gänzlich absurde Form von Verrücktheit namens Liebe handelt oder um irgendeine andere seelische Verwirrung, sollten Sie lieber Doktor O'Mara aufsuchen.«

Conway schüttelte sofort den Kopf — jeden würde er aufsuchen, nur nicht diesen O'Mara. »Nein. Mein Problem ist eher philosophischer Natur, eine Frage der Moral vielleicht ...«

»Und *das* ist alles?« platzte Mannon los. Er wollte noch etwas hinzufügen, nahm aber plötzlich einen konzentrierten Gesichtsausdruck an, spitzte die Ohren und deutete mit dem Daumen auf einen in der Nähe befindlichen Lautsprecher. »Die Lösung Ihres schwerwiegenden Problems wird noch eine Weile warten müssen«, sagte er leise. »Hören Sie ... Sie werden verlangt.«

»... Doktor Conway!« tönte es energisch aus dem Lautsprecher. »Begeben Sie sich in den Raum siebenundachtzig, und verabreichen Sie dort Aufputschspritzen ...«

»Aber Raum siebenundachtzig gehört doch gar nicht zu unserer Abteilung!« protestierte Conway. »Was wird hier eigentlich gespielt ...?«

Dr. Mannons Stimme klang plötzlich verbittert, als er sagte: »Ich glaube, ich weiß es. Und ich rate Ihnen, ein paar von den Spritzen zu behalten, weil Sie selbst welche benötigen werden.« Dann wandte er sich abrupt ab und eilte davon, wobei er vor sich hin murmelte, daß er sein Band schnell löschen lassen müsse, bevor man ihn auch noch rufen würde.

Raum siebenundachtzig war der Aufenthaltsraum für die Mitarbeiter der Unfallstation. Als Conway dort ankam, saßen auf sämtlichen Tischen und Stühlen Monitore und auf dem größten Teil des Fußbodens hatten sich sogar welche lang ausgestreckt. Einige von ihnen besaßen nicht einmal mehr die Energie, den Kopf anzuheben, als er hereinkam. Einer stand unter großen Anstrengungen von seinem Stuhl auf und wankte auf ihn zu. Wie O'Mara trug er das Rangabzeichen eines Majors auf der Schulter und den Äskulapstab am Kragen.

»Fangen Sie mit mir an, und zwar die maximale Dosis«, keuchte er, wobei er sich die Uniform abschüttelte.

Conway sah sich im Raum um. Es mußten an die

hundert Leute sein, die sich allesamt in einem Zustand äußerster Erschöpfung befanden und deren Gesichter diese aufschlußreiche aschgraue Farbe angenommen hatten. Zwar war Conway auf Monitore noch immer nicht gut zu sprechen, aber hier handelte es sich in gewisser Weise um Patienten, und ihm war klar, was er zu tun hatte.

»Als Arzt rate ich Ihnen entschieden davon ab«, sagte er ernst. »Ganz offensichtlich haben Sie bereits Aufputschspritzen erhalten, und zwar viel zu viele. Was Sie brauchen, ist Schlaf …«

»Schlaf?« bemerkte von irgendwoher eine Stimme. »Was ist das?«

»Ruhig, Teirnan«, sagte der Major kraftlos. Dann wandte er sich wieder an Conway. »Als Arzt ist mir das Risiko durchaus bekannt. Deshalb schlage ich vor, daß wir jetzt keine Zeit mehr verlieren.«

In aller Eile und mit Routine bereitete Conway alles vor, um jedem Patienten eine Spritze geben zu können. Die Männer, die sich vor ihm in einer Reihe aufstellten, schienen Blei in den Knochen zu haben und die Augen kaum noch aufhalten zu können. Doch nur fünf Minuten später verließen sie den Raum federnden Schrittes, wobei ihre Augen vor künstlicher Vitalität nur so sprühten. Kaum hatte er seine Arbeit beendet, als sein Name erneut aufgerufen wurde. Diesmal sollte er sich zur Schleuse sechs begeben, dort würde er weitere Instruktionen erhalten. Wie er wußte, war Schleuse sechs einer der Nebeneingänge zur Unfallstation.

Während er sich in aller Eile auf den Weg machte, stellte Conway auf einmal fest, wie müde und hungrig er war. Aber er kam erst gar nicht dazu, sich darüber lang Gedanken zu machen, denn plötzlich wurden sämtliche Assistenzärzte aufgerufen, sich auf der Unfallstation zu melden. Außerdem gab es Anweisungen, die Patienten aus angrenzenden Stationen wenn möglich in andere Krankenzimmer zu verlegen. Diese Ansage wurde zwischendurch immer wieder von irgendwelchem Aliengebrabbel unterbrochen, wobei offensichtlich anderen Spezies ähnliche Instruktionen erteilt wurden.

Anscheinend sollte die Unfallstation erweitert werden. Aber warum und woher kamen all die Verletzten? Conway verstand die Welt nicht mehr.

V

Bei der Schleuse sechs war gerade ein tralthanischer Diagnostiker mit zwei Monitoren in ein angeregtes Gespräch vertieft. Als Conway sah, daß sich eins der bedeutendsten Geschöpfe mit zwei der minderwertigsten Exemplaren so freundschaftlich unterhielt, war er empört. Aber eigentlich konnte ihn hier im Orbit Hospital langsam nichts mehr überraschen, dachte er verbittert. Neben dem Fenster, das einen direkten Blick in den Weltraum bot, standen zwei weitere Monitore.

»Hallo, Doktor«, begrüßte ihn einer der beiden freundlich und nickte in Richtung des Sichtfensters. »In Schleuse acht, neun und elf wird gerade ausgeladen. Unser Kontingent wird uns gleich zugeteilt.«

Hinter der großen transparenten Scheibe bot sich ein furchteinflößender Anblick. An die fünfzig silberne Nadeln — von Zehn-Mann-Vergnügungsschiffen bis hin zu den riesigen Transportern des Monitorkorps — strickten in- und umeinander herum ein kompliziertes Muster, während sie auf Erlaubnis zum Andocken und Entladen warteten.

»Eine ganz schön knifflige Angelegenheit«, stellte der Monitor fest, und Conway stimmte ihm zu. Die Repulsionsfelder, durch die die Schiffe vor Kollisionen mit jedweder Form kosmischen Abfalls geschützt wurden, erforderten viel Platz. Meteoritenschirme mußten wenigstens acht Kilometer vom zu schützenden Schiff entfernt errichtet werden, wenn sie große oder kleine Himmelskörper erfolgreich abstoßen sollten — bei größeren Kreuzern sogar noch weiter. Aber die Schiffe draußen waren höchstens ein paar hundert Meter voneinander entfernt und besaßen außer der Routine ihrer Piloten, die zur Zeit Schwerstarbeit leisteten, keinen Kollisionsschutz.

Conway blieb nur wenig Zeit, sich diesem einmaligen Schauspiel zu widmen. Zunächst stießen drei terrestrische Medizinalassistenten und kurz darauf zwei DBDGs mit rotem Pelz und ein raupenartiger DBLF zu ihnen, die alle medizinische Abzeichen trugen.

Plötzlich war ein lautes metallisches Kratzen zu hören, die Kontrollampen der Schleuse sprangen von Rot auf Grün um und zeigten so an, daß das Schiff jetzt ordnungsgemäß angedockt war, und kurz darauf strömten die Patienten heraus.

Sie wurden von Monitoren auf Bahren getragen. Es handelte sich nur um zwei Arten: DBDGs der menschlichen Spezies und DBLF-Raupen. Conways Aufgabe und die der anderen anwesenden Ärzte bestand nun darin, eine Voruntersuchung vorzunehmen und die Verletzten dann zur eigentlichen Behandlung an die jeweils zuständige Abteilung der Unfallstation weiterzuleiten.

Er machte sich an die Arbeit, wobei ihm ein Monitor namens Williamson assistierte, der mit Ausnahme des medizinischen Abzeichens sämtliche charakteristischen Merkmale eines ausgebildeten Krankenpflegers aufwies.

Der Anblick des ersten Patienten verursachte bei Conway einen Schock — nicht nur wegen der Schwere der Verletzungen, sondern auch wegen deren Charakter. Beim dritten Patienten mußte er innehalten, so daß ihn sein Assistent fragend ansah.

»Was für ein Unfall war das?« fragte Conway aufgebracht. »Mehrfache Löcher, aber die Wunden sind am Rand kauterisiert. Ausgefranste Löcher, als rührten sie von herumfliegenden Splittern nach einer Explosion her. Wie konnte das ...?«

»Wir haben es natürlich nicht an die große Glocke gehängt«, unterbrach ihn der Monitor. »Ich hatte allerdings erwartet, daß es sich zumindest bis hier herumsprechen würde.« Er preßte die Lippen zusammen und nahm jetzt immer mehr einen Gesichtsausdruck an, an dem Conway sämtliche Monitore zu erkennen glaubte. »Die meinten wohl, sich unbedingt bekriegen zu müssen«, fuhr Williamson fort, wobei er mit dem Kopf in Richtung der Menschen und DBLFs um sie herum nickte. »Leider war schon alles etwas außer Kontrolle geraten, bevor wir einschreiten konnten.«

Ein Krieg ...! dachte Conway betroffen. Menschen von der Erde oder von einem für sie nutzbar gemachten Planeten haben tatsächlich versucht, Mitglieder jener Spezies zu töten, die so viel mit ihnen gemeinsam hatte. Zwar hatte er davon gehört, daß so etwas hin und wieder vorkam, hatte aber nie wirklich geglaubt, daß irgendeine intelligente Spezies derart den Verstand verlieren konnte. Und dann all diese Verwundeten ...

Obwohl er nur noch Abscheu und Ekel für dieses schreckliches Geschehen empfand, entging ihm nicht die für ihn äußerst merkwürdige Tatsache, daß sich im Gesicht des Monitors seine eigenen Gefühle widerspiegelten! Falls Williamson genauso wie er über Krieg dachte, dann war es vielleicht an der Zeit, seine Ansicht über das Monitorkorps grundsätzlich zu überdenken.

Durch einen plötzlichen Tumult ein paar Meter rechts von ihm wurde er von seinen Gedanken abgelenkt. Ein terrestrischer Patient wehrte sich energisch gegen den DBLF-Medizinalassistenten, der ihn untersuchen wollte, wobei sich der Mensch nicht gerade gewählt ausdrückte. Der DBLF zeigte sich betroffen und verwirrt zugleich — obwohl der Patient wahrscheinlich nicht ausreichendes Wissen über seine Physiognomie hatte, um das zu erkennen — und versuchte, den Menschen mit Worten zu beruhigen, die allerdings durch die Übersetzung ausdruckslos und somit wenig einfühlsam klangen.

Williamson brachte die Angelegenheit sofort in Ordnung. Er stürmte auf den laut protestierenden Patienten zu, beugte sich über ihn, bis ihre Gesichter nur noch wenige Zentimeter voneinander entfernt waren, und redete auf ihn in einem ruhigen, fast plauderhaften Ton ein, der Conway nichtsdestotrotz einen Schauer über den Rücken jagte.

»Paß auf, Freundchen«, sagte er. »Du protestierst also dagegen, daß einer von diesen stinkenden Kriechern, die erst versucht haben, dich zu töten, dich jetzt zusammenflickt, richtig? Hör zu, und schreib dir das ein für allemal hinter die Ohren: Erstens ist dieser Kriecher hier ein Arzt, und zweitens werden in dieser Einrichtung keine Kriege geführt! Hier gehört ihr alle ein und derselben Armee an, und die Uniform ist ein Nachthemd. Also, bleib schön still liegen, halt's Maul, und benimm dich gefälligst! Andernfalls gibt's was auf die Ohren!«

Conway wandte sich wieder seiner Arbeit zu, wobei er sich noch einmal mit Nachdruck ins Gedächtnis schrieb, seine Meinung über die Monitore nicht nur zu überdenken, sondern wahrscheinlich revidieren zu müssen. Während die übel zugerichteten, verletzten und verbrannten Körper unter seinen Händen vorbeiglitten, bekam er einen merkwürdigen geistigen Abstand zu all dem. Verwundert beobachtete er noch immer Williamson, dessen Gesichtsausdruck zu verraten schien, daß das, was man ihm über Monitore erzählt hatte, der Unwahrheit entsprach. Dieser unermüdlich arbeitende Mann mit den sicheren Händen, der einen äußerst besonnenen Eindruck machte — sollte so einer wirklich ein Killer sein und ein mit Dummheit geschlagener Sadist, für den moralische Werte nicht existierten?

Conway konnte sich das kaum vorstellen, und während er den zwischen den Patienten versteckten Monitor beobachtete, faßte er eine Entscheidung — eine sehr schwierige Entscheidung. Wenn er sich nicht vorsah, würde er sich wahrscheinlich selbst einen Satz heiße Ohren holen.

O'Mara hatte sich unmöglich verhalten, genauso Bryson und Mannon, wenn auch aus anderen Gründen, aber dieser Williamson hier …

»Ach … ehm … Williamson«, begann Conway zögernd und endete überhastet, »haben Sie eigentlich schon mal jemanden getötet?«

Der Monitor richtete sich sofort auf. Seine zusammengepreßten, blutleeren Lippen wirkten wie ein weißer Strich. Dann sagte er ausdruckslos: »Eigentlich sollten Sie wissen, daß man einem Monitor eine solche Frage nicht stellt, Doktor.« Er zögerte. Seine Neugier hielt die in ihm aufwallende Wut in Grenzen, weil er an Conways Gesichtsausdruck erkennen konnte, welch innere Höllenqualen dieser Mann zur Zeit leiden mußte. »Also gut, was haben Sie auf dem Herzen, Doktor?«

Conway wünschte sich nichts mehr, als daß er diese Frage nie gestellt hätte, aber jetzt gab es kein Zurück mehr. In anfänglich stammelnden Worten begann er, über seine Vorstellungen vom Dienst am Patienten zu reden. So sei er völlig schockiert und verwirrt gewesen, als er entdeckt hatte, daß das Orbit Hospital — eine Einrichtung, von der er geglaubt hatte, sie verkörpere all seine Ideale — einen Monitor als Chefpsychologen beschäftigte und somit wahrscheinlich noch weitere Mitglieder des Korps in verantwortlichen Positionen hatte. Zwar wisse er jetzt, daß das Monitorkorps nicht an sich schlecht sei, schließlich hatte es Einheiten seiner Sanitätsdivision geschickt, um bei der gegenwärtigen Notsituation Hilfe zu leisten. Und dennoch, handelte es sich dabei um *Monitore* …

»Ich werde Ihnen einen weiteren Schock versetzen, indem ich Ihnen etwas erzähle, was allgemein so bekannt ist, daß es eigentlich niemand für notwendig hält, es überhaupt zu erwähnen«, sagte Williamson trocken. »Doktor Lister, der Direktor des Orbit Hospitals, gehört ebenfalls dem Monitorkorps an.« Rasch fügte er hinzu: »Er trägt natürlich keine Uniform, weil Diagnostiker zusehends vergeßlicher und in kleinen Dingen ungenauer werden. Das Korps lehnt solche Schlampereien allerdings grundsätzlich ab, selbst wenn es sich um einen Lieutenant-General handelt.«

Lister, ein Monitor!

»Aber warum?« platzte es Conway unwillkürlich heraus. »Alle wissen doch, was für Leute das sind. Wie hat das Korps überhaupt so viel Macht an sich reißen können?«

»Offensichtlich wissen es doch nicht alle«, fuhr Williamson dazwischen. »Sie zum Beispiel nicht.«

VI

Als sie gerade wieder einen Patienten behandelt hatten und sich zum nächsten begaben, bemerkte Conway, daß die Wut des Monitors halbwegs verflogen war. Statt dessen hatte er nun eine fast besorgte Miene aufgesetzt, die an einen Vater erinnerte, der seinem Sprößling etwas über die unangenehmen Seiten des Lebens erzählen wollte.

Während Williamson vorsichtig einem verwundeten DBLF den Verband abnahm, sagte er: »Im Grunde genommen besteht Ihr Problem darin, daß Sie und Ihre ganze soziale Gruppe so etwas wie eine geschützte Spezies sind.«

»Daß wir *was* sind?« Conway verstand nun gar nichts mehr.

»Eine geschützte Spezies«, wiederholte Williamson, »die, abgeschirmt vor der Grobheit und den Unbilden des heutigen Alltagslebens, in einer Art Reservat lebt. Aus Ihrer sozialen Schicht kommen praktisch sämtliche großen Künstler, Musiker und Akademiker, und das gilt nicht nur für die Erde, sondern für alle Welten der Union. Die meisten Leute wie Sie merken ihr Leben lang gar nicht, wie behütet sie sind und von Kindheit an vor der rauhen Realität unserer interstellaren sogenannten Zivilisation abgeschirmt werden und daß ihre Ideen von Pazifismus und moralischen Grundsätzen ein Luxus sind, den sich die Mehrheit von uns ganz einfach nicht leisten kann. Ihnen wird dieser Luxus gestattet, weil man hofft, daß sich eine Philosophie daraus entwickelt, die eines Tages jedes Individuum in der Galaxis zu einem wirklich zivilisierten und guten Wesen macht.«

»So hab ich das noch nie gesehen«, stammelte Conway. »Und ... und Sie stellen uns — ich meine mich — so dar, als wären wir fast völlig nutzlos ...«

»Natürlich sehen Sie das alles völlig anders«, sagte Williamson leise.

Conway fragte sich, wie es angehen konnte, daß Williamson so herablassend über ihn redete, ohne Empörung bei ihm zu erregen; irgendwie schien er Autorität zu besitzen.

Der Monitor fuhr fort: »Wahrscheinlich sind Sie zu kontaktscheu und unaufgeschlossen gewesen, und alles hat sich bei Ihnen nur um Ihre eigenen hohen Ideale gedreht. Verstehen Sie mich bitte richtig, daran gibt es eigentlich gar nichts auszusetzen, es geht nur darum, daß Sie bei Ihrer Tendenz zur Schwarzweißmalerei hin und wieder wenigstens ein wenig Grau zulassen sollten.« Er hielt kurz inne und wandte sich dann wieder dem eigentlichen Thema zu. »Unsere heutige Kultur basiert auf einem Höchstmaß an Freiheit für das Individuum. Jeder kann tun und lassen, was er will, vorausgesetzt, er fügt anderen keinen Schaden zu. Nur Monitore verzichten auf diese Freiheit.«

»Und was ist mit den Reservaten der sogenannten Normalen?« unterbrach ihn Conway. Endlich hatte der Monitor eine Behauptung aufgestellt, der er entschieden widersprechen konnte. »Von Monitoren überwacht und in gewisse Landstriche eingesperrt zu werden, würde ich nicht gerade als Freiheit bezeichnen.«

»Unter den Normalen verstehe ich diejenigen, die sich — ganz im Gegensatz zu den Monitoren und den rückgratlosen Ästheten Ihrer Gesellschaftsschicht — auf fast jedem Planeten für die einzig wahren Repräsentanten ihrer eigenen Spezies halten«, antwortete Williamson. »Und wenn Sie einmal alles genau überdenken, dann glaube ich, werden Sie herausfinden, daß Normale nicht eingesperrt sind. Ganz im Gegenteil. Sie haben sich auf natürliche Weise zu Gemeinschaften zusammengeschlossen, und genau in den Gemeinschaften dieser Normalen von eigenen Gnaden müssen wir Monitore am meisten aktiv sein. Die Normalen haben sämtliche Freiheiten, dazu gehört auch das Recht, sich gegenseitig zu töten, wenn ihnen der Sinn danach steht. Die alleinige Aufgabe der Monitore besteht darin, dafür zu sorgen, daß jedem Normalen, der diesen Wunsch nicht teilt, während dieser Zeit nichts zustößt.

Wenn auf einer oder zwei dieser Welten der Massenwahn einen gewissen Pegel überschreitet, lassen wir sogar einen Krieg zu, der auf extra zu diesem Zweck vorgesehenen Planeten ausgefochten wird. Im allgemeinen bereiten wir zudem alles dafür vor, damit der Krieg weder zu lang noch zu blutig wird.« Williamson seufzte verbittert, und seine Stimme klang voller Selbstanklage, als er schloß:

»Aber dieser hier war beides. Wir haben sie wohl unterschätzt.«

Aufgrund dieses für ihn völlig neuen Standes der Dinge war Conways Verstand noch immer wie gelähmt.

Bevor er zum Hospital gekommen war, hatte er nie direkten Kontakt mit Monitoren gehabt. Warum sollte er auch? Und die Normalen von der Erde hatte er als recht romantische Wesen empfunden, die allenfalls dazu neigten, ein wenig großspurig aufzutreten; aber das war auch schon alles. Sicher, alles Schlechte was ihm über die Monitore zu Ohren gekommen war, hatte er von Bewohnern der Erde gehört. Und vielleicht hatten sich die Normalen nicht ganz so ehrlich und objektiv verhalten, wie sie es hätten tun sollen ...

»Das alles ist doch kaum zu glauben«, protestierte Conway. »Sie unterstellen damit, daß das Monitorkorps bei der Bewältigung der Aufgaben mehr vollbringt als die Normalen oder als wir, die geistige Elite!« Wütend schüttelte er den Kopf. »Außerdem haben wir uns da einen tollen Zeitpunkt für eine philosophische Diskussion ausgesucht.«

»Sie haben damit angefangen«, bemerkte der Monitor, erhielt aber keine Antwort.

Als jemand von hinten Conway auf die Schulter klopfte, mußten Stunden vergangen sein. Er richtete sich auf und sah eine DBLF-Schwester hinter sich stehen, die ihm eine Spritze entgegenhielt.

»Ein kleiner Muntermacher gefällig, Doktor?« fragte sie.

Plötzlich wurde Conway bewußt, wie wacklig seine Beine geworden waren und wie schwer es ihm fiel, sich mit den Augen auf einen Punkt zu konzentrieren. Vor allem aber mußte die Schwester sein nachlassendes Arbeitstempo bemerkt haben. Er nickte und krempelte den Ärmel hoch, wobei ihm seine bleiernen Finger wie aufgequollene Würste vorkamen.

»Aua!« schrie er plötzlich wütend auf. »Benutzen Sie da etwa einen Bohrer als Spritze?«

»O weh, das tut mir leid«, entschuldigte sich die Schwester, »aber vor Ihnen hab ich zwei Ärzte meiner eigenen Spezies versorgt, und wie Sie wissen, ist unsere

Oberhaut dicker und engfaseriger als Ihre. Deshalb ist die Nadel wohl stumpf geworden.«

Conways Erschöpfung war binnen Sekunden wie verflogen. Abgesehen von einem leichten Kribbeln in Händen und Füßen und einigen hellen hektischen Flekken im Gesicht, die nur andere wahrnehmen konnten, fühlte er sich so wach und körperlich frisch, als wäre er gerade unter der Dusche hervorgekommen, nachdem er zehn Stunden Schlaf gehabt hatte. Bevor er seinen derzeitigen Patienten zu Ende behandelte, blickte er sich kurz im Raum um und stellte fest, daß zumindest hier die Anzahl der noch zu behandelnden Patienten auf weniger als eine Handvoll zusammengeschrumpft war und sich die der Monitore um mehr als die Hälfte verringert hatte. Als auch die letzten Verletzten versorgt waren, wurden die Monitore zu Patienten.

Überall um sich herum hatte Conway feststellen können, daß die Monitore, die keinen oder nur wenig Schlaf auf dem Hintransport gehabt hatten, sich mit Aufputschspritzen und dank eines schier unerschöpflichen Durchhaltevermögens dazu gezwungen hatten, den überarbeiteten medizinischen Kräften des Hospitals zu helfen. Einer nach dem anderen war dabei buchstäblich auf der Stelle zusammengebrochen und abtransportiert worden. Vor Erschöpfung hatten Herz und Lunge versagt, und sie lagen nun in mit computergesteuerten Herz-Lungen-Maschinen ausgerüsteten Spezialabteilungen, wo sie Herzmassagen erhielten und künstlich beatmet wurden. Durch eine Vene am Bein erhielten sie dort außerdem die dringend erforderlichen Nähr- und Aufbaustoffe. Conway war zu Ohren gekommen, daß nur einer von ihnen gestorben war.

Williamson und Conway nutzten die momentane Ruhe und schauten durch das Sichtfenster nach draußen. Das wartende Schiffsknäuel schien sich noch immer nicht entwirrt zu haben, obwohl es sich mittlerweile um Neuankömmlinge handeln mußte, da viele Schiffe bereits abgefertigt worden waren. Conway konnte sich nicht vorstellen, wo man all diese Leute unterbringen wollte — selbst die belegbaren Korridore des Hospitals waren allmählich überfüllt. Trotzdem wurden ununterbrochen Patienten sämtlicher Spezies von einer Station auf die andere verlegt, um noch mehr Platz zu schaffen. Aber das war jetzt nicht sein Problem, und das Strickmuster der Schiffe war ein merkwürdig beruhigender Anblick ...

»Dringender Notfall!« schallte es plötzlich aus dem Wandlautsprecher. »Einzelschiff mit nur einem Insassen, Spezies bis jetzt unbekannt, bittet um sofortige Behandlung. Insasse hat sein Schiff nur teilweise unter Kontrolle, ist schwer verletzt, die Verständigung ist undeutlich. Sämtliche Einlaßschleusen sofort in Alarmbereitschaft ...!«

O nein, doch nicht ausgerechnet jetzt! dachte Conway bestürzt. Schon bei der Vorahnung, welch schreckliche Gefahr für das Hospital drohte, wurde ihm entsetzlich flau im Magen.

Williamsons Knöchel glänzten weiß, als er den Rahmen des Aussichtsfensters mit den Fingern umklammerte. »Dahinten!« rief er entsetzt, wobei er in den Weltraum deutete.

Mit haarsträubender Geschwindigkeit und in einem völlig unberechenbaren Kurs näherte sich ein Eindringling dem wartenden Schiffsknäuel. Bevor Conway Luft holen konnte, kam etwas Schwarzes mit den gedrungenen und konturlosen Umrissen eines Torpedos immer näher heran und durchdrang schließlich die wogende Schiffsmasse. In einem wirren Gedränge stoben die Schiffe auseinander, wobei sie nur um Haaresbreite Kollisionen vermeiden konnten. Jetzt war nur noch ein Schiff in der Flugbahn des Torpedos — ein Monitortransporter, dem bereits grünes Licht gegeben worden war und der nun auf eine Einlaßschleuse zuschwebte.

Das Schiff war groß und schwerfällig und nicht gerade für flugakrobatische Kunststücke gebaut — für ein Ausweichmanöver würde also nie und nimmer die Zeit reichen. Ein Zusammenstoß war unausweichlich, und der Transporter war voll von Verwundeten ...

Aber nein! Im letztmöglichen Moment machte das heransausende Torpedo einen Schwenk. Conway und Williamson sahen, daß es knapp am Transporter vorbeischoß und wie sich die gedrungene Torpedoform im Nu perspektivisch zu einem Kreis verwandelte, der mit furchterregender Geschwindigkeit größer wurde. Das kleine Schiff schoß jetzt direkt auf sie zu! Conway wollte die Augen schließen, aber der Anblick dieser auf ihn zurasenden, klobigen Metallmasse löste bei ihm eine seltsame Faszination aus. Weder Williamson noch er selbst unternahmen den Versuch, sich einen Raumanzug zu greifen — das Unvermeidliche würde sowieso in wenigen Sekundenbruchteilen passieren.

Das Torpedo war bereits fast direkt über ihnen, als es plötzlich nach unten ausbrach, wobei der verletzte Pilot verzweifelt versuchte, diesem noch größeren Hindernis, das das Hospital jetzt für ihn darstellte, auszuweichen. Aber zu spät. Das Schiff prallte auf.

Als das Torpedo die Doppelwand durchschlug, brachten zwei gewaltige Erschütterungen den Boden unter ihnen zum Erbeben. Dann folgten allmählich schwächer werdende Stöße, als es sich bis zum Kern des Hospitals bohrte. Kurz entstand ein ohrenbetäubender Lärm — die Schmerzensschreie der Menschen und Aliens wurden von pfeifenden, krächzenden und röchelnden Lauten der Kreaturen begleitet, die jämmerlich zugrunde gingen, die ertranken, vom Druckabfall verstümmelt oder praktisch vergast wurden. So ergoß sich in Abschnitte, die reines Chlor enthielten, todbringendes Wasser. In eine Abteilung, deren Bewohner nie etwas anderes als Vakuum und transplutonische Kälte gekannt hatten, strömte durch ein klaffendes Loch gewöhnliche Luft — die Wesen vertrockneten bei lebendigem Leib und lösten sich bei dem ersten Kontakt mit dieser für sie artfremden Substanz auf schreckliche Weise praktisch in nichts auf. Wasser, Luft und etliche verschiedene atmosphärische Gemische wurden miteinander vermengt und bildeten eine schlammige, braune und stark ätzende Mixtur, die sich dampfend und brodelnd ins All ergoß. Aber lange bevor all das geschah, waren die luftdichten Schotts rund um die Schneise, die das Schiff geschlagen hatte, bereits hermetisch abgeriegelt worden.

VII

Einen Augenblick lang herrschte lähmendes Entsetzen, doch dann reagierte das Hospital. Aus den Lautsprechern über ihnen wurden trotz hektischen Untertons besonnene und sachliche Anweisungen gegeben. Ingenieure und Mechaniker sämtlicher Spezies sollten sich sofort für weitere Instruktionen bereithalten. Die Schwerkraftgitter auf den LSVO- und MSVK-Stationen funktionierten nicht mehr — das gesamte medizinische Personal wurde angewiesen, die Patienten in Schutzhüllen einzuwickeln und in den DBLF-Operationssaal zwei zu bringen, der auf ein zwanzigstel Ge eingestellt worden war, damit niemand vom eigenen Gewicht erdrückt werden konnte. Im AUGL-Tank war ein nicht ausfindig zu machendes Leck. Immer wieder wurden alle DBDGs vor einer Chlorverseuchung im Bereich der Kantine gewarnt. Und schließlich wurde Dr. Lister äußerst höflich gebeten, sich zu melden.

Conway empfand es als merkwürdig, daß alle anderen zur Erfüllung ihrer Aufgaben im knappen Befehlston aufgefordert wurden, während Dr. Lister anscheinend nur höflich zu etwas gebeten werden konnte. Plötzlich hörte er, wie jemand seinen Namen rief, und er schnellte herum. Es war Dr. Mannon.

Er rannte auf Conway und Williamson zu und sagte keuchend: »Wie ich sehe, sind Sie im Augenblick frei. Ich hab eine Aufgabe für Sie.« Er hielt kurz inne, bis Conway nickte.

Als das kollidierende Schiff bis zur Mitte des Hospitals eine Schneise geschlagen hatte, erklärte er außer Atem, hätten die Sicherheitstüren und -schotts nicht nur die unmittelbare Umgebung des Trümmerfelds, das es hinterlassen hatte, abgeriegelt. Verantwortlich dafür war die Lage der Türen — das Ergebnis lasse sich am besten mit einem großen Baum aus Vakuum vergleichen, der bis in die Mitte des Hospitals ragt, wobei der von dem Schiff geschlagene Tunnel der Stamm und die davon abzweigenden offenen Abschnitte der Korridore den Wipfel darstellten. Einige dieser luftleeren Gänge führten zu Abschnitten, die selbständig verriegelt werden konnten, und deshalb bestünde die Möglichkeit, dort Überlebende anzutreffen.

Normalerweise gäbe es für die Rettung dieser Wesen keinen Grund zur Eile, weil sie sich dort tagelang unter recht passablen Bedingungen aufhalten könnten, aber in diesem besonderen Fall sei eine weitere Komplikation aufgetreten. Das Schiff war erst in der Mitte des Hospitals — dem eigentlichen Nervenzentrum dieser hochtechnisierten Einrichtung — zum Stillstand gekommen, wo sich sämtliche Überwachungsanlagen für die Apparaturen befanden, die die künstlichen Umweltbedingungen des Hospitals schufen. Derzeit schien sich dort ein Überlebender aufzuhalten — möglicherweise ein Patient, ein Mitglied des Personals oder vielleicht sogar der Insasse des Schiffswracks selbst —, der an den Geräten herumspielte und, ohne es zu wissen, dadurch den Gravitationskontrollmechanismus zerstörte. Falls diese Situation sich nicht ändern würde, könnte das in den verschiedenen Abschnitten zu verheerenden Folgen führen — Todesfälle unter den Lebensformen, die geringe Schwerkraft gewöhnt waren, wären dann unvermeidlich.

Dr. Mannon wollte nun von den beiden, daß sie sich dorthin begaben und die betreffende Person herausholten, bevor diese dort versehentlich womöglich alles demolierte.

»Ein PVSJ ist bereits reingegangen«, fügte Mannon hinzu, »aber diese Spezies kann sich in einem Raumanzug kaum bewegen. Damit alles schneller geht, will ich Sie beide hinterherschicken. Alles klar? Gut, dann beeilen Sie sich.«

Mit Schwerkraftgürteln ausgerüstet, stiegen sie in der Nähe des zerstörten Abschnitts ins All und schwebten an der Außenhülle des Hospitals entlang zu dem fast zehn Meter großen Loch, das von dem kollidierenden Schiff in die Seite hineingebohrt worden war. Durch die G-Gürtel verfügten die beiden auch in der Schwerelosigkeit über ein Höchstmaß an Manövrierfähigkeit. Zwar rechneten sie auf dem vor ihnen liegenden Weg nicht mit unerwarteten Schwierigkeiten, waren aber zusätzlich mit Seilen und Magnetankern ausgestattet. Williamson trug zudem eine Pistole bei sich — wie er betont hatte, einzig und allein, weil sie zur Ausrüstung eines Standarddienstanzugs gehöre. Beide hatten Luft für drei Stunden.

Zunächst kamen sie gut voran. Das Schiff hatte durch die Schotts und die Decksbeplankung und selbst durch Teile schwerer Maschinen hindurch einen Tunnel mit glatten Kanten geschlagen. Während des Abstiegs hatte Conway eine gute Einsicht in die verschiedenen Korridore, aber nirgendwo gab es ein Lebenszeichen. In einem Gang lagen die gräßlichen Überreste eines Hochdrucklebewesens, das selbst noch unter erdatmosphärischen Bedingungen auseinandergesprengt worden wäre. Als es plötzlich dem harten Vakuum ausgesetzt gewesen war, mußte dieser Prozeß hier um so gewaltsamer vonstatten gegangen sein.

In einem anderen Gang hatte sich eine weitere Tragödie abgespielt: Eine dem Menschen nahe verwandte DBDG-Schwester — eins von den roten, bärenähnlichen Wesen — hatte um Sekundenbruchteile eine der sich abrupt schließenden luftdichten Türen verpaßt, und ihr war dabei der Kopf abgetrennt worden. Aus irgendeinem Grund ging ihm dieser Anblick näher als alles andere, was er am heutigen Tag bisher gesehen hatte.

Je weiter sie vordrangen, desto mehr wurden sie durch ›fremdartige‹ Wrackteile — aus dem Schiff herausgerissene Abdeckplatten und andere Bauteile — behindert, so daß sie sich hin und wieder mit Händen und Füßen den Weg freiräumen mußten.

Williamson war vorne — etwa zehn Meter unter Conway —, als der Monitor plötzlich nicht mehr zu sehen war. Im Kopfhörer des Raumanzugs war über Funk ein verblüffter Schrei zu hören, der aber durch das knirschende Geräusch von Metall auf Metall abgeschnitten wurde. Unwillkürlich verstärkte sich Conways Griff um einen hervorspringenden Stahlträger, an dem er sich festgehalten hatte, und durch die Handschuhe hindurch spürte er, wie dieser vibrierte. Die Wrackteile bewegten sich! Kurz wurde er von panischer Angst ergriffen, bis er bemerkte, daß der Unruheherd über ihm lag, also dort, wo er hergekommen war. Einige Minuten später waren die Vibrationen vorbei, ohne daß sich die Lage der Wrackteile um ihn herum bedeutend verändert hatte. Erst jetzt sicherte Conway sein Seil am Träger und sah sich nach dem Monitor um.

Mit angezogenen Knien und die Arme vor dem Gesicht verschränkt, lag Williamson mit dem Gesicht nach unten etwa sechs bis sieben Meter unter ihm, wobei er teilweise zwischen losen Wrackteilen und Metallstreben eingeklemmt war. Schwache und unregelmäßige Atemgeräusche im Kopfhörer verrieten Conway, daß Williamsons geistesgegenwärtige Reaktion, die Arme um den Kopf gelegt zu haben, um so das zerbrechliche Sichtfenster des Helms zu schützen, dem Monitor das Leben gerettet hatte. Aber Williamsons Leben hing nun von der Schwere seiner anderen Verletzungen ab, und diese wiederum von der Stärke der in diesem Abschnitt herrschenden Anziehungskraft, durch die er so plötzlich hinuntergezogen worden war.

Offensichtlich war der Unfall durch einen Decksabschnitt verursacht worden, in dem die Schwerkraftgitter trotz der massiven Zerstörung der Stromkreise im gesamten Unfallbereich noch aktiv waren. Conway war heilfroh, daß die Anziehung nur im rechten Winkel zur Oberfläche des Gitters ausgeübt wurde und der Boden in diesem Abschnitt leicht verbogen worden war. Wäre er gerade nach oben gerichtet gewesen, dann wäre nicht nur der Monitor abgestürzt, sondern auch er selbst, und das aus einer wesentlich größeren Höhe als sieben Metern.

Conway seilte sich vorsichtig ab und näherte sich der zusammengekauerten Gestalt. Als er in den Einflußbereich des Gitters geriet, umfaßte er das Seil fast krampfartig, lockerte aber wieder den Griff, denn er bemerkte, daß die Schwerkraft höchstens anderthalb Ge betrug. Bei jetzt gleichbleibender Gravitation, die ihn in Richtung des Monitors hinabzog, seilte sich Conway Hand über Hand ab. Um die Anziehungskraft auszugleichen, hätte er natürlich den G-Gürtel benutzen und einfach hinuntergleiten können, aber auch das barg ein gewisses Risiko. Wäre er nämlich zufällig aus dem Einflußbereich des Gitters geraten, hätte ihn der in diesem Fall auf Abstoßung eingestellte G-Gürtel wieder nach oben katapultiert, was vermutlich fatale Folgen nach sich gezogen hätte.

Der Monitor war noch immer bewußtlos, als Conway

ihn schließlich erreichte. Obwohl er es nicht mit Bestimmtheit sagen konnte, zumal Williamson einen Raumanzug trug, schien sich der Monitor beide Arme mehrfach gebrochen zu haben. Während er den schlaffen Körper behutsam von den ihn umgebenden Wrackteilen befreite, wurde ihm schlagartig klar, daß Williamson Hilfe brauchte, und zwar sofortige Hilfe, mit allen Mitteln, die dem Hospital zur Verfügung standen. Ihm war nämlich plötzlich eingefallen, daß der Monitor eine Unmenge Aufputschspritzen erhalten hatte und seine Kraftreserven allmählich erloschen sein mußten. Sollte Williamson überhaupt jemals die Besinnung wiedererlangen, könnte er einen tödlichen Schock erleiden.

VIII

Conway wollte gerade Hilfe herbeirufen, als ein Klumpen aus scharfkantigem Metall knapp an seinem Helm vorbeiflog. Er drehte sich um und konnte noch rechtzeitig einem anderen Wrackteil ausweichen, das auf ihn zuschwebte. Erst dann erkannte er in etwa zehn Meter Entfernung die Umrisse einer extraterrestrischen Gestalt in einem Raumanzug, die teilweise von einem Gewirr aus Metall verdeckt wurde. Der Alien warf mit Gegenständen nach ihm!

Das Bombardement wurde allerdings sofort eingestellt, als der Alien erkannte, daß der Terrestrier ihn bemerkt hatte. Im Glauben, den unbekannten Überlebenden gefunden zu haben, durch dessen Schusseligkeit das Gravitationssystem durcheinandergebracht worden war, eilte Conway auf den Fremden zu. Doch er mußte sich geirrt haben, denn dieser Alien war nicht einmal mehr in der Lage, sich zu bewegen. Er wurde von zwei schweren Stahlelementen gegen den Boden gepreßt, wobei er wie durch ein Wunder unverletzt geblieben war. Gerade versuchte er vergeblich, sich mit einem seiner Gliedmaßen auf den Rücken zu langen.

Conway stutzte für einen Moment, dann sah er, daß sich von dem Funkgerät, das dem Alien auf dem Rücken geschnallt war, das Verbindungskabel gelöst hatte. Mit einem normalen Pflaster reparierte er den Schaden, und gleich darauf war die übersetzte Stimme des Aliens in seinem Kopfhörer zu vernehmen.

Es handelte sich um den PVSJ, der schon vor ihnen losgeschickt worden war, um das Unfallgebiet nach Überlebenden zu durchsuchen. Er war in dieselbe Falle wie der bedauernswerte Monitor geraten, hatte aber noch den G-Gürtel auf Abstoßung einstellen und somit den plötzlichen Sturz mindern können. Zwar war der Aufprall verhältnismäßig glimpflich verlaufen, hatte aber einige locker sitzende Wrackteile gelöst, von denen der Alien schließlich eingekeilt und das Funkgerät beschädigt worden war.

Der PVSJ — ein chloratmender Illensaner — war unter den Wrackteilen fest eingeklemmt, und Conways Bemühungen, ihn davon zu befreien, waren vergeblich. Während dieses Versuchs erblickte er die auf den Raumanzug des Aliens gedruckte Berufsbezeichnung. Die tralthanischen und illensanischen Symbole sagten Conway überhaupt nichts, aber das dritte — eine möglichst nahe Umschreibung der Tätigkeit des Aliens nach terrestrischen Begriffsvorstellungen — war ein Kruzifix. Der PVSJ war also so etwas wie ein Geistlicher.

Vielleicht hatte er deshalb so viel Glück gehabt, dachte Conway.

Aber jetzt hatte er es nicht mehr mit nur einem, sondern gleich mit zwei bewegungsunfähigen Fällen zu tun. Er drückte auf die Sprechtaste seines Funkgeräts und räusperte sich. Noch bevor er etwas sagen konnte, dröhnte ihm die eindringliche Stimme von Dr. Mannon in den Ohren.

»Doktor Conway! Monitor Williamson! Bitte melden Sie sich endlich!«

»Das wollte ich gerade tun«, sagte Conway und schilderte in Kürze die bisher aufgetretenen Probleme. Als er schließlich um sofortige Hilfe für den Monitor und den PVSJ-Geistlichen bat, schnitt ihm Mannon das Wort ab.

»Tut mir leid, Conway«, sagte er hastig, »aber wir können Ihnen nicht helfen. Die Gravitationsschwankungen sind hier noch stärker geworden und müssen im Tunnel über Ihnen eine Verschüttung verursacht haben. Er ist nämlich mittlerweile vollständig von Wrackteilen verstopft. Wartungsmonteure und Ingenieure haben bereits mit allen Mitteln versucht durchzukommen, aber ...«

»Lassen Sie mich mal mit ihm reden«, fuhr eine andere Stimme dazwischen, und Conway vernahm das übertrieben verstärkte, polternde Geräusch, das verursacht wird, wenn jemandem das Mikrofon aus der Hand gerissen wird. »Doktor Conway, hier spricht Doktor Lister. Ich muß Ihnen leider sagen, daß das Wohlergehen der beiden Verunglückten nur von zweitrangiger Bedeutung ist. Ihre Aufgabe ist es, dieses Wesen im Gravitationskontrollraum ausfindig zu machen und es vor allem zu stoppen. Schlagen Sie ihm notfalls den Schädel ein, aber halten Sie es auf! Es ist dabei, das gesamte Hospital zu zerstören!«

Conway schluckte, dann sagte er nur: »Ja, Sir«, und sah sich nach einer Möglichkeit um, weiter durch das Gewirr von Metall um ihn herum vorzudringen. Aber die Lage schien hoffnungslos.

Plötzlich spürte er, wie er zur Seite gezogen wurde. Er schnappte nach dem nächsten stabil wirkenden Gegenstand und klammerte sich verzweifelt daran fest. Durch den Stoff seines Raumanzugs hindurch nahm er das entsetzlich quietschende und laut scheppernde Geräusch von sich bewegendem Metall wahr. Die Wrackteile verlagerten sich schon wieder! Dann verschwand die Kraft, die ihn zur Seite gedrückt hatte, genauso schnell, wie sie gekommen war, und im selben Augenblick war ein eigenartiger, bellender Schrei von dem PVSJ zu hören. Conway drehte sich um und sah, daß an der Stelle, wo vorher noch der Illensaner gewesen war, jetzt ein klaffendes Loch ins Nichts führte.

Zwar kostete es ihn einige Überwindung loszulassen, doch die Anziehungskraft, die sich auch auf ihn ausgewirkt hatte, rührte von einer nur kurzfristigen Aktivierung eines Schwerkraftgitters irgendwo in der Tiefe her. Falls sie allerdings erneut auftreten würde, während er ungeschützt nach unten schwebte ... Conway traute sich erst gar nicht, darüber nachzudenken.

Die Verlagerung der Wrackteile hatte sich auf Williamson nicht ausgewirkt — er lag noch immer in derselben Position wie zuvor —, aber den PVSJ schien es in die Tiefe gerissen zu haben.

»Sind Sie denn okay?« erkundigte sich Conway ängstlich.

»Ich denke, schon«, antwortete der PVSJ. »Bin nur noch etwas benommen.«

Conway schwebte vorsichtig durch die neu entstandene Öffnung und schaute nach unten. Dort befand sich ein sehr großer Raum, der durch irgendeine seitliche Lichtquelle gut ausgeleuchtet wurde. In etwa zwölf Metern Tiefe konnte Conway nur den Boden sehen — die Wände befanden sich außerhalb seines Blickfeldes —, und dieser war fast vollständig mit einem dunkelblauen, röhrenartigem Gewächs mit knollenförmigen Blättern bedeckt. Sinn und Zweck dieser Räumlichkeit stellten Conway zunächst vor ein Rätsel, bis ihm klar wurde, daß er auf den AUGL-Tank schaute, allerdings ohne das Wasser. Das dichte, schwammige Bodengewächs diente den AUGL-Patienten gleichzeitig als Nahrung und Innendekoration. Der PVSJ hatte sehr viel Glück gehabt, eine solch elastische Unterlage als Landefläche gehabt zu haben.

Nicht mehr zwischen Wrackteilen eingeklemmt, meinte der PVSJ, sich nun fit genug zu fühlen, Conway bei der Suche nach dem Wesen im Gravitationskontrollraum behilflich zu sein. Als sie im Begriff waren, ihren Abstieg fortzusetzen, blickte Conway in Richtung der Lichtquelle, die ihm zuvor nur am Rande aufgefallen war, und ihm stockte plötzlich der Atem.

Eine Wand des AUGL-Tanks war durchsichtig und gab den Blick auf einen Verbindungskorridor frei, der zu einer provisorischen Krankenstation umfunktioniert worden war. DBLF-Raupen lagen in Betten, die eine Seite des Flurs einnahmen. Dabei wurden die bedauernswerten Geschöpfe durch schwere und willkürlich auftretende Fluktuationen in den Schwerkraftgittern abwechselnd brutal in den Schaumstoff gepreßt oder in die Luft gestoßen. Um die Patienten herum waren in aller Eile Netze gespannt worden, damit sie nicht von den Liegen fallen konnten. Und trotz der Erschütterungen, denen sie ausgesetzt waren, zählten sie sogar noch zu den Glückspilzen im Hospital.

Irgendwo wurde eine Station evakuiert, und durch den von Conway einzusehenden Abschnitt des Korridors krabbelte, hüpfte und schlängelte sich eine Prozession von Geschöpfen, die wie der Inhalt einer kosmischen Arche Noah anmutete. Zusammen mit vielen anderen Spezies waren sämtliche sauerstoffatmenden Lebensformen vertreten, wobei der Zug von terrestrischen Monitoren, Pflegern und Schwestern betreut wurde. Anscheinend hatte das Pflegepersonal die Erfahrung gemacht, daß schon bloßes Stehen oder aufrechtes Gehen Knochenbrüche verursachen konnte, weil alle auf Händen und Knien krochen. Wenn sie von einer plötzlich auftretenden Schwerkraftschwankung von beispielsweise zwei auf vier Ge erfaßt wurden, fielen sie auf diese Weise wenigstens nicht so tief. Wie Conway zudem erkennen konnte, trugen die meisten von ihnen zwar G-Gürtel, sie hatten aber erkannt, daß diese Geräte unter Bedingungen, wo die Schwerkraftkonstante zu einer unberechenbaren Variablen wurde, nutzlos waren.

Er sah PVSJs, die in ballonartige, mit Chlor gefüllte Hüllen eingewickelt waren und entweder wie Schmetterlinge unter Glas flach gegen den Boden gepreßt oder in die Höhe katapultiert wurden. Tralthanische Patienten wurden in ihrem massiven und starren Geschirr — Tralthaner neigten trotz ihrer enormen Kräfte zu inneren Verletzungen — mühsam mitgeschleppt. Es gab DBDGs, DBLFs und CLSRs, sowie nichtidentifizierbare Wesen in kugelförmigen Rollcontainern, von denen fast sichtbare Kälte ausgestrahlt wurde. In einem endlos scheinenden Zug krochen diese bedauernswerten Geschöpfe dahin, wobei sie gezogen oder geschoben wurden oder sich aus eigener Kraft beherzt Stück für Stück fortbewegten. Und während die Schwerkraftgitter an ihnen zerrten, beugten sie sich nach unten und richteten sich wieder auf wie wogende Halme im Sturm.

Conway bildete sich schon fast ein, diese Gravitationsschwankungen selbst zu verspüren, wußte aber, daß dort, wo er sich befand, das Schiff die Stromzufuhr der Gitter zerstört haben mußte. Nur mit Gewalt konnte er sich vom Anblick dieser grauenhaften Prozession losreißen, dann aber setzte er mit dem PVSJ seinen Weg nach unten fort.

»Conway!« dröhnte kurz darauf Mannons Stimme in seinem Kopfhörer. »Dieser Überlebende da unten ist mittlerweile für genauso viele Opfer verantwortlich wie das Unglücksschiff selbst! Eine komplette Station mit rekonvaleszenten LSVOs ist tot, und zwar wegen eines dreisekündigen Schwerkraftstoßes von ein achtel auf vier Ge. Was machen Sie gerade?«

Conway berichtete, daß der vom Wrack geschlagene Tunnel immer enger werde, da der Rumpf und die meisten Aufbauten des Schiffs schon lange vor der Stelle, an der sie sich gerade befanden, abgetrennt worden waren. Vor ihnen könnten sich nur noch massive Wrackteile wie die Generatoren für den Hyperantrieb und dergleichen befinden. Außerdem glaube er, sich dem Ziel ziemlich weit genähert zu haben und somit auch dem Wesen, das der unwissentliche Verursacher für all die Verwüstungen um sie herum war.

»Gut«, sagte Mannon, »aber beeilen Sie sich!«

»Aber könnten nicht die Ingenieure durchkommen? Wenn sie ...«

»Das klappt nicht«, unterbrach ihn Dr. Lister. »In der näheren Umgebung der Steueranlage für die Schwerkraftgitter herrschen Gravitationsfluktuationen von bis zu zehn Ge! Es ist unmöglich. Und aus dem Innern des Hospitals an Sie heranzukommen, scheidet auch aus. Dazu müßten sämtliche Korridore evakuiert werden, doch die sind mittlerweile mit Patienten völlig überfüllt ...« Die Stimme wurde leiser, als sich Dr. Lister offensichtlich vom Mikrofon abwandte, und Conway bekam zufällig mit, als er sagte: »Ein intelligentes Wesen kann doch nie und nimmer derart in Panik geraten, daß es ... daß es ... oh, wenn ich dieses Biest in die Hände kriege, dann ...«

»Vielleicht ist es gar nicht intelligent«, wandte eine andere Stimme ein. »Möglicherweise ist es ein Sprößling von der FGLI-Kinderstation ...«

»Wenn es so ist, werde ich ihm das kleine Fell gerben, bis es ...«

An dieser Stelle wurde der Funkkontakt unterbrochen, und ein scharfes Klicken beendete die Konversation. Plötzlich wurde Conway bewußt, wie wichtig er in diesem Augenblick für das Fortbestehen des Orbit Hospitals geworden war, und er tat alles, um noch schneller voranzukommen.

IX

Eine Ebene tiefer gelangten Conway und der PVSJ auf eine Station, in der vier MSVKs — empfindliche, dreibeinige Wesen, die an Störche erinnerten — leblos zwischen losen Gerätschaften herumschwebten. Die Bewegungen der Körper und Gegenstände im Raum wirkten ein wenig unnatürlich, als wären sie gerade erst ausgelöst worden. Hierbei mußte es sich um den ersten Hinweis auf den geheimnisvollen Überlebenden handeln, nach dem sie suchten.

Danach befanden sie sich in einem großen Raum mit Metallwänden und waren von einem Labyrinth aus Rohren und unverkleideten Maschinen umgeben. In einer von ihm selbst verursachten Bodenmulde lag der gewaltige Hyperantriebsgenerator des Wracks, der von überall verstreuten Einzelteilen diverser Ausrüstungsgegenstände des Kontrollraums umgeben war. Darunter waren die sterblichen Überreste eines jetzt nicht mehr einzuordnenden Aliens zu sehen. Neben dem Generator war durch ein anderes Teil der schweren Schiffsausrüstung ein weiteres Loch in den kritisch nachgebenden Boden gerissen worden.

Als Conway durch die Öffnung hindurchschaute, rief er aufgeregt: »Da unten ist es!«

Sie blickten in einen riesigen Raum, der nur das Gravitationskontrollzentrum sein konnte. An Boden, Wänden und Decke befand sich eine Reihe kompakter Metallkästen neben der anderen — in diesem Abschnitt herrschten stets Luftleere und null Ge —, und für terrestrische Ingenieure war kaum Platz, sich dazwischen zu bewegen. Aber Ingenieure wurden hier nur selten gebraucht, weil sich die Geräte in dieser lebenswichtigen Abteilung selbst reparieren konnten. Diese Fähigkeit wurde im Augenblick allerdings einem ernsthaften Härtetest unterzogen.

Ein Wesen, das Conway auf den ersten Blick als AACL einstufte, breitete sich über drei der empfindlichen Kontrollkästen aus. Neun andere Kästen, deren rote Notleuchten blinkten, lagen in Reichweite der sechs pythonartigen Tentakel, die aus den abgedichteten Öffnungen eines milchigen Plastikanzugs hervorragten. Die Tentakel waren wenigstens sechs Meter lang und an der Spitze mit einer hornartigen Substanz versehen, die, dem vom Alien angerichteten Schaden nach zu urteilen, stahlhart sein mußte.

Conway hatte sich zuvor innerlich darauf eingestellt, Mitleid für diesen vom Schicksal arg gebeutelten Überlebenden zu empfinden, und erwartet, eine verletzte, von Panik ergriffene und vor Schmerz wahnsinnig gewordene Kreatur vorzufinden. Doch statt dessen war da ein Wesen, das unverletzt schien und nichts Besseres vorhatte, als mit aller Gewalt den Gravitationskontrollmechanismus schneller zu zerstören, als die eingebauten Roboter ihn zu reparieren vermochten. Conway fluchte und begann, nach der Funkfrequenz des Aliens zu suchen. Plötzlich vernahm er ein grelles Piepsen im Kopfhörer.

»Hab ich dich endlich ...«, murmelte er grimmig.

Das Piepsen hörte schlagartig auf, als das krakenähnliche Wesen Conways Stimme vernahm, und die Tentakel stellten ihr vernichtendes Werk ein. Conway merkte sich die Wellenlänge, dann schaltete er wieder auf die Frequenz, über die er mit dem PVSJ sprechen konnte.

Als er dem Chloratmer erzählt hatte, was er im Kopfhörer vernommen hatte, sagte der PVSJ: »Mir scheint, das Wesen fürchtet sich entsetzlich, und bei dem Piepsen handelt es sich um Angstlaute — sonst hätte der Translator das Piepsen in Worte Ihrer Sprache übersetzt. Die Tatsache, daß es die Geräusche und seine zerstörerischen Aktivitäten eingestellt hat, als es Ihre Stimme hörte, läßt hoffen. Meiner Meinung nach sollten wir uns ihm aber trotzdem nur ganz allmählich nähern und ihm dabei immer wieder versichern, daß wir ihm nur helfen wollen. Ich hab den Eindruck, daß es nach allem schlägt, was sich bewegt. Eine gewisse Vorsicht ist also geboten.«

»Einverstanden«, stimmte Conway mit gutem Gefühl zu.

»Außerdem wissen wir nicht, in welche Richtung die Sehorgane des Wesens gerichtet sind«, fuhr der PVSJ fort, »deshalb schlage ich vor, wir nähern uns ihm aus entgegengesetzter Richtung.«

Conway nickte. Sie stellten die Funkgeräte auf die neue Frequenz ein und schwebten vorsichtig bis unter die Decke des Kontrollraums. Mit Hilfe der kurzfristig schwach auf Abstoßung eingestellten G-Gürtel entfernten sie sich voneinander, wobei sie leicht gegen die Metalloberfläche gedrückt wurden, dann ließen sie sich an zwei gegenüberliegenden Wänden zum Boden herab. Das Wesen war jetzt zwischen ihnen, und sie bewegten sich langsam darauf zu.

Die Reparaturroboter waren damit beschäftigt, den von den sechs schlangenähnlichen Gliedmaßen angerichteten Schaden wieder zu beheben. Das Wesen lag jetzt ruhig da und gab auch keinen Laut von sich. Conway mußte die ganze Zeit an das verheerende Chaos denken, das es mit seinem sinnlosen Herumwüten ausgelöst hatte. Was er dem Alien sagen wollte, wären alles andere als beruhigende Worte gewesen, und deshalb überließ er lieber dem PVSJ-Geistlichen das Reden.

»Sie brauchen keine Angst zu haben«, wiederholte dieser gerade zum zwanzigstenmal. »Wenn Sie verletzt sind, sagen Sie es uns. Wir sind hier, um Ihnen zu helfen …«

Aber der Alien zeigte keinerlei Reaktion.

Aus einem plötzlichen Impuls heraus schaltete Conway auf die Frequenz von Dr. Mannon und sagte: »Der Überlebende scheint ein AACL zu sein. Können Sie mir sagen, weshalb er hier ist, oder warum er sich weigert oder unfähig ist, mit uns zu sprechen?«

»Ich kläre das mit der Auskunftszentrale«, antwortete Mannon nach einer kurzen Pause. »Aber sind Sie sich bei der Klassifikation wirklich sicher? Ich kann mich nicht daran erinnern, hier einen AACL gesehen zu haben. Könnte es sich nicht um einen Creppelianer handeln, der ...«

»Um einen creppelianischen Oktopoden handelt es sich garantiert nicht«, unterbrach Conway ihn. »Das Wesen hat sechs Hauptgliedmaßen. Zur Zeit liegt es einfach nur da und tut nichts ...«

Conway hielt plötzlich ängstlich inne, denn es stimmte nicht mehr, daß der zur Diskussion stehende Alien sich nicht mehr rührte. Er hatte sich nach oben gegen die Decke abgestoßen und sich dabei so schnell bewegt, daß er im selben Moment wieder zu landen schien, in dem er abgehoben hatte. Conway sah, wie sich über ihm eine weitere Kontrolleinheit zu einem Schrotthaufen verwandelte, als das Wesen zuschlug, und wie andere Kästen aus ihren Verankerungen gerissen wurden, als es irgendwo Halt suchte. Im Kopfhörer war jetzt Mannons schreiende Stimme zu hören. Conway vernahm zwar, daß in einem bislang stabilen Abschnitt des Hospitals plötzlich Gravitationsschwankungen aufgetreten seien und die Zahl der Verletzten gestiegen sei, konnte aber nicht antworten.

Hilflos mußte er mit ansehen, wie der AACL zu einem erneuten Sprung ansetzte.

»... wir sind hier, um Ihnen zu helfen«, wiederholte der PVSJ, als das Wesen vier Meter von ihm entfernt geräuschlos wieder gelandet war. Fünf große Tentakel verankerten sich fest, während ein sechster in einer nur verschwommen zu erkennenden, schlängelnden Bewegung vorschnellte, den PVSJ erfaßte und gegen die Wand schmetterte. Das lebensnotwendige Chlor spritzte aus dem Anzug des PVSJ. Für einen Augenblick war das bedauernswerte Geschöpf in dem entstandenen Dunstschleier eingehüllt, während es langsam in die Mitte des Raums zurückprallte.

Der AACL gab wieder piepsende Laute von sich.

Wie benommen erstattete Conway Mannon einen kurzen Bericht, der seinerseits nach Lister schrie. Schließlich vernahm er die Stimme des Direktors, der ängstlich sagte: »Sie müssen das Wesen töten, Conway!«

Sie müssen das Wesen töten, Conway!

Nichts hätte Conway leichter in die Wirklichkeit zurückbringen können als die Schockwirkung dieser Worte. Ein Problem durch Mord zu lösen und dann noch einen Arzt, der sich dem Schutz des Lebens verschrieben hatte, zur Ausführung dieser Tötung aufzufordern sah einem Monitor ähnlich, dachte er verbittert. Daß das Wesen Todesängste ausstand, zählte nicht, es hatte in den geheiligten Hallen des Orbit Hospitals eine Menge Probleme verursacht, also mußte man es töten.

Zwar hatte Conway zuvor Angst gehabt und verspürte sie jetzt auch immer noch, aber gerade eben war er noch in einer Gemütsverfassung gewesen, wo er aus Panik heraus das Gesetz des Dschungels ›töten oder getötet werden‹ angewandt hätte. Jetzt aber nicht mehr. Egal, was ihm oder dem Hospital zustieß, niemals würde er ein intelligentes Mitwesen töten können, und wenn sich Lister dabei die Kehle aus dem Hals schrie ...

Zunächst wunderte er sich, als er feststellen mußte, daß sowohl Lister als auch Mannon lauthals auf ihn einredeten und seine Argumente zu widerlegen versuchten — ohne es zu bemerken, mußte er laut gedacht haben —, dann wechselte er einfach wütend die Frequenz.

Aber noch immer vernahm er eine Stimme, die auf ihn einredete; allerdings eine flüsternde und unbeschreiblich matte Stimme, die häufig von einem schmerzvollen Keuchen unterbrochen wurde. In einem Anflug von Verwirrung glaubte Conway, der Geist des toten PVSJ würde die Argumente Dr. Listers wiederholen, dann bemerkte er über sich einen Schatten.

Der mit einem Raumanzug bekleidete Williamson schwebte kaum vernehmlich durch das Loch in der Dekke. Wie der schwerverletzte Monitor überhaupt dorthin gelangen konnte, überstieg Conways Auffassungsvermögen — seine gebrochenen Arme machten Williamson den Einsatz des G-Gürtels unmöglich, also mußte er sich den ganzen Weg über mit den Füßen abgestoßen und darauf gehofft haben, daß er nicht ein zweites Mal von einem zufällig aktiven Schwerkraftgitter in die Tiefe gerissen wurde. Allein bei dem Gedanken, wie häufig Williamson auf dem Weg hierher mit seinen mehrfach gebrochenen Gliedmaßen gegen Hindernisse gestoßen sein mußte, schauderte Conway. Und dennoch schien die einzige Besorgnis des Monitors darin zu bestehen, Conway davon überzeugen zu müssen, diesen AACL zu töten.

Das Wesen befand sich jetzt unter dem Monitor, *direkt* unter dem Monitor, und die Distanz zwischen den beiden verringerte sich mit jeder Sekunde ...

Conway spürte, wie ihm ein kalter Schauer über den Rücken lief. Der verletzte Williamson, der seinen Flug nicht abbremsen konnte, schwebte hilflos immer weiter nach unten — *direkt auf den geduckten AACL zu!* Während Conway wie gebannt hinüberstarrte, rollte sich einer der stahlharten Tentakel aus und war bereit, einen tödlichen Schlag zu versetzen.

Conway stürzte sich instinktiv in die Richtung des schwebenden Monitors. Er hatte jetzt keine Zeit, sich darüber Gedanken zu machen, ob es sich bei seiner Aktion um ein bewußtes Vorgehen handelte oder ob es tapfer oder einfach nur dumm war, was er tat. Mit einem dumpfen Krachen prallte er mit dem Monitor zusammen, klammerte sich an ihm fest und schlang seine Beine um Williamsons Taille, damit er die Hände zur Bedienung des G-Gürtels frei hatte. Wie wild drehten sie sich um ihren gemeinsamen Gravitationsschwerpunkt, und die Wände, die Decke und der von dem AACL okkupierte Boden wirbelten so schnell um sie herum, daß Conway die Bedienungselemente kaum im Auge behalten konnte. Es schien eine Ewigkeit zu vergehen, bis er endlich die Drehung in den Griff bekam und es schaffte, daß sie sich auf das Loch in der Decke zubewegten. Fast waren sie schon in Sicherheit, als Conway einen der trossenartigen Tentakel auf sich zuschnellen sah ...

X

Etwas schlug mit solcher Wucht gegen seinen Rükken, daß es ihm den Atem verschlug. Eine Schrecksekunde später glaubte er, daß seine Sauerstoffbehälter und sein Raumanzug aufgeplatzt waren und er bereits wie ein Wahnsinniger nach Luft rang. Aber sein von schierer Angst bestimmtes Einatmen trieb ihm doch Sauerstoff in die Lunge. Nie hätte er geahnt, daß konservierte Luft so gut schmecken konnte.

Der Tentakel des AACL hatte ihn nur gestreift, und seine Wirbelsäule war nicht gebrochen. Lediglich das Funkgerät war zerstört worden.

»Alles in Ordnung?« fragte Conway ängstlich, nachdem er Williamson in das obere Stockwerk in Sicherheit gebracht hatte. Dabei mußte er seinen Helm gegen den des Monitors halten, da er sich anders nicht mehr verständlich machen konnte.

Eine ganze Weile erhielt er keine Antwort, dann war in unmittelbarer Nähe wieder dieses matte, schmerzgeplagte Flüstern zu hören.

»Meine Arme tun weh. Ich bin müde«, sagte die Stimme stockend. »Aber wenn Sie mich ... wenn man mich ins Hospital bringt ... werde ich's schon schaffen.« Williamson hielt inne, seine Stimme schien von irgendwoher Kraft sammeln zu müssen, dann fuhr er fort: »Das heißt, falls es bis dahin im Hospital überhaupt noch einen Überlebenden gibt, der mich behandeln kann. Wenn Sie unseren Freund da unten nicht sofort aufhalten, dann ...«

Conway kochte vor Wut. »Verdammt noch mal, geben Sie denn nie auf?« brauste er auf. »Merken Sie sich ein für allemal, daß ich ein intelligentes Lebewesen niemals töten werde! Mein Funkgerät ist kaputt, also brauche ich mir wenigstens das Gezeter von Lister und Mannon nicht mehr anzuhören. Und um Sie zum Schweigen zu bringen, brauche ich bloß meinen Helm wegzunehmem.«

Die Stimme des Monitors klang jetzt noch schwächer, als er sagte: »Ich kann Mannon und Lister immer noch hören. Sie sagen gerade, jetzt seien die Stationen in Abschnitt acht betroffen — das ist der andere Sektor mit geringer Schwerkraft. Patienten und Ärzte sind praktisch am Boden festgenagelt ... MSVKs sind alles andere als Schwerathleten, aber das wissen Sie ja selbst ...«

»Hören Sie endlich auf!« brüllte Conway und wandte sich verärgert ab.

Als sich seine Wut einigermaßen gelegt hatte, stellte er fest, daß sich die Lippen des Monitors nicht mehr bewegten. Williamsons Augen waren geschlossen. Sein Gesicht war blaß und schweißüberströmt, und er schien nicht mehr zu atmen. Durch das chemische Trockenmittel in seinem Helm konnte das Sichtfenster nicht beschlagen, so daß Conway nicht mit Bestimmtheit sagen konnte, ob der Monitor tot war oder nicht. Aber bei seiner nur durch die wiederholte Gabe von Aufputschspritzen übertünchten Erschöpfung und den hinzugekommenen Verletzungen hatte er Williamsons Tod schon lange befürchtet.

Aus einem unerfindlichen Grund brannten Conway

plötzlich die Augen. Er hatte in den vergangenen Stunden so viele tote und zerstückelte Körper gesehen, daß seine Mitleidensfähigkeit an dem Punkt angelangt war, wo er nur noch wie eine medizinische Maschine reagierte. Bei der schmerzhaften Trauer, die er nun um diesen Monitor empfand, mußte es sich um ein vorübergehendes Wiederaufleben dieser Fähigkeit handeln. Eins wußte er jedoch ganz genau: niemand würde diese medizinische Maschine dazu bringen, einen Mord zu begehen. Zwar wußte er jetzt, daß das Monitorkorps die Verantwortung für weit mehr Gutes als Schlechtes trug, aber er war nun mal kein Monitor.

O'Mara und Lister jedoch waren beides, sowohl Ärzte als auch Monitore, und einer von ihnen genoß sogar in der ganzen Galaxis hohes Ansehen. *Bist du etwa ein besserer Mensch als diese beiden?* fragte ihn eine innere Stimme. *Und jetzt bist du völlig auf dich allein gestellt,* fuhr sie fort. *Das Hospital ist kurz vor dem Zusammenbruch, und wegen dieses einen Wesens da unten müssen alle anderen sterben. Was glaubst du, wie hoch deine Überlebenschancen sind? Der Weg, auf dem du gekommen bist, ist mit Wrackteilen verstopft und niemand kann dir zu Hilfe kommen. Also wirst auch du sterben müssen, oder nicht?*

Conway versuchte verzweifelt, an seinem Entschluß festzuhalten und sich dahinter wie unter einem Panzer zu verstecken. Aber diese unnachgiebige, angsterfüllte Stimme in seinem Kopf durchbrach diesen Panzer. Umso größere Erleichterung verspürte er, als er sah, daß sich Williamsons Lippen wieder bewegten, und er legte sofort seinen Helm gegen den des Monitors.

»... als Arzt fällt Ihnen das natürlich schwer«, hörte er den Monitor sagen, »aber Sie müssen es tun. Stellen Sie sich einfach vor, Sie wären das Wesen da unten, vor Angst und Schmerz halb wahnsinnig. Und in einem kurzen lichten Moment hören Sie jemanden sagen, was Sie getan haben, was Sie angerichtet haben und wie viele Leben Sie dadurch vernichtet haben ...« Williamsons Stimme schwankte, versagte kurz, dann kehrte sie zurück. »Würden Sie dann nicht auch lieber sterben wollen, anstatt weiterhin Unschuldige zu töten?«

»Aber ich kann nicht ...!«

»Würden Sie an seiner Stelle nicht lieber sterben wollen?«

Conway merkte, wie sein Panzer abzubröckeln begann. In einem letzten verzweifelten Versuch, standhaft zu bleiben oder wenigstens die schreckliche Entscheidung hinauszuschieben, sagte er: »Nun, vielleicht ... aber selbst wenn ich wollte, könnte ich das Wesen nicht töten. Es würde mich bereits in Stücke reißen, bevor ich mich ihm überhaupt genähert hätte ...«

»Ich hab eine Pistole«, sagte der Monitor.

Conway konnte sich nicht erinnern, wie er die Waffe entsichert, ja nicht einmal, wie er sie aus dem Halfter des Monitors gezogen hatte. Sie lag jetzt fest in seiner Hand und war auf den AACL gerichtet. Er fühlte sich elend und fror, aber noch hatte er Williamsons Wunsch nicht ganz nachgegeben. In Reichweite war eine Spraydose mit schnell trocknendem Plastik, das bei umgehender Anwendung jemandem das Leben retten konnte, wenn dessen Anzug ein Loch bekommen hatte. Conway hatte vor, das Wesen zu verwunden, es nur bewegungsunfähig zu machen und dann dessen Anzug mit dem Plastik wieder zu versiegeln. Sicher war das eine heikle Angelegenheit und auch für ihn selbst äußerst riskant, aber er konnte den Alien nun einmal nicht vorsätzlich töten.

Er nahm die Spraydose in die linke Hand, und mit der rechten zielte er auf das krakenartige Geschöpf. Dann drückte er ab.

Als er die Pistole absetzte, war von dem Wesen nicht mehr viel übrig — außer den zerstückelten und zuckenden Tentakeln, die über den ganzen Raum verteilt waren. Conway wünschte sich jetzt, er hätte mehr von Waffen verstanden und gewußt, daß die Pistole Explosivgeschosse enthalten hatte und auf automatisches Feuer eingestellt gewesen war...

Williamsons Lippen bewegten sich wieder. Zwar fühlte sich Conway jetzt jenseits von Gut und Böse und war wie gelähmt, aber wie automatisch horchte er am Helm des Monitors.

»... schon gut, Doktor«, stammelte der Monitor. »Sie müssen sich um den Alien keine Sorgen machen, es ...«

»Jetzt muß ich mir um ihn allerdings keine Sorgen mehr machen«, stimmte Conway ihm abfällig zu. Er untersuchte die Waffe des Monitors und hoffte, daß sie nicht leer war. Wenn auch nur eine einzige Kugel übrig geblieben wäre, wüßte er genau, was er damit getan hätte.

»Wir wissen genau, wie schwer Ihnen das gefallen ist«, sagte Major O'Mara. Seine Stimme klang jetzt nicht mehr gereizt, und seine stahlgrauen Augen strahlten Mitgefühl und sogar so etwas wie Stolz aus. »Gewöhnlich muß ein Arzt eine solch folgenschwere Entscheidung erst treffen, wenn er älter und ausgeglichener ist und eine gewisse Reife erlangt hat. Sie sind, oder besser, Sie waren ein übermäßig idealistischer Mensch, dabei etwas blasiert und vielleicht ein wenig selbstgerecht. Und Sie wußten nicht einmal, was ein Monitor wirklich ist.«

O'Mara lächelte. Seine großen, festen Hände ruhten in einer merkwürdig väterlichen Geste auf Conways Schultern. Er fuhr fort: »Durch Ihre Überwindung zu diesem Schritt hätten Sie sich sowohl Ihren beruflichen Werdegang als auch Ihre innere Ausgeglichenheit ruinieren können. Aber egal, Sie haben sich jedenfalls nichts vorzuwerfen. Es war gut so.«

Im nachhinein wünschte sich Conway, er hätte den Helm geöffnet und allem ein Ende gesetzt, bevor diese Ingenieure in den Kontrollraum ausgeschwärmt waren und Williamson und ihn herausgeholt hatten. O'Mara mußte verrückt sein — schließlich hatte er, Conway, das oberste Gebot seines Berufsstandes verletzt und ein intelligentes Lebewesen getötet. Was also war gut daran?

»Hören Sie mir bitte zu«, fuhr O'Mara ernst fort. »Die Fachleute aus der Funkzentrale haben es geschafft, ein Bild vom Kontrollraum des Unfallschiffs mitsamt seines Insassen zu empfangen, bevor es aufgeschlagen ist. Der Insasse war kein AACL, verstehen Sie? Dieses Wesen war ein AMSO, eine der größeren nichtintelligenten Lebensformen, die einem AACL als Haustier dienen. Außerdem sind derzeit überhaupt keine AACLs im Hospital angemeldet. Das Biest, das Sie getötet haben, war also im übertragenen Sinne nichts anderes als ein vor Angst verrückter Hund in einem Schutzanzug.« O'Mara schüttelte Conway die Schultern, bis dessen Kopf wakkelte. »Fühlen Sie sich jetzt etwas besser?«

Conway spürte, wie er allmählich wieder in die Realität zurückkam, und nickte wortlos.

»Sie können jetzt gehen«, sagte O'Mara lächelnd. »Schließlich haben Sie einigen Schlaf nachzuholen. Und was das Neuorientierungsgespräch angeht, das ich neulich erwähnt hab, so hab ich dafür vorerst leider keine Zeit mehr. Aber erinnern Sie mich bitte irgendwann daran ... das heißt, falls Sie so ein Gespräch Ihrerseits überhaupt noch für notwendig halten ...«

XI

Während der vierzehn Stunden, die Conway schlief, reduzierte sich die Einlieferung von Verwundeten auf eine zu bewältigende Anzahl, und es traf die Nachricht ein, daß der Krieg vorüber sei. Monitoringenieure und Wartungsmonteure konnten erfolgreich die Wrackteile ausräumen und auch die beschädigte Außenhülle reparieren. Bei wiederhergestellten normalen Druckverhältnissen gingen die inneren Reparaturarbeiten zügig voran. Als Conway wach geworden war und sich auf die Suche nach Dr. Mannon begab, sah er, wie Patienten bereits wieder in einen Abschnitt verlegt wurden, der noch vor ein paar Stunden ein einziges dunkles und luftleeres Chaos aus Wrackteilen gewesen war.

Seinen Vorgesetzten traf er schließlich in einem seitlichen OP-Trakt der FGLI-Unfallstation an. Mannon operierte gerade einen DBLF mit starken Verbrennungen, dessen raupenartiger Körper auf einem OP-Tisch, der eigentlich für tralthanische FGLIs gedacht war, fast zwergenhaft wirkte. Zwei weitere DBLFs, die noch unter Narkose standen, sahen auf einer ähnlich übergroßen Liege an der Wand wie weiße Häufchen aus, und ein vierter lag zuckend auf einer Tragbahre in der Nähe der Tür.

»Wo, zum Teufel, haben Sie gesteckt?« fragte Mannon mit einer Stimme, die viel zu müde war, um wütend zu klingen. Noch bevor Conway antworten konnte, fuhr er ungeduldig fort: »Ach, Sie brauchen mir gar nichts zu erzählen ... hier schnappt doch jeder dem anderen nach Belieben seine Mitarbeiter weg, und Assistenzärzte müssen eben tun, was man ihnen sagt ...«

Conway merkte, wie er errötete. Plötzlich schämte er sich, vierzehn Stunden lang geschlafen zu haben, war aber zu feige, Mannons falsche Annahme richtigzustellen. Statt dessen fragte er nur: »Kann ich Ihnen helfen, Sir?«

»Ja«, murmelte Mannon und deutete auf seine Patienten. »Aber es handelt sich um ziemlich heikle Geschichten. Tiefe Platz- und Schnittwunden. Metallstücke und -splitter im Körper, Bauchhöhlenverletzungen und starke innere Blutungen. Ohne ein Schulungsband werden Sie hier wohl kaum etwas ausrichten können. Gehen Sie und trichtern Sie es sich ein. Danach kommen Sie sofort wieder hierher, klar?«

Einige Minuten später war Conway im Schulungsraum neben O'Maras Büro und nahm das DBLF-Physiologieband in sich auf. Dieses Mal zuckte er nicht zusammen, als die Hände des Monitors seinen Kopf berührten, und als ihm das Stirnband mit den Elektroden abgenommen wurde, fragte er: »Wie geht es Ihrem Korpsmitglied Williamson?«

»Er wird durchkommen«, antwortete O'Mara unbeteiligt. »Die Frakturen mußten extra von einem Diagnostiker gerichtet werden. Aber Williamson wird ganz sicher nicht sterben ...«

Anschließend begab sich Conway so schnell wie möglich wieder zu Mannon. Er erfuhr wieder diese typische innere Verwandlung, als verkörpere er zwei Lebewesen in einem, und mußte dem Drang widerstehen, auf dem Bauch zu kriechen. Jedenfalls wußte er nun, daß das DBLF-Band seine Wirkung nicht verfehlt hatte. Stoffwechsel und Temperament der raupenähnlichen Bewohner von Kelgia waren fast genauso wie beim Menschen, so daß er mit der Umstellung weit weniger Schwierigkeiten hatte als zuvor mit dem Telfiband. Aber es zwang ihm eine Art Verbundenheit mit den Wesen auf, die er behandelte, und das war in diesem Fall durchaus schmerzvoll.

Das konzeptionelle Zusammenwirken von Pistole, Kugel und Ziel ist sehr einfach — anvisieren, abdrücken und das Ziel, das Opfer, ist tot oder verwundet. Die Kugel denkt überhaupt nicht nach, der Schütze nicht genug, und das Ziel ... nun, das Opfer ist immer der Leidtragende.

Conway hatte in letzter Zeit zu viele Opfer gesehen und auch Geschosse, die sich in sie gebohrt und im zerfetzten Fleisch rote Krater hinterlassen hatten, die Knochen zerschmettert und Blutgefäße zerrissen hatten. Hinzu kam noch der lange und schmerzhafte Genesungsprozeß des Opfers. Ein jeder, der einem denkenden und fühlenden Wesen solchen Schaden zufügte, verdiente eine weit schmerzhaftere Strafe als das Korrektiv einer psychiatrischen Behandlung seitens der Monitore.

Vor ein paar Tagen hätte sich Conway solcher Ansichten noch geschämt — davon war jetzt aber kaum noch etwas zu verspüren. Er fragte sich, ob die letzten Ereignisse bei ihm einen Prozeß moralischer Entartung ausgelöst hatten oder ob es einfach nur daran lag, daß er allmählich erwachsen wurde.

Fünf Stunden später waren sie fertig. Mannon gab der Schwester die Anweisung, die vier Patienten im Auge zu behalten, bat sie aber, zuvor etwas zum Essen zu holen. Als sie mit einem großen Paket Sandwiches zurückkam, berichtete sie, daß die Kantine von einem tralthanischen Arzt in einen Operationssaal umgewandelt worden sei. Kurz darauf schlief Dr. Mannon mitten über seinem zweiten Sandwich ein. Conway lud ihn auf eine Bahre und brachte ihn in dessen Zimmer. Unterwegs wurde er von einem tralthanischen Diagnostiker abgefangen, der ihn auf eine DBDG-Unfallstation beorderte.

Dieses Mal hatte er es mit Opfern seiner eigenen Spezies zu tun, und sein Reifeprozeß — oder moralischer Entartungsprozeß — machte Fortschritte. Allmählich kam er zu der Ansicht, daß das Monitorkorps mit einigen Leuten viel zu sanft umging.

Drei Wochen später hatte sich die Situation im Orbit Hospital fast wieder normalisiert. Außer den in Todesgefahr schwebenden Schwerverletzten waren sämtliche Patienten in Hospitale ihrer Heimatplaneten gebracht worden. Der Schaden, den das Unfallschiff verursacht hatte, war behoben worden. Der Arzt hatte die Kantine wieder geräumt, und Conway mußte sich das Essenstablett nicht mehr aus zusammengestellten Instrumentenwagen nehmen. Aber auch wenn sich die Situation im Hospital im großen und ganzen etwas normalisiert hatte, so traf dies auf Conway persönlich überhaupt nicht zu.

Er war nämlich vom Stationsdienst völlig befreit worden und nahm nun in einer gemischten Gruppe von Menschen und Extraterrestriern — von denen die meisten älter als er waren — an einem Kurs in Schiffsrettung teil. Einige der Probleme, die bei der Bergung Überlebender aus Schiffswracks auftauchen konnten, besonders wenn die Energieversorgung an Bord noch funktionierte, öffneten Conway die Augen. Der Kurs endete mit einer interessanten, wenn auch kräftezehrenden Übung, die er allerdings erfolgreich absolvierte, worauf sich noch ein intellektuell etwas abgehobener Kurs über vergleichende ET-Philosophie anschloß. Parallel dazu liefen Lehrgänge über Verseuchungsgefahren: Was war zu tun, wenn auf der Methanstation ein Leck entstand und die Temperatur über den Siedepunkt von minus 161 Grad Celsius anzusteigen drohte? Was war zu tun, wenn ein Chloratmer Sauerstoff ausgesetzt wurde oder ein Wasseratmer in Luft zu ersticken drohte oder umgekehrt. Allein bei der Vorstellung, daß ihn der eine oder andere der Kursteilnehmer künstlich zu beatmen versuchen könnte, schauderte es Conway — einige wogen mehr als eine halbe Tonne! —, aber glücklicherweise gab es zum Abschluß dieses Lehrgangs keine praktischen Übungen.

Jeder einzelne Dozent betonte immer wieder, wie wichtig eine umgehende und exakte Klassifikation eingelieferter Patienten war, weil diese häufig aufgrund ihres Gesundheitszustandes nicht mehr in der Lage waren, diese Informationen selbst zu geben.

In dem aus vier Buchstaben bestehenden Klassifikationssystem zeigte der erste Buchstabe den allgemeinen Stoffwechsel an, der zweite die Anzahl der Gliedmaßen und Sinnesorgane und der dritte und vierte die erforderlichen Druck- und Schwerkraftverhältnisse, was zugleich ein Hinweis auf die physische Masse und Beschaffenheit eines Wesens war. A, B und C als erste Buchstaben zeigten Wasseratmer an, D und F warmblütige Sauerstoffatmer — in diese Klassifikation fielen die meisten intelligenten Wesen. G bis K waren auch Sauerstoffatmer, aber insektenartige Wesen von Planeten mit geringer Schwerkraft, ebenso wie die vogelartigen Wesen der Kategorie L und M. Die Chloratmer waren in die Gruppen O und P eingeteilt. Danach kamen völlig absonderliche Spezies — Strahlungsverwerter; starrblütige oder kristalline Wesen; Kreaturen, die ihre physische Gestalt beliebig verändern konnten und andere, die verschiedene Arten übersinnlicher Kräfte besaßen. Telepathische Spezies wie die Telfi hatten als ersten Buchstaben ein V.

Die Dozenten pflegten drei Sekunden lang das Bild eines ET-Fußes oder eines Stücks der Oberflächenhaut auf dem Bildschirm zu zeigen, und wenn Conway das Wesen aufgrund dieses kurzen Eindrucks nicht einstufen konnte, hagelte es hämische Bemerkungen.

Bei alldem handelte es sich zwar um sehr interessanten Lernstoff, aber Conway paßte es nicht, daß er sechs Wochen lang keinen Patienten zu Gesicht bekommen hatte. Deshalb beschloß er, O'Mara anzurufen und ihn zu fragen, was das Ganze zu bedeuten hatte — selbstverständlich auf respektvolle und zurückhaltende Weise.

»Natürlich wollen Sie wieder auf Ihre Station zurück«, sagte O'Mara, als Conway auf Umwegen schließlich zum entscheidenden Punkt gekommen war, »und Doktor Mannon will Sie auch wiederhaben. Aber es könnte ja sein, daß ich für Sie eine Verwendung hab und gar nicht möchte, daß Sie an andere Aufgaben gebunden sind. Sie brauchen jedoch nicht zu glauben, daß Sie hier sinnlos Ihre Zeit verplempern. Sie lernen sehr nützliche Dinge, Doktor. Wenigstens hoffe ich das. Machen Sie's gut.«

Während Conway das Mikrofon des Kommunikators

abschaltete, dachte er darüber nach, daß sich viele der Dinge, die er gelernt hatte, auf die Person Major O'Maras bezogen hatten. Zwar gab es keine Vorträge, die sich direkt mit den Aufgaben und Funktionen des Chefpsychologen befaßt hatten, was aber durchaus hätte sein können, da er in sämtlichen Lehrgängen auf die ein oder andere Weise erwähnt wurde. Und Conway wurde erst allmählich klar, wie nahe er wegen seines Verhaltens bei der Telfi-Geschichte am Rande eines Rausschmisses gestanden hatte.

O'Mara trug im Monitorkorps den Rang eines Majors, aber Conway hatte gelernt, wie schwierig es war, seinen Aufgabenbereich innerhalb des Hospitals genau einzugrenzen. Als Chefpsychologe war er für das geistige Wohlbefinden der vielen verschiedenartigen Individuen und Spezies des Personals verantwortlich und mußte Konflikte zwischen ihnen vermeiden.

Selbst wenn man äußerste Toleranz und gegenseitigen Respekt beim Personal voraussetzte, gab es doch noch Anlässe genug zu Reibereien. Potentiell gefährliche Situationen entstanden in erster Linie durch Unwissenheit und Mißverständnisse, aber auch wenn ein Wesen eine neurotische Xenophobie entwickelte, die seine geistige Stabilität oder Leistungsfähigkeit oder beides zusammen beeinträchtigte. Ein Arzt von der Erde zum Beispiel, der eine unbewußte Angst vor Spinnen hatte, würde einem illensanischen Patienten niemals eine angemessene klinische Versorgung zuteil werden lassen können, die zu seiner Behandlung notwendig wäre. Und so war es O'Maras Aufgabe, solche Probleme rechtzeitig zu erkennen und möglichst noch im Keim zu ersticken oder — falls alles nichts nützte — das potentiell gefährlichere Individuum aus dem Orbit Hospital zu entfernen, bevor sich aus einer solchen Auseinandersetzung ein offener Konflikt entwickeln konnte. Sein Vorgehen gegen falsche, schädliche und intolerante Denkweisen nahm der Monitor mit einem solchem

Pflichteifer wahr, daß man ihn nach dem ersten Großinquisitor der Menschheitsgeschichte als ›modernen Torquemada‹ bezeichnete.

Extraterrestrier im Mitarbeiterstab, auf deren Heimatplaneten in der Vergangenheit nie etwas Vergleichbares wie eine Inquisition stattgefunden hatte, bemühten andere Metaphern und schleuderten ihm die Ausdrücke direkt ins Gesicht. Aber gerechtfertigte Beschimpfungen ließen nach O'Maras Ansicht nicht auf falsche Denkweisen schließen, und so gab es nie ein ernsthaftes Nachspiel.

Nicht verantwortlich war der Chefpsychologe für psychologische Schäden der Patienten im Hospital. Da es aber häufig schwierig war festzustellen, wann ein rein physischer Schmerz nachließ und ein psychosomatischer begann, wurde er auch in solchen Fällen häufig zu Rate gezogen.

Der Umstand, daß der Major ihn vom Stationsdienst befreit hatte, konnte nach Conways Dafürhalten sowohl eine Beförderung als auch eine Degradierung bedeuten. Falls Mannon ihn aber wirklich zurückhaben wollte, dann mußte die Aufgabe, die O'Mara für ihn vorgesehen hatte, von noch größerer Wichtigkeit sein. Deshalb war er sich ziemlich sicher, daß er mit O'Mara zur Zeit keinerlei Probleme hatte. Das war zwar einerseits ein sehr angenehmes Gefühl, aber andererseits kam er vor Neugierde fast um.

Schon am nächsten Morgen wurde ihm aufgetragen, sich umgehend im Büro des Chefpsychologen zu melden …

Dritter Teil

Probleme mit Emily

I

Als Conway auf das große, tropfenförmige Gebilde blickte, das vom Sichtfenster neben O'Maras Schreibtisch umrahmt wurde, dachte er, es müsse sich um einen der veralteten großen Kolonialtransporter handeln, in dem früher vier Generationen Kolonisten zwischen den Sternsystemen befördert werden konnten, ehe Hyperantriebe solche Riesenschiffe überflüssig gemacht hatten. Mit Ausnahme der Vollsichtkanzel des Piloten waren sämtliche Beobachtungsgänge und Sichtfenster mit dicken Stahlplatten abgedeckt und von außen verstärkt worden, damit die Schiffshaut dem nicht unbeträchtlichen Innendruck standhielt. Selbst neben den gewaltigen Ausmaßen des Sektors zwölf wirkte dieser alte Transporter riesig.

»Sie sollen als Verbindungsmann zwischen unserem Hospital und dem Arzt und dem Patienten des Schiffs dort draußen fungieren«, sagte der Chefpsychologe, wobei er Conway genau beobachtete. »Der Arzt ist ein sehr kleines Lebewesen, wohingegen der Patient ein Dinosaurier ist.«

Conway war bemüht, sein Erstaunen zu verbergen. Natürlich wußte er, daß O'Mara jede seiner Reaktionen genau analysierte, und er empfand ein fast perverses Vergnügen dabei, dem Monitor dieses Vorhaben so schwer wie möglich zu gestalten.

»Und was fehlt dem Wesen?« fragte er möglichst gleichgültig.

»Nichts«, antwortete O'Mara.

»Demnach muß es psychisch gestört sein, richtig?«

O'Mara schüttelte den Kopf.

»Was hat dann ein gesundes, psychisch stabiles und intelligentes Wesen hier zu suchen, wenn es nicht einmal ...«

»Es ist nicht intelligent.«

Conway atmete langsam ein und wieder aus. Offensichtlich spielte O'Mara mit ihm wieder einmal Rätselraten — er hatte nichts gegen solche Spielchen, vorausgesetzt, man gab ihm eine faire Chance, auf die richtige Antwort zu kommen. Schließlich blickte er wieder nach draußen auf den umgewandelten Transporter und grübelte nach.

Der Einbau von Hyperantriebsgeneratoren in diesen Schiffskoloß mußte eine Menge Geld gekostet haben und die nicht unerheblichen baulichen Veränderungen noch eine ganze Menge mehr.

»Ich hab's!« sagte Conway schließlich grinsend. »Ein neues Versuchsexemplar für uns, das wir sezieren und untersuchen sollen ...«

»Um Himmels willen, nein!« fuhr O'Mara erschreckt auf, wobei er einen fast ängstlichen Blick auf eine kleine Plastikkugel warf, die von einigen Büchern auf seinem Schreibtisch halb verdeckt wurde. Dann fuhr er in ernstem Ton fort: »Die ganze Geschichte ist auf höchster Ebene entschieden worden — und zwar von niemand Geringerem als einer Sonderkommission des galaktischen Rates. Was das Ganze genau zu bedeuten hat, weiß weder ich noch sonstjemand im Orbit Hospital. Möglicherweise wird Ihnen der Arzt, der den Patienten begleitet und betreut, das eines Tages sagen ...« — O'Maras Tonfall verriet, daß er diesbezüglich starke Zweifel hegte — »... aber alles, was man vom Hospital und von Ihnen erwartet, ist hilfreiche Zusammenarbeit.«

Wie O'Mara weiter ausführte, gehörte das Wesen — in diesem Falle der Arzt — anscheinend einer Spezies an, die erst kürzlich entdeckt worden war und die man vorläufig als VUXG eingestuft hatte. Das hieß, es handelte sich um eine Lebensform, die gewisse Psifähigkeiten und die Eigenschaft besaß, praktisch jede Substanz für den physischen Bedarf in Energie zu verwandeln und sich jeder x-beliebigen Umwelt anpassen zu können. Diese Wesen waren sehr klein und nahezu unzerstörbar.

Der VUXG-Arzt besaß zwar telepathische Fähigkeiten, aber ethische Grundsätze und die Achtung vor der Privatsphäre seines Gegenüber verboten ihm, diese zur Kommunikation mit für Telepathie unempfängliche Spezies einzusetzen, auch wenn die Gehirnströme der Menschen innerhalb seines beeinflußbaren Frequenzbereichs lagen. Dieser Arzt gehörte einer Spezies an, die als Individuum sehr lange leben konnte und eine weit in die Vergangenheit reichende überlieferte Geschichte hatte, während der es nie Kriege gegeben hatte.

Es handle sich dabei um eine alte, weise und ausgesprochen selbstgenügsame Spezies, schloß O'Mara. Sie sei derartig bescheiden, daß sie dazu neige, auf diejenigen Lebewesen herabzusehen, die nicht so bedürfnislos waren. Conway müsse sehr taktvoll vorgehen, weil man diese extreme, fast anmaßende Bescheidenheit leicht als Überheblichkeit auslegen könne.

Conway musterte O'Mara genau. War da nicht in diesen hellwachen, stahlgrauen Augen eine Spur von Häme zu erkennen? Und war dieser bewußt neutrale Ausdruck auf diesem kantig geschnittenen Gesicht nicht ein wenig zu gekonnt?

Als könnte er seine Gedanken lesen, zwinkerte O'Mara ihm plötzlich zu. Doch ohne sich seine Verwirrung anmerken zu lassen, sagte Conway nur: »Diese Spezies scheint mir etwas hochnäsig zu sein.«

Er sah, wie O'Maras Lippen zuckten. Dann unterbrach urplötzlich eine andere Stimme diese Besprechung. Es war eine ausdruckslose Translatorstimme, die durch den Raum dröhnte: »Der Sinn der letzten Bemerkung ist mir nicht klar. Wir sind also hochnäsig … und wie hoch ist unsere Nase? Ich hab sie nämlich noch nie gesehen …« Es entstand eine kurze Pause, dann fuhr die Stimme fort: »Zwar räume ich gern ein, daß meine eigenen geistigen Fähigkeiten äußerst begrenzt sind, möchte aber gleichzeitig in aller Bescheidenheit darauf hinweisen, daß der Fehler hinsichtlich meines Nichtverstehens Ihrer Äußerung nicht allein bei mir liegt, sondern in gewissem Maße auch der bedauernswerten Tendenz junger und weniger praktisch denkender Spezies wie der Ihren zuzuschreiben ist, sinnlose Laute oder Äußerungen von sich zu geben, obwohl es überhaupt nicht nötig wäre, eine solche Bemerkung fallen zu lassen.«

Conway sah sich verstört nach allen Seiten um, dann blieb sein Blick auf der Plastikkugel haften. Als er sie jetzt genauer in Augenschein nahm, konnte er erkennen, daß sie mit verschieden langen Gurten versehen war, unter denen sich die charakteristischen Umrisse eines Translators abzeichneten. Innerhalb dieses Behälters befand sich also dieses *Etwas* …

»Doktor Conway, darf ich Ihnen Doktor Arretapec, Ihren neuen Chef, vorstellen?« sagte O'Mara trocken, und kopfschüttelnd fügte er leise hinzu: »Sie und Ihr großes Mundwerk …«

Das Ding in der Plastikkugel, das noch am ehesten einer schrumpligen Backpflaume in einem Klumpen Sirup glich, war also dieser VUXG-Arzt! Conways Gesicht lief puterrot an. Zu seinem Glück übertrug der Translator nur Wörter, nicht aber deren emotionalen, in diesem Fall abfälligen Beiklang, sonst wäre er jetzt in einer höchst peinlichen Lage.

»Da eine äußerst enge Zusammenarbeit erforderlich ist«, fuhr O'Mara schnell fort, »und Doktor Arretapec sehr leicht ist, werden Sie ihn im Dienst bei sich tragen.« Gleich darauf setzte er seine Worte in die Tat um und schnallte Conway geschickt die Plastikkugel um die Schulter. Als er damit fertig war, fügte er hinzu: »Sie können jetzt gehen, Doktor Conway. Genauere Anweisungen werden Sie, falls nötig, von nun an von Doktor Arretapec direkt erhalten.«

So etwas kann auch nur hier passieren, dachte Conway

spöttisch, als er hinausging. Da stand er nun … mit einem ET-Arzt im Gepäck, der nicht viel mehr als ein schwabbeliger, durchsichtiger Pflaumenknödel war, und mit einem gesunden und stämmigen Dinosaurier als Patienten — und Zweck der ganzen Geschichte war etwas, das ihm sein Kollege nicht verraten wollte. Conway hatte schon mal etwas von ›blindem Gehorsam‹ gehört, aber ›blinde Zusammenarbeit‹ war ein neuer und seiner Ansicht nach ziemlich dämlicher Begriff.

Auf dem Weg zu Schleuse siebzehn, der Stelle, wo das Schiff mit dem Riesenpatienten an Bord ans Hospital angekoppelt war, versuchte Conway, dem extraterrestrischen Arzt die Organisation des Orbit Hospitals zu erklären. Dabei stellte Dr. Arretapec von Zeit zu Zeit sachliche Fragen, war also wahrscheinlich an diesem Thema interessiert.

Obwohl Conway nichts anderes erwartet hatte, war er doch von der schier unfaßbaren Größe des umgebauten Innenraums von dem Transporter schockiert. Mit Ausnahme der zwei Decks direkt an der Außenhaut des Schiffs, wo sich jetzt die Generatoren für die künstliche Schwerkraft befanden, hatten die Ingenieure des Monitorkorps alles entfernt, um einen großen, kugelförmigen, leeren Raum mit einem Durchmesser von fast einem Kilometer zu schaffen. Die Innenoberfläche dieser Kugel war ein einziges feuchtes und schlammiges Durcheinander. Unmengen herausgerissener Pflanzen waren zu kunterbunten Stapeln angehäuft und größtenteils wieder in den Schlamm getrampelt worden. Zudem fiel Conway auf, daß die meisten davon ausgedörrt waren oder bereits verfaulten.

Nach der glitzernden, fast aseptischen Sauberkeit, die Conway aus dem Hospital gewohnt war, zerrte dieser Anblick an seinem Nervenkostüm, und aufgeregt begann er, sich nach dem Patienten umzuschauen.

Dabei schweifte sein Blick über die riesigen, freien

Flächen aus Schlamm und zertrampelter Vegetation. Hoch über seinem Kopf auf der entgegengesetzten Seite der Kugel ging die Schlammwüste in einen kleinen, tiefen See über, unter dessen Oberfläche schattenhaft Bewegungen und Wasserwirbel zu sehen waren. Plötzlich durchbrach ein winziger Kopf, der auf einem großen, schlangenartigen Hals saß, die Oberfläche, sah sich nach allen Seiten um und tauchte wieder mit einem gewaltigen Platschen unter.

Conway schätzte die Entfernung zum See und die Oberflächenbeschaffenheit des Terrains dazwischen ab und sagte: »Zu Fuß ist das ein ganzes Stück. Ich werde lieber einen G-Gürtel holen …«

»Das wird nicht nötig sein«, meinte Arretapec, und gleich darauf verschwand der Boden unter ihnen, und sie sausten auf den entfernten See zu.

Klassifikation VUXG, erinnerte sich Conway, als er wieder Luft holen konnte, *besitzt gewisse Psifähigkeiten …*

II

Nachdem sie sanft am Rande des Sees gelandet waren, sagte Arretapec zu Conway, er wolle sich einige Minuten absolut konzentrieren, und bat ihn, leise zu sein und sich nicht zu bewegen.

Kurz darauf verspürte Conway irgendwo tief im Gehörgang einen Juckreiz, widerstand aber der Versuchung, sich mit dem Finger im Ohr zu kratzen und beobachtete statt dessen mit ganzer Aufmerksamkeit die Oberfläche des Sees.

Plötzlich durchbrach ein gewaltig großer, graubrauner Körper die Oberfläche, und ein langer, spitz zulaufender Hals und Schwanz peitschten mit aller Gewalt das Wasser hoch. Kurz glaubte Conway, die große Bestie war einfach wie ein Gummiball an die Oberfläche geschnellt, aber dann sagte er sich, daß sich der Grund plötzlich unter dem Monster gesenkt haben mußte, was rein optisch einen ähnlichen Effekt erzielen würde. Noch immer mit Hals, Schwanz und vier kräftigen, säulenartigen Beinen wild um sich schlagend, erreichte das gigantische Reptil schließlich das Ufer des Sees und wühlte sich mühselig durch, oder besser, in den Schlamm, da es bis zu den Kniegelenken einsank. Conway schätzte, daß besagte Kniegelenke wenigstens drei Meter vom Boden entfernt waren, der größte Durchmesser des mächtigen Körpers etwa sechs Meter betrug und die Bestie vom Kopf bis zur Schwanzspitze um die fünfunddreißig Meter maß. Das Gewicht schätzte er auf annähernd vierzig Tonnen. Es besaß keinen natürlichen Panzer, aber das äußerste Ende seines Schwanzes, der für ein so schweres Körperglied überraschend beweglich war, war mit einem knöchernen Wulst versehen, aus dem zwei gefährlich wirkende, sichelförmige Stacheln herausragten.

Während Conway das riesige Reptil bestaunte, wühlte es noch immer in sichtlicher Erregung den Schlamm auf. Dann fiel es plötzlich auf die Knie und drehte den Hals nach innen, bis der Kopf unter dem Bauch vergraben war. In Anbetracht der Größe des Tieres war das eine etwas lächerlich wirkende, aber auch merkwürdig mitleiderregende Pose.

»Es hat furchtbare Angst«, sagte Arretapec. »Die Bedingungen hier simulieren einfach nicht hinreichend seine sonst gewohnte Umgebung.«

Conway konnte das nachvollziehen und empfand Mitleid mit dem Tier. Zweifellos waren die grundsätzlichen Bestandteile für eine dem Tier angepaßte Umwelt mit Sorgfalt reproduziert worden, aber anstatt zum Beispiel die Pflanzen auf naturgetreue Art zu arrangieren, hatte man sie nur zu einem großen, matschigen Brei zusammengemischt.

»Ist der seelische Zustand des Patienten für Ihre Arbeit wichtig?« fragte Conway.

»Sogar sehr wichtig«, bekundete Arretapec.

»In dem Fall sollten wir als erstes dafür sorgen, daß es sich in diesem Gelände etwas wohler fühlt«, bemerkte Conway. Dann ging er in die Hocke und nahm Proben vom Seewasser und vom Schlamm, sowie welche von den in der Nähe herumliegenden Pflanzen. Schließlich richtete er sich wieder auf und sagte: »Gibt es hier für uns noch mehr zu tun?«

»Zur Zeit kann ich hier gar nichts machen«, antwortete Arretapec. Die Translatorstimme war natürlich wie immer ausdruckslos und verriet keinerlei Emotionen, aber an den Abständen zwischen den Wörtern glaubte Conway zu erkennen, daß bei der letzten Äußerung des Arztes schwere Enttäuschung mitgeklungen hatte.

Zurück im Hospital steuerte Conway sofort auf die für warmblütige Sauerstoffatmer vorbehaltene Kantine zu. Er hatte Hunger.

Viele seiner Kollegen waren im Saal: DBLF-Raupen — die sich mit Ausnahme des Operationssaals anscheinend überall in Zeitlupe bewegten —, DBDGs wie er selbst und ein mit ihm befreundeter Tralthaner — Klassifikation FGLI —, der zusammen mit dem OTSB, der mit ihm in Symbiose lebte, auf dem besten Weg war, in den gehobenen Rang der Diagnostiker vorzustoßen. Aber anstatt sich an dem allgemeinen Gespräch zu beteiligen, konzentrierte sich Conway darauf, so viele Informationen wie möglich über den Heimatplaneten des Reptilienpatienten von Dr. Arretapec zu erhalten.

Um das Gespräch zu erleichtern, hatte er Arretapec aus seinem Plastikbehälter genommen und ihn auf den Tisch zwischen die Kartoffel- und die Soßenschüssel gestellt. Am Ende der Mahlzeit stellte Conway entsetzt fest, daß das Wesen ein fünf Zentimeter großes Loch in der Tischplatte hinterlassen — also verspeist — hatte.

Als Conway ziemlich wütend den Grund dafür wissen wollte, antwortete Arretapec: »Wenn wir in Gedanken sind, verläuft bei uns der Prozeß der Nahrungsauswahl und -aufnahme automatisch und für uns nicht wahrnehmbar ab. Wir betrachten das Essen nicht als Vergnügen, wie Sie das offenbar tun, denn es mindert nur unsere Denkfähigkeit. Aber falls ich Schaden angerichtet haben sollte, dann ...«

Conway versicherte ihm hastig, daß unter den gegebenen Umständen eine Plastiktischdecke samt Tischplatte relativ wertlos sei, und sah zu, schleunigst mit dem Arzt aus der Kantine zu verschwinden. Daß sich das Küchenpersonal ziemlich pingelig anstellen konnte, wenn es um die Beschädigung relativ wertloser Einrichtungsgegenstände ging, versuchte er dem Arzt lieber erst gar nicht zu erklären.

Nach dem Essen holte sich Conway die Untersuchungsergebnisse der von ihm genommenen Proben ab, dann machte er sich auf den Weg zum Büro des Leiters der Wartungsmannschaft. Es war mit einem der nidianischen ›Teddybären‹, der eine Armbinde mit Goldrand trug, und einem Menschen in grüner Monitoruniform besetzt. Letzterer trug auf dem Kragenspiegel das Rangabzeichen eines Colonels und darunter einen Blitz, das Emblem der Ingenieure. Conway schilderte den beiden die Situation in dem alten Transporter und welche Veränderungen er gerne vornehmen lassen würde, falls so etwas überhaupt im Bereich des Möglichen lag.

»Das ist möglich«, sagte der rote Teddybär schließlich, nachdem die beiden die Untersuchungsformulare durchgesehen und anschließend Kriegsrat gehalten hatten, »allerdings ...«

»O'Mara hat mir gesagt, Geld spielt keine Rolle«, unterbrach ihn Conway, wobei er kurz mit dem Kopf auf das winzige Wesen auf seiner Schulter zeigte, »und ein Höchstmaß an Zusammenarbeit sei erforderlich.«

»Nun, in diesem Fall können wir es machen«, meldete sich der Colonel energisch zu Wort, wobei er Arretapec mit einem Gesichtsausdruck betrachtete, der fast an Ehrfurcht grenzte. »Also, wir brauchen Transporter, um das Zeug von seinem Heimatplaneten herzuholen. Das ist auf lange Sicht schneller und billiger als die Nahrung hier synthetisch herzustellen. Und anstatt der gut zwanzig Leute, die aus dem Schiff ein Schlammbad gemacht haben, brauchen wir jetzt zwei komplette Kompanien der Ingenieursdivision samt deren Robotern, damit die ein gemütliches Heim daraus machen.« Seine Augen bewegten sich unkoordiniert, als er in Gedanken eine rasche Berechnung anstellte, dann sagte er kurz und bündig: »Drei Tage.«

Selbst wenn man einkalkulierte, daß ein solcher Transport mit Hyperantrieb eventuell sofort vonstatten gehen konnte, hielt Conway das für sehr schnell, und er sagte das auch.

Der Colonel bedankte sich für das Kompliment mit einem bescheidenen Lächeln und fügte hinzu: »Sie haben uns allerdings noch nicht gesagt, wozu das alles gut sein soll. Also ...?«

Conway wartete eine ganze Minute, um Arretapec genug Zeit für eine passende Antwort zu lassen, aber der VUXG blieb stumm.

»Ich weiß es auch nicht«, murmelte Conway schließlich nur verlegen und ging schnell hinaus.

An der nächsten Tür stand in fetten Buchstaben »Dr. K.W. Hardin, Leiter der Abteilung für Ernährungsfragen — Spezies DBDG, DBLF und FGLI«. Als Conway das Büro betrat, erhob Dr. Hardin, der gerade irgendwelche Tabellen studierte, sein weißhaariges, edles Haupt und herrschte ihn an: »Und welches Problem haben *Sie* ...?«

Bei aller Bewunderung und allem Respekt, die er für Dr. Hardin empfand, hatte er doch keine Angst mehr vor ihm. Denn wie er mittlerweile wußte, war der Ernährungswissenschaftler ein Mann, der sich zwar Fremden gegenüber ausgesprochen freundlich verhielt, Bekannte aber zumeist ein wenig kurz angebunden abspeiste und Freunden gegenüber sogar regelrecht unverschämt war. Conway versuchte, so knapp wie möglich sein Problem darzustellen.

»Sie meinen also wirklich, ich soll das Zeug, das diese Riesenkuh gefressen hat, noch einmal einpflanzen, damit das blöde Vieh glaubt, es sei natürlich gewachsen?« unterbrach Hardin ihn an einer Stelle. »Was glauben Sie eigentlich, wer ich bin? Und wieviel frißt dieses Monster eigentlich?«

Conway nannte ihm daraufhin die Zahlen, die er ermittelt hatte.

»Dreieinhalb *Tonnen* Palmenblätter pro Tag!« brüllte Hardin, wobei er praktisch den Schreibtisch erklomm. »Und zarte, grüne Schößlinge für unser kleines Leckermäulchen ... du meine Güte! Und dann heißt es immer, Ernährungslehre sei eine exakte Wissenschaft — exakt dreieinhalb Tonnen Grünzeug, sonst nichts! Daß ich nicht lache ...!«

An diesem Punkt angelangt, verließen sie Hardin. Conway wußte jetzt, daß alles wie gewünscht verlaufen würde, weil der Wissenschaftler keinerlei Anstalten gemacht hatte, entgegenkommend zu sein.

Dem VUXG versicherte Conway, daß Hardin zur Zusammenarbeit gern bereit sei, auch wenn sich dies ganz anders angehört hatte. Wie die anderen beiden sei auch er begeistert, helfen zu können.

Arretapec antwortete diesbezüglich nur, daß sich Angehörige derart unreifer und kurzlebiger Spezies anscheinend von Natur aus hin und wieder wie Wahnsinnige gebärden müßten.

Es folgte ein zweiter Besuch bei ihrem Patienten. Dieses Mal nahm Conway einen G-Gürtel mit, um von Arretapecs Teleportationskünsten unabhängig zu sein. Sie schwebten über dem riesigen, wandernden Berg aus Fleisch und Knochen und umkreisten ihn, aber Arretapec berührte das Tier dabei nicht einmal. Nichts geschah, nur daß sich der Patient wieder aufgeregt gebärdete und Conway in regelmäßigen Abständen einen Juckreiz tief im Ohr verspürte. Er warf einen kurzen Blick auf die in seinen Unterarm implantierte Kontrollskala, um zu sehen, ob sich irgendein Fremdkörper in seinem Blutkreislauf befand, aber sämtliche Werte waren normal. Vielleicht reagierte er ganz einfach auf Dinosaurier allergisch ...

Zurück im eigentlichen Hospital stellte Conway fest, daß ihm vom immer häufigeren und ausgiebigeren Gähnen bereits der Unterkiefer weh tat. Erst jetzt wurde ihm klar, was für einen schweren Tag er gehabt hatte. Der Begriff Schlaf war Arretapec zwar völlig fremd, aber der ET-Arzt hatte keine Einwände, daß Conway sich etwas Ruhe gönnte, wenn diese für sein körperliches Wohlbefinden denn unbedingt notwendig war. Conway versicherte ihm daraufhin mit Nachdruck, daß dies sehr wohl der Fall sei, und begab sich auf dem schnellsten Weg in sein Zimmer.

Eine Weile beunruhigte ihn die Frage, was er mit Dr. Arretapec anstellen sollte. Der VUXG war eine wichtige Persönlichkeit, und er konnte ihn nicht einfach in einem Schrank oder in irgendeiner Ecke abstellen, selbst wenn sich das kleine, aber robuste Wesen in noch unwirtlicheren Umgebungen wohl gefühlt hätte. Noch weniger konnte er ihn die Nacht über vor die Tür stellen, ohne die Gefühle des Arztes zu verletzen — wenigstens hätte *er* sich beleidigt gefühlt, wenn die Situation umgekehrt gewesen wäre. Er wünschte sich, O'Mara hätte ihm auch für dieses unvorhergesehene Ereignis Verhaltensmaßregeln gegeben. Schließlich setzte er den Alien auf dem Schreibtisch ab und dachte nicht weiter über das Problem nach.

Arretapec mußte die Nacht über tief in Gedanken

versunken gewesen sein, denn am nächsten Morgen war ein fünf Zentimeter großes Loch in der Schreibtischplatte.

III

Am Nachmittag des zweiten Tages kam es zwischen den beiden Ärzten zu einem Streit — wenigstens empfand Conway es so; was allerdings ein ›Superalien‹ wie Arretapec von dem Vorfall hielt, wußten allein die Götter.

Es begann damit, daß Arretapec Conway aufforderte, sich absolut ruhig zu verhalten, als sich der VUXG wieder einmal in eine seiner Konzentrationsphasen begab. Mit der Erklärung, er könne sich in einer ruhenden Position besser konzentrieren, als wenn sich ein Teil seines Gehirns mit dem freien Schwebezustand beschäftigen müsse, hatte er wieder seinen alten Platz auf Conways Schulter eingenommen. Ohne einen Kommentar abzugeben, tat Conway, wie ihm befohlen, obwohl er eine Menge zu sagen gehabt hätte. Was fehlte dem Patienten nun wirklich? Was gedachte Arretapec dagegen zu tun? Und *wie* sollte überhaupt etwas unternommen werden, obwohl weder er noch Arretapec den Patienten jemals berührt hatten? Conway war in der schrecklich frustrierenden Position eines Arztes, der mit einem Patienten konfrontiert wurde, an dem er seine ärztliche Kunst nicht einmal demonstrieren durfte. Natürlich platzte er fast vor Neugier, und das beharrliche Schweigen Arretapecs reichte ihm allmählich. Dennoch gab er sich jetzt alle Mühe, sich ruhig zu verhalten.

Aber dann fing wieder dieses Jucken im Ohr an, und zwar schlimmer als je zuvor. Und so nahm er auch kaum die schlammigen Wasserfontänen wahr, die der

Dinosaurier hervorstieß, als dieser sich aus dem seichten Wasser ans Ufer begab. Das penetrante und nicht zu lokalisierende Jucken wurde immer unbarmherziger, bis er sich mit einem wütenden Schrei gegen das Ohr schlug und dann wie rasend mit dem Finger darin zu bohren begann. Diese Aktion brachte ihm zwar augenblicklich die erhoffte Erleichterung, aber jemand anderem schien das offenbar nicht zu passen ...

»Ich kann nicht arbeiten, wenn Sie so herumzappeln, Conway!« protestierte Arretapec, wobei man nur an der Schnelligkeit seines Sprechens den emotionalen Gehalt der Wörter erkennen konnte. »Deshalb werden Sie mich jetzt auf der Stelle verlassen.«

»Ich hab nicht gezappelt!« wehrte sich Conway aufgebracht. »Mein Ohr hat nur gejuckt und ich ...«

»Ein Juckreiz, besonders wenn er Sie zu einer solch abrupten Bewegung veranlaßt, ist entweder ein Symptom für eine physische Erkrankung, die behandelt werden sollte«, unterbrach ihn der VUXG unbeeindruckt, »oder er wurde von einem parasitären oder symbiotischen Lebewesen verursacht, das ohne Ihr Wissen in Ihrem Körper haust.

Dabei hab ich ausdrücklich darauf hingewiesen«, fuhr Arretapec fort, »daß mein Assistent bei makelloser körperlicher Gesundheit sein muß und unter keinen Umständen einer Spezies angehören darf, die bewußt oder unbewußt Parasiten beherbergt. Sie müssen nämlich wissen, daß solche Spezies ganz besonders dazu neigen herumzuzappeln. Also können Sie jetzt auch meine Verärgerung verstehen. Wenn Sie sich nicht plötzlich bewegt hätten, wäre ich meinem Ziel vielleicht schon ein Stück nähergekommen. Deshalb gehen Sie jetzt lieber.«

»Also hören Sie mal, Sie ... Sie hochnäsiger ...«

Der Dinosaurier hatte genau diesen Augenblick gewählt, um wieder in das seichte Wasser zu stapfen, auszurutschen und den imposantesten Bauchklatscher aller Zeiten zu landen. Conway wurde vom aufspritzenden Matsch und Wasser von oben bis unten durchnäßt, und eine kleine Flutwelle schwappte ihm zusätzlich über die Füße. Diese Ablenkung hatte Conway gereicht innezuhalten. Und diese Unterbrechung gab ihm die Zeit, sich darüber klarzuwerden, daß er nicht persönlich beleidigt worden war. Es gab viele intelligente Spezies, die einen Parasiten beherbergten — einige davon waren sogar für die körperliche Gesundheit des Wirts notwendig, so daß die umgangssprachliche Floskel »Ich fühle mich lausig« in deren Fall bedeutete »Mir geht es bestens«. Vielleicht hatte Arretapec ihn wirklich beleidigen wollen, doch war er sich dessen jetzt nicht mehr so sicher. Außerdem war der VUXG eine sehr wichtige Person ...

»Und welchem Ziel wollten Sie sich so gerne nähern?« fragte Conway etwas spöttisch. Er war zwar noch immer wütend, hatte sich aber zu dem Entschluß durchgerungen, den Streit lieber auf beruflicher als auf persönlicher Ebene auszufechten. Nebenbei wußte er, daß der Translator den abfälligen Unterton seiner Worte herausfiltern würde. »Also, *was* ist nun eigentlich Ihr Ziel? Und wie glauben Sie, es erreichen zu können? Etwa indem Sie — so stellt es sich jedenfalls für mich dar — den Patienten einfach nur pausenlos angucken?«

»Das kann ich Ihnen nicht sagen«, antwortete Arretapec nach ein paar Sekunden Bedenkzeit. »Mein Ziel ist ... ist relativ weitgesteckt. Es ist für die Zukunft. Sie würden das sowieso nicht verstehen.«

»Und woher wissen Sie das? Wenn Sie mir sagen würden, was Sie vorhaben, könnte ich Ihnen vielleicht dabei behilflich sein.«

»Sie können mir nicht helfen.«

»Hören Sie, bislang haben Sie noch nicht einmal sämtliche Möglichkeiten, die das Hospital bietet, genutzt«, hakte Conway ungeduldig nach. »Egal, was Sie mit Ihrem Patienten vorhaben, aber der erste Schritt hätte eine ernsthafte Untersuchung sein müssen — Ruhigstellung und anschließende Röntgen- und Gewebeuntersuchungen und all das. So hätten Sie wichtige physiologische Daten erhalten, auf deren Grundlage die weitere Arbeit viel ...«

»Um die Sache einfach auszudrücken«, unterbrach ihn Arretapec, »Sie behaupten also, daß man einen komplizierten Organismus oder Mechanismus erst in seine Bestandteile zerlegen muß, damit man ihn als untrennbares Ganzes verstehen kann. Meine Spezies ist nicht der Ansicht, daß ein Objekt erst zerlegt werden muß, bevor man es verstehen kann. Ihre primitiven Untersuchungsmethoden sind für mich deshalb wertlos. Ich schlage vor, daß Sie jetzt gehen.«

Schäumend vor Wut machte sich Conway davon.

Sein erster Gedanke war, in O'Maras Büro zu stürmen und dem Chefpsychologen zu sagen, er solle sich für den VUXG gefälligst einen anderen Laufburschen suchen. Aber hatte O'Mara ihn nicht ausdrücklich darauf hingewiesen, daß es sich um eine wichtige Aufgabe handelte? Und sollte der Chefpsychologe zu der Annahme kommen, daß Conway gekränkt aufgab, nur weil seine Neugierde nicht befriedigt oder sein Stolz verletzt worden war, würde er ihm bestimmt einige bitterböse Vorhaltungen machen. Es gab eine Menge Ärzte — insbesondere die Assistenten der Diagnostiker —, die die Patienten ihrer Vorgesetzten nicht anrühren durften. Lag es also vielleicht daran, daß er sich innerlich nur weigerte, ein so merkwürdiges Wesen wie Arretapec als Vorgesetzten zu akzeptieren ...?

Wenn Conway in seinem derzeitigen Gemütszustand O'Mara aufsuchen würde, bestand die reelle Gefahr, daß der Psychologe zu dem Schluß kam, er sei aufgrund seiner Veranlagung für diese Position einfach nicht geeignet. Ganz unabhängig von dem Prestige, das mit einem Posten im Orbit Hospital verbunden war, war die Arbeit in dieser Einrichtung sowohl interessant als auch lohnenswert. Falls O'Mara ihn für untauglich hielt, hier zu verbleiben, und ihn in irgendein planetarisches Hospital versetzen würde, wäre das die größte vorstellbare Tragödie in seinem Leben.

Aber wenn er sich nicht an O'Mara wenden konnte, an wen dann? Von seiner Arbeit vorübergehend freigestellt und ohne neue Aufgabe wußte er nicht recht, was er mit sich anfangen sollte. Ein paar Minuten verharrte er grübelnd an einem Kreuzungspunkt zweier Korridore, während Wesen, die einen Querschnitt sämtlicher intelligenten Spezies der Galaxis repräsentierten, aufrecht, kriechend oder schlängelnd an ihm vorbeizogen. Plötzlich hatte er eine Idee: Er konnte durchaus etwas tun, etwas, das er ohnehin getan hätte, wenn bislang nicht alles so überstürzt abgelaufen wäre.

In der Bibliothek des Hospitals gab es etliche Werke über die prähistorische Epoche der Erde, und zwar sowohl in aufgezeichneter als auch in altmodischer und etwas unhandlicher Buchform. Conway stapelte die Bände auf einem Lesetisch übereinander und ließ es auf einen Versuch ankommen, seine berufliche Neugierde in bezug auf den Patienten auf diese etwas umständliche Art zu befriedigen.

Die Zeit verging wie im Fluge.

Conway stellte sofort fest, daß ›Dinosaurier‹ lediglich ein allgemeiner Ausdruck für riesige Reptilien war. Mit Ausnahme der größeren Gestalt und der knochigen Verdickung am Schwanzende sah der Patient rein äußerlich einem Brontosaurier zum Verwechseln ähnlich, der in den Sümpfen des Juras gelebt hatte — ein Pflanzenfresser, der im Gegensatz zu ihrem Patienten keine natürlichen Waffen besessen hatte, mit denen er sich gegen die fleischfressenden Reptilien seiner Zeit hätte verteidigen können. Zudem waren überraschend viele physiologische Daten aufgeführt, die Conway begierig in sich aufnahm.

Die Wirbelsäule bestand aus riesigen Rückenwirbeln, die mit Ausnahme der Schwanzwirbel alle hohl waren — durch diesen leichten Knochenbau besaß das Tier im Verhältnis zu seiner immensen Größe ein relativ geringes Gewicht. Es legte Eier. Der Kopf war klein, mit einem der kleinsten Gehirne, das man je bei Wirbeltieren entdeckt hat. Aber in der Gegend der Kreuzbeinwirbel besaß es ein gut entwickeltes Nervenzentrum, das die mehrfache Größe des eigentlichen Gehirns hatte. Man nahm an, daß die Brontosaurier langsam wuchsen, und ihre enorme Größe führte man auf die Tatsache zurück, daß sie zweihundert Jahre und älter werden konnten.

Ihre einzige Verteidigungsmöglichkeit gegen rivalisierende Zeitgenossen war, sich ins Wasser zu begeben und dort zu verharren — sie konnten auch Wasserpflanzen abweiden und brauchten zum Atmen den Kopf anscheinend nur kurz über Wasser zu halten. Sie starben aus, als der ihnen angestammte Lebensraum, die Sumpfgebiete, durch geologische Veränderungen auszutrocknen begann und sie auf Gedeih und Verderb ihren natürlichen Feinden ausgesetzt waren.

Ein Experte behauptete, daß diese Saurier einer der größten Fehler der Natur gewesen seien. Und dennoch hatten sie, wie ein anderer dem entgegenstellte, drei geologische Epochen durchlebt — vom Jura über die Kreide bis ins Tertiär hinein — insgesamt einhundertvierzig Millionen Jahre; für einen ›Fehler‹ der Natur eine enorme Zeitspanne, wenn man bedenkt, daß der Mensch ungefähr seit einer halben Million Jahren existiert …!

Conway verließ die Bibliothek mit der festen Überzeugung, etwas Wichtiges entdeckt zu haben — worum es sich dabei genau handelte, konnte er allerdings nicht sagen; es war ein furchtbar frustrierendes Gefühl. Während einer hastig eingenommenen Mahlzeit kam er zu dem Schluß, daß er dringend mehr Informationen benötigte, und es gab nur einen, der ihm diese eventuell liefern konnte: Er mußte sich wieder einmal an O'Mara wenden.

»Und wo ist unser kleiner Freund?« fragte der Psychologe besorgt, als Conway ein paar Minuten darauf O'Maras Büro betrat. »Haben Sie sich etwa gestritten?«

Conway schluckte, und als er antwortete, versuchte er, sich seine Verunsicherung nicht anmerken zu lassen. »Doktor Arretapec wollte sich eine Weile mit dem Patienten allein beschäftigen, und ich hab mich in der Bibliothek über Dinosaurier etwas klüger gemacht. Dabei kam mir der Gedanke, ob Sie mir noch ein paar zusätzliche Informationen geben könnten.«

»Viel ist das allerdings nicht«, sagte O'Mara. Zu Conways Unbehagen sah O'Mara ihn eine ganze Weile durchdringend an, bevor er mürrisch fortfuhr: »Also gut ... nachdem die Besatzung eines Forschungsschiffs des Monitorkorps Arretapecs Heimatplaneten entdeckt und das hohe Zivilisationsstadium seiner Bewohner erkannt hatte, vertraute man ihnen den Hyperantrieb an. Einer der ersten Planeten, den die VUXG damals aufgesucht haben, ist eine rauhe, junge Welt ohne intelligentes Leben gewesen, aber eine der Lebensformen interessierte sie — nämlich die gigantischen Saurier. Der galaktischen Föderation sagten sie, daß sie mit ihrer Unterstützung etwas erreichen könnten, das der gesamten Zivilisation zugute kommen würde. Nun, da eine telepathische Spezies nicht lügen kann, ja nicht einmal weiß, was eine Lüge ist, bewilligte man ihnen die geforderte Unterstützung. Deshalb sind Arretapec und sein Patient letztendlich jetzt hier im Orbit Hospital.«

O'Mara hielt kurz inne, dann schloß er mit den Sätzen: »Einen kleinen Punkt gibt es allerdings zusätzlich zu beachten: Anscheinend gehört zu den Psikünsten der VUXGs auch eine Art hellseherischer Fähigkeit. Da diese sich aber nicht auf die perspektivische Entwicklung eines Individuums, sondern nur auf die ferne Zukunft ganzer Populationen bezieht, und das ausgesprochen oberflächlich, ist sie ziemlich nutzlos.«

Als Conway O'Mara verließ, fühlte er sich noch verwirrter als zuvor.

Er versuchte noch immer, aus dem Wust an bruchstückhaften Informationen ein logisches Ganzes zu entwickeln, aber entweder war er zu erschöpft oder einfach nur zu blöd. Nun, erschöpft war er ganz bestimmt; von den letzten beiden Tagen fühlte er sich geistig matt und körperlich wie erschlagen ...

Er glaubte, daß es zwischen den beiden Faktoren — Arretapecs Erscheinen auf der einen und seine unerklärliche Mattheit auf der anderen Seite — eine Verbindung geben mußte. Eigentlich war er in guter körperlicher Verfassung, doch nie zuvor hatte er sich nach einer geistigen oder körperlichen Anstrengung so ausgelaugt gefühlt. Aber hatte Arretapec nicht sogar gesagt, daß der Juckreiz, den er verspürt hatte, ein Symptom für irgendeine physische Erkrankung sei?

Plötzlich empfand er seine Arbeit mit dem VUXG-Arzt nicht nur als frustrierend und lästig, sondern als geradezu gefährlich für seine persönliche Unversehrtheit. Angenommen, der Juckreiz rührte von einem neuen Bakterientyp her, der auf seiner Kontrollskala gar nicht erfaßt wurde? Zuvor hatte er schon einmal an so etwas gedacht, nämlich als Arretapec ihn aufgrund des Juckreizes fortgeschickt hatte. Aber danach hatte er sich wohl unterbewußt eingeredet, daß es sich um nichts Bösartiges handeln konnte, weil von dem Jucken praktisch nichts mehr zu spüren gewesen war. Jetzt war ihm klar, daß er das Ohr von einem der Chefärzte hätte untersuchen lassen müssen, und er dies auf alle Fälle nachholen lassen mußte.

Aber im Augenblick war er dazu zu müde, doch gab er sich selbst das Versprechen, Dr. Mannon, seinen ehemaligen Vorgesetzten, gleich am nächsten Morgen aufzusuchen und danach Arretapec wieder zur Seite zu stehen. Beim Einschlafen grübelte er noch immer darüber nach, welche merkwürdige fremde Krankheit er sich zugezogen haben könnte und wie man sich in korrekter Form bei einem VUXG zu entschuldigen hatte.

IV

Am nächsten Morgen war schon wieder ein fünf Zentimeter großes Loch in der Schreibtischplatte, in dem es sich Arretapec gemütlich gemacht hatte.

Kaum hatte Conway durch aufrechtes Sitzen angezeigt, daß er aufgewacht war, sagte der VUXG: »Seit gestern hab ich den Eindruck, daß ich von einem Wesen, dessen Spezies relativ gesehen auf einem niedrigen geistigen Niveau steht, womöglich zuviel Selbstbeherrschung und innere Ausgeglichenheit vorausgesetzt und eine zu hohe Belastungsfähigkeit bei unangenehmen Reizungen des Körpers erwartet habe. Deshalb werde ich mein möglichstes tun, im Verlauf unserer zukünftigen Zusammenarbeit auf diese Punkte entsprechend Rücksicht zu nehmen.«

Conway brauchte eine Weile, um zu verstehen, daß sich Arretapec bei ihm entschuldigt hatte. Als er das aber endlich begriffen hatte, empfand er die Worte des Arztes als die beleidigendste Entschuldigung, die ihm jemals zu Ohren gekommen war — und dies dem VUXG-Arzt nicht umgehend vorzuhalten, sprach seiner Meinung nach durchaus *für* seine Selbstbeherrschung. Statt dessen lächelte er nur und bestand darauf, daß alles seine Schuld gewesen sei.

Schließlich begaben sich die beiden wieder zu ihrem Patienten.

Das Innere des alten Transporters war nicht mehr wiederzuerkennen. Anstelle einer Hohlkugel, die von einer Schlammwüste aus Erde, Wasser und Laubwerk bedeckt wurde, stellten drei Viertel der zur Verfügung stehenden Oberfläche eine fast perfekte Reproduktion einer Landschaft des Mesozoikums dar. Trotzdem war nicht alles so, wie Conway es tags zuvor auf den Bildern gesehen hatte, weil sie ein fernes Erdzeitalter nur skizzenhaft veranschaulichen konnten, wohingegen diese Flora von dem Heimatplaneten des Patienten hierher frisch verpflanzt worden war. Dennoch waren die Unterschiede verblüffend gering. Die größte Veränderung war mit dem ›Himmel‹ vor sich gegangen.

Während man vorher noch bis auf die gegenüberliegende Seite der Hohlkugel hatte sehen können, blickte man jetzt auf einen weißblauen Nebel, in dem eine sehr natürlich wirkende Sonne brannte. Nahezu der gesamte innere Kern der Hohlkugel war mit diesem fast undurchsichtigen Gas angefüllt worden, so daß selbst Eingeweihte sehr scharfer Augen bedurften, um zu erkennen, daß sie sich nicht auf einem echten Planeten befanden, über dem in einem leicht bewölkten Himmel die Sonne schien. Die Ingenieure hatten wirklich ganze Arbeit geleistet.

»Ich hätte nie gedacht, daß eine so genaue und natürliche Rekonstruktion hier möglich gewesen wäre«, sagte Arretapec erstaunt. »Diese neuen Umweltbedingungen sollten sich auf den Patienten äußerst positiv auswirken. Mein Kompliment, Conway.«

Der Saurier, den die Ingenieure aus einem unerfindlichen Grund heraus Emily getauft hatten, zerrte gerade zufrieden an den Blättern eines zehn Meter hohen Palmengewächses. Wie Conway wußte, ließ der Umstand, daß sich der Patient auf trockenem Land aufhielt, anstatt unter Wasser zu weiden, auf seinen Gemütszustand schließen, weil sich der urzeitliche Brontosaurier unweigerlich ins Wasser begab, sobald er sich von Feinden bedroht fühlte — seinem einzigen Zufluchtsort vor

Widersachern. Dieser Neobrontosaurier hier schien sich offensichtlich pudelwohl zu fühlen.

»Im Prinzip ist es dasselbe, als wenn man eine neue Station zur Behandlung eines x-beliebigen extraterrestrischen Patienten einrichtet«, bemerkte Conway bescheiden, »der wesentliche Unterschied besteht allein im Umfang der zu verrichtenden Arbeiten.«

»Trotzdem bin ich sehr beeindruckt«, sagte Arretapec.

Erst Entschuldigungen und jetzt Komplimente, dachte Conway spöttisch. Als sie sich Emily genähert hatten und Arretapec ihn erneut ermahnte, sich ruhig zu verhalten, lag die Vermutung nahe, daß die Veränderung im Verhalten des VUXG an der Arbeit der Ingenieure gelegen haben mußte. Da sich der Patient jetzt in einer idealen Umgebung befand, waren die Chancen für eine erfolgreiche Behandlung wahrscheinlich gestiegen — in welcher Form auch immer diese stattfinden sollte ...

Plötzlich verspürte Conway wieder diesen Juckreiz. Wie gewöhnlich begann er tief im rechten Ohr, aber dieses Mal breitete er sich aus und nahm derart an Intensität zu, bis Conway glaubte, sein Kopf sei voll von herumschwirrenden und wild um sich beißenden Insekten. Ihm brach der kalte Schweiß aus, und er erinnerte sich an die Ängste, die er noch am Abend zuvor ausgestanden hatte und wegen der er eigentlich Dr. Mannon hatte aufsuchen wollen. Das hier war keine Einbildung mehr, das war Ernst, vielleicht sogar tödlicher Ernst. In einer panikartigen, ungewollten Bewegung riß er die Hände an den Kopf, wobei er versehentlich die Plastikkugel, in der sich Arretapec befand, zu Boden stieß.

»Sie haben schon wieder gezappelt!« beschwerte sich der VUXG.

»Es ... es tut mir leid«, stammelte Conway. Dann murmelte er etwas Zusammenhangloses vor sich hin, aus dem zu entnehmen war, daß er gehen müsse, weil er etwas Wichtiges und Unaufschiebbares zu erledigen habe, und machte sich verwirrt davon.

Drei Stunden später saß er in Dr. Mannons DBDG-Untersuchungszimmer, wobei der Hund des Arztes ihn abwechselnd ankläffte oder sich auf den Rücken rollte und ihn vergeblich zu animieren versuchte, mit ihm zu spielen. Aber im Gegensatz zu sonst verspürte Conway heute keinerlei Lust, ihn zu kraulen oder gar mit ihm herumzutollen. Seine ganze Aufmerksamkeit galt seinem ehemaligen Vorgesetzten, der mit gesenktem Kopf die vor ihm auf dem Schreibtisch liegenden Tabellen studierte. Plötzlich blickte der Arzt auf.

»Ihnen fehlt doch gar nichts!« polterte er in einem herrischen Ton los, den er sich normalerweise für Studenten und Patienten vorbehielt, die er verdächtigte zu simulieren. Nach einer kurzen Pause fügte er hinzu: »Nun, ich bezweifle nicht einmal, daß Sie diese Gefühle wirklich verspüren — Ihre Müdigkeit, den Juckreiz und all das —, aber womit haben Sie eigentlich gerade beruflich zu tun?«

Während Conways Schilderung konnte sich Mannon mehrmals ein Grinsen nicht verkneifen.

»Wenn ich Sie richtig verstanden hab, ist es für Sie das erstemal, daß Sie langfristig mit einem ... ehm ... daß Sie einer telepathischen Lebensform ausgesetzt sind und ich der erste bin, dem Sie Ihre damit verbundenen Probleme anvertrauen, richtig?« Mannons Tonfall verriet, daß es sich hierbei nicht um eine Frage, sondern um eine Feststellung gehandelt hatte. »Und obwohl Sie diesen Juckreiz nur in der Nähe des VUXG und des Patienten stark verspüren, tritt er periodisch auch woanders auf, wenn auch nur in schwächerer Form, richtig?«

Conway nickte. »Erst vor fünf Minuten war dieses Jucken schon wieder da ...«

»Mit zunehmender Entfernung nimmt es natürlich ab«, fuhr Dr. Mannon fort. »Aber um Sie zu beruhigen:

Sie brauchen sich überhaupt keine Sorgen zu machen. Arretapec versucht lediglich, aus Ihnen einen Telepathen zu machen, und zwar ohne es selbst zu wissen. Ich werde Ihnen das erklären ...«

Offenbar wurde durch einen längeren Kontakt mit einem telepathischen Lebewesen ein gewisser Bereich im menschlichen Gehirn stimuliert. Das ließ auf den Beginn einer telepathischen Funktion dieser Gehirnzone in der Zukunft schließen oder auf eine verkümmerte und seither abhandengekommene Gehirnfunktion aus der Vorzeit.

»Die Folge ist eine lästige, aber völlig harmlose Reizung. In sehr seltenen Fällen jedoch«, fügte Mannon hinzu, »bewirkt diese Nähe beim Menschen die Fähigkeit zu einer Art künstlichen Telepathie — und das heißt, er kann hin und wieder die Gedanken von dem Telepathen empfangen, dem er ausgesetzt ist, jedoch von keinem anderen Wesen. Diese Fähigkeit bleibt aber immer zeitlich strikt begrenzt und verschwindet, sobald das dafür verantwortliche Wesen den Menschen wieder verläßt.

Allerdings sind diese Fälle künstlich herbeigeführter Telepathie extrem selten«, schloß Mannon, »und auf Sie wirkt sich anscheinend nur das wahrhaftig *reizende* Nebenprodukt aus, sonst wüßten Sie wahrscheinlich, was Arretapec vorhat, Sie bräuchten nämlich nur seine Gedanken zu lesen ...«

Während Dr. Mannon redete und ihm wiederholt die Sorge nahm, sich irgendeine merkwürdige neue Krankheit zugezogen zu haben, dachte Conway die ganze Zeit fieberhaft nach. Ihm fielen dabei einzelne Episoden mit Arretapec und dem Brontosaurier wieder ein, zu denen sich Gesprächsfragmente mit dem VUXG und Bruchstücke seiner selbst erworbenen Kenntnisse gesellten, aus denen er sich ein vages Bild machte. Es war zwar ein etwas verrücktes oder wenigstens schiefes Bild, und es wies noch viele Lücken auf, aber was sonst sollte ein Wesen wie Arretapec mit einem Patienten wie dem Brontosaurier vorhaben, wenn nicht *das?* Zudem noch mit einem Patienten, dem überhaupt nichts fehlte ...

»Wie bitte?« hakte er nach, als er bemerkte, daß Mannon etwas gesagt hatte, das er nicht mitbekommen hatte.

»Ich hab gesagt, wenn Sie herausfinden, was Arretapec vorhat, lassen Sie es mich bitte wissen«, wiederholte Mannon.

»Nun, ich weiß, was er vorhat«, entgegnete Conway unvermutet. »Wenigstens glaube ich das — und ich verstehe jetzt auch, warum Arretapec darüber nicht sprechen möchte. Er hat Angst, sich der Lächerlichkeit preiszugeben, zumal allein der Gedanke, es auf einen solchen Versuch ankommen zu lassen, schon lächerlich genug ist. Was ich nicht verstehe, ist, *warum* er das vorhat ...«

»Doktor Conway«, ermahnte Mannon ihn mit nur scheinbar freundlicher Stimme, »wenn Sie mir nicht sofort verraten, wovon Sie sprechen, dann werde ich Ihnen, wie wir etwas grobschlächtigen Chirurgen es so treffend auszudrücken pflegen, die Eingeweide einzeln rausreißen.«

Conway stand abrupt auf. Er mußte umgehend zu Arretapec zurück. Da er jetzt eine ungefähre Vorstellung von dem hatte, was dort vor sich ging, hatte er sich um etliche Dinge zu kümmern — er mußte unbedingt dringende Sicherheitsvorkehrungen treffen lassen, an die ein Wesen wie der VUXG wahrscheinlich gar nicht dachte.

»Tut mir leid, Sir«, sagte er abwesend, »aber ich kann es Ihnen nicht sagen. Wissen Sie, nach dem, was Sie mir erzählt haben, besteht die Möglichkeit, daß ich mein Wissen auf telepathischem Weg direkt über Arretapecs Gehirnströme bezogen hab, und in diesem Fall würde es sich dabei um vertrauliche Informationen handeln. Ich muß mich jetzt beeilen. Aber vielen Dank für alles.«

Kaum war er draußen, rannte er zum nächsten Kommunikator und rief im Büro der Ingenieursdivision an. Die Stimme, die antwortete, erkannte er als die des Colonels wieder, den er schon zuvor kennengelernt hatte.

»Ist die Hülle dieses umgebauten Transporters stark genug, um den Aufprall eines ungefähr vierzig Tonnen schweren Körpers zu verkraften, der sich mit einer Geschwindigkeit zwischen dreißig und hundertfünfzig Kilometern pro Stunde bewegt? Und falls nicht, welche Sicherheitsvorkehrungen könnten Sie dagegen treffen?«

Es folgte ein langes, bedrückendes Schweigen, dann sagte der Colonel: »Machen Sie Scherze? Das Ding würde die Hülle durchschlagen, als wäre sie ein Stück Sperrholz. Das Luftvolumen im Innern des Schiffs ist allerdings so groß, daß der Wartungsmannschaft trotz eines solch schweren Einschlags genug Zeit bliebe, Raumanzüge anzulegen. Warum fragen Sie mich das überhaupt?«

Conway dachte aufgeregt nach; er wollte etwas erledigt haben, ohne zu verraten, warum. Schließlich sagte er dem Colonel, er sorge sich um die Schwerkraftgitter, die die künstliche Gravitation im Schiff aufrechterhielten. Es gäbe davon so viele, daß die versehentliche Umpolung nur eines einzigen Bodengitters den Brontosaurier abstoßen würde, anstatt ihn anzuziehen …

Etwas gereizt stimmte ihm der Colonel zwar zu, daß die Schwerkraftgitter auf Abstoßung umgestellt werden könnten und ebenso auf konzentrierte Pressor- und Traktorstrahlung, aber eine solche versehentliche Umschaltung passiere nicht gleich, nur weil jemand mal zufällig laut huste. Zudem gäbe es eingebaute Sicherheitsvorkehrungen, die …

»Trotzdem«, unterbrach ihn Conway. »Ich würde mich sehr viel wohler fühlen, wenn Sie sämtliche Schwerkraftgitter so einstellen könnten, daß sie sich beim Herannahen eines schweren, fallenden Körpers automatisch auf Abstoßung umschalten. Ist das möglich?«

»Ist das ein Auftrag, oder sind Sie wirklich so ein überängstlicher Typ?« fragte der Colonel ungehalten.

»Das ist leider ein Auftrag«, antwortete Conway.

»Dann ist es auch möglich.« Ein scharfes Klicken beendete das Gespräch.

Conway begab sich mit dem Vorsatz zu Arretapec, von nun an seinem Chef ein perfekter Assistent zu sein — und zwar in dem Sinne, daß er bereits eine Antwort parat haben wollte, bevor Arretapec überhaupt eine Frage gestellt hatte. Er mußte den VUXG nur dazu bringen, die richtigen Fragen zu stellen, damit er sie auch wirklich beantworten konnte, dachte er und lächelte verschmitzt.

V

Am fünften Tag ihrer Zusammenarbeit sagte Conway zu Arretapec: »Man hat mir versichert, daß Ihr Patient körperlich völlig gesund ist und keine psychiatrische Behandlung benötigt. Daher bin ich zu dem Schluß gekommen, daß Sie auf telepathischem oder ähnlichem Weg versuchen, irgendeine Veränderung in der Gehirnstruktur des Patienten zu bewirken. Falls meine Schlußfolgerungen zutreffen, hab ich für Sie Informationen, die Ihnen helfen werden oder die zumindest interessant für Sie sind.

Es gab einst ein riesiges Reptil, das dem Patienten stark ähnelt und vor Urzeiten auf meinem Heimatplaneten gelebt hat. Von Überresten, die von Archäologen ausgegraben wurden, wissen wir, daß es in der Gegend der Kreuzbeinwirbel ein zweites Nervensystem besaß

— oder benötigte —, das um ein Vielfaches größer als das eigentliche Gehirn war und vermutlich die Motorik der Hinterbeine, des Schwanzes und so weiter steuerte. Falls das stimmt, haben Sie es vielleicht auch bei unserem Patienten mit zwei Gehirnen zu tun und nicht nur mit einem.«

Während er auf Arretapecs Antwort wartete, war er heilfroh, daß der VUXG einer Spezies angehörte, deren ethische Grundsätze es verboten, ihre telepathische Fähigkeit gegenüber Nichttelepathen anzuwenden. Sonst wäre Arretapec Conways Wissen über die beiden Nervenzentren des Patienten nicht verborgen geblieben und auch nicht, daß Conway sich dieses Wissen nur hatte aneignen können, weil er heimlich einen Kollegen beauftragt hatte, den nichtsahnenden Dinosaurier mit Röntgenscanner und -kamera eines Nachts zu untersuchen, während er und der Patient geschlafen und Arretapec ein weiteres Loch in die Schreibtischplatte genagt hatte.

»Ihre Schlußfolgerungen sind korrekt«, bestätigte ihm Arretapec endlich, »und auch Ihre Informationen sind sehr interessant. Ich hatte es nie für möglich gehalten, daß ein Wesen zwei Gehirne besitzen kann. Das würde jedoch die ungewöhnlichen Kommunikationsschwierigkeiten erklären, die ich mit der Kreatur hab. Ich werde das untersuchen.«

Conway verspürte schon wieder diesen Juckreiz, aber da er jetzt die Ursache dafür kannte, konnte er ihn ohne ›herumzuzappeln‹ ertragen. Das Jucken ließ wieder etwas nach, und Arretapec sagte: »Ich erhalte eine Reaktion. Zum erstenmal erhalte ich eine Reaktion!«

Der Juckreiz begann erneut ... dieses Mal wurde der ganze Schädel von ihm erfaßt, und er wurde immer unerträglicher ...

Es war nicht nur ein Gefühl, als ob Ameisen mit rotglühenden Beißzangen an seinen Gehirnzellen nagten, sondern als ob jemand gleichzeitig mit rostigen Nägeln

Löcher in sein armes, geplagtes Gehirn schlüge. Conway litt Höllenqualen und kämpfte unter entsetzlichen Anstrengungen dagegen an, sich zu bewegen und Arretapec gerade jetzt abzulenken, wo der VUXG einen entscheidenden Schritt vorangekommen zu sein schien.

Und dann veränderte sich plötzlich die Empfindung unterschwellig. Sie ließ zwar nicht nach, aber es kam etwas hinzu. Kurz stachen ihm die Augen, und er bekam einen flüchtigen Eindruck von etwas Undefinierbarem — es war wie eine Phrase meisterhafter Musik, die auf einem kaputten Gerät abgespielt wurde, oder wie die kraftvolle Schönheit eines Gemäldes, das bis zur Unkenntlichkeit entstellt worden war. Er wußte, daß er für einen kurzen Augenblick durch die verzerrt darstellende Schmerzwelle hindurch tatsächlich in Arretapecs Gehirn gesehen hatte

Jetzt wußte er *alles* ...

Der VUXG erhielt noch den ganzen Tag über Reaktionen des Patienten, aber sie waren unberechenbar, heftig und unkontrollierbar. Nachdem eine besonders dramatische Reaktion den in Panik geratenen Dinosaurier dazu veranlaßt hatte, einige Morgen Baumbestand dem Boden gleichzumachen und sich anschließend ängstlich im See zu verkriechen, gab Arretapec auf.

»Es ist sinnlos«, sagte der Arzt. »Das Wesen will einfach nicht freiwillig anwenden, was ich ihm beizubringen versuche, und sobald ich diesen Vorgang erzwinge, bekommt es Angst.«

Seine gleichtönige Translatorstimme verriet keinerlei Regung, aber Conway, der Arretapecs Gedanken gelesen hatte, wußte, wie bitter enttäuscht der Arzt war. Verzweifelt wünschte er, ihm behilflich sein zu können, aber ihm war klar, daß er nicht direkt eingreifen konnte — Arretapec war derjenige, der in diesem Fall die eigentliche Arbeit verrichten mußte, wohingegen er selbst nur hin und wieder einen Denkanstoß geben konnte.

Als er sich abends ins Bett legte und sich noch immer den Kopf zerbrach, glaubte er kurz vor dem Einschlafen die Antwort auf das Problem gefunden zu haben.

Am nächsten Morgen begab er sich mit Arretapec auf die Suche nach Dr. Mannon. Sie trafen ihn schließlich vor dem DBLF-Operationssaal an, den er gerade betreten wollte.

»Sir, könnten wir uns bitte Ihren Hund ausleihen?« fragte Conway.

»Aus beruflichen Gründen oder zum Vergnügen?« erkundigte sich Mannon etwas argwöhnisch. Er hing so sehr an seinem Hund, daß einige extraterrestrische Angehörige des Personals glaubten, die beiden lebten in Symbiose.

»Glauben Sie mir, wir werden ihm kein einziges Haar krümmen«, versicherte ihm Conway, und nach kurzem Zögern übergab ihm Dr. Mannon die Leine. Conway bedankte sich und an Arretapec gewandt sagte er: »Und jetzt gehen wir wieder in mein Zimmer ...«

Zehn Minuten darauf fegte der Hund aufgeregt bellend durch das Zimmer, während Conway mit Kissen nach ihm warf. Plötzlich erzielte er einen Volltreffer und der Hund überschlug sich. Er schlitterte mit den Pfoten über den Kunststoffußboden und jaulte und winselte in höchsten Tonlagen.

Conway wurde plötzlich in die Höhe gerissen und schwebte direkt unter Decke.

»Ich hatte nicht gewußt, daß Sie vorhatten, mir eine Demonstration von menschlichem Sadismus vorzuführen«, dröhnte Arretapecs Stimme vom Schreibtisch herüber. »Ich bin schockiert und entsetzt zugleich. Sie werden dieses arme Tier sofort wieder zurückgeben!«

»Lassen Sie mich bitte runter, dann werde ich Ihnen alles erklären«, stammelte Conway.

Am achten Tag gaben sie Dr. Mannon den Hund zurück und nahmen wieder ihre Arbeit mit dem Dinosaurier auf. Am Ende der zweiten Woche waren sie noch immer mit Emily beschäftigt, und im ganzen Hospital wurde über die beiden bereits in sämtlichen gängigen Sprachen gesprochen, gepfiffen, gezirpt oder gegrunzt.

Als sie eines Tages in der Kantine saßen, hörte Conway, daß über die Lautsprecher, über die im Hintergrund die ganze Zeit Durchsagen liefen, plötzlich sein Name ausgerufen wurde.

»... rufen Sie so schnell wie möglich Major O'Mara an. Doktor Conway, bitte rufen Sie so schnell wie möglich Major O'Mara an ...«

»Entschuldigen Sie mich bitte«, sagte Conway zu Arretapec, der es sich auf einem Plastikklotz gemütlich gemacht hatte, den der Kantinenchef mit einer abfälligen Geste auf den Tisch gestellt hatte, und begab sich zum nächsten Kommunikator.

»Es geht zwar nicht um Leben oder Tod«, sagte O'Mara, nachdem Conway ihn gefragt hatte, warum er sich bei ihm melden sollte, »aber ich bekomme langsam das Gefühl, daß Sie mir einige Erklärungen schulden. Zum Beispiel:

Doktor Hardin schäumt praktisch vor Wut, weil er auf Ihre Anweisung hin die von ihm mit Bedacht ergänzten und gesetzten Futterpflanzen seit neuestem mit Chemikalien besprühen muß, die den Geschmack negativ beeinflussen. Und warum wurde eine bestimmte Menge der Pflanzen gelagert, als diese gerade ihr volles Aroma entfaltet hatten? Außerdem, wozu benötigen Sie überhaupt einen 3-D-Projektor? Und welche Rolle spielt Mannons Hund bei dieser ganzen Geschichte?« O'Mara hielt schweren Herzens inne, da er Luft holen mußte, dann aber fuhr er ungehalten fort: »Und Colonel Skempton sagt, seine Ingenieure und Techniker hätten es langsam satt, für Sie und Arretapec andauernd die Traktor- und Pressorstrahlen bedienen zu müssen — ihn selbst schert das zwar nur wenig, aber er sagt, wenn diese gesamte Apparatur nach außen anstatt nach innen gerichtet wäre, könnte es der alte Transporter, an dem Sie herumfuhrwerken, nicht nur mit einem Schlachtkreuzer der Föderation aufnehmen, er würde ihm sogar den Marsch blasen.

Und was seine Leute betrifft ...« — O'Mara versuchte jetzt zwar, im Plauderton weiterzureden, aber man hörte ihm an, daß er Schwierigkeiten damit hatte — »... nun, eine ganze Menge von denen bittet mich mittlerweile um meinen fachlichen Rat als Psychologe. Einige von ihnen, die wohl etwas besser damit klarkommen, trauen einfach ihren Augen nicht. Die anderen sind schon soweit, daß sie lieber weiße Mäuse sehen würden.«

Nach einer kurzen Pause fuhr er fort: »Außerdem hat mir Mannon gesagt, Sie säßen jetzt — wahrscheinlich um Ihre moralischen Werte noch höher halten zu können — auf dem hohen Roß, und würden ihm rein gar nichts mehr erzählen, selbst wenn er Sie darum bittet. Ich hab mir gedacht, daß Sie mir ...«

»Es tut mir wirklich leid, Sir«, unterbrach ihn Conway betreten.

»Aber was, zum Teufel, treiben Sie da eigentlich?« polterte O'Mara los, dann fügte er überraschend leise hinzu: »Nun, viel Glück jedenfalls dabei. Ende.«

Conway eilte zu Arretapec zurück, um das Gespräch mit ihm an der Stelle wiederaufzunehmen, an dem es unterbrochen worden war.

Als sie später die Kantine verließen, sagte er: »Es war dumm von mir, den Größenfaktor bei meinen Überlegungen nicht mit berücksichtigt zu haben. Aber da wir jetzt ...«

»Es war dumm von uns, mein Freund«, korrigierte ihn Arretapec. »Die meisten Ihrer Ideen haben ja funktioniert, und das mit großem Erfolg. Sie haben mir derart unschätzbare Dienste geleistet, daß ich mich manchmal wirklich frage, ob Sie nicht ahnen, was ich vorhabe.

Und ich hoffe, daß auch Ihre neue Idee funktionieren wird.«

»Mit etwas Glück und wenn wir die Daumen drükken, wird's schon klappen.«

Im Gegensatz zu seinen sonstigen Gepflogenheiten stellte Arretapec bei dieser Gelegenheit ausnahmsweise einmal nicht fest, daß er erstens nicht an Glück glaube und zweitens keine Daumen besitze — sein Verständnis für menschliche Verhaltensweisen nahm eindeutig zu. Conway seinerseits wünschte sich nichts mehr, als daß der hyperintelligente VUXG seine Gedanken lesen könnte, dann würde Arretapec nämlich wissen, wie sehr er mit ihm fühlte und wie sehr er dem am heutigen Nachmittag stattfindenden Experiment Erfolg wünschte.

Während des ganzen Weges zum Schiff spürte Conway, wie die Spannung in ihm unaufhörlich anstieg. Als er den Ingenieuren, Technikern und sonstigen Helfern die letzten Anweisungen gab und sich vergewisserte, daß ein jeder wußte, was bei einem Notfall zu tun war, fiel ihm selbst auf, daß er dabei etwas zu viel herumalberte und ein wenig zu übertrieben lachte. Aber auch andere vermochten ihre Nervosität kaum zu verbergen.

Als er kurz darauf knapp fünfzig Meter entfernt vom Patienten stand, wobei er wie ein Weihnachtsbaum mit leuchtenden Apparaturen behangen war — einen G-Gürtel um die Hüfte, einen 3-D-Projektor vor dem Brustkorb und auf den Schultern ein schweres Funkgerät geschnallt —, war er vor innerer Anspannung fast wie gelähmt und strahlte die äußere Ruhe eines Druckkochtopfs aus.

»Projektorgruppe einsatzbereit«, sagte eine Stimme.

»Futter ist am Platz«, rief eine andere.

»Alle Traktor- und Pressorstrahlentechniker startbereit«, meldete eine dritte.

»Alles klar, Doktor«, sagte Conway zu dem vor ihm schwebenden Arretapec, dann fuhr er sich mit der trokkenen Zunge über die noch trockeneren Lippen. »Jetzt sind Sie dran.« Er drückte auf einen Knopf des 3-D-Projektors vor seiner Brust, und im selben Augenblick erschien rings um ihn die unstoffliche dreidimensionale Darstellung seines fast zwanzig Meter großen Ebenbilds. Er sah, wie der Patient den Kopf hob, hörte die tiefen, jaulenden Laute, die das Wesen von sich gab, sobald es erregt war oder Angst hatte, und die in einem so merkwürdigen Kontrast zu seinem gewaltigen Körper standen, und er sah, wie es sich schwerfällig zum See zurückbewegte. Aber Arretapec konzentrierte sich mit ganzer Kraft auf die beiden kleinen, fast rudimentären Gehirne des Brontosauriers, wobei er Wellen der Ruhe und Beschwichtigung aussandte, und das Riesenreptil beruhigte sich zusehends. Ganz langsam, um Emily nicht zu erschrecken, griff Conway hinter sich, nahm etwas in die Hand und legte es vor sich auf den Boden. Sein zwanzig Meter großes Ebenbild machte parallel dieselben Bewegungen.

Aber dort, wo die große Hand der 3-D-Projektion niederging, lag ein echtes Bündel grüner Pflanzen, und als sich die stofflich wirkende und doch imaginäre Hand hob, folgte ihr das Bündel, wobei es am Scheitelpunkt von drei präzise bedienten Pressorstrahlen in der Luft gehalten wurde. Dann wurde das feuchte Bündel frischer Pflanzen und Palmenblätter dicht vor dem noch immer unruhigen Dinosaurier plaziert, und zwar scheinbar von der Hand, die sich jetzt langsam zurückzog.

Nach einer Zeit, die Conway wie eine Ewigkeit vorkam, bog sich der kräftige, schlangenartige Hals nach unten, und das Reptil begann mit dem Kopf in dem Futter herumzuwühlen und daran zu knabbern ...

Conway wiederholte den gleichen Bewegungsablauf immer wieder, wobei er und sein zwanzig Meter großes Ebenbild sich Emily allmählich näherten.

Wie er wußte, hätte der Brontosaurier zur Not auch

die um ihn herum wachsenden Pflanzen essen können, aber seit Dr. Hardin auf Conways Geheiß die chemische Keule eingesetzt hatte, waren sie alles andere als schmackhaft. Dagegen waren diese Ballen hier regelrechte Leckerbissen — es war das frische, saftige, süßlich riechende Futter, das der Brontosaurier von früher her kannte und das es für ihn unerklärlicherweise seit einiger Zeit nicht mehr gab. Und was eben noch ein Knabbern war, wurde jetzt zu einem gierigen Schlingen.

»Alles klar«, sagte Conway hocherfreut. »Stufe zwei ...«

VI

Mit Hilfe des winzigen Bildschirms, auf dem er die Bewegungen seines Ebenbilds im Verhältnis zu denen des Dinosauriers genau überwachen konnte, streckte Conway erneut die Hand vor. Hoch oben auf der gegenüberliegenden Seite des Schiffskörpers wurde, dem Auge entzogen, ein anderer Pressorstrahl aktiviert, der die Bewegungen der Hand nachahmte, die jetzt scheinbar den kräftigen Hals des Patienten streichelte, wobei der Strahl einen festen, wenn auch sanften Druck ausübte. Zunächst zuckte der Brontosaurier ängstlich zusammen, dann aber beruhigte er sich. Schließlich fraß er weiter und räkelte sich sogar gelegentlich behaglich.. Arretapec berichtete, daß dem Patienten das Streicheln gefiel.

»Gut«, sagte Conway, »dann packen wir mal etwas kräftiger zu.«

Zwei große, imaginäre Hände drückten gegen den Leib des Sauriers, und massierte Pressorstrahlen warfen ihn krachend auf den Rücken, daß der Boden bebte. Voller Angst strampelte er wie wild in der Luft und versuchte vergeblich, seinen schweren und ungelenken Körper auf die Seite zu rollen, um wieder auf die Beine zu kommen. Aber anstatt schlimmen Schaden anzurichten, streichelten und tätschelten ihn die Hände nur. Emily beruhigte sich daraufhin allmählich, und es war ihr anzusehen, daß sie sich wieder wohl fühlte.

Dann nahmen die imaginären Hände eine neue Stellung ein. Traktor- und Pressorstrahlen faßten den liegenden Körper gleichzeitig, zogen ihn in die Höhe und rissen ihn herum.

Um mobiler zu sein, bediente sich Conway des G-Gürtels und hüpfte nun zusammen mit Arretapec über und um den Brontosaurier herum. Der VUXG, der mit dem Patienten in Verbindung stand, berichtete fortwährend über die Auswirkungen der verschiedenen Reize. Conway streichelte, tätschelte, kraulte und knuffte das Riesenreptil mit seinen imaginären Händen und Füßen, zog ihm am Schwanz und klopfte ihm gegen den Hals, wobei die Traktor- und Pressorstrahlenmannschaft hervorragende Arbeit leistete und die Bewegungen seines riesigen dreidimensionalen Ebenbilds synchron nachahmte.

Etwas Ähnliches war zwar schon zuvor geschehen — gar nicht zu reden von einigen Ereignissen, wegen der ein Ingenieur zum Trinker geworden war und vier andere aus dem Projekt ausgestiegen waren —, aber erst als man den Größenfaktor in die Überlegungen mit einbezogen hatte, wie heute mit der 3-D-Projektion, waren solch vielversprechenden Resultate erzielt worden. Während der letzten Woche hatte es noch so ausgesehen, als mißhandle eine Maus einen Elefanten — kein Wunder, daß der Brontosaurier damals panikartig reagierte, wenn mit ihm alle möglichen unerklärlichen Dinge geschahen und er als einzige Verursacher dafür zwei winzige Kreaturen sah, die er kaum erkennen konnte.

Die Spezies, der der Brontosaurier angehörte, streifte schon seit hundert Millionen Jahren über ihren Heimatplaneten, und der Patient selbst hatte eine sehr lange Lebenserwartung. Obwohl seine beiden Gehirne relativ klein waren, war er weit gescheiter als ein Hund, so daß Conway ihn schon bald soweit hatte, Platz zu nehmen und um Futter zu betteln.

Zwei Stunden später ging Emily in die Luft.

Es war ein unbeschreiblicher Anblick: Der mächtige, unförmige Körper hob schnell vom Boden ab, wobei sich seine kräftigen Beine unwillkürlich wie beim Gehen bewegten und der kräftige Hals und Schwanz, langsam hin- und herbaumelnd, nach unten hingen. Als sich das Riesenreptil dem verführerischen Bündel aus frischen Palmenblättern näherte, das fast hundert Meter über seinem Kopf balanciert wurde, vermutete Conway, daß dieser freie Schwebezustand höchstwahrscheinlich über das Gehirn in der Kreuzbeingegend und nicht über das im Schädel gesteuert wurde. Aber das war jetzt nebensächlich, die Hauptsache war, daß es tatsächlich schwebte. Es sei denn …

»Helfen Sie etwa nach?« fragte Conway Arretapec mißtrauisch.

»Nein, nein!«

Die Antwort des VUXG fiel gezwungenermaßen kurz und ausdruckslos aus, aber wäre Arretapec ein Mensch gewesen, hätte es sich wie Triumphgeschrei angehört.

»Gute, alte Emily!« rief jemand in Conways Kopfhörer, wahrscheinlich handelte es sich um einen der Strahlentechniker. »Oje, seht nur, jetzt fliegt sie dran vorbei!«

Der Brontosaurier hatte das schwebende Futterbündel knapp verpaßt und stieg immer weiter nach oben. Sein unbeholfener und krampfhafter Versuch im Vorbeifliegen an das Bündel zu gelangen, hatte ihm einen Drall versetzt, der durch nachfolgende hektische Bewegungen des Halses und des Schwanzes verstärkt wurde …

»Wir sollten Emily lieber von da oben runterholen«, bemerkte eine zweite Stimme aufgeregt. »Die künstliche Sonne könnte ihr den Schwanz versengen.«

»... durch diese Drehung gerät der Patient in Panik«, stimmte Conway zu. »Traktorstrahlen ...!«

Aber zu spät. Sonne, Erde und Himmel kreisten in chaotischen und verschlungenen Schleifen um ein Wesen herum, das bisher festen Boden unter den Füßen gewohnt war. Ob es nach oben oder unten wollte, war nicht festzustellen — aber *irgendwohin* wollte es jedenfalls.

Trotz Arretapecs verzweifelter Versuche, es zu beruhigen, teleportierte es erneut, und Conway sah, wie der gewaltige Berg aus Knochen und Fleisch plötzlich mit wenigstens dem Vierfachen seiner normalen Geschwindigkeit davonsauste.

»Sektor H! Bremst ihn ab, und zwar *sanft!*«

Aber die Pressorstrahlentechniker hatten weder die Zeit noch genügend Raum, um den Saurier sanft abzubremsen. Damit er nicht gegen die Innenoberfläche prallte — was die fatale Folge nach sich gezogen hätte, daß er durch die darunter befindliche Verkleidung hindurch in den freien Raum geschossen wäre —, mußten sie ihn mit aller Kraft abbremsen, und der Brontosaurier mußte dieses notwendigerweise scharfe Abstoppen wie einen kräftigen Schlag empfunden haben, denn er teleportierte schon wieder.

»Sektor C! Jetzt kommt er zu euch rüber!«

Aber im Sektor C spielte sich das gleiche ab wie zuvor im Sektor H. Das Tier geriet in Panik und schoß in eine andere Richtung davon. Und das ging so weiter. Wie eine Rakete raste der Saurier von der einen Seite im Innern des Schiffs zur anderen, bis ...

»Hier spricht Skempton«, sagte eine energische, respekteinflößende Stimme. »Meine Leute sagen, daß die Rahmen für die Pressorstrahlengehäuse so etwas nicht mehr lange mitmachen. Unzulängliche Halterungen.

Die Schiffsverschalung weist bereits an acht Stellen Risse auf!«

»Könnten Sie nicht ...«

»Wie reparieren die Lecks so schnell wir können!« unterbrach ihn Skempton und beantwortete damit Conways Frage, bevor dieser sie überhaupt stellen konnte. »Aber durch diese Rückstöße fliegt noch das ganze Schiff auseinander!«

An dieser Stelle schaltete sich Dr. Arretapec mit ein. »Doktor Conway, offenkundig hat der Patient eine überraschende Begabung bei der Anwendung seines neuen Talents gezeigt, der Umgang damit ist aber von Angst und Verwirrung geprägt. Ich bin überzeugt, daß dieses traumatische Erlebnis dem Wesen einen irreparablen Schaden zufügen wird, die seine künftigen Denkprozesse negativ ...«

»Conway! Vorsicht!«

Das Reptil war ein paar hundert Meter entfernt in Bodennähe zum Stillstand gekommen und schoß jetzt im rechten Winkel auf Conway zu. Aber es flog innerhalb einer Hohlkugel auf geradem Kurs, und die Oberfläche krümmte sich ihm entgegen. Conway sah, wie der dahinrasende Körper ins Taumeln geriet, als die Strahlentechniker verzweifelt versuchten, seine Geschwindigkeit zu drosseln. Plötzlich durchbrach der mächtige Leib eine niedrige, dichtbewachsene Baumkette, pflügte eine breite, flache Furche durch den weichen, sumpfigen Untergrund und schob dabei einen Wall aus Erdreich und herausgerissenen Pflanzen vor sich her.

Conway stand genau in seinem Weg. Bevor er den G-Gürtel einschalten konnte, kam ihm dieser Erdwall wie eine Walze entgegen und begrub ihn unter sich. Einen Augenblick lang war er zu benommen, um zu begreifen, warum er sich nicht mehr bewegen konnte, dann erst sah er, daß er bis zu den Hüften in einer klebrigen Masse aus schlammigem Erdreich und Pflanzenresten steckte. Die Erschütterungen und Erdstöße, die er verspürte, wurden von dem Brontosaurier verursacht, der wieder auf die Beine zu kommen versuchte. Conway blickte nach oben und sah, wie sich der riesige Körper vor ihm auftürmte und sich unbeholfen nach allen Seiten umdrehte. Dann hörte er die saugenden und knirschenden Geräusche, als die kräftigen Beine des Sauriers wie Rammböcke fast knietief in das Erdreich und Unterholz hineinstießen.

Emily stampfte wieder auf den See zu, und zwischen ihr und dem Wasser befand sich Conway...

Er schrie laut und wedelte mit den Händen in der Luft, um auf sich aufmerksam zu machen, denn der G-Gürtel und das Funkgerät waren zerstört worden, und er steckte fest. Der große Reptilienberg rollte auf ihn zu, wobei der langsam hin- und herschwingende, kräftige Hals die Sicht verdunkelte. Und dann war einer der beiden riesigen Vorderfüße kurz davor, Conway mit dem nächsten Auftreten auf einen Schlag zu töten und zu beerdigen...

Aber plötzlich wurde Conway in die Höhe gerissen, und an seiner Seite schwebte so etwas wie eine Backpflaume in einem Klumpen Sirup.

»In der Hitze des Gefechts hatte ich ganz vergessen. daß Sie zum Teleportieren ein mechanisches Gerät benötigen«, sagte Arretapec. »Ich bitte Sie aufrichtig um Entschuldigung.«

»Ha-ha-halb so schlimm«, stammelte Conway mit zitternder Stimme. Er bemühte sich, seine angegriffenen Nerven zu beruhigen, und sammelte sich erst einmal. Als er unter sich auf der Oberfläche eine Pressorstrahlenmannschaft entdeckte, rief er hinunter: »Bringt mir bitte schnell ein neues Funkgerät und einen neuen Projektor!«

Zehn Minuten darauf war er zwar immer noch wie erschlagen und mit blauen Flecken übersät, aber bereit weiterzumachen. Er stand am Rande des Sees, Arretapec schwebte neben ihm in Schulterhöhe, und rings um ihn ragte wieder sein zwanzig Meter großes Ebenbild empor. Der VUXG Arzt, der mit dem unter der Wasseroberfläche befindlichen Brontosaurier in Verbindung stand, informierte ihn, daß sich die Aussichten auf Erfolg oder Mißerfolg die Waage hielten. Zwar sei dem Patienten ein traumatisches Erlebnis widerfahren, aber die Tatsache, daß er sich jetzt unter Wasser in Sicherheit wähne — seinem natürlichen Refugium vor Hunger und Angriffen seiner Feinde —, übe in Verbindung mit Arretapecs geistigem Zuspruch einen stabilisierenden Einfluß auf ihn aus.

Zwischen Hoffnung und Verzweiflung hin- und hergerissen, wartete Conway ab. Seine zum Zerbersten angespannten Nerven zwangen ihn, hin und wieder laut zu fluchen. Alles wäre nur halb so schlimm gewesen und hätte ihm nicht soviel bedeutet, wenn er nicht diesen kurzen Einblick in Arretapecs Vorhaben gehabt hätte oder wenn ihm nicht dieser überpedantische und entsetzlich besserwisserische Pflaumenknödel mit der Zeit so sehr ans Herz gewachsen wäre. Aber hatte ein Wesen, das mit einem solchen Verstand ausgestattet war und nichts anderes vorhatte, als seine gutgemeinten Hoffnungen zu realisieren, nicht sogar das Recht, besserwisserisch zu sein?

Plötzlich durchbrach der kräftige Hals die Wasseroberfläche, und der gewaltige Körper schleppte sich bis ans Ufer. Langsam und schwerfällig knickten die Hinterbeine ein, und der lange, spitz zulaufende Hals reckte sich empor. Der Brontosaurier wollte wieder spielen!

Conway verspürte einen Kloß im Hals. Er sah sich nach hinten um, wo ein Dutzend Bündel saftiger Grünpflanzen bereitlag, von denen eins bereits darauf wartete, auf den Saurier zubewegt zu werden. Aber Conway winkte energisch ab und sagte: »Ach, gebt Emily einfach alles, sie hat es sich redlich verdient ...«

»... und als Arretapec die Umweltbedingungen auf dem Heimatplaneten des Patienten kennengelernt hatte«, sagte Conway etwas steif, »und ihm seine hellseherische Fähigkeit verriet, wie sich die Zukunft der Brontosaurier höchstwahrscheinlich darstellen würde, da mußte er einfach versuchen, daran etwas zu verändern.«

Conway befand sich im Büro des Chefpsychologen und erstattete einen vorläufigen mündlichen Bericht, wobei er von den angespannten Gesichtern der Doktoren O'Mara, Hardin, Skempton und Lister umzingelt war. Er fühlte sich alles andere als wohl und räusperte sich verlegen, bevor er fortfuhr: »Aber Arretapec gehört einer alten und stolzen Spezies an, und durch seine telepathischen Fähigkeiten erhöht sich noch seine Sensitivität — Telepathen *fühlen* regelrecht, was andere von ihnen denken. Arretapecs Vorhaben war in der Konsequenz so radikal, daß er im Falle eines Scheiterns sich selbst und seine Artgenossen der Lächerlichkeit preisgegeben hätte, und deshalb mußte er es geheimhalten. Die Umweltbedingungen auf dem Heimatplaneten des Brontosauriers wiesen darauf hin, daß sich dort nach dem Aussterben der großen Reptilien kein intelligentes Leben entwickeln würde, und geologisch gesehen stand dieses Aussterben kurz bevor. Die Spezies des Patienten existiert schon sehr lange Zeit, und wegen des zur Waffe entwickelten Schwanzes und ihrer amphibischen Veranlagung konnte es sich gegenüber spezialisierten Raubtieren durchsetzen. Aber klimatische Veränderungen stehen bevor, und der Brontosaurier kann nicht der Sonne seines Planeten in Richtung des Äquators folgen, da die Planetenoberfläche aus einer Anzahl einzelner Inselkontinente besteht, und er keine Meere durchqueren kann. Wenn man nun diese Riesenreptilien dazu bringen könnte, die Psifähigkeit der Teleportation zu entwickeln, wären die Meere keine Hindernisse mehr für sie und somit auch die Gefahren der beeinträchtigenden Kälte und der damit verbundenen Futterknappheit gebannt. Und das ist Doktor Arretapec tatsächlich gelungen.«

An dieser Stelle meldete sich O'Mara zu Wort. »Wenn Arretapec dem Saurier die Fähigkeit des Teleportierens beigebracht hat, indem er direkt auf dessen Gehirnfunktionen eingewirkt hat, warum kann er dann nicht mit uns dasselbe machen?«

»Wahrscheinlich weil wir auch ohne Teleportation gut zurechtkommen«, antwortete Conway. »Dem Patient hingegen wurde gezeigt und verständlich gemacht, daß er diese Fähigkeit zum Überleben unbedingt benötigt. Und sobald er das erst einmal erkannt hat, wird er diese Fähigkeit auch anwenden und weitergeben können, da die Anlage dazu fast in jeder Spezies steckt. Jetzt, da Arretapec nachgewiesen hat, daß die Verwirklichung seiner Idee möglich ist, wird sich seine ganze Spezies damit beschäftigen. Auf einem Planeten, der ansonsten tot wäre, das Entstehen von Intelligenz zu fördern ist die Sorte *Großprojekt*, die diesen hochnäsigen Typen genau in den Kram paßt ...«

Conway dachte an den kurzen Augenblick, in dem er Arretapecs Gedanken hatte lesen können, was ihm ein Vorauswissen über zukünftige Vorgänge auf dem Planeten des Brontosauriers beschert hatte. Er dachte an die sich dort entwickelnde Zivilisation und welche Rolle die riesigen und dennoch eigenartig anmutigen Wesen eines fernen Tages dabei spielen würden.

Aber diese Gedanken erwähnte er nicht laut und sagte nur: »Wie die meisten Telepathen war Arretapec geradezu pedantisch darauf bedacht, bloß keine rein physischen Untersuchungsmethoden in sein Vorhaben mit einzubeziehen. Erst als ich ihn mit Doktor Mannons Hund konfrontierte und ihm klarmachte, daß man einem Tier am besten etwas beibringt, indem man mit ihm spielt, kamen wir weiter. So zeigte ich Arretapec einen Trick. Ich bewarf den Hund zunächst mit Kissen, und nachdem wir eine Weile herumgetollt hatten, sammelte der Hund die Kissen zu einem Haufen zusammen und ließ sich von mir obendrauf werfen. Das bewies, daß weniger intelligente Kreaturen nichts gegen eine etwas rauhere Behandlung haben, solange sie sich in gewissen Grenzen hält und auf Vertrauen beruht ...«

»*Das* haben Sie also in Ihrer Freizeit getrieben ...«, stieß O'Mara hervor und blickte nachdenklich zur Dekke.

Colonel Skempton räusperte sich und sagte: »Sie brauchen Ihre Rolle bei dieser Geschichte gar nicht so herunterzuspielen. Ihrer weisen Voraussicht, diesen alten Transporter mit Traktor- und Pressorstrahlen auszurüsten, ist es zu verdanken, daß ...«

»Etwas möchte ich noch wissen, bevor ich mich von Ihnen verabschiede«, unterbrach Conway ihn hastig. »Arretapec hat mitbekommen, daß einige der Leute den Patienten Emily nennen. Er würde gern wissen, warum.«

»Wenn es sein muß ...«, sagte O'Mara, wobei mit leicht säuerlicher Miene die Lippen schürzte. Dann fuhr er fort: »Anscheinend ist ein Mitglied der Wartungsmannschaft ein Liebhaber klassischer Literatur. Genauer gesagt, er hat wohl ein Faible für die literarischen Werke der Brontë-Schwestern Charlotte, Emily und Anne und den armen Kerl deshalb auf den Namen Emily Brontosaurus getauft. Meiner Meinung nach muß jemand, der so verquer denkt, einige Schrauben locker haben ...« O'Mara blickte drein, als würde sich ein schlechter Geruch im Raum ausbreiten.

Conway stöhnte voller Verständnis auf. Als er den Raum verließ, fürchtete er, daß seine letzte zu erledigende Aufgabe gleichzeitig die schwierigste sein würde — nämlich dem hochgeistigen Dr. Arretapec zu erklären, was ein Wortspiel ist, erst recht, wenn es derart an den Haaren herbeigezogen war.

Am nächsten Tag verließen Arretapec und der Dinosaurier das Orbit Hospital. Der für den Nachschub verantwortliche Monitor stieß einen tiefen Seufzer der Erleichterung aus, und Conway selbst war wieder in den Stationsdienst versetzt worden. Aber dieses Mal war er mehr als nur eine medizinische Maschine — man hatte ihm die Leitung der Neugeborenenabteilung anvertraut. Und auch wenn er die von Thornnastor, dem Chefdiagnostiker der Pathologie, gelieferten Diagnoseberichte, Medikamente und Krankenakten verwenden mußte, saß ihm doch niemand mehr direkt im Nacken. Er konnte durch die Korridore spazierengehen und behaupten: »Das hier ist *meine* Station. Außerdem hatte ihm O'Mara sogar einen Assistenten versprochen ...«

»... vom ersten Augenblick Ihres Eintreffens hier war klar, daß Sie ganz offensichtlich mit ETs besser klarkommen als mit Angehörigen Ihrer eigenen Spezies«, hatte ihm der Major vor ein paar Stunden gesagt. »Daß ich Ihnen Doktor Arretapec aufgehalst hab, war nur ein Test, den Sie allerdings mit Auszeichnung bestanden haben, und der Assistent, den ich Ihnen in einigen Tagen zuweisen werde, könnte der nächste Test sein ...«

An dieser Stelle legte O'Mara eine Kunstpause ein und schüttelte verwundert den Kopf, bevor er fortfuhr: »Es ist ja nicht nur so, daß Sie ausnehmend gut mit ETs auskommen, mir ist auch noch nie zu Ohren gekommen, daß Sie jemals hinter den weiblichen Angehörigen unserer Spezies her gewesen wären ...«

»Ich hab einfach keine Zeit dafür und bezweifle allmählich, jemals Zeit dafür zu haben«, verteidigte sich Conway mit ernster Miene.

»Aha ... nun, Weiberhaß ist eine durchaus zulässige, wenn auch unverständliche Neurose«, merkte O'Mara an, bevor er wieder auf den neuen Assistenten zu sprechen kam.

Anschließend kehrte Conway auf seine Station zurück und machte sich mit sehr viel mehr Engagement an seine neue Arbeit, als wenn ihm ein Chefarzt im Nakken gesessen hätte. Auf jeden Fall war er viel zu beschäftigt, um die Gerüchte mitzubekommen, die über den eigenartigen Patienten die Runde machten, der auf die Beobachtungsstation drei eingeliefert worden war.

Vierter Teil

Ein außergewöhnlicher Besuch

I

Trotz der erstaunlichen medizinischen Hilfsmittel und Apparaturen, die dem Orbit Hospital zur Verfügung standen und deren unübertroffener Nutzen in der gesamten zivilisierten Galaxis anerkannt wurde, mußte es hin und wieder Fälle geben, wo man selbst hier einem eingelieferten Patienten nicht mehr helfen konnte. In diesem Fall handelte es sich um einen Patienten der Klassifikation SRTT, einer physiologischen Kategorie, wie man sie im Hospital noch nie angetroffen hatte. Der Patient war amöbisch, das heißt, er besaß die Fähigkeit, sämtliche Gliedmaßen, Sinnesorgane oder eine Schutzhaut aus seinem Rumpf hervorzustülpen, die er zur Anpassung an seine jeweilige Umwelt benötigte. Diese Anpassungsfähigkeit war so phantastisch, daß man sich kaum vorstellen konnte, woran ein solches Wesen überhaupt jemals hätte erkranken können.

Das Verblüffendste daran war, daß der SRTT keinerlei Krankheitssymptome aufwies. Weder war eine besorgniserregende Zunahme an Funktionsstörungen äußerer Organe festzustellen, zu denen sonst sehr viele extraterrestrische Spezies neigten, noch hatte man bei ihm irgendwelche gesundheitsschädlichen Bakterien in bedrohlichen Mengen nachweisen können. Der Patient schmolz einfach dahin — ganz ruhig und gleichmäßig, ohne Zetern und Klagen. Wie ein Stück Eis in einem warmen Raum verwandelte sich sein Körper buchstäblich in Wasser. Sämtliche Versuche, diesen Prozeß aufzuhalten, waren gescheitert, und während die Diagnostiker und die ihnen unterstellten Ärzte unentwegt nach wirksameren Heilmethoden suchten, kamen sie immer mehr zu der betrüblichen Ansicht, daß die Serie medizinischer Wunder, die im Orbit Hospital in so monotoner Regelmäßigkeit stattgefunden hatten, wohl kurz vor ihrem unweigerlichen Ende stand.

Und einzig und allein aus diesem Grund wurde eine der striktesten Regeln des Hospitals vorübergehend aufgehoben.

»Da ich Sie einweisen soll, schlage ich vor, wir fangen am besten ganz von vorne an ...«, sagte Conway, wobei er sich dazu zwingen mußte, die schillernden und noch nicht ganz verkümmerten Flügel seines neuen Assistenten nicht anzustarren, »... und zwar bei der Anmeldezentrale, dort ist man für Neuaufnahmen zuständig.«

Während Conway auf irgendeine Bemerkung seines Assistenten wartete, schlug er bereits den Weg in Richtung des besagten Ziels ein. Anstatt neben seinem Begleiter einherzugehen, hielt er zwei Meter Abstand ein — natürlich nicht mit der Absicht, ihn beleidigen zu wollen, sondern aus dem einfachen Grund, weil er Angst hatte, seinem Assistenten versehentlich einen ernsthaften physischen Schaden zuzufügen, wenn er ihm zu nahe kam.

Der neue Assistent war ein GLNO — ein sechsbeiniges, insektenartiges Wesen mit einem Ektoskelett und empathischen Fähigkeiten. Die Gravitation auf seinem Heimatplaneten Cinruss betrug nicht einmal ein Zwölftel der Erdanziehungskraft, und aus diesem Grund hatte dort eine Insektenspezies zu solch gewaltiger Größe heranwachsen und sich zur dominanten Lebensform entwickeln können. Um die überschüssige Anziehungskraft zu neutralisieren, hatte der GLNO gleich zwei Gravitationsgürtel angelegt, weil er sonst am Boden regelrecht zermalmt worden wäre. Zwar hätte auch ein Gürtel gereicht, aber Conway konnte es dem Wesen nicht im geringsten verdenken, lieber sichergehen zu wollen. Der GLNO war ein spindeldürres und unglaublich zerbrechlich wirkendes Geschöpf mit einem für Menschen unangenehmen Äußeren. Sein Name war Dr. Prilicla.

Wie Conway unterrichtet worden war, hatte Prilicla

bereits sowohl in planetarischen als auch in kleineren interplanetarischen Hospitalen, die vielfältige Umweltbedingungen boten, Erfahrungen sammeln können. Er war also nicht mehr ganz grün hinter den Ohren, doch bei der unermeßlichen Größe und Komplexität des Orbit Hospitals würde er sich verständlicherweise erst einmal auf verlorenem Posten vorkommen. Conway war dem GLNO als Berater und Anleiter zugeteilt worden, und sobald er nach einer gewissen Zeit seine Aufgabe als Leiter der Neugeborenenabteilung erfüllt hatte, sollte er Prilicla die Verantwortung dafür übertragen. Offenbar war der Direktor des Hospitals zu dem Schluß gekommen, daß leichtgewichtige Lebensformen besonders gut für den behutsamen Umgang mit den sehr empfindlichen ET-Kleinkindern geeignet waren.

Eigentlich war das eine gute Idee, dachte Conway — wobei er sich schnell zwischen Prilicla und einen tralthanischen Assistenzarzt stellte, der auf seinen sechs elefantenartigen Füßen vorbeistampfte —, allerdings wohl nur dann, solange die betreffende leichtgewichtige Lebensform die Begegnungen mit ihren viel schwereren und tolpatschigeren Kollegen überlebte.

»Wie Sie wissen, beginnt das Problem mit der Einlieferung des Patienten und dessen Transport auf die für ihn zuständige Station. Bei den kleinwüchsigen Spezies ist das nicht so schwierig, aber bei einem Tralthaner oder einem zwölf Meter langen AUGL von Chalderescol ...« Conway hielt plötzlich inne und sagte: »So, wir sind da.«

Durch eine breite transparente Wand konnte man in einen Raum sehen, in dem drei große Kontrollpulte standen, von denen aber nur eins besetzt war. Davor saß ein Nidianer, und an einer Reihe blinkender Kontrolleuchten konnte man erkennen, daß er gerade zu einem Schiff Kontakt aufgenommen hatte, das sich dem Hospital näherte.

»Hören Sie ...«, begann Conway.

»Identifizieren Sie sich bitte«, forderte der rote Teddybär das Schiff auf, ohne Conway zu beachten. Seine abgehackte, bellende Sprache klang durch den Translator, der sämtliche Eigenarten ›herausfilterte‹, für Conway genauso ausdruckslos wie für Prilicla, der die Übersetzung in emotionslosem Cinrusskisch mithören konnte. »Patient, Besucher oder Mitarbeiter? Und welche Spezies?«

»Besucher und menschlich«, lautete die Antwort vom Schiff.

Nach kurzem Zögern sagte der Teddybär: »Bitte nennen Sie mir Ihre physiologische Klassifikation«, wobei er zu seinen beiden neugierigen Zuschauern hinüberzwinkerte. »Alle intelligenten Lebensformen bezeichnen ihre eigene Spezies im übertragenen Sinne Ihrer Muttersprache als menschlich und halten alle anderen für nichtmenschlich, also ist es völlig belanglos, wie Sie sich selbst nennen ...«

Nach der korrekten Identifizierung des Besucherschiffs hörte Conway der Unterhaltung nur noch mit einem Ohr zu, weil er sich angestrengt vorzustellen versuchte, wie ein Wesen mit dieser Klassifikation aussehen könnte. Das doppelte T am Ende bedeutete, daß seine körperliche Form variabel war, das R an der zweiten Stelle wies auf eine enorme Widerstandsfähigkeit gegenüber Hitze und Druck hin, aber was sollte das S in dieser Buchstabenkombination ...? Wenn sich da draußen nicht tatsächlich so ein Wesen aufhalten würde, hätte Conway es niemals für möglich gehalten, daß eine solch verrückte Kreatur überhaupt existieren konnte.

Und allem Anschein nach war dieser Besucher sogar eine wichtige Person, zumal der Nidianer jetzt emsig damit beschäftigt war, die Nachricht seiner Ankunft allen möglichen Wesen im Hospital mitzuteilen, von denen die meisten keine geringeren als Diagnostiker waren. Auf einmal war Conway schrecklich neugierig darauf, diese äußerst ungewöhnliche Kreatur genauer in Augenschein zu nehmen, fürchtete aber, Prilicla alles andere als ein gutes Beispiel zu sein, wenn er sich sensationslüstern auf eine Alienexpedition begab, obwohl sie beide etwas ganz anderes zu tun hatten. Zudem war der neue Assistent für Conway noch ein Buch mit sieben Siegeln — Prilicla könnte einer dieser überempfindlichen Spezies angehören, die es als schreckliche Beleidigung empfanden, wenn man sich aus keinem anderen Grund als aus reiner Neugier ein anderes Wesen ansehen wollte ...

»Falls es keine Störung wichtiger Aufgaben bedeutet«, riß ihn plötzlich die Translatorstimme Priliclas aus seinen Gedanken, »dann würde ich mir diesen Besucher sehr gerne ansehen.«

Ich könnte Dich umarmen! jubelte Conway in Gedanken, tat aber nach außen so, als sei er noch unschlüssig. Schließlich sagte er: »Normalerweise dürfte ich das ja nicht erlauben, aber da die Schleuse, wo der SRTT eintrifft, nicht allzuweit von hier entfernt ist und man uns noch nicht in unserer Abteilung zurückerwartet, spricht nichts dagegen, wenn wir ausnahmsweise einmal Ihre Neugierde befriedigen ... allerdings nur dieses eine Mal. Bitte folgen Sie mir, Doktor.«

Conway verabschiedete sich von dem Nidianer mit einer kurzen Handbewegung. Er war froh, daß der Translator den ironischen Unterton seiner letzten Bemerkung nicht vermitteln konnte, so daß Prilicla nicht bewußt war, wie sehr er von ihm an der Nase herumgeführt worden war. Aber plötzlich traf es ihn wie ein Schlag: Zu seinem Verdruß fiel ihm nämlich ein, daß Prilicla ein Empath war. Seit sie sich vor kurzem kennengelernt hatten, hatte das Wesen zwar noch nicht viel gesagt, aber die wenigen bislang von ihm geäußerten Bemerkungen hatten sich allesamt auf Conways Gefühle zu dem jeweils zur Diskussion stehenden Thema gestützt. Der neue Assistent war kein Telepath — konnte also nicht Gedanken lesen —, war aber für Gefühle und Emotionen empfänglich und müßte folglich Conways unbändige Neugierde registriert haben.

Er hätte sich am liebsten selbst in den Hintern getreten, daß er diese empathische Fähigkeit seines Assistenten schlichtweg vergessen hatte, und fragte sich peinlich verlegen, wer hier eigentlich wen an der Nase herumgeführt hatte.

Schließlich tröstete er sich mit dem Gedanken, daß Prilicla im Gegensatz zu einigen anderen Leuten, mit denen er es in der Vergangenheit zu tun gehabt hatte — er dachte dabei insbesondere an Dr. Arretapec —, wenigstens ein relativ leicht umgängliches Wesen war.

Schleuse sechs, wo der SRTT erwartet wurde, wäre binnen weniger Minuten zu erreichen gewesen, wenn Conway die Abkürzung durch den wassergefüllten Korridor, der zum AUGL-Operationssaal führte, gewählt hätte und anschließend durch die chirurgische Station der chloratmenden PVSJs gegangen wäre. Das aber hätte bedeutet, sich Schutzanzüge anziehen zu müssen; denn während er sich im Nu einen Anzug überstreifen und wieder ausziehen konnte, zweifelte er doch sehr daran, ob dies dem mehrbeinigen Prilicla genauso leicht gelungen wäre. Deshalb mußten sie einen Umweg machen und sich entsprechend beeilen.

An einer Stelle wurden sie von einem Tralthaner, der die goldumrandete Armbinde eines Diagnostikers trug, und einem terrestrischen Ingenieur überholt, wobei der FGLI wie ein außer Kontrolle geratener Panzer heranstürmte und der Mensch schon im Trab laufen mußte, um einigermaßen Schritt halten zu können. Conway und Prilicla wichen respektvoll beiseite, um den Diagnostiker und dessen Begleiter vorbeizulassen — und um nicht niedergetrampelt zu werden —, dann gingen sie weiter. Den Gesprächsfetzen, die Conway mitbekommen hatte, war zu entnehmen, daß die beiden zum

Empfangskomitee des SRTT gehörten, und aus einigen bissigen Randbemerkungen des Terrestriers war klar geworden, daß der Besucher sehr viel früher als erwartet eintraf.

Als sie kurz darauf um eine Ecke bogen und die große Einlaßschleuse bereits in Sichtweite lag, konnte sich Conway bei dem ihm sich bietenden Anblick ein Grinsen nicht verkneifen. Auf dieser Ebene mündeten drei Gänge in die Vorkammer der Einlaßschleuse, vom darunter und darüber befindlichen Stockwerk gelangte man jeweils über eine schräge Rampe hierher, und das Empfangskomitee eilte von allen Seiten herbei. Neben dem Tralthaner und dem Terrestrier, von denen sie gerade überholt worden waren, handelte es sich dabei um einen weiteren Tralthaner, zwei DBLF-Raupen und einen spinnen- und membranartigen Illensaner in einem durchsichtigen Schutzanzug, der gerade aus dem angrenzenden chlorgefüllten Verbindungskorridor zur PVSJ-Station kam. Alle steuerten auf die innere Dichtungsluke der großen Einlaßschleuse zu, die sich bereits für den angemeldeten Besucher öffnete. Conway empfand die Situation als ausgesprochen komisch, und er malte sich plötzlich aus, was passieren würde, wenn die ganze verrückte Menagerie gleichzeitig vor der Schleuse zusammenstoßen würde …

Während er sich über diesen Gedanken noch immer amüsierte, verwandelte sich diese Komödie — ohne fließenden Übergang und ohne jede Vorwarnung — zu einer Tragödie.

II

Als der Besucher die Vorkammer betrat und sich hinter ihm die Luke schloß, erkannte Conway etwas, das zwar ein wenig einem Krokodil mit spitz zulaufenden, hornigen Tentakeln ähnelte, ansonsten aber noch verschiedene andere äußere Merkmale besaß, die er noch nie zuvor gesehen hatte. Er sah auch, wie der Besucher zurückschreckte, als das Empfangskomitee auf ihn zustürmte, und dann plötzlich auf den PVSJ zuschoß, der, wie Conway sich erst später erinnern sollte, ihm am nächsten stand und der kleinste war. Und dann schienen alle gleichzeitig loszuschreien, so daß Conways Translator, wie vermutlich die der anderen auch, wegen der totalen Überlastung nur noch ein ohrenbetäubendes, pfeifendes Rückkopplungsgeräusch von sich gab.

Der PVSJ, der sich jetzt den scharfen Zähnen und harten Tentakelspitzen des heranstürmenden Besuchers gegenübersah, dachte zweifellos an seinen empfindlichen Schutzanzug, in dem sich das für ihn lebenswichtige Chlor befand, als er sofort in die Schleuse floh, die in die Sicherheit der für seine Spezies vorgesehenen Station führte. Der Besucher, dem sich ein Tralthaner in den Weg gestellt hatte, der ihn vergeblich zu beruhigen versuchte, machte plötzlich kehrt und hoppelte auf dieselbe Schleuse zu …

Sämtliche dieser Schleusen waren für den Katastrophenfall mit Notschaltern versehen, durch deren Betätigung die eine Luke sofort geöffnet und die andere gleichzeitig geschlossen wurde, anstatt solange warten zu müssen, bis die Kammer völlig entleert und wieder mit der gewünschten Atmosphäre angefüllt war. Der wild gewordene Besucher hatte den PVSJ bereits eingeholt und dessen Anzug mit den Zähnen aufgerissen, so daß für den Illensaner unmittelbare Gefahr drohte, an einer Sauerstoffvergiftung zu sterben. In Anbetracht der bevorstehenden Katastrophe bediente das gefährdete Wesen den Notschalter, wobei es wahrscheinlich vor Angst gar nicht bemerkt hatte, daß der SRTT noch nicht ganz in der Schleuse war und ihn die äußere Luke in zwei Teile zerquetscht hätte, sobald sich die innere schloß ...

Bei dem allgemein entstandenen Gebrüll und Durcheinander vor der Schleuse bekam Conway nicht mit, durch wessen geistesgegenwärtige Reaktion das Leben des Besuchers schließlich gerettet wurde. Jedenfalls hatte irgend jemand einen anderen Notschalter bedient, durch den beide Luken gleichzeitig geöffnet wurden. Diese Aktion bewahrte zwar den SRTT davor, in zwei Stücke zerquetscht zu werden, aber es gab jetzt einen direkten Zugang zur PVSJ-Station, aus der dichte, gelbe Chlorgaswolken hervorquollen. Bevor Conway reagieren konnte, hatten die Kontaminationsdetektoren bereits die Alarmsirenen ausgelöst und gleichzeitig die luftdichten Türen und Schotts in unmittelbarer Umgebung automatisch geschlossen und verriegelt.

Jetzt saßen sie alle in der Falle.

Im ersten Augenblick der Panik kämpfte Conway gegen das Verlangen an, auf eine der luftdichten Türen zuzurennen und mit den Fäusten dagegen zu hämmern. Dann kam ihm der Gedanke, sich durch den giftigen Nebel hindurch zu einer anderen Verbindungsschleuse auf der gegenüberliegenden Seite durchzukämpfen, und er konnte sehen, daß in ihr bereits ein terrestrischer Mechaniker und eine DBLF-Raupe waren. Conway bezweifelte allerdings, ob die beiden, die von den Chlorgasen bereits völlig benommen waren, noch genug Kraft besaßen, sich rechtzeitig Schutzanzüge anzulegen. Aber würde er es bis dorthin überhaupt schaffen? In dieser Schleusenkammer gab es auch Schutzhelme, die für etwa zehn Minuten Sauerstoff enthielten, das jedenfalls verlangten die Sicherheitsauflagen. Um dorthin zu gelangen, müßte er seinen Atem wenigstens drei Minuten lang anhalten und seine Augen fest geschlossen halten, denn schon geringste Spuren dieses dort konzentrierten Gases in der Lunge oder in den Augen würden ihn völlig außer Gefecht setzen. Wie aber sollte er sich an der überall auf dem Boden verteilten und nach allen Seiten ausschlagenden Masse aus tralthanischen Beinen und Tentakeln mit geschlossenen Augen vorbeitasten ...?

Seine angsterfüllten, chaotischen Gedanken wurden von Prilicla unterbrochen, der plötzlich sagte: »Chlor ist für meine Spezies tödlich. Entschuldigen Sie mich bitte.«

Prilicla tat etwas sehr Eigenartiges. Die langen, vielgliedrigen Beine fuchtelten wie wild herum und zuckten dabei, als vollführten sie irgendeinen seltsamen rituellen Tanz. Zwei der vier feinfühligen Greifzangen — auf deren geschickte Handhabung sich der Ruf dieser Spezies als hervorragende Chirurgen begründete — vollführten mit irgend etwas höchst komplizierte Dinge, das wie eine eingerollte Plastikfolie aussah. Conway hatte nicht alles genau mitbekommen, aber plötzlich war sein GLNO-Assistent von einer leichten durchsichtigen Hülle umgeben, durch die nur noch die sechs Beine und zwei Greiforgane hervorragten. Der Körper, die verkümmerten Flügel und die beiden anderen Greifzangen, die gerade eifrig damit beschäftigt waren, die Beinöffnungen mit einer Isolierlösung zu besprühen, waren völlig davon umschlossen. Die lockere Hülle blähte sich auf und wurde prall; der Beweis, daß sie luftdicht abschloß.

»Ich wußte nicht, daß Sie ...«, begann Conway, und dann keimte plötzlich ein Funken Hoffnung in ihm auf, und er schrie: »Hören Sie, tun Sie genau, was ich Ihnen sage. Sie müssen mir von da hinten einen Schutzhelm holen, *schnell* ...«

Aber kaum hatte er dem GLNO diese Anweisung erteilt, schwand seine Hoffnung schon wieder dahin. Sicher konnte Prilicla einen Helm für ihn finden, aber wie sollte es diesem Wesen jemals gelingen, bis zur Schleuse zu gelangen, solange diese wild um sich schlagende Meute auf dem Boden lag? Ein einziger Schlag würde reichen, dem GLNO ein Bein auszureißen oder das empfindliche Ektoskelett wie eine Eierschale zu zertrümmern. Also würde es an Mord grenzen, Prilicla loszuschicken.

Er wollte gerade seine eben erteilte Anweisung zurücknehmen und den GLNO auffordern, hierzubleiben und sich um seine eigene Sicherheit zu kümmern, als Prilicla bereits quer über den Korridor rannte, schräg die Wand hinauflief und schließlich, an der Decke haftend, im Chlornebel verschwand. Conway erinnerte sich, daß viele insektenartige Lebensformen Saugnäpfe unter den Füßen hatten, und er schöpfte wieder genügend Hoffnung, um auch für andere Sinneseindrücke empfänglich zu sein.

Direkt hinter ihm befand sich einer der Wandlautsprecher, über die das ganze Hospital informiert wurde, daß die nähere Umgebung der Schleuse sechs kontaminiert sei, während die darunter befindliche Gegensprechanlage rot aufleuchtete und stark verzerrte Geräusche von sich gab: Irgendwer aus der Wartungsmannschaft versuchte herauszubekommen, ob sich jemand in dem kontaminierten Abschnitt aufhielt. Das heranströmende Gas hatte Conway fast erreicht, als er sich das Mikrofon schnappte.

»Sofort Ruhe und hört zu!« schrie er. »Hier Conway, Schleuse sechs. Zwei FGLIs, zwei DBLFs und ein DBDG mit Chlorvergiftung, noch nicht tödlich. Ein PVSJ, beschädigter Schutzanzug, Sauerstoffvergiftung und wahrscheinlich andere Verletzungen, ein ...«

Ein plötzlich stechender Schmerz in den Augen

zwang Conway, das Mikrofon fallen zu lassen. Er wich zurück, bis er mit dem Rücken gegen eine luftdichte Tür stieß und sah, wie der gelbe Nebel immer näher herankroch. Von dem, was hinten im Korridor vor sich ging, konnte er jetzt praktisch nichts mehr erkennen, und es schien eine qualvolle Ewigkeit zu dauern, ehe sich über ihm an der Decke die bizarren Umrisse Priliclas abzeichneten.

III

Der Helm, den Prilicla brachte, war in Wirklichkeit nur eine Maske mit integrierter Sauerstoffversorgung, die nach dem Aufsetzen fest am Haaransatz, an den Wagen und unter dem Kinn haftete. Die Luft reichte nur sehr kurz — etwa für zehn Minuten — aber mit aufgesetzter Maske drohte Conway keine unmittelbare Todesgefahr mehr, und er konnte wieder klar denken.

Als erstes rannte er in die noch immer geöffnete Verbindungsschleuse. Der PVSJ darin lag regungslos auf dem Boden. Seine ganze Haut war mit einem gräulichen Schimmer überzogen, ein Symptom für den Beginn einer speziellen Hautkrebserkrankung. Für die PVSJ-Spezies war Sauerstoff bösartigstes Gift. So vorsichtig wie möglich zog Conway den Illensaner bis in einen Lagerraum der PVSJ-Abteilung direkt hinter der Schleuse. Der Druck in diesem Abschnitt war etwas höher als in den Abteilungen für warmblütige Sauerstoffatmer, so daß die Atmosphäre nach PVSJ-Maßstäben hier einigermaßen ›rein‹ zu sein schien. Conway schloß hinter sich die Tür und verließ den Lagerraum mit einer Handvoll gewebter Plastiklaken, die in dieser Abteilung anstelle von Bettwäsche benutzt wurden. Vom SRTT war nichts zu sehen.

Wieder im anderen Korridor angekommen, erklärte er Prilicla, was er vorhatte — der Terrestrier, den sie zuvor gesehen hatten, hatte zwar überlebt, indem er sich einen Schutzanzug übergestülpt hatte, aber er taumelte heftig keuchend und mit tränenden Augen an den Wänden entlang und war offensichtlich nicht mehr in der Lage zu helfen. Conway kämpfte sich um die nur noch schwach zuckenden oder bewußtlosen Körper herum bis zur Vorkammer der Einlaßschleuse sechs durch und öffnete die Luke. Drinnen hingen an einer Wand mehrere Sauerstoffflaschen. Er nahm zwei aus ihren Halterungen heraus und begab sich mit ihnen wieder in den Vorraum.

Einer der bewußtlosen Körper war von Prilicla bereits mit einem der Plastiklaken bedeckt worden. Conway öffnete das Ventil einer Sauerstoffflasche und schob sie unter das Laken, das sich gleich darauf aufblähte, wobei es sich durch die unten ausweichende Luft etwas kräuselte. Sicherlich handelte es sich dabei nur um die simpelst mögliche Form eines Sauerstoffzelts, aber etwas Besseres war in diesem Augenblick nicht zu machen, dachte Conway, und er holte noch mehr Flaschen.

Nach dem drittenmal bemerkte er erste alarmierende Anzeichen, daß sein Luftvorrat zu Ende ging — er schwitzte am ganzen Körper, sein Kopf schien zu zerbersten, und vor den Augen sah er große schwarze Punkte. Es war höchste Zeit, sich die Maske vom Gesicht zu reißen und den Kopf unter eins der Laken zu stecken, um auf das Eintreffen des Rettungskommandos zu warten. Er taumelte ein paar Schritte in Richtung des nächsten zugedeckten Körpers, dann wurde er zu Boden gerissen. Sein Herz hämmerte, seine Lunge brannte, und plötzlich besaß er nicht einmal mehr die Kraft, sich die Maske abzuziehen …

Durch einen Schmerz wurde Conway aus seiner tiefen und seltsam angenehmen Bewußtlosigkeit gerissen — irgend etwas versuchte wiederholt, sich mit aller Gewalt in seine Brust zu graben. Er ertrug den Schmerz solange er konnte, dann öffnete er die Augen und stöhnte: »Aufhören, verdammt ... mir fehlt doch nichts!«

Der kräftig gebaute Assistenzarzt, der mit geradezu enthusiastischem Einsatz Conway künstlich beatmet hatte, stellte sich wieder aufrecht hin und sagte: »Als wir hier ankamen, hat unser Freund Daddy Langbein da vorne gesagt, Sie hätten aufgehört, Gefühle mitzuteilen oder so was. Einen Augenblick lang war ich richtig besorgt um Sie — naja, was Ihre Gefühle angeht, sicherlich nur weniger ...« Er grinste und fügte hinzu: »Wenn Sie gehen können und wieder aufnahmefähig sind, will O'Mara Sie sehen.«

Conway grunzte und richtete sich auf. Im Korridor waren Gebläse und Filtergeräte aufgestellt worden, die die Luft binnen kurzem selbst von den letzten Chlorrückständen befreit hatten. Die Verletzten wurden abtransportiert, einige auf Rollbahren mit Sauerstoffzelt, andere auf ihre Retter gestützt.

Conway betastete die wunde Stelle an seiner Stirn, die durch das hastige Abreißen der Maske verursacht worden sein mußte, und atmete ein paarmal tief durch, nur um sicherzugehen, daß der Alptraum der vergangenen Minuten wirklich ein Ende hatte.

»Vielen Dank auch, Doktor«, sagte er schließlich etwas kleinlaut.

»Keine Ursache, Doktor«, antwortete der Assistenzarzt mit einem Lächeln.

Conway und Prilicla trafen O'Mara im Schulungsraum an, und der Chefpsychologe hielt sich nicht lange mit Vorreden auf. Er bot Conway einen Stuhl an und Prilicla eine Art surrealistischen Papierkorb, dann wetterte er los: »Also, was ist da eigentlich passiert?«

Außer einigen blinkenden Kontrolleuchten am Schulungspult und dem schwachen Lichtkegel der Lampe auf O'Maras Schreibtisch war der Raum völlig dunkel. Alles, was Conway von dem Psychologen sehen konnte, als er ihm die Ereignisse schilderte, waren die kräftigen Hände, die aus den dunkelgrünen Ärmeln hervorragten und das Funkeln der stahlgrauen Augen in dem ansonsten verdunkelten Gesicht. Während Conway sprach, bewegten sich die Hände kein einziges Mal, und die Augen blieben fest auf ihn gerichtet.

Als er mit seiner Schilderung fertig war, seufzte O'Mara und schwieg eine Weile. Dann sagte er: »Vier unserer besten Diagnostiker haben sich zum besagten Zeitpunkt im Bereich der Schleuse sechs aufgehalten. Wesen, deren Verlust das Hospital kaum verkraften könnte. Ihr rasches Handeln hat wenigstens drei von ihnen das Leben gerettet. Sie sind also zwei richtige Helden.« Trocken fügte er hinzu: »Aber zu diesem Punkt möchte ich mir lieber weitere Ausführungen dazu ersparen ... und ich will Ihnen auch nicht die Schamröte ins Gesicht treiben, indem ich Sie frage, was Sie dort zu diesem Zeitpunkt überhaupt zu suchen hatten.«

Conway räusperte sich verlegen und sagte: »Mir ist es ein Rätsel, warum der SRTT überhaupt derart Amok gelaufen ist. Mir selbst fällt dazu allenfalls die etwas stürmische Begrüßung durch das Empfangskomitee ein, nur würde sich ein intelligentes, zivilisiertes Wesen deshalb nicht gleich so aufführen. Die einzigen Besucher, die wir hier zulassen, sind entweder Leute von der Regierung oder Spezialisten, von denen sich allerdings niemand vor dem Anblick einer fremden Lebensform gleich fürchtet. Aber warum sind überhaupt so viele Diagnostiker zu seiner Begrüßung erschienen?«

»Nun, die waren alle dort, weil sie unbedingt sehen wollten, wie ein SRTT eigentlich aussieht, wenn er ausnahmsweise einmal nicht versucht, wie jemand anders auszusehen«, antwortete O'Mara. »Die dadurch gewonnenen Eindrücke hätten ihnen bei einem schwierigen Fall dienlich sein können, an dem sie gerade arbeiten.

Weiterhin können wir bei einer Spezies, die bis vor kurzem völlig unbekannt war, noch nicht einmal erraten, was der Auslöser für ein solches Verhalten gewesen sein könnte. Und sicherlich haben Sie recht, daß wir einen solchen Besuch normalerweise strikt verbieten, aber dieses Mal mußten wir eine Ausnahme machen, weil wir das Elternteil des SRTT hier als Patienten haben — anscheinend ein unheilbarer Fall.«

»Ich verstehe«, murmelte Conway.

In diesem Augenblick stürmte ein Lieutenant des Monitorkorps in den Raum und eilte sofort zu O'Mara hinüber. »Entschuldigen Sie, Sir, aber ich hab einen Hinweis erhalten, der uns möglicherweise bei der Suche nach dem verschwundenen Besucher dienlich sein könnte«, sagte er außer Atem. »Eine DBLF-Schwester hat mir erzählt, sie habe ungefähr zum Zeitpunkt des Unfalls einen PVSJ aus der Gegend kommen sehen. Wie Sie wissen, sind PVSJs für DBLF-Raupen alles andere als hübsch, aber die Schwester hat gesagt, dieses Exemplar habe noch schlimmer als gewöhnlich ausgesehen. Es sei regelrecht mißgebildet gewesen, und zwar so extrem, daß die Schwester sicher war, es müsse sich um einen Patienten mit einer besonders schlimmen Krankheit handeln …«

»Haben Sie schon überprüft, ob wir auch wirklich keinen PVSJ mit den beschriebenen Mißbildungen im Hospital haben?«

»Ja, Sir. Eine solchen Patienten gibt es nicht.«

O'Mara blickte plötzlich grimmig drein, als er sagte: »Sehr gut, Carson. Dann wissen Sie ja, was Sie zu tun haben.« Dann entließ er den Lieutenant mit einem Nikken.

Conway war es die ganze Zeit schwergefallen, sich während der Gesprächs zurückzuhalten, und kaum war der Lieutenant gegangen, platzte er los: »Das Wesen, das ich aus der Schleuse hab kommen sehen, hatte Tentakel und ... und ... jedenfalls sah es nicht wie ein PVSJ aus. Ich weiß natürlich, daß ein SRTT seine körperliche Struktur verändern kann, aber so radikal und in solch kurzer Zeit ...?«

O'Mara stand abrupt auf und sagte: »Wir wissen praktisch nichts über diese Spezies — über ihre Bedürfnisse, Fähigkeiten oder emotionalen Verhaltensweisen —, und es ist allerhöchste Zeit, daß wir etwas über sie herausfinden. Ich werde Colinson in der Funkzentrale Feuer unterm Arsch machen, mal sehen, was der herausbekommt; Umweltbedingungen, evolutionärer Hintergrund, kulturelle und soziale Einflüsse und so weiter. Wir können uns keinen Besucher leisten, der hier einfach frei herumirren kann und sich zum Plagegeist entwickelt, und sei es aus reiner Unwissenheit.

Aber was ich von Ihnen beiden will ist folgendes«, fuhr er fort. »Achten Sie auf jeden seltsam aussehenden Patienten in Ihrer Abteilung. Lieutenant Carson hat sich sofort, nachdem er hier war, in die Zentrale begeben, um diese Anweisung für alle Mitarbeiter durchsagen zu lassen. Falls Sie auf jemanden stoßen, der unser SRTT sein könnte, nähern Sie sich ihm *behutsam.* Beruhigen Sie ihn, unterlassen Sie ruckartige Bewegungen und vermeiden Sie, ihn zu verunsichern, indem Sie beide auf einmal auf ihn einreden, und unterrichten Sie mich umgehend.«

Als sie O'Mara verlassen hatten, entschied Conway, den Rundgang durch ihre Abteilung um eine weitere Stunde zu verschieben, da sie zu dieser Arbeitszeit dort sowieso nicht viel unternehmen konnten. Statt dessen führte ihr Weg in den großen Speisesaal, der sämtlichen warmblütigen Sauerstoffatmern des Hospitalpersonals als Kantine diente. Wie üblich war es dort überfüllt, und obwohl der riesige Raum in Abschnitte für die sehr unterschiedlichen Lebensformen unterteilt worden war, hockten, wie Conway sah, an vielen Tischen drei oder vier verschiedene Klassifikationen zusammen — was bei den vorhandenen Sitzgelegenheiten für einige höchst unbequem war —, um miteinander fachsimpeln zu können.

Conway wies Prilicla auf einen freien Tisch hin und beeilte sich, dorthin zu kommen. Doch sein Assistent war mit Hilfe seiner zwar verkümmerten, aber immer noch funktionsfähigen Flügel bereits vor ihm da, wobei er noch gerade rechtzeitig zwei Mechaniker vergraulen konnte, die es auf denselben Tisch abgesehen hatten. Während dieses Fünfzig-Meter-Fluges verdrehten einige den Kopf nach ihm, aber nur kurz, denn die Kostgänger waren im Hospital an weit merkwürdigere Anblicke gewöhnt.

»Ich denke, unser Essen ist zum größten Teil auch für Ihren Metabolismus geeignet«, begann Conway, nachdem er sich hingesetzt hatte. »Aber haben Sie vielleicht irgendwelche Vorlieben?«

Und ob Prilicla welche hatte, und Conway bekam fast einen Brechreiz, als er sie akustisch vernahm. Das schlimmste daran war jedoch nicht die Kombination aus weichgekochten Spaghetti und rohen Karotten, es war die Art, in der der GLNO die Nudeln zu sich nahm, als das Essen serviert worden war. Mit Hilfe der vier emsig arbeitenden Greifzangen flocht Prilicla die Spaghetti zu einer Art Seil zusammen, das er sich entsetzlich schlürfend und würgend in den schnabelartigen Mund stopfte. Gewöhnlich machte Conway so etwas nichts aus, aber bei diesem Anblick drehte sich ihm der Magen um.

Plötzlich hörte Prilicla auf. »Sie stören sich offenbar an meiner Methode der Nahrungsaufnahme«, sagte er. »Ich werde mich lieber an einen anderen Tisch setzen ...«

»Nein, nein«, widersprach Conway schnell, wobei ihm klar war, daß der Empath seine Gefühle nachempfunden hatte. »Das wird nicht nötig sein, glauben Sie mir. Aber es gehört hier zu den guten Umgangsformen, daß ein Wesen, wenn es in gemischter Gesellschaft ißt, die gleichen Eßwerkzeuge wie sein Gastgeber oder Chef benutzt. Ehm ... glauben Sie, Sie können mit einer Gabel umgehen?«

Und ob Prilicla das konnte, sogar mit vier Gabeln, und Conway hatte noch nie zuvor Spaghetti so schnell verschwinden sehen.

Vom etwas unangenehmen Thema der Nahrungsaufnahme gelang Conway ein relativ ungekünstelter Übergang zu den Diagnostikern im Hospital und dem Schulungsbandsystem, ohne das diese erlauchten Wesen — genaugenommen sogar das ganze Hospital — gar nicht funktionieren könnten.

Diagnostiker genossen im Hospital verdientermaßen den Respekt und die Bewunderung aller, wurden aber auch in gewissem Maße bemitleidet. Ein Schulungsband vermittelte ihnen nämlich nicht nur das Wissen über eine Spezies, ihnen wurde auch die gesamte Persönlichkeit des Wesens, das dieses Wissen besessen hatte, ins Gehirn eingeprägt. Praktisch setzten sich Diagnostiker freiwillig einer höchst drastischen Form multipler Schizophrenie aus, und da sämtliche Alienkomponenten, die in ihren Hirnen herumgeisterten, in jeder Hinsicht unterschiedlich waren, wandten sie häufig nicht einmal dasselbe logische System an.

Ihr einziger gemeinsamer Nenner war das Anliegen aller Ärzte — unabhängig ihrer Größe, Gestalt oder Anzahl der Beine —, nämlich Kranke zu heilen.

Am Nachbartisch saß ein terrestrischer DBDG-Diagnostiker, der sichtlich Mühe hatte, ein perfekt gebratenes Steak mit Genuß zu verspeisen. Conway wußte zufällig, daß dieser Mann gerade mit einem Fall befaßt war, der es erfordert hatte, sich ausgiebiges Wissen über die Tralthaner anzueignen. Durch die permanente Anwendung dieses Wissens bestimmte die Persönlichkeit des Tralthaners, dessen Gehirnströme für das betreffende Schulungsband aufgezeichnet worden waren, nun sein Verhalten. Und Tralthaner ekelten sich vor Fleisch in jedweder Form …

IV

Nach dem Essen führte Conway Prilicla zur ersten der Stationen, für die sie verantwortlich waren. Auf dem Weg dorthin rasselte er unentwegt statistische Daten und Hintergrundinformationen herunter. Das Hospital bestand aus dreihundertvierundachtzig Ebenen und reproduzierte exakt die Umweltbedingungen der achtundsechzig verschiedenen intelligenten Lebensformen, die der galaktischen Föderation gegenwärtig bekannt waren. Dabei wollte Conway mit der unermeßlichen Größe des Hospitals weder prahlen, noch Prilicla einschüchtern, obwohl er außerordentlich stolz darauf war, es in dieser berühmten Einrichtung so weit gebracht zu haben. Es war nun einmal seine Art, sich einem Thema auf Umwegen zu nähern, und er erzählte Prilicla all das nur, weil er sich darum sorgte, wie sich sein Assistent vor all den verschiedenen Umweltbedingungen, mit denen er in Kürze konfrontiert werden würde, schützen könnte.

Aber er hätte sich seine Sorgen sparen können, denn Prilicla demonstrierte ihm, wie die leichte, fast durchsichtige Hülle, die ihm zuvor bei der Einlaßschleuse sechs das Leben gerettet hatte, durch ein kleines Kraftfeld von innen verstärkt werden konnte, wie es sonst im großen Maßstab von interstellaren Schiffen zum Schutz vor Meteoriten benutzt wurde. Falls erforderlich, konnte er die Beine so weit einziehen, bis auch sie von der Hülle umschlossen waren, anstatt — wie bei der Schleuse — aus ihr herauszuragen.

Bevor sie als erstes die AUGL-Neugeborenenstation

aufsuchten, weihte Conway während des Umziehens seinen Assistenten in die Krankheitsgeschichte der dort befindlichen Patienten ein.

Ein voll ausgewachsener AUGL gehörte einer ungefähr zwölf Meter langen, eierlegenden, fischähnlichen Spezies mit einem krokodilartigen Panzer an und stammte vom Planeten Chalderescol II, aber die Wesen auf dieser Station waren erst vor sechs Wochen geschlüpft und nur knapp einen Meter lang. Zwei vorherige Bruten derselben Mutter hatten sich — genau wie der jetzige Nachwuchs — in jeder Hinsicht normal entwickelt, und die Jungen schienen bei ausgezeichneter Gesundheit gewesen zu sein, trotzdem waren alle zwei Monate später gestorben. Durch eine anschließend auf ihrem Heimatplaneten durchgeführte Obduktion der Leichen hatte man zwar als Todesursache eine extreme Verkalkung der Knorpel in praktisch jedem Körpergelenk feststellen können, war aber nicht imstande gewesen zu klären, wie es dazu hatte kommen können. Jetzt stand die letzte Brut unter genauer Beobachtung des Orbit Hospitals, und Conway hoffte, daß sich das Schicksal beim drittenmal zum Positiven wenden würde.

»Gegenwärtig schaue ich sie mir täglich an«, sagte er, »und jeden dritten Tag speichere ich ein AUGL-Band und untersuche sie gewissenhaft. Da Sie mir jetzt assistieren, wird das auch zu Ihren Aufgaben gehören. Aber wenn Sie dieses Band gespeichert haben, rate ich Ihnen, es nach der Untersuchung umgehend wieder löschen zu lassen. Es sei denn, Sie *wollen* unbedingt den Rest des Tages mit der Überzeugung herumlaufen, Sie seien halb Fisch, halb Mensch, wobei Sie sich natürlich entsprechend verhalten würden ...«

»Das ist zweifellos eine faszinierende, wenn auch befremdliche Kreuzung zweier Lebewesen«, stimmte Prilicla ihm zu. Der GLNO war jetzt mit Ausnahme von zwei der vier Greifzangen völlig von seinem luftblasenartigen Schutzanzug umgeben, den er ausreichend beschwert hatte, damit er beim Schwimmen nicht vom Auftrieb behindert wurde. Als er sah, daß auch Conway bereit war, bediente er die Schleusenautomatik. Noch während sie sich auf die AUGL-Neugeborenenstation begaben — einen großen Tank mit grünem, lauwarmem Wasser — fragte er: »Sprechen die Patienten auf irgendeine Behandlung an?«

Conway schüttelte den Kopf. Als ihm einfiel, daß der GLNO die Bedeutung diese Geste wahrscheinlich nicht einzuordnen wußte, sagte er: »Bis jetzt sind wir im Experimentierstadium. Die eigentliche Behandlung hat also noch nicht begonnen. Allerdings hab ich da ein paar Ideen gehabt, die ich aber erst morgen mit Ihnen richtig erörtern kann, sobald wir beide das AUGL-Band gespeichert haben. Jedoch bin ich recht zuversichtlich, daß zwei unserer drei Patienten durchkommen werden — leider wird wohl einer als Versuchskaninchen herhalten müssen, damit die beiden anderen gerettet werden können. So schnell wie die Symptome auftreten, verschwinden sie auch wieder, deshalb möchte ich, daß die Kleinen unter ständiger Beobachtung stehen. Da der kritische Zeitpunkt immer näher rückt, muß das in dreistündigen Intervallen geschehen. Dazu sollten wir einen Zeitplan aufstellen, damit keiner von uns beiden zuviel Schlaf versäumt. Je eher wir die ersten Symptome entdecken, desto mehr Zeit bleibt uns zum Handeln, und umso größer ist die Hoffnung, sie alle drei durchzubringen. Außerdem müssen Sie wissen, daß ich unbedingt einen Hattrick schaffen will.«

Prilicla dürfte ebensowenig wissen, was ein Hattrick ist, dachte Conway, aber der Alien sollte schnell begreifen dürfen, wie er die Gesten und Redewendungen seines Vorgesetzten zu interpretieren hatte. Conway hatte sich seinerzeit auch auf ET-Vorgesetzte einstellen müssen, und er fragte sich einmal mehr, warum bis heute noch niemand ein Band von esoterischen Aliens aufgenommen hatte, das ihm damals als Assistenzarzt sicherlich eine große Hilfe gewesen wäre. Aber das war jetzt nebensächlich. In Wirklichkeit kreisten seine Gedanken nur um ein einziges Thema — er malte sich immer wieder das Bild eines jungen Lebewesens aus, das sich noch fast im embryonalen Stadium befand und dessen sich entwickelndes Ektoskelett — etwa hundert flache Hornplatten, deren flexible Knorpelgelenke Bewegungsfreiheit und Atmung gewährleisteten — zum versteinerten Fossil zu werden drohte und somit zur Todeszelle des darin befindlichen Lebens ...

»Wie kann ich Ihnen jetzt am besten assistieren?« fragte Prilicla und brachte damit Conways Gedanken von der nahen Zukunft schlagartig wieder in die Gegenwart zurück. Der GLNO bestaunte die drei schlanken, stromlinienförmigen Gestalten, die durch den großen Tank schossen, und fragte sich anscheinend, wie man eins der AUGL-Babies lange genug ruhigstellen konnte, um es zu untersuchen. »Die sind aber ganz schön schnell, wie?« fügte er seiner ersten Frage hinzu.

»Ja, und sehr empfindlich«, sagte Conway. »Außerdem sind sie noch so jung, daß sie überhaupt nichts verstehen. Sie bekommen leicht Angst, und wenn man sich ihnen zu sehr nähert, geraten sie derart in Panik, daß sie so lange durchs Becken schießen, bis sie entweder mit den Kräften am Ende sind oder sich an den Wänden Verletzungen zugezogen haben. Wir müssen schon ein Minenfeld aus Anästhesiekugeln legen ...«

Conway erklärte und demonstrierte Prilicla rasch, wie man die wasserlöslichen Anästhesiekugeln verteilen mußte und die schwer einzufangenden Patienten vorsichtig und aus der Distanz in das ›verminte‹ Gebiet lockte. Zwar wußte Conway bereits, was für ein scharfer Verstand in Prilicla steckte, aber als er später während der Untersuchung der betäubten kleinen AUGLs beobachten konnte, wie sensibel und präzise der GLNO auch mit seinen Greifzangen umzugehen wußte, stieg seine Hoffnung, alle drei AUGL-Babies retten zu können.

Nachdem sie die warme und für Conway relativ angenehme Umgebung der AUGL-Station verlassen hatten, begaben sie sich auf die hochgradig radioaktive, sogenannte ›heiße‹ Station ihrer Abteilung. Dieses Mal mußten sie die Patienten mittels ferngesteuerter Greifarme hinter einer sechs Meter dicken Schutzwand untersuchen. Es gab aber keinen dringenden Fall auf dieser Station, und bevor sie wieder gingen, machte Conway Prilicla auf die komplizierten Installationen aufmerksam, die rundherum angebracht waren. Wie er ihm erklärte, wurde der Kernreaktor auf der ›heißen‹ Station von der Wartungsmannschaft gleichzeitig als Lieferant für die Notstromversorgung genutzt.

Die ganze Zeit dröhnten im Hintergrund aus den Wandlautsprechern Durchsagen über die Fortschritte bei der Suche nach dem SRTT-Besucher: Er sei bisher noch immer nicht gefunden worden, aber man möge sich etwas zurückhalten, denn es häuften sich Fälle von Verwechslungen und falschen Verdächtigungen.

Seit dem Verlassen von O'Maras Büro hatte Conway den SRTT praktisch vergessen gehabt, aber bei dem Gedanken, was der entwichene Besucher gerade hier in der Neugeborenenabteilung alles anrichten könnte, bekam er nun doch etwas Angst — gar nicht davon zu reden, was umgekehrt einige der jungen Patienten mit dem SRTT anstellen könnten. Wenn er doch nur mehr über ihn wüßte oder wenigstens irgendeine Vorstellung von den Grenzen seiner Verwandlungskünste hätte ... Er beschloß, O'Mara anzurufen.

Als Antwort auf Conways Nachfrage sagte der Chefpsychologe: »Unseren letzten Informationen zufolge hat sich die SRTT-Spezies auf einem Planeten mit einem exzentrischen Orbit um seine Sonne entwickelt. Geologische und klimatische Veränderungen und die damit verbundenen Temperaturschwankungen waren so gewaltig, daß nur eine extrem hohe Anpassungsfähigkeit ein Überleben gewährleisten konnte. Bevor diese Wesen dort eine Kultur entwickelten, bestand ihre Verteidigungsmöglichkeit entweder darin, ein möglichst furchteinflößendes Äußeres anzunehmen oder die physische Gestalt ihrer Angreifer zu kopieren, in der Hoffnung, auf diese Weise nicht entdeckt zu werden. Dieses Anlegen einer Schutztracht wurde zur bevorzugten Methode, Gefahren aus dem Weg zu gehen, und so häufig angewandt, daß diese Metamorphose praktisch nicht mehr dem Willen unterlag. Es gibt noch ein paar Angaben betreffs Gewicht und Größe in den jeweiligen Altersstufen, jedenfalls ist die Lebenserwartung sehr hoch. Nun, diese nicht gerade sehr hilfreichen Angaben, die ich erst vor wenigen Stunden von der Crew des Beobachtungsschiffs erhalten hab, die den Planeten vor kurzem entdeckt hat und sich dort noch immer aufhält, enden damit, daß alles vorher Erwähnte nur zu unserer vorläufigen Information sei. Ach so ... außerdem würden diese Wesen nie krank werden.« O'Mara hielt kurz inne, dann fügte er abfällig hinzu: »Daß ich nicht lache, hahaha ...«

»Dem kann ich nur zustimmen«, bemerkte Conway trocken.

»Ein Punkt, der die panikartige Reaktion des SRTT bei seiner Ankunft allerdings erklären könnte«, fuhr O'Mara fort, »ist der Brauch seiner Spezies, daß beim Tod des Elternteils stets das Letztgeborene und nie das Erstgeborene zugegen ist, denn zwischen Letztgeborenen und Eltern besteht eine außergewöhnlich starke emotionale Bindung. Nach Schätzung von Größe und Gewicht müßte unser kleiner Ausreißer ein sehr junger SRTT sein. Natürlich kein Baby mehr, aber ganz bestimmt auch noch kein Erwachsener.«

Conway verarbeitete noch immer die vorhergehenden Informationen, als der Major bereits weiter ausführte: »Was die Grenzen seiner Verwandlungskünste betrifft, würde ich sagen, daß die Methanstation zu kalt und die radioaktive Station zu heiß für ihn ist, ebenso wie das bessere türkische Bad auf Ebene achtzehn, wo aus sämtlichen Rohren extrem heißer Dampf zischt. Bis auf diese paar Ausnahmen hab ich allerdings genausoviel Ahnung wie Sie, wo er letztendlich wiederauftauchen wird.«

»Vielleicht würde es mir weiterhelfen, wenn ich mir diesen SRTT-Elternteil mal ansehen könnte. Wäre das möglich, Sir?« fragte Conway.

Erst nach einer längeren Pause meldete sich O'Mara wieder. »Wohl kaum. In der unmittelbaren Umgebung dieses Patienten wimmelt es zur Zeit praktisch von Diagnostikern und anderen Kapazitäten ... Aber kommen Sie einfach mal zu mir rauf, sobald Sie Ihren Rundgang beendet haben. Ich will sehen, was sich machen läßt.«

»Das wäre sehr nett, Sir«, sagte Conway und unterbrach die Verbindung.

Er verspürte noch immer ein unbestimmtes Unbehagen, was den SRTT betraf, eine dunkle Vorahnung, daß er mit diesem ET-Jugendlichen, diesem größten aller Verwandlungskünstler, noch lange nicht am Ende war. Vielleicht hatten seine gegenwärtigen Pflichten die mütterlichen Instinkte in ihm hervorgekehrt, aber bei dem Gedanken an all das Chaos, das dieser SRTT unter seinen kleinen Schützlingen verursachen könnte, wurde Conway angst und bange — Geräte und Ausrüstung drohten zerstört, wichtige und unaufschiebbare Operationen unterbrochen zu werden. Gar nicht daran zu denken, daß durch unbesonnenes Handeln des SRTT empfindlichere Aliens verletzt oder gar getötet werden könnten.

Da man ihn noch immer nicht aufgespürt hatte, stand eine höchst beunruhigende Tatsache nun fest — nämlich daß der SRTT alt genug war, um zu wissen, wie man Verbindungsschleusen zu bedienen hatte ...

Conway versuchte, diese sinnlosen Ängste zu verdrängen, aber ein Gefühl der Beklommenheit blieb zurück. Schließlich begann er, Prilicla über die Patienten, die sie auf der nächsten Station aufsuchen wollten, aufzuklären, sowie ihn in die zu treffenden Schutzmaßnahmen und die anschließenden Kontrollprozeduren einzuweihen.

Auf dieser Station befanden sich achtundzwanzig Kinder der Klassifikation FROB — niedrig gewachsene und ungeheuer kräftige Wesen mit einer Hornhaut wie eine biegsame Panzerplatte. Erwachsene dieser Spezies neigten auf Grund ihrer umfangreicheren Körpermasse dazu, langsam und träge zu sein, die Kinder aber waren überraschend beweglich, obwohl auf ihrer Station — wie auf ihrem Heimatplaneten Hudlar — vier Ge und ein siebenmal so starker atmosphärischer Druck wie auf der Erde herrschten. Um unter diesen Bedingungen arbeiten zu können, waren schwere Schutzanzüge erforderlich, und das untere Stockwerk dieser Station wurde von den Ärzten und dem Pflegepersonal nur im äußersten Notfall aufgesucht. Statt dessen wurden die Patienten zur Visite mit Hilfe eines Krans mit einer speziellen Greif- und Hebevorrichtung in eine Kuppel in der Decke gehievt, wo man sie betäubte, bevor die Greifer gelöst wurden. Das geschah mit einer langen, stahlharten Nadel, die an einer Stelle eingeführt wurde, wo das Vorderbein mit dem Rumpf verbunden war — eine der wenigen weichen Stellen des FROB-Körpers.

»Wahrscheinlich werden Sie eine Menge Nadeln abbrechen, bevor Sie den Dreh raushaben«, sagt Conway. »Aber keine Sorge, den Babies tut das nicht mal weh. Die kleinen Frechdachse sind derart unempfindlich, daß sie nicht einmal zusammenzucken würden, wenn eine Bombe neben ihnen einschlüge.«

Während sie weiter auf die FROB-Station zueilten, schwieg Conway eine Weile — Priliclas sechs vielgliedrige und bleistiftdünne Beine schienen den halben Korridor einzunehmen, standen aber irgendwie nie im Weg. Conway hatte jetzt auch nicht mehr das Gefühl, in unmittelbarer Nähe des GLNO wie auf Eiern gehen müssen oder daß er seinen Assistenten durch bloßes Berühren gleich zerquetschen oder zum Platzen bringen würde. Prilicla hatte seine Fähigkeit unter Beweis gestellt, sämtliche Körperkontakte, die ihm wahrscheinlich physischen Schaden hätten zufügen können, zu vermeiden, und das auf eine Weise, deren Geschicklichkeit und seltsam anmutende Eleganz Conway mittlerweile imponierten.

Nun, anscheinend kann man sich an alles gewöhnen, dachte er, bevor er fortfuhr: »Um wieder auf unsere dickhäutigen kleinen Freunde zu sprechen zu kommen: Die körperliche Unempfindlichkeit dieser Spezies, besonders im jüngeren Alter, steht allerdings ganz im Gegensatz zu ihrer Anfälligkeit für Infektionen, die durch Bakterien oder Viren übertragen werden. Die notwendigen Antikörper entwickeln sie erst später, und als Erwachsene sind sie geradezu abscheulich gesund, aber im Kindesalter ...«

»... holen sie sich jede Krankheit«, ergänzte Prilicla. »Und kaum wird ein neuer Erreger entdeckt, schon haben sie sich angesteckt.«

Conway lachte. »Ich hab ganz vergessen, daß die meisten ET-Hospitale eine bestimmte FROB-Quote aufnehmen und Sie bereits Erfahrungen mit dieser Spezies gemacht haben. Also werden Sie bereits wissen, daß diese Krankheiten für die Kinder zwar nur selten tödlich verlaufen, die Heilbehandlung aber langwierig, kompliziert und nicht sehr dankbar ist, weil sie sich, kaum sind sie auf dem Weg der Besserung, gleich wieder irgend etwas anderes einfangen. Von den achtundzwanzig Patienten auf unserer Station ist keiner ernsthaft erkrankt. Der Grund, weshalb sie hier und nicht in einem Hospital ihres Heimatplaneten sind, ist, daß wir eine Art Universalserum entwickeln wollen, das bei ihnen ein künstliches Immunsystem vor Infektionen hervorruft, wie es sich sonst erst im Erwachsenenalter bildet, und deshalb ...« Conway verstummte plötzlich. »Halt!« zischte er leise, und es klang wie ein geschrienes Flüstern.

Prilicla blieb wie angewurzelt stehen, seine Beine hatten sich am Boden festgesaugt, und er starrte zusammen mit Conway auf das Wesen, das gerade vor ihnen auf einer Kreuzung aufgetaucht war.

Auf den ersten Blick sah es wie ein Illensaner aus. Der formlose, stachelige Körper mit den trockenen, raschelnden Membranen, die die oberen mit den unteren Gliedmaßen verbanden, gehörte eindeutig zu einem PVSJ-Chloratmer. Aber dieses Wesen hatte zwei Tentakel als Eßorgane, die von einem FGLI transplantiert worden zu sein schienen, sowie ein pelziges Brustpolster, das eindeutig auf einen DBLF hinwies. Außerdem konnte es in dieser sauerstoffreichen Atmosphäre atmen.

Das mußte der Ausreißer sein!

Sämtlichen anatomischen Gesetzen zum Trotz spürte Conway sein Herz irgendwo in der Gegend der Kehle schlagen, während er in Erinnerung an die strikte Anweisung O'Maras, das Wesen ja nicht zu erschrecken, nach freundlichen und beruhigenden Worten suchte. Aber kaum hatte das Wesen ihn und Prilicla wahrgenommen, rannte es davon, und Conway konnte nur noch ein »Schnell, hinterher!« rufen.

Sie rannten los und erreichten die Kreuzung gleichzeitig. Dann bogen sie in den Gang ein, in dem der fliehende SRTT verschwunden war, wobei Prilicla wieder flink an der Decke entlangkrabbelte, um nicht unter Conways stampfende Füße zu geraten.

Als Conway sah, was der SRTT vorhatte, vergaß er sämtliche freundlichen und beruhigenden Worte und brüllte nur: »Halt, du Idiot! Geh da bloß nicht rein ...«

Der Ausreißer stand vor dem Eingang zur FROB-Station.

Sie erreichten die Schleuse etwas zu spät und konnten nur hilflos durch das Sichtfenster in der Außenluke mit ansehen, wie der SRTT die Innenluke öffnete und von der vierfachen Anziehungskraft, die in der Station herrschte, erfaßt und außerhalb ihres eingeengten Blickfelds zu Boden geschleudert wurde. Danach schloß sich die Innenluke wieder automatisch, und Prilicla und Conway konnten die Außenluke öffnen und die Schleuse betreten.

Conway quälte sich verzweifelt in den schweren Schutzanzug hinein, der hier in der Schleusenkammer stets für ihn bereitlag, dann stellte er den G-Gürtel schnell auf die für diese Station erforderliche Abstoßung ein. Ähnliches unternahm Prilicla derweil mit seiner eigenen Ausrüstung. Während Conway noch einmal die Dichtungen und Verschlüsse seines Anzugs überprüfte und sich über diesen — zugegebenermaßen äußerst notwendigen — Zeitverlust beklagte, erblickte er durch das Beobachtungsfenster der Innenluke etwas, das ihn erschaudern ließ.

Die pseudoillensanische Gestalt des SRTT lag wie festgenagelt am Boden. Sie zuckte leicht, und eins der größeren FROB-Babies stapfte bereits auf sie zu, um dieses merkwürdig aussehende Ding genauer in Augenschein zu nehmen. Dabei mußte es mit einem seiner großen, spachtelähnlichen Füßen auf den liegenden SRTT getrampelt sein, denn dieser zuckte zurück und begann sich schnell und auf wundersame Weise zu verwandeln. Die dünnen, membranartigen Gliedmaßen des PVSJ schienen mit dem Rumpf zu verschmelzen, der wieder die knochige, echsenartige Gestalt mit den bedrohlich aussehenden hornigen Tentakeln annahm, die Conway und Prilicla schon bei der Einlaßschleuse sechs gesehen hatten. Dies war offenbar die furchteinflößendste Erscheinung, die der SRTT annehmen konnte.

Aber der kleine FROB besaß etwa die fünffache Körpermasse seines Gegenübers und war alles andere ängstlich. Er senkte seinen kräftigen Kopf und stieß damit zu. Der SRTT flog fünf Meter quer durch den Raum und krachte gegen die Wandverkleidung. Der FROB wollte spielen.

Beide Ärzte hatten die Schleuse mittlerweile verlassen und befanden sich nun auf der Plattform, von der man einen weit besseren Überblick hatte. Die Annahme der echsenartigen Form mit den Tentakeln hatte unter diesen erschwerten Vier-Ge-Bedingungen auf dieses Monsterbaby überhaupt keine abschreckende Wirkung gehabt, und der SRTT versuchte etwas anderes.

Der FROB hatte sich ihm wieder genähert und schaute fasziniert zu.

V

»Können Sie den Kran bedienen, Doktor? Gut. Dann fangen Sie an«, forderte Conway seinen Assistenten auf. Und während Prilicla über die Plattform zum Kontrollpult in der Kuppel trippelte, stellte Conway seinen G-Gürtel auf minus vier Ge ein und rief: »Ich werde Sie von unten dirigieren.« Dann stieß er sich ab und schwebte schwerelos nach unten.

Conway war für das FROB-Baby kein Fremder — sehr wahrscheinlich mochte es diese winzige Gestalt nicht oder war von ihr einfach nur gelangweilt, da ihr einziges Spiel darin bestand, es mit Nadeln zu stechen, während es von etwas Großem und Kräftigem festgehalten wurde, und trotz Conways wilder Gesten und Schreie beachtete es ihn jetzt nicht. Aber das Interesse der anderen kleinen Patienten auf dieser Station wurde plötzlich geweckt, allerdings galt ihre Aufmerksamkeit allein dem sich stetig verwandelnden SRTT ...

»Nein!« schrie Conway entsetzt, als er erkannte, in was sich der Besucher verwandeln wollte. »Nein! Um Himmels willen, hör auf damit! *Verwandle dich sofort zurück ...!«*

Aber es war zu spät. Die ganze Station schien auf den SRTT loszustampfen. Es ging wie in einem Tollhaus zu, und aus dem Gewirr aus begeisterten Aufschreien und knurrendem Gejohle drangen über den Translator die Stimmen der älteren Babies durch: »Ein Püppchen! Ein Püppchen! Ein kleines Püppchen ...!«

Um nicht niedergetrampelt zu werden, stieß sich Conway nach oben ab und blickte auf die tobende FROB-Masse hinunter. Dabei gewann er die feste und unangenehme Überzeugung, daß der bedauernswerte SRTT diesem Leben Ade gesagt haben mußte. Aber er irrte.

Der Alien hatte es irgendwie geschafft, das Spießrutenlaufen durch die Reihen stampfender Füße und stupsender Köpfe zu überstehen, indem er sich fest unten gegen die Wand gepreßt hatte. Leicht lädiert tauchte er wieder auf, aber noch immer in der Gestalt, die er in der irrigen Annahme, eine winzige FROB-Version würde ihm Sicherheit gewähren, chamäleonartig angenommen hatte.

»Schnell! Den Kran!« rief Conway.

Aber Prilicla hatte nicht geschlafen. Die mächtigen Greifer des Krans hingen bereits offen über dem benommenen und sich nur langsam bewegenden SRTT, und als Conway gerufen hatte, fielen sie sofort herunter und fuhren wieder krachend zusammen. Conway hielt sich an einer der Stahltrossen fest, und während sie gemeinsam nach oben gehievt wurden, redete er dem SRTT gut zu. »Du bist jetzt in Sicherheit. Bleib ganz ruhig. Ich bin hier, um dir zu helfen ...«

Die Antwort darauf war ein schwerer Schüttelkrampf des SRTT, und plötzlich war aus dem Wesen eine geschmeidige, schleimige Masse geworden, die zwischen den Greifzähnen hindurchglitt und auf den Boden klatschte. Die FROBs tröteten aufgeregt und machten sich erneut darüber her.

Dieses Mal konnte der SRTT unmöglich überleben, dachte Conway, und er empfand eine Mischung aus Furcht, Mitleid und Verärgerung — was sollte er mit einem Alien machen, dem gleich bei seiner Ankunft der Schrecken in die Glieder gefahren war, der seither dauernd auf der Flucht gewesen und jetzt noch immer viel zu verängstigt war, als daß er sich helfen lassen würde? Der Kran war in dieser Situation nutzlos, aber es gab noch eine andere Möglichkeit. Wahrscheinlich würde ihm O'Mara später dafür lebendig die Haut vom Leib ziehen, aber wenigstens könnte er so dem SRTT das Leben retten — er mußte ihm eine Fluchtmöglichkeit bieten.

Auf der gegenüberliegenden Seite der Eingangsschleuse, die Prilicla und er zuvor benutzt hatten, lag die Tür, durch die die jungen FROB-Patienten auf ihre Station gebracht wurden. Es war eine einfache Tür, weil der Korridor davor in den FROB-Operationssaal führte und dort dieselben Gravitations- und Druckverhältnisse wie auf der Station selbst herrschten. Conway legte die gesamte Strecke dorthin mit einem gewaltigen Hechtsprung zurück. Dann löste er den Öffnungsmechanismus der Tür aus und sah zu seiner Erleichterung, wie der SRTT — der anscheinend vor Angst doch nicht genug gelähmt war, um diese Fluchtmöglichkeit nicht zu erkennen — sofort hindurchglitt. Conway konnte die Tür gerade noch rechtzeitig schließen, bevor auch noch einige Patienten hindurchschlüpfen wollten. Gleich darauf schwebte er wieder in die Kuppel zurück, um O'Mara von dem furchtbaren Schlamassel zu berichten, denn die Situation war jetzt noch viel schlimmer, als sie alle gedacht hatten.

Als er am anderen Ende der Station gewesen war, hatte er nämlich etwas gesehen, wodurch das Einfangen und Bändigen des Ausreißers um ein Vielfaches erschwert werden würde, und das auch erklärte, warum der Besucher während des Hochhievens mit dem Kran nicht auf ihn reagierte hatte — es waren die zertrampelten und somit nicht mehr zu verwendenden Überreste des SRTT-Translators gewesen.

Conways Hand lag bereits auf der Taste des Kommunikators, als Prilicla sagte: »Entschuldigen Sie, Sir, aber verursacht meine Fähigkeit, Ihre Emotionen zu erkennen, bei Ihnen Unbehagen? Oder würde es Sie ärgern, wenn ich laut erwähne, was ich möglicherweise herausgefunden hab?«

»Ehm ... wie bitte? Was ist?« stammelte Conway, und er glaubte, daß er just in diesem Moment Ungeduld im höchsten Grade ausstrahlen mußte, zumal sich sein Assistent einen wirklich sehr günstigen Zeitpunkt ausgesucht hatte, ihm ausgerechnet jetzt *solche* Fragen zu stellen! Erst wollte er auf Priliclas Fragen einfach nicht eingehen, aber dann kam er zu dem Schluß, daß es nichts ausmachen würde, wenn sich sein Bericht an O'Mara um ein paar Minuten verzögerte, zumal sein Assistent das Thema möglicherweise wichtig fand. Aliens konnten schon sehr komisch sein.

»Ich kann auf beide Fragen nur mit einem klaren Nein antworten«, entgegnete er schließlich. »Obwohl ich im zweiten Fall unter gewissen Umständen durch Sie in Verlegenheit gebracht werden könnte, falls Sie das, was Sie über mich herausgefunden haben, einem Dritten gegenüber erwähnen. Aber warum fragen Sie mich das überhaupt?«

»Weil mir nicht verborgen geblieben ist, welche furchtbare Angst Sie vor den möglichen Verwüstungen haben, die der SRTT unter Ihren Patienten anrichten könnte«, entgegnete Prilicla, »und ich diese Angst nur ungern noch weiter schüren möchte, indem ich Ihnen von der Intensität und der Art der Gefühle erzähle, die ich gerade eben bei dem SRTT festgestellt hab.«

Conway seufzte. »Jetzt spucken Sie's schon aus. Viel schlimmer als jetzt kann es doch eh nicht mehr kommen.«

Aber in diesem Punkt irrte sich Conway gewaltig.

Als Prilicla zu Ende erzählt hatte, fuhr Conway plötzlich mit der Hand von der Taste des Kommunikators zurück, als würde sie ihn beißen oder stechen. »Das kann ich ihm nicht über das normale Kommunikationsnetz sagen! Das würde bestimmt bis zu den Patienten durchsickern, und selbst wenn nur ein paar Leute in der Zentrale davon erfahren, könnte das eine Panik auslösen.« Er zauderte kurz, dann sagte er: »Kommen Sie, wir müssen sofort zu O'Mara gehen!«

Allerdings war der Chefpsychologe weder in seinem Büro noch in dem in der Nähe befindlichen Schulungsraum aufzufinden. Einer seiner Assistenten informierte sie aber, wo er sich gerade aufhielt, und sie eilten umgehend zur siebenundvierzigsten Ebene, der Beobachtungsstation drei.

Hierbei handelte es sich um einen riesigen Raum mit einer hohen Decke, dessen Druck- und Temperaturbedingungen warmblütigen Sauerstoffatmern angepaßt waren. DBDG-, DBLF-, und FGLI-Ärzte nahmen hier Voruntersuchungen an exotischen oder komplizierten Fällen vor. Falls diese atmosphärischen Bedingungen für die Patienten nicht geeignet waren, wurden sie in großen durchsichtigen Rollcontainern untergebracht, die sich in regelmäßigen Abständen in Wandnischen oder in Bodenvertiefungen befanden. Dieser Raum wurde auch etwas abfällig als Denk- und Verschiebestation bezeichnet.

Um einen Tank mit Glaswänden sah Conway in der Mitte des Raums eine Gruppe Ärzte stehen, die sich aus Angehörigen der verschiedensten Spezies zusammensetzte. Darin mußte sich der sterbende, ältere SRTT befinden, von dem er gehört hatte. Aber bevor er nicht mit

O'Mara gesprochen hatte, hatte er keine Zeit, genauer hinzusehen.

Schließlich erblickte er den Chefpsychologen vor einem Kommunikator an der Wand und eilte zu ihm hinüber.

Während er O'Mara Bericht erstattete, hörte der Monitor anfangs noch relativ gleichmütig zu, dann öffnete er mehrmals den Mund, als wollte er Conway unterbrechen, wobei er die Lippen mit zunehmender Dauer immer grimmiger und fester wieder zusammenpreßte. Aber als Conway an dem Punkt angelangt war, wo er den zerstörten Translator entdeckt hatte, da unterbrach er Conways Redefluß mit einer energischen Handbewegung und schlug mit derselben Wucht auf die Sprechtaste des Kommunikators.

»Geben Sie mir sofort die Ingenieursdivision, Colonel Skempton«, brüllte er ins Mikrofon und dann: »Colonel, unser Ausreißer hält sich in der Gegend der FROB-Kinderstation auf. Aber es gibt leider ein Problem — er hat seinen Translator verloren ...« Es gab eine kurze Pause, dann fuhr O'Mara fort: »Ich weiß auch nicht, wie Sie ihn bändigen sollen, wenn Sie nicht mit ihm kommunizieren können, aber tun Sie trotzdem Ihr möglichstes — ich werde mich inzwischen um das Kommunikationsproblem kümmern.«

Er unterbrach die Verbindung und stellte sofort eine neue her. »Geben Sie mir Colinson, in der Funkzentrale ... Hallo, Major. Ich will eine Verbindung zwischen hier und der Monitor-Beobachtungscrew auf dem SRTT-Heimatplaneten — ja, dieselbe, die Sie mir schon vor ein paar Stunden hergestellt haben. Kriegen Sie das hin? Und die sollen ein Band in der Muttersprache des SRTT aufnehmen und hierher überspielen. Den Text gebe ich Ihnen jetzt sofort. Er soll von einem erwachsenen SRTT gesprochen werden und ungefähr folgenden Inhalt haben ...«

Er verstummte, als Major Colinsons Stimme aus dem

Lautsprecher dröhnte. Der Funkspezialist machte Conway darauf aufmerksam, daß dieser — als ein an den Schreibtisch gebundener Seelenmasseur — möglicherweise nicht bedachte, daß der SRTT-Planet die halbe Länge der Galaxis entfernt lag und Subraumfunk genauso auf Interferenzen ansprach wie jede andere interstellare Kommunikationsform. Da zusätzlich zur kosmischen Hintergrundstrahlung jede in der dazwischenliegenden Distanz befindliche Sonne eigene Radiowellen ausstrahlte und so die übertragenen Signale störte, wäre der Inhalt des Bands kaum noch verständlich.

»Dann muß die Übertragung eben mehrmals wiederholt werden«, reagierte O'Mara etwas ungehalten. »Einzelne Worte und Phrasen werden wir bestimmt verwenden können. Die setzen wir dann stückweise zusammen, um daraus den Originaltext zu rekonstruieren. Wir brauchen das Band dringend, und ich sage Ihnen auch, warum ...«

O'Mara erklärte ihm rasch, daß die SRTT-Spezies eine sehr lange Lebenserwartung hatte und sich auf hermaphroditischem Wege in sehr großen Abständen und unter großen Schmerzen vermehrte, also Zwitter waren. Aus diesem Grund herrschte zwischen den Erwachsenen und Kindern dieser Spezies eine starke emotionale Bindung und, was unter den gegenwärtigen Umständen noch wichtiger war, eine eiserne Disziplin. Außerdem konnte man als fast gesichert annehmen, daß ein SRTT stets bemüht war, bei jeder x-beliebigen Verwandlung die Sprech- und Hörorgane beizubehalten, um mit seinen Artgenossen weiterhin sprechen zu können.

Einer der Erwachsenen auf dem Heimatplaneten sollte nun ein paar generelle Bemerkungen aufnehmen, die an Jugendliche gerichtet waren, welche sich gegen ihr besseres Wissen schlecht benahmen. Sobald dieses Band in das Orbit Hospital übermittelt worden war, würde man es über die Lautsprecher in den Gängen und Korridoren abspielen, und könnte so den an Gehorsam gegenüber Älteren gewöhnten Ausreißer vermutlich zur Räson bringen.

»Und so sollten wir auch diese kleine Krise in den Griff bekommen«, sagte O'Mara an Conway gewandt, nachdem er den Kommunikator ausgeschaltet hatte. »Mit etwas Glück haben wir unseren Besucher binnen weniger Stunden unter Kontrolle. Ihr Problem wäre damit erledigt, und Sie können sich wieder in Ruhe Ihrer Arbeit widmen ...«

Der Psychologe verstummte, als er Conways Gesichtsausdruck sah, dann fragte er leise: »Gibt es etwa noch mehr?«

Conway nickte fast schuldbewußt, und auf seinen Assistenten deutend, sagte er: »Doktor Prilicla hat noch etwas entdeckt, und zwar durch Empathie. Wie Sie wissen, befindet sich der Patient in einem furchtbaren psychischen Zustand — Kummer um sein sterbendes Elternteil; der Schrecken, der ihm bei der Schleuse sechs in die Glieder gefahren ist, als alle auf ihn einstürmten; und jetzt mußte er sich auch noch in der FROB-Kinderstation übel zurichten lassen. Er ist noch jung und unreif, und diese Erlebnisse haben ihn auf eine Entwicklungsstufe zurückgeworfen, wo er nur noch instinktiv wie ein Tier reagiert und ... ehm ...« — Conway benetzte sich die trockenen Lippen — »... hat eigentlich mal jemand nachgerechnet, wann der SRTT zum letztenmal etwas gegessen hat?«

Die letzte Frage verfehlte bei O'Mara nicht die Wirkung. Er wurde plötzlich blaß und griff wieder nach dem Mikrofon. »Geben Sie mir noch mal Skempton, schnell ...! Skempton ...? Colonel, ich will nichts überdramatisieren, aber würden Sie bitte das Chiffriergerät benutzen, das mit Ihrem Apparat verbunden ist? Es ist nämlich eine weitere Komplikation aufgetreten ...«

Sich abwendend überlegte Conway, ob er noch einen kurzen Blick auf den sterbenden SRTT werfen oder lieber gleich in seine Abteilung zurückgehen sollte. Prilicla hatte zuvor auf der FROB-Kinderstation bemerkt, daß sich der Ausreißer gegenwärtig nicht nur in einem Zustand äußerster Verwirrung befand, sondern auch starke Hungergefühle ausstrahlte. Erst durch Priliclas Weitervermittlung dieser Erkenntnisse war zunächst Conway und dann O'Mara und Skempton klargeworden, zu welch einer tödlichen Gefahr der Besucher geworden war. Nach Conways Meinung benahmen sich die meisten Jugendlichen fast jeder Spezies notorisch selbstsüchtig, brutal und unzivilisiert, und von zunehmenden Hungeranfällen geplagt, würde sich dieser bestimmt in einen Kannibalen verwandeln. In seinem geistig verwirrten Zustand würde der junge SRTT wahrscheinlich nicht einmal mehr wissen, was er angerichtet hatte, aber den betroffenen Patienten wäre das sicherlich egal.

Wenn nur die Mehrheit seiner Patienten nicht so klein und wehrlos wäre... und womöglich auch noch schmackhaft.

Andererseits konnte ein Blick auf den älteren SRTT nicht schaden. Vielleicht würde ihm auf diese Weise eine Methode einfallen, wie man den Ausreißer in den Griff bekommen könnte — mit seiner Neugierde an diesem Fall hatte das natürlich überhaupt nichts zu tun...

Um den Patienten im Tank besser sehen zu können, drängte er sich ein Stück vor, wobei er vergeblich bemüht war, den vor ihm stehenden terrestrischen Arzt nicht anzurempeln, der ihm gerade die Sicht versperrte.

Der Mann drehte sich verärgert um und beschwerte sich: »Warum steigen Sie mir nicht gleich auf den Rükken...? Ach, Sie sind's, Conway! Sie sind bestimmt hier, um dem ganzen Expertengerangel noch ein paar wilde Spekulationen hinzuzufügen, stimmt's?«

Es war Mannon, der Arzt, der früher Conways Vorgesetzter gewesen war. Mittlerweile war er Chefarzt und auf dem besten Weg, den Status eines Diagnostikers zu erlangen. Gleich nach Conways Ankunft im Hospital hatte sich Mannon mit ihm angefreundet, und er hatte mehrere Male in Conways Hörweite geäußert, er habe nun mal ein weiches Herz für streunende Hunde, Katzen und Assistenzärzte. Gegenwärtig durfte er höchstens drei Schulungsbänder im Gehirn gespeichert haben — das eines tralthanischen Spezialisten für Mikrochirurgie, und zwei von Chirurgen der LSVO- und MSVK-Spezies —, so daß seine Reaktionen die meiste Zeit des Tages recht menschlich ausfielen. Im Augenblick beobachtete er gerade mit hochgezogenen Augenbrauen Prilicla, der in der hinteren Reihe herumhüpfte.

Conway erzählte Mannon von dem aufrichtigen Charakter und der hohen Bildung seines neuen Assistenten, bis dieser sagte: »Das reicht, mein Freund, das hört sich ja wie ein unverlangtes Empfehlungsschreiben an. Aber im Ernst — etwas Feingefühl und diese empathische Fähigkeit Ihres Assistenten wird Ihnen bei Ihrer gegenwärtigen Aufgabe eine große Hilfe sein. Das garantiere ich Ihnen. Allerdings finde ich, daß Sie es ziemlich häufig mit seltsamen Mitarbeitern zu tun haben — schwebende Pflaumenknödel, Dinosaurier, Insekten ... Sie müssen zugeben, das sind doch allesamt sehr eigentümliche Wesen. Nur bei dieser einen Schwester von Ebene dreiundzwanzig, da haben Sie zugegebenermaßen ausnahmsweise mal einen wirklich guten Geschmack bewiesen ...«

»Sind bei diesem Fall schon irgendwelche Fortschritte erzielt worden, Sir?« fragte Conway, um auf das eigentliche Thema des Gesprächs zurückzukommen. Mannon war der netteste Mensch auf der Welt, aber er hatte die schreckliche Angewohnheit, Leute gerne aufzuziehen, und sei es zu den unmöglichsten Gelegenheiten.

»Nein«, sagte Mannon, »und das mit den wilden Spekulationen hab ich eben durchaus ernst gemeint. Uns allen fällt nichts Besseres ein. Wir kommen einfach nicht weiter. Gewöhnliche Diagnosetechniken versagen völlig. Schauen Sie sich das Ding doch bloß mal an!«

Mannon machte einen Schritt zur Seite, um ihm den Blick frei zu machen, und der leichte Druck, den Conway auf den Schultern verspürte, verriet ihm, daß sich Prilicla an ihm aufstützte, um auch etwas sehen zu können.

VI

Das Wesen in dem Tank sah unbeschreiblich aus, und das aus dem einfachen Grund, weil es offenbar versucht hatte, verschiedene Gestalten auf einmal anzunehmen, als sein Auflösungsprozeß bereits begonnen hatte. Es besaß sowohl tentakelartige Gliedmaßen als auch welche mit Gelenken und hatte stachlige, schrumplige und ledrige Hautstellen, sowie Andeutungen von Kiemen und Mundöffnungen — das Ganze war ein makabres Durcheinander. Dennoch lagen die physiologischen Details offen zutage, weil die ganze schlaffe Masse aufweichte und wie eine Wachsfigur, die man zu lange der Hitze ausgesetzt hatte, zerfloß. Der Körper des Patienten sonderte unaufhörlich Flüssigkeit ab, die auf den Boden des Tanks tröpfelte, wo sich das Wasser sammelte und bereits über zehn Zentimeter hoch stand.

Conway schluckte und sagte: »Setzt man die Anpassungsfähigkeit, die körperliche Widerstandsfähigkeit und die Immunität gegen Infektionen dieser Spezies in ein Verhältnis zu dem verheerenden körperlichen Zustand dieses Wesens, möchte ich meinen, daß das Problem sehr wahrscheinlich psychologischer Natur ist.«

Mannon musterte ihn von oben bis unten mit fast ehrfurchtsvollem Blick, dann sagte er spöttisch: »Ach, psychologischer Natur, wie? Erstaunlich! Aber was sonst sollte ein Wesen, das gegen Verletzungen und bakterielle Infektionen immun ist, in einen solchen körperlichen Zustand versetzen, wenn nicht ein kleiner Dachschaden? Aber wollen Sie sich nicht vielleicht etwas näher dazu äußern?«

Conway lief rot an und sagte lieber nichts.

Mannon knurrte kurz, dann fuhr er fort: »Die Flüssigkeit, die es absondert, besteht nur aus Wasser und ein paar darin enthaltenen unwichtigen Organismen. Wir haben es mit sämtlichen denkbaren physiologischen und psychologischen Behandlungsmethoden probiert, aber alles ohne Erfolg. Eben hat jemand vorgeschlagen, daß wir den Patienten einfrieren, um so einerseits den Schmelzungsprozeß zum Stoppen zu bringen und andererseits Zeit zum Nachdenken zu gewinnen. Aber der Vorschlag wurde abgelehnt, weil ein solches Vorgehen den SRTT in seinem gegenwärtigen Zustand sofort töten könnte. Ein Pärchen unserer telepathischen Lebensformen hat versucht, sich in sein Gehirn einzuschleusen, um seinen Verstand auf diese Weise wieder geradezubiegen, und O'Mara hat einen Ausflug ins finsterste Mittelalter unternommen und es mit dieser grausamen Elektroschocktherapie probiert, aber nichts hat funktioniert. Insgesamt gesehen haben wir, in Einzel- oder in Gruppenarbeit, praktisch die Gesichtspunkte und Ratschläge sämtlicher Spezies der Galaxis berücksichtigt, und trotzdem können wir uns keinen Reim darauf machen, was ihm fehlt ...«

»Würde es sich doch um ein psychologisches Problem handeln«, warf Conway ein, »hätte ich allerdings erwartet, daß die Telepathen ...«

»Nein«, sagte Mannon. »Bei dieser Lebensform ist das Gehirn gleichmäßig über den ganzen Körper verteilt und befindet sich nicht in einer Gehirnschale oder dergleichen, sonst könnte es seine physikalische Struktur nicht so dramatisch verändern. Im Augenblick zieht sich sein Verstand zurück, schwindet praktisch dahin, und löst sich in immer kleinere Bestandteile auf, die so klein sind, daß die Telepathen keinen Zugang zu ihnen haben.

Diese SRTTs sind schon wirklich verrückte Kreaturen«, fuhr Mannon nachdenklich fort. »Sie haben sich natürlich aus dem Meer entwickelt, aber später gab es auf ihrem Heimatplaneten schwere Vulkanausbrüche und Erdbeben — die Oberfläche wurde mit Schwefel und was sonst noch überzogen —, und schließlich verwandelte eine kleine Instabilität ihrer Sonne den Planeten zu dem, was er heute ist — eine Wüste. Sie mußten sehr anpassungsfähig sein, um all das zu überleben. Auch ihre Fortpflanzungsmethode — die mit der Abstoßung eines Teils des Körpers vollendet wird, wodurch das Elternteil erheblich an Masse verliert — ist sehr interessant. Das bedeutet nämlich, daß das Junge mit Teilen der Körper- und Gehirnzellenstruktur des Elternteils geboren wird. Dabei wird auf das Neugeborene zwar kein bewußtes, aber unbewußtes Wissen übertragen, wodurch es befähigt wird ...«

»Aber wenn das Elternteil seinem Nachwuchs einen Teil seines Körpers und Verstandes sozusagen überträgt, heißt das doch, daß das Unterbewußtsein jedes Individuums letztendlich auf ein einziges Wesen zurückzuführen ist, das ...«

»Und im Unterbewußtsein stecken sämtliche Psychosen«, mischte sich O'Mara ein, der plötzlich hinter ihnen stand. »Sagen Sie am besten nichts mehr, ich hab deswegen schon Alpträume gehabt. Allein die Vorstellung, einen Patienten therapieren zu müssen, dessen Unterbewußtsein vor über fünfzigtausend Jahren geprägt wurde ...«

Danach war das Gespräch schnell zu Ende, und Conway, der sich noch immer um die Aktivitäten des jungen SRTT sorgte, eilte mit Prilicla in die Neugeborenenabteilung zurück. Im ganzen Abschnitt wimmelte es von Wartungsleuten und grünuniformierten Monitoren, aber der Ausreißer war bisher noch nicht wieder aufgetaucht. Conway schickte eine DBDG-Schwester — und zwar die, wegen der Mannon ihn aufgezogen hatte — in die AUGL-Station, die dort im Taucheranzug Wache schieben sollte, weil sich bei den drei kleinen Patienten jeden Augenblick etwas tun konnte, und bereitete sich zusammen mit Prilicla für eine Visite auf der Methanstation vor.

Die Arbeit mit den starrblütigen Wesen auf dieser Station war reine Routinesache, und Conway bedrängte Prilicla pausenlos mit Fragen über den emotionalen Zustand des älteren SRTT, von dem sie gerade gekommen waren. Aber der GLNO konnte ihm nicht viel weiterhelfen. Alles, was er sagte, war, er habe zwar bei dem Wesen ein starkes Verlangen nach Auflösung festgestellt, das er ihm aber nicht eingehender beschreiben könne, da ein solches Gefühl auf Grundlage seiner eigenen bisher gemachten Erfahrungen für ihn nicht nachvollziehbar sei.

Kaum hatten sie die Station verlassen, konnten sie feststellen, daß Colinson in der Zwischenzeit nicht untätig gewesen war. Aus den Lautsprechern war das knisternde Geräusch atmosphärischer Störungen zu vernehmen, durch das ein schwach zu vernehmendes Alienkauderwelsch hindurchdrang, das mit Sicherheit von dem überspielten SRTT-Band stammte. Wäre Conway in der Lage des jungen SRTT gewesen, und eine Stimme würde durch diesen unglaublichen Lärm hindurch auf ihn einzureden versuchen, hätte ihn das als kleinen Jungen alles andere als beruhigt. Und sollte die Dichte der Atmosphäre auf dem SRTT-Heimatplaneten höher sein als die im Hospital, was ziemlich sicher war, würde das die Verzerrungen in der Stimme noch unerträglicher gestalten. Er sagte Prilicla zwar nichts zu diesem Thema, glaubte aber, daß es schon an ein Wunder grenzen müßte, wenn diese Kakophonie zu dem Ergebnis führen würde, das sich O'Mara davon erhofft hatte.

Plötzlich brach der Lärm ab und wurde durch eine dröhnende, terrestrische Stimme ersetzt. »Doktor Conway, bitte sofort in der AUGL-Neugeborenenstation melden!« Gleich darauf setzte wieder das knatternde Gejaule ein.

Conway eilte zum nächsten Kommunikator und ließ sich mit der AUGL-Station verbinden.

»Hier spricht Murchison in der AUGL-Schleuse, Doktor«, sagte eine beunruhigte Frauenstimme. »Jemand — ich meine, etwas — ist gerade an mir vorbei in die AUGL-Station gehuscht. Ich dachte zuerst, Sie wären das gewesen, aber als es die Innenluke öffnete, ohne einen Taucheranzug anzulegen, wußte ich, daß es sich um den flüchtigen SRTT gehandelt haben mußte.« Zögernd fuhr sie fort: »Bei dem Zustand der Patienten im Tank wollte ich die Geschichte erst mit Ihnen klären, bevor ich Alarm schlage, aber ich kann natürlich auch sofort ...«

»Nein, nein, das war schon ganz richtig so, Schwester!« unterbrach Conway sie aufgeregt. »Wir kommen gleich.«

Als er und Prilicla fünf Minuten später die Schleuse betraten, hielt die Schwester bereits Conways Anzug bereit. Die physiologischen Merkmale der Schwester, die es den männlichen Mitarbeitern des terrestrischen Personals anscheinend unmöglich machten, sie aus neutraler, medizinischer Distanz zu betrachten, wirkten auch unter ihrem Taucheranzug kaum weniger ablenkend als sonst. Aber im Moment hatte Conway nur Augen für das Beobachtungsfenster und das Wesen, das dahinter schwamm.

Und dieses Wesen sah ihm tatsächlich sehr ähnlich. Die Haarfarbe stimmte, auch die Hautfarbe, und es trug einen weißen Kittel. Aber die Gesichtszüge waren völlig verschroben: Nase, Mund und Augen verliefen unförmig ineinander, und es war einfach ein schrecklicher

Anblick. Hände und Hals paßten nicht in den Arztkittel und waren zu Ärmel und Kragen geworden. Conway fühlte sich an eine Bleifigur erinnert, die schäbig gegossen und nachlässig angemalt worden war.

Im Augenblick schien der SRTT keine Bedrohung für die kleinen Patienten darzustellen, aber er verwandelte sich schon wieder. Arme und Beine wuchsen langsam zusammen, und aus dem sich ausdehnenden Rumpf traten lange und schmale Auswüchse hervor, die sich eindeutig zu Flossen entwickeln sollten. Einem Menschen mochte es zwar schwerfallen, einen AUGL-Patienten zu fangen, aber ein SRTT, der sich dem Wasser anpaßte, würde sicherlich auch dazu die notwendige Schnelligkeit besitzen.

»Nichts wie rein!« schrie Conway aufgeregt. »Wir müssen den Kerl da raustreiben, bevor er ...«

Aber Prilicla machte keinerlei Anstalten, mit jenen körperlichen Verrenkungen zu beginnen, an deren Ende er normalerweise von einer Schutzhülle umgeben war. »Ich hab eine interessante Veränderung hinsichtlich der Qualität seiner emotionalen Ausstrahlung festgestellt«, sagte der GLNO. »Zwar empfindet er immer noch Angst und Verwirrung und auch ein übermächtiges Hungergefühl ...«

»Der hat Hunger ...?« platzte Murchison entsetzt dazwischen, denn erst jetzt war ihr klargeworden, in welch tödlicher Gefahr sich die Patienten befanden.

»... aber da ist noch etwas anderes,« fuhr Prilicla ungerührt fort, »das ich nur als ein hintergründiges Wohlgefühl bezeichnen kann, verbunden mit demselben Drang nach Auflösung, den ich eben bei seinem Elternteil festgestellt hab. Wie es zu diesem plötzlichen Wandel gekommen ist, kann ich mir allerdings nicht erklären.«

Conway aber dachte an seine drei kleinen Patienten und an den SRTT, der allmählich die Gestalt eines Raubfisches annahm, und er sagte nur ungeduldig:

»Wahrscheinlich, weil seit den letzten Ereignissen auch seine Zurechnungsfähigkeit vermindert ist, und vielleicht fühlt er sich im Wasser einfach etwas wohler ...«

Plötzlich hielt er inne, denn seine Gedanken überschlugen sich zu schnell, um sie in Worte zu fassen oder gar in eine logische Reihenfolge zu bringen. Vielmehr war es ein wirres Sammelsurium aus Tatsachen, Erfahrungen und wilden Vermutungen, das in seinem Kopf brodelte, sich aber plötzlich zu einem unglaublich ruhigen und sehr klaren Bild verdichtete ... Er hatte die Antwort!

Conway war sich sicher, daß die hyperintelligenten Ärzte und Diagnostiker auf der Beobachtungsstation nur deshalb noch nicht darauf gekommen waren, weil sie nie in Gegenwart eines empathischen Assistenten dabeigewesen waren, wenn ein junger SRTT, der vor Angst und Kummer kurz vor dem Wahnsinn stand, plötzlich in die lauwarme, grüne Tiefe eines AUGL-Tanks hineintauchte ...

Wenn ein intelligentes, reifes und seelisch komplexes Wesen zunehmend in unangenehme und schmerzliche Situationen gerät, die von Mal zu Mal heftiger werden, ist die Folge davon häufig eine Flucht aus der Realität. Zuerst kommt das Bemühen, sich in die glücklichen Tage der unbeschwerten Kindheit zurückzuziehen, dann — sobald sich diese Zeit in der Erinnerung nicht halb so sorgenfrei und unkompliziert darstellt, wie erhofft — erfolgt der ultimative Rückzug in den Mutterleib und in den starren, geistlosen Zustand der Katatonie.

Aber für einen reifen SRTT war dieser embryonale Zustand der Katatonie nicht leicht zu erreichen. Bedingt durch die spezieseigene Fortpflanzungsmethode, fand er sich nämlich als Ungeborenes nicht in der warmen, unbewußten Geborgenheit des Mutterschoßes wieder, sondern als ein Bestandteil des reifen, erwachsenen Körpers seines Elternteils. Folglich war er aufgefordert, sich an den Anpassungs- und Entscheidungsprozessen zu beteiligen, die dieser Elternteil zu durchlaufen hatte, zumal der gesamte SRTT-Körper, jede einzelne Zelle, das Bewußtsein bildete und bei einem Lebewesen, dessen Zellen beliebig austauschbar waren, jedwede Form der geistigen Trennung unmöglich war.

Wie sollte man ein Glas Wasser trennen, ohne etwas davon in ein anderes Gefäß zu gießen?

Durch seinen angegriffenen Geisteszustand sähe sich der SRTT gezwungen, sich immer weiter zurückzuziehen, wobei er feststellen müßte, daß er bei seinen Bemühungen, in den nicht existenten Mutterleib zurückzukehren, nur an einer endlosen Kette von Veränderungen und Anpassungen teilgenommen hatte. Er würde weit, weit zurückgehen müssen, bis er schließlich jenen geistlosen Zustand erreicht hatte, nach dem er sich sehnte, und sein Verstand, der untrennbar vom Körper war, zu dem warmen Wasser wurde, in dem es von den Einzellern wimmelte, aus denen er sich ursprünglich entwickelt hatte.

Conway kannte jetzt die Ursache für den langsamen Auflösungsprozeß des tödlich erkrankten SRTT-Elternteils auf der Beobachtungsstation drei. Mehr noch, er glaubte sogar, einen Lösungsweg aus diesem furchtbaren Schlamassel gefunden zu haben. Wenn er sich nur auf die Tatsache stützen könnte, daß — wie es bei den meisten anderen Spezies der Fall war — ein komplexer und ausgereifter Geist schneller erkrankte als ein noch nicht vollständig entwickelter, junger Verstand ...

Er nahm nur verschwommen wahr, wie er zum Kommunikator ging und erneut O'Mara anrief und wie Schwester Murchison und Prilicla näher an ihn herantraten, während er sprach. Dann wartete er eine Weile auf O'Maras Antwort, was ihm wie eine Ewigkeit vorkam, aber der Chefpsychologe mußte die Informationen erst einmal verarbeiten, um reagieren zu können.

»Eine geniale Theorie, Doktor«, sagte O'Mara schließlich mit unverhohlener Bewunderung. »Mehr noch als das — ich würde sogar behaupten, daß genau das mit unserem Patienten hier vor sich geht. Das mit der Theorie können Sie also streichen. Schade ist nur, daß unser neues Wissen über diese Vorgänge dem Patienten nichts nützt ...«

»Ich hab auch schon darüber nachgedacht«, unterbrach Conway ihn aufgeregt, »und so, wie ich es sehe, ist der Ausreißer jetzt das dringendste Problem. Wenn er nicht bald eingefangen und gebändigt wird, kann das zumindest für das Personal und die Patienten in meiner Abteilung ernsthafte Folgen haben. Schon aus rein technischen Gründen hat sich Ihre Idee, ihn per Bandeinspielung durch Drohungen in seiner eigenen Sprache zur Räson zu bringen, bislang leider nicht als sehr erfolgreich erwiesen ...«

»Na, das ist sogar noch freundlich ausgedrückt ...«, warf O'Mara selbstkritisch ein.

»... aber wenn wir diese Idee dahingehend umwandeln, daß das erkrankte Elternteil auf sein Kind beruhigend einredet, könnte das den erwünschten Erfolg haben. Wenn wir also erst den alten SRTT heilen ...«

»Den SRTT heilen! Was, zum Teufel, glauben Sie, haben wir die letzten drei Wochen hier wohl getan?« wollte O'Mara aufgebracht wissen. Als ihm aber allmählich dämmerte, daß Conway weder gescherzt, noch sich bewußt dumm angestellt, sondern seinen Vorschlag todernst gemeint hatte, forderte er ihn auf weiterzureden.

Und das tat Conway. Als er fertig war, war aus dem Lautsprecher zunächst nur ein tiefer, langer Seufzer zu hören, aber dann sagte O'Mara aufgeregt: »Gut, ich glaube, Sie haben die Antwort gefunden, und wir werden es trotz des Risikos, das Sie erwähnt haben, versuchen.« Plötzlich klang seine Stimme wieder fest und entschlossen. »Sie leiten die ganze Aktion, Doktor. Schließlich wissen Sie besser als jeder andere, was Sie vorhaben. Und nehmen Sie den DBLF-Ruheraum auf

Ebene neunundfünfzig — er liegt in der Nähe Ihrer Abteilung und kann schnell evakuiert werden. Wir werden uns ins Kommunikationsnetz einschalten, damit es hier zu keinen Verzögerungen kommt, und die Spezialgeräte, die Sie haben wollen, werden binnen einer Viertelstunde im DBLF-Ruheraum sein. Also können Sie jederzeit anfangen ...«

Bevor die Leitung unterbrochen wurde, hörte Conway, wie O'Mara bereits Anweisung gab, daß sich das gesamte Personal der Neugeborenenabteilung — sämtliche Angehörige des Monitorkorps und des zivilen Mitarbeiterstabs — in der AUGL-Schleuse den Doktoren Conway und Prilicla zur Verfügung zu stellen hätte. Und kaum hatte sich Conway vom Kommunikator abgewandt, füllte sich die Schleuse bereits mit grünuniformierten Monitoren.

VII

Irgendwie mußte der junge SRTT in den DBLF-Ruheraum getrieben werden, der zu dessen eigenem Wohl in aller Eile zu einer hinterhältigen Falle umgebaut wurde. Der erste Schritt dazu war, ihn aus der AUGL-Station herauszulocken. Diese Aufgabe wurde von zwölf Monitoren durchgeführt, die schwitzend und fluchend in ihren dicken Taucheranzügen Jagd auf den Ausreißer machten, bis sie ihn in eine Ecke gedrängt hatten, wo ihm nur noch die Eingangsschleuse als Fluchtmöglichkeit blieb.

Conway, Prilicla und eine andere Monitorgruppe erwarteten den SRTT bereits draußen auf dem Korridor, als der SRTT aus der Schleuse kam. Jeder einzelne hatte sich spezielle Kleidung angelegt, die ihm Schutz vor den sechs verschiedenen Umweltbedingungen bot, mit der sie es während der Jagd auf den kleinen Ausreißer zu tun haben könnten.

Schwester Murchison hatte auch mitkommen wollen — sie möchte unbedingt bis zum Schluß dabeisein, hatte sie gesagt. Conway hatte sie aber schroff zurechtgewiesen, daß es gefälligst ihre Aufgabe sei, die drei AUGL-Patienten im Auge zu behalten, und wenn sie sich nicht daran halten würde, könne sie ihn einmal von einer anderen Seite kennenlernen.

Im nachhinein bedauerte er es, ausgerechnet vor Schwester Murchison derart die Beherrschung verloren zu haben, aber seine Nerven waren zum Zerreißen gespannt. Falls seine Idee, die er gegenüber O'Mara noch so begeistert vertreten hatte, nicht funktionieren sollte, dann bestand die große Wahrscheinlichkeit, daß es demnächst zwei anstatt einen unheilbar kranken SRTT-Patienten im Hospital geben würde — und »bis zum Schluß dabeisein«, wie es Murchison ausgedrückt hatte, wäre in dem Fall eine zwar makabre, aber wohl zutreffende Formulierung gewesen.

Der Ausreißer hatte erneut eine Verwandlung vorgenommen — ausgelöst durch einen dem Willen kaum unterliegenden Verteidigungsmechanismus, der in diesem Fall durch die äußere Gestalt seiner Häscher in Gang gesetzt worden war —, und zwar wieder in einen Menschen. Durchnäßt wie ein Schwamm, lief er den Korridor entlang, wobei seine Beine wie Gummi waren und an den falschen Stellen einknickten. Die schuppige, gräuliche Pelle, die er im AUGL-Tank entwickelt hatte, kräuselte sich und zuckte, bis sie sich schließlich glättete und das fleischfarbene Rosa menschlicher Haut und das Weiß eines Arztkittels annahm. Conway konnte den Anblick sämtlicher Aliens ertragen, ohne innere Qualen zu leiden, selbst wenn diese an den furchtbarsten Krankheiten litten, aber bei dem Anblick dieses SRTT, der im Laufen versuchte, ein Mensch zu werden, fiel es ihm schwer, das letzte Essen im Magen zu behalten.

Alle wurden völlig davon überrascht, daß durch einen Hakenschlag des SRTT die Jagd plötzlich in einem MSVK-Korridor weiterging. Die Folge war, daß die Verfolger vor der Innenluke der Verbindungsschleuse zusammenstießen und in Zeitlupe übereinanderpurzelten. Die MSVKs waren dreibeinige, leicht an Störche erinnernde Wesen, die eine äußerst geringe Anziehungskraft benötigten, an die sich DBDGs wie Conway nicht so schnell gewöhnen konnten. Aber während Conway noch immer langsam zu Boden trudelte, waren die Monitore dank ihres Raumfahrttrainings rasch wieder auf den Beinen, und der SRTT wurde zurück in die Sauerstoffabteilung getrieben.

Zu Conways großer Erleichterung hatte diese Aktion nur wenige, anstrengende Minuten gedauert, denn wegen des schwachen Lichts und des fast undurchdringlichen Nebels, den die MSVKs als Atmosphäre bezeichneten, hätte sich die Suche nach dem SRTT innerhalb der MSVK-Station schwierig gestaltet, sobald er außer Sichtweite geraten wäre. Und Conway mochte gar nicht daran denken, welche Folgen das in dieser entscheidenden Phase gehabt hätte ...

Der DBLF-Ruheraum lag nur wenige Minuten entfernt, und der SRTT steuerte jetzt direkt darauf zu. Das Wesen verwandelte sich erneut, dieses Mal in etwas Niedriges, Schweres, das sich auf allen vieren fortbewegte. Es schien sich dabei zusammenzuziehen, zu verdichten, und allmählich bildete sich dabei so etwas wie ein Rückenpanzer heraus. Der SRTT befand sich immer noch in diesem Zustand, als plötzlich zwei Monitore, laut brüllend und wild mit den Armen fuchtelnd, aus einem Seitengang hervorsprangen und ihn mit den Füßen in den Korridor trieben, der zum Ruheraum führte ...

... aber in dem Korridor war niemand!

Conway fluchte entsetzlich. Ein halbes Dutzend Monitore hätte dort bereitstehen sollen, um dem SRTT den Weg zu versperren! Anscheinend war die Aktion bis hierher so zügig verlaufen, daß sie ihre Positionen noch nicht eingenommen hatten. Wahrscheinlich waren sie noch im Ruheraum, um die Geräte aufzustellen, und der SRTT würde direkt an der Tür vorbeigehen.

Doch hatte Conway bei seiner Überlegung Priliclas schnell schaltenden Verstand und dessen noch agileren Körper nicht mit einkalkuliert, denn sein Assistent mußte die Situation im selben Augenblick wie er erkannt haben. Der kleine GLNO flitzte den Korridor entlang, überholte im Höllentempo den SRTT, wobei er sich die Decke hinaufgeschwungen hatte, und als er genügend Vorsprung hatte, ließ er sich wieder auf den Boden fallen.

Conway wollte ihn schon warnen, ihm zurufen, daß ein zerbrechlicher GLNO keine Chance besaß, ein Wesen zu verscheuchen, das mittlerweile die Merkmale einer äußerst beweglichen, gepanzerten Riesenkrabbe angenommen hatte. Dann aber sah er, was sein Assistent vorhatte.

Etwa zehn Meter vor dem fliehenden SRTT stand in einer Nische eine Elektrobahre, und Conway sah, wie Prilicla schlitternd neben ihr zum Stehen kam, den Startknopf drückte und weiterrannte. Diese Aktion seines Assistenten war keineswegs so tollkühn, wie es zunächst den Anschein hatte, sondern geistesgegenwärtig durchdacht, und das allein zählte unter diesen Umständen.

Die Bahre setzte sich unkontrolliert in Bewegung, eierte quer durch den Korridor und versperrte dem heranstürmenden SRTT den Weg. Es gab ein metallisches Krachen, und gleich darauf stiegen gelbe und schwarze Rauchwolken hoch; die starken Antriebsakkus waren zerstört worden und hatten sich kurzgeschlossen. Noch bevor die Ventilatoren die Luft einigermaßen gereinigt hatten, war es den Monitoren gelungen, sich rings um den benommenen und fast regungslosen Ausreißer zu scharen und ihn in den Ruheraum zu treiben.

Kurz darauf kam ein Officer des Monitorkorps auf Conway zu, wobei er mit einer Kopfbewegung auf das merkwürdige Gerätesortiment deutete — das erst vor wenigen Minuten in aller Eile hierhergebracht worden war und nun ordentlich gestapelt im Raum verteilt lag —, und er zeigte auf die grünuniformierten Männer, die mit dem Rücken zur Wand standen und alle zur Mitte des großen Raums blickten, wo sich der SRTT langsam im Kreis drehte und nach einer Fluchtmöglichkeit suchte.

Der Officer platzte offensichtlich vor Neugier, aber seine Stimme klang äußerst zurückhaltend, als er sagte: »Ich nehme an, Sie sind Doktor Conway. Was sollen wir als nächstes für Sie tun?«

Conway fuhr sich mit der Zunge über die Lippen. Bis jetzt hatte er über diesen entscheidenden Augenblick noch nicht viel nachgedacht, allenfalls geglaubt, sein Vorhaben würde ihm leichtfallen, weil der SRTT für das ganze Hospital zur Gefahr geworden war und besonders in seiner Station so viele Probleme verursacht hatte. Aber jetzt begann ihm der junge Ausreißer leid zu tun. Schließlich war er noch ein Kind, das durch eine unglückliche Verstrickung von Kummer, Ahnungslosigkeit und Panik den Verstand verloren hatte. Falls sich seine Vermutung als falsch herausstellen sollte, dann ...

Conway schüttelte die Selbstzweifel und das Gefühl der eigenen Unzulänglichkeit ab und sagte in einem für ihn ungewöhnlich schroffen Befehlston: »Sie sehen dort diesen Plagegeist in der Mitte des Raums. Ich will, daß er zu Tode erschreckt wird!«

Natürlich mußte er nähere Angaben machen, aber die Monitore begriffen schnell, worum es ging, und setzten die ihnen zur Verfügung stehenden Geräte und Lärmutensilien mit viel Phantasie und Begeisterung ein. Conway erkannte Ausrüstungsgegenstände aus der Kommunikationszentrale und den diversen Großküchen und selbst aus der Klimaanlage, die nun allesamt zweckentfremdet wurden. Es gab schrille Pfeifen und heulende Sirenen von ungeheurer Lautstärke und so einfache Dinge wie zwei Topfdeckel, die gegeneinandergeschlagen wurden. Zu diesem furchterregenden Radau gesellten sich die nicht weniger markerschütternden Schreie der Männer, die diese Lärminstrumente bedienten.

Daß der SRTT Angst bekam, war zwar offensichtlich — Prilicla hielt Conway über den emotionalen Zustand des Ausreißers die ganze Zeit auf dem laufenden —, aber anscheinend war ihm der Schrecken noch nicht genug in die Glieder gefahren.

»Ruhe!« brüllte Conway plötzlich. »Setzen Sie jetzt die leisen Sachen ein!«

Das vorausgegangene Getöse war nur der Anfang gewesen. Jetzt erst wurden die wirklich schweren Geschütze aufgefahren — die allerdings leise waren, weil jedes Geräusch, das der SRTT von sich gab, gehört werden mußte.

Rings um die zitternde Gestalt flackerten Leuchtkugeln auf, die zwar keinerlei Hitze ausstrahlten, aber ein blendendes, weißglühendes Licht von sich gaben. Gleichzeitig wirkten Traktor- und Pressorstrahlen auf den SRTT ein und knufften und zerrten ihn auf dem Boden hin und her, warfen ihn ab und an in die Luft oder preßten ihn gegen die Decke. Die Strahlen wirkten nach dem gleichen Prinzip wie die Schwerkraftgitter oder G-Gürtel, waren aber genauer einzustellen und leichter zu handhaben. Andere Strahlentechniker schossen in Richtung der schwebenden und wild um sich schlagenden Gestalt Leuchtkugeln, die sie erst im letzten Augenblick zurückzogen oder an ihm vorbeileiteten.

Der SRTT hatte jetzt wirklich Angst, und zwar so furchtbare Angst, daß selbst Nichtempathen diese spüren konnten. Die verschiedenen Gestalten, die das Wesen während dieser Tortur annahm, würden Conway noch wochenlang Alpträume bereiten.

Er nahm ein Mikrofon in die Hand und drückte auf die Sprechtaste. »Gibt es bei Ihnen da oben schon irgendwelche Reaktionen?«

»Bislang keine«, dröhnte O'Maras Stimme aus den Lautsprechern, die im ganzen Raum verteilt worden waren. »Egal, was Sie gerade machen, Sie müssen noch einen Schritt weitergehen.«

»Aber der SRTT leidet bereits Höllenqualen ...«, wandte Prilicla ein.

»Wenn Sie das nicht verkraften, dann verduften Sie gefälligst!« raunzte Conway seinen Assistenten an.

»Immer mit der Ruhe, Conway!« fuhr O'Mara energisch dazwischen. »Ich weiß, wie es Ihnen allen da unten jetzt ergeht, aber bedenken Sie bitte, daß das Endergebnis all das rechtfertigen wird ...«

»Wenn es aber nun nicht klappt ...«, begann Conway. »Ach, vergessen Sie's.« Dann entschuldigte er sich kurz bei Prilicla und sagte schließlich zu dem Officer, der neben ihm stand:

»Glauben Sie, es gibt irgendeine Möglichkeit, noch mehr Druck auszuüben?«

»Ja. Ich möchte allerdings nicht, daß man *mir* jemals so etwas antut«, antwortete der Monitor mit ernster Stimme. »Ich schlage vor, wir drehen ihn zusätzlich in der Luft herum. Einige Spezies werden völlig demoralisiert, wenn man sie schwindlig dreht.«

Zu dem Trommelfeuer, dem sich der SRTT durch die Pressorstrahlen ausgesetzt sah, kamen nun zwei Drehbewegungen hinzu. Dabei wurde er nicht nur einfach im Kreis, sondern gleichzeitig um die eigene Achse gedreht, so daß Conway allein vom Zuschauen übel wurde, und die Leuchtkugeln schwirrten um den SRTT wie verrückt gewordene Monde um ihren Hauptplaneten herum. Viele der Männer verspürten nichts mehr von ihrer anfänglichen Begeisterung, und Prilicla schwankte und wankte auf seinen sechs bleistiftdünnen Beinen hin und her, als sei er von einem Gefühlssturm erfaßt worden, der ihn wegzublasen drohte.

Nach Conways Auffassung war es ein großer Fehler gewesen, Prilicla hieran teilnehmen zu lassen; man durfte einen Empathen einfach nicht solchen Höllenqualen aussetzen. Eigentlich hatte er von Anfang an alles falsch gemacht, weil die ganze Idee grausam und sadistisch und somit ein Fehler gewesen war, und er kam sich schlimmer als ein Monster vor …

Hoch oben in der Mitte des Raums stieß der junge SRTT, der nur noch als ein wild rotierender, verschwommener Fleck unter der Decke wahrzunehmen war, hohe, kollernde Angstschreie aus.

Aus den Lautsprechern dröhnte plötzlich ein Höllenlärm. Schreie, Rufe, zersplitterndes Glas und hastende Schritte übertönten irgendein Geräusch von etwas anderem, etwas Undefinierbarem, das sich langsam und schwerfällig zu bewegen schien. Im Hintergrund war O'Maras sich überschlagende Stimme zu vernehmen, als er irgendwem irgendwelche Anweisungen gab, dann brüllte jemand aus den Lautsprechern: »Hört um Himmels willen auf da unten! Der oder die Alte von eurem Schreihals da unten ist hier oben aufgewacht und demoliert mittlerweile den ganzen Raum …!«

Die Pressor- und Traktorstrahlenfolter wurde sofort eingestellt, und man ließ den bedauernswerten SRTT langsam herunter. Dann wartete man gespannt ab, während die scheppernden Geräusche und wilden Schreie, die aus der Beobachtungsstation drei übertragen wurden, ganz allmählich leiser wurden, nachdem sie kurz zuvor ihren höchsten Lärmpegel erreicht hatten. Im ganzen Raum standen die Männer wie angewurzelt da, sahen sich einander an oder starrten auf das jämmerlich wimmernde Wesen am Boden oder auf die Lautsprecher. Es knisterte vor gespannter Erwartung.

Und dann war es soweit.

Das Geräusch ähnelte dem Alienkauderwelsch, das

einige Stunden zuvor über sämtliche Lautsprecher übertragen worden war, aber dieses Mal fehlten die statischen Störungen, und man konnte es deutlich hören. Und da alle Anwesenden ihre Translatoren eingeschaltet hatten, wurden die Laute auch übersetzt.

Es war der ältere SRTT, der aus seinem vermeintlich unheilbaren Krankheitszustand ins Leben zurückgekehrt war, und der nun beruhigend und tadelnd zugleich auf seinen Sprößling einredete. Praktisch sagte er dem Kleinen, er solle endlich artig sein und unverzüglich damit aufhören, überall herumzulaufen und sich und alle anderen in helle Aufregung zu versetzen. Außerdem würde ihm nichts geschehen, wenn er nur das tat, was die Wesen um ihn herum von ihm verlangten. Und je eher er sich artig verhielte, sagte der alte SRTT zum Schluß, desto schneller könnten sie beide gemeinsam die Heimreise antreten.

Conway wußte, daß der Ausreißer seelisch gesehen furchtbare Prügel bezogen hatte, und vielleicht war es des Guten zuviel gewesen. Voll innerer Anspannung beobachtete er den jungen SRTT, der äußerlich noch immer weder Fisch noch Fleisch oder gar Geflügel war und nun auf verschiedenen, nicht zueinander passenden Gliedmaßen verstört über den Boden torkelte. Als der junge Alien schließlich einem der Monitore sanft und unterwürfig gegen die Knie stupste, hätte er durch den um ihn herum aufbrausenden Jubel fast einen Rückschlag erlitten.

»Als Prilicla mir den Tip gab, was dem alten SRTT wirklich fehlte, war ich mir sicher, daß wir nur mit einer drastischen Behandlungsmethode etwas erreichen konnten«, sagte Conway zu den Diagnostikern und Chefärzten, die sich rings um einen Schreibtisch geschart hatten, der O'Mara auf der Beobachtungsstation als Arbeitsplatz diente.

Die Tatsache, daß er sich in solch erlauchter Gesellschaft befand, war ein eindeutiges Zeichen für die Anerkennung, die man ihm aufgrund seiner zuletzt gezeigten Leistungen zollte. Trotzdem war er sehr aufgeregt, als er fortfuhr: »Sein Rückzug in den für ihn embryonalen Zustand — ausgedrückt durch seine völlige Auflösung in einzelne Zellen ohne Bewußtsein, die in den Urmeeren seines Heimatplaneten schwammen — war bereits weit fortgeschritten, seinem physischen Zustand nach zu urteilen vielleicht sogar zu weit. Major O'Mara hatte bereits verschiedene Schockbehandlungen probiert, auf die der SRTT aber aufgrund seiner unglaublich anpassungsfähigen Zellstruktur nicht ansprach. Meine Idee war nun, die enge seelische wie körperliche Bindung zu nutzen, die zwischen einem SRTT-Elternteil und dessen Letztgeborenem besteht, und mich so dem Problem zu nähern.«

Conway hielt inne und deutete mit einem Blick auf das um sie herum herrschende Chaos. Die Beobachtungsstation drei sah aus, als wäre eine Bombe explodiert. Er wußte, daß sich hier ziemlich hektische Minuten abgespielt haben mußten, bevor man endlich dem alten SRTT die Situation hatte erklären können, als er aus dem Zustand der Katatonie herausgekommen war.

Er räusperte sich und fuhr fort: »Deshalb haben wir den jungen SRTT in den DBLF-Ruheraum getrieben und versucht, ihm möglichst viel Angst einzujagen, wobei wir die Laute, die er dabei von sich gab, hierher in die Beobachtungsstation drei übertragen haben. Und das hat funktioniert. Das Elternteil konnte nicht einfach untätig herumliegen, während sich sein Letztgeborenes und meistgeliebter Sprößling offenbar in schrecklicher Gefahr befand. Seine elterliche Sorge und Liebe waren letztendlich stärker als die Psychose, überwanden sie und besiegten sie sogar und brachten ihn schließlich wieder in die Gegenwart und somit in die Realität zurück. Er konnte sein Kind besänftigen, und auf diese Weise war am Schluß allen gedient.«

»Aus dem Wenigen, was uns an Wissen zur Verfügung stand, haben Sie wirklich hervorragende Schlüsse gezogen, Doktor«, bemerkte O'Mara mit unverhohlener Anerkennung. »Mein Kompliment ...«

In diesem Augenblick wurde die Unterhaltung durch den Kommunikator unterbrochen. Schwester Murchison wollte Conway sprechen. Sie berichtete ihm, daß bei den drei AUGLs erste Symptome von Verknöcherungen der Knorpelgelenke aufgetreten seien und er umgehend kommen müsse. Conway forderte für sich und Prilicla sofort ein AUGL-Band an und unterrichtete die Umstehenden von der Dringlichkeit des Falls. Als die Diagnostiker und Chefärzte daraufhin allmählich den Raum verließen, dachte Conway ein wenig enttäuscht, daß Murchisons Anruf ihm möglicherweise den größten Moment in seinem Leben verdorben hatte.

»Machen Sie sich nichts draus, Doktor«, sagte O'Mara vergnügt, der anscheinend wieder einmal seine Gedanken hatte lesen können. »Wäre der Anruf fünf Minuten später gekommen, wäre bei all dem Lob, das Sie erhalten hätten, Ihre Brust womöglich so stolzgeschwellt gewesen, daß Sie nicht einmal mehr durch die Tür gepaßt hätten.«

Zwei Tage später hatte Conway seinen ersten und einzigen Disput mit Dr. Prilicla. Er bestand darauf, daß ohne die Hilfe von Priliclas empathischer Fähigkeit — ein fürwahr unglaublich genaues und nützliches Diagnosemittel — und Murchisons Wachsamkeit die Heilung aller drei AUGLs niemals möglich gewesen wäre.

Der GLNO hingegen stellte fest, daß es ihm zwar völlig gegen den Strich gehe, den Ansichten seines Vorgesetzten zu widersprechen, Conway sich aber in diesem Fall total irre.

Murchison bemerkte nur, sie freue sich, geholfen haben zu können, und bat Conway um ein paar freie Tage.

Conway bewilligte ihr den Kurzurlaub, dann setzte er

den Streit mit Prilicla fort, obwohl er wußte, daß er keine Chance hatte, diesen jemals zu gewinnen.

Dabei wußte er *wirklich*, daß er die AUGL-Kinder ohne die Hilfe des kleinen Empathen niemals hätte retten können — wahrscheinlich nicht einmal eins. Aber er war nun mal der Chef — und wenn ein Chef und sein Untergebener etwas erfolgreich zu Ende führen, scheint die Anerkennung generell nur dem Chef zu gelten.

Der Streit, wenn das der richtige Ausdruck für eine im Wesen freundschaftliche Auseinandersetzung war, dauerte Tage an. Auf den Neugeborenenstationen ging die Arbeit gut von der Hand, und es gab keine ernsthaften Probleme, über die sie sich die Köpfe hätten zerbrechen müssen. Allerdings wußten sie weder etwas von dem Schiffswrack, das gerade zum Orbit Hospital abgeschleppt wurde, noch von dem einzigen Überlebenden, der sich darin befand.

Und was Conway zudem nicht wissen konnte, war, daß binnen der nächsten zwei Wochen das gesamte Hospitalpersonal nur noch verächtlich über ihn reden würde.

Fünfter Teil

Ein Schiffbrüchiger

I

Der Monitorkreuzer *Sheldon* tauchte etwa achthundert Kilometer vom Orbit Hospital entfernt in den Normalraum ein. Das Wrack, das der eigentliche Anlaß seines Kommens war, wurde dabei innerhalb des Kraftfelds der Hypergeneratoren sanft am Rumpf gehalten. Aus dieser Entfernung wirkte die gewaltige, hellerleuchtete Konstruktion, die im interstellaren Raum am Rande der Galaxis schwebte, auf den Captain des Monitorkorps nur wie ein verschwommenes Lichtermeer, zumal er mit den Gedanken ganz woanders war, denn er hatte eine wichtige Entscheidung zu treffen. Irgendwo innerhalb des Wracks, das er geborgen hatte, befand sich ein Überlebender, der dringend ärztlicher Hilfe bedurfte. Aber der Handlungsspielraum des Captains war eingeschränkt, denn wie jeder gute Monitor machte er sich Gedanken über mögliche Auswirkungen auf unschuldige Beteiligte — in diesem Fall das Personal und die Patienten des größten Hospitals der Galaxis.

Er nahm sofort Kontakt mit der Funkzentrale des Orbit Hospitals auf und erklärte die Situation. Von dort wurde ihm versichert, man werde sich umgehend um die Angelegenheit kümmern. Da das gesundheitliche Wohlergehen des Überlebenden jetzt in kompetenten Händen lag, entschied sich der Captain, die Untersuchung des Wracks, das jeden Augenblick vor seinen Augen zu explodieren drohte, nun mit klarem Kopf wiederaufzunehmen.

Conway saß unbehaglich auf einem an sich sehr behaglichen Sessel in O'Maras Büro und sah über den riesigen, unaufgeräumten Schreibtisch hinweg in das scharfkantige Gesicht des Chefpsychologen.

»Jetzt beruhigen Sie sich erst mal, Doktor«, begann O'Mara etwas unvermutet, denn offenbar hatte er Conways Gedanken lesen können. »Wenn Sie hier wären, weil ich Ihnen von hoher Stelle einen Rüffel erteilen soll, hätte ich Ihnen ein Nagelbett als Sitzgelegenheit angeboten. Aber das Gegenteil ist der Fall. Ich bin nämlich statt dessen beauftragt worden, Ihnen kräftig auf die Schulter zu klopfen. Sie sind befördert worden, Doktor. Herzlichen Glückwunsch. Sie sind ab sofort, und der Himmel stehe uns bei, ein richtiger Chefarzt.«

Bevor Conway sich äußern konnte, hob der Psychologe warnend die Hand und fuhr fort: »Meiner Meinung nach war das ein haarsträubender Fehler. Aber anscheinend hat Ihr Erfolg mit dem sich auflösenden SRTT und Ihre Rolle bei der Behandlung des schwebenden Dinosauriers die da oben mächtig beeindruckt — die glauben doch tatsächlich, es hätte etwas mit Ihrem Können zu tun gehabt, und nicht, daß es reine Glückssache war. Was mich angeht«, merkte er grinsend an, »würde ich Ihnen nicht einmal meinen beschissenen Blinddarm anvertrauen.«

»Sie sind wirklich immer wieder zu freundlich, Doktor«, bemerkte Conway trocken.

O'Mara grinste erneut. »Was erwarten Sie denn? Lob? Meine Aufgabe ist es, die Leute auf den Boden der Tatsachen zurückzuholen, und nicht, sie abheben zu lassen. Aber ich sollte Ihnen erst mal eine Minute Zeit geben, Ihren frisch erlangten Ruhm innerlich zu verdauen ...«

Conway wußte die Beförderung sehr wohl zu schätzen und auch, was das in Zukunft für ihn zu bedeuten hatte. Er freute sich wirklich, zumal er nie damit gerechnet hatte, innerhalb der nächsten zwei Jahre zum Chefarzt ernannt zu werden — aber er verspürte auch etwas Angst.

Von nun an würde er eine Armbinde mit rotem Rand tragen und wie die anderen Chefärzte und Diagnostiker in den Fluren und Gängen und Kantinen vor allen anderen Vorrang haben und sämtliche Ausrüstung oder Hilfe erhalten, die er anforderte. Allerdings trug er damit auch die volle Verantwortung für die ihm anvertrauten Patienten, ohne sich davor drücken oder den Schwarzen Peter weitergeben zu können. Seine persönliche Freiheit würde dadurch stark eingeschränkt sein. Außerdem müßte er Schwestern unterrichten, Assistenzärzte ausbilden und mit ziemlicher Sicherheit an einem langfristigen Forschungsprojekt mitarbeiten. Diese Aufgaben machten es erforderlich, wenigstens eins, vielleicht sogar zwei Physiologiebänder fast permanent im Kopf gespeichert zu haben. So eine Beförderung hatte also durchaus ihre Schattenseiten.

Chefärzte, die regelmäßig unterrichteten, waren sogar verpflichtet, ein oder zwei dieser Bänder stets gespeichert zu haben, und wie Conway wußte, war das alles andere als ein Vergnügen. Das einzig Tröstliche war, daß es ihm nicht ganz so schlimm ergehen würde wie einem Diagnostiker, der der geistigen Elite des Hospitals angehörte und eines jener seltenen Wesen war, deren Psyche und Verstand als ausreichend stabil erachtet wurde, permanent sechs, sieben oder gar zehn Bänder gleichzeitig im Kopf zu haben. Ihren mit Daten vollgestopften Hirnen oblag in erster Linie die Aufgabe, medizinische Grundlagenforschung zu leisten und neue Krankheiten bislang unbekannter Lebensformen zu diagnostizieren und zu behandeln.

Im Hospital gab es das geflügelte Wort — das angeblich vom Chefpsychologen selbst stammte —, daß jeder geistig Zurechnungsfähige, der freiwillig Diagnostiker werden wollte, schon von vornherein verrückt sein mußte.

Mit einem Schulungsband wurden einem nämlich nicht nur die physiologischen Fakten einer Spezies ins Gehirn eingetrichtert, sondern auch die Persönlichkeit und das Gedächtnis des Wesens, das dieses Wissen besessen hatte. Auf diese Weise setzte sich ein Diagnostiker freiwillig einer höchst drastischen Form multipler Schizophrenie aus …

Plötzlich wurden Conways Gedankengänge von O'Maras Stimme unterbrochen.

»... und da Sie sich jetzt ein ganzes Stück größer fühlen und es wahrscheinlich kaum erwarten können, aus diesem Büro rauszukommen, hab ich eine neue Aufgabe für Sie. Ein Wrack ist bis hierher geschleppt worden, in dem sich ein Überlebender befindet. Unsere üblichen Methoden, einen Verletzten zu bergen, nützen uns in diesem Fall offenbar nichts. Die physiologische Klassifikation ist unbekannt — wir haben nicht einmal das Schiff identifizieren können und deshalb nicht die geringste Ahnung, was der Überlebende ißt, was er atmet oder wie er aussieht. Ich will, daß Sie sich dorthin begeben und die Lage peilen, mit dem einzigen Ziel, das Wesen so schnell wie möglich zur Behandlung hierherzubringen. Nach unseren Informationen werden die Bewegungen des Wesens im Innern des Wracks immer schwächer. Die Sache duldet also keinen Aufschub.«

»Ja, Sir«, sagte Conway und stand sofort auf. An der Tür blieb er noch einmal kurz stehen, blickte sich mit einem triumphierenden Blick um und sagte zum Abschied: »Ach, noch etwas ... ich hab übrigens Ihren, wie Sie es nennen, ›beschissenen Blinddarm‹. Kellerman hat Ihnen den Appendix vor drei Jahren rausgenommen. Er hat ihn damals konserviert und ihn später als Schachtrophäe gestiftet. Steht bei mir im Bücherregal ...«

O'Maras einzige Reaktion war eine kaum merkliche Neigung des Kopfs, wobei er die Lippen schürzte, als hätte man ihm ein Kompliment gemacht.

Später mußte sich Conway über sich selbst wundern, welche Frechheit er gegenüber dem Chefpsychologen an den Tag gelegt hatte, wahrscheinlich war ihm die Beförderung bereits zu Kopf gestiegen.

Nachdem er O'Maras Büro verlassen hatte, begab er sich gleich an den nächsten Kommunikator und rief in der Transportabteilung an. »Hier spricht Doktor Conway. Ich hab einen dringenden ambulanten Fall und brauche eine Fähre. Außerdem eine Schwester, die mit Analysegeräten umzugehen weiß und wenn möglich Erfahrung bei der Bergung von Schiffbrüchigen hat. Ich werde in wenigen Minuten bei der Einlaßschleuse acht sein …«

Den Weg zur Schleuse legte er alles in allem zügig zurück. Nur einmal mußte er den Rücken gegen die Wand pressen, als sich ein tralthanischer Diagnostiker auf seinen sechs elefantenartigen Beinen geistesabwesend an ihm vorbeischleppte, wobei das winzige und nicht mit übermäßig viel Intelligenz gesegnete OTSB-Wesen, das mit ihm in Symbiose lebte, an seinem lederartigen Rükken haftete. Conway scherte es nicht die Bohne, einem zerstreuten Diagnostiker den Weg frei zu machen, schließlich gab es in der ganzen Galaxis keine besseren Chirurgen als diese tralthanische Kombination aus FGLIs und OTSBs. Ansonsten aber ließen alle anderen ihm den Vortritt, wobei es sich zumeist um Schwestern oder Pfleger der DBLF-Klassifikation und ein paar vogelartige LSVOs handelte.

Das bewies einmal mehr, wie hervorragend die Gerüchteküche im Orbit Hospital funktionierte, denn er trug noch immer seine alte Armbinde.

Seine neu erlangte Größe schrumpfte durch den auf ihn bei der Schleuse acht wartenden Alien wieder rasch auf Normalmaß zusammen. Es handelte sich um eine pelzige, vielbeinige DBLF-Schwester, die, kaum war er in Sichtweite, sofort zu jammern und zu klagen anfing, wie es Conway über seinen Translator unschwer mitbekam.

»Ich warte schon über sieben Minuten auf Sie«, beschwerte sich die Schwester. »Mir wurde gesagt, es handle sich um einen dringenden Notfall, trotzdem kommen Sie hier in einem Tempo angeschlichen, als hätten Sie das Temperament einer Wanderdüne …«

Da der Translator ihre Stimme jeden emotionalen Inhalts beraubte, war nicht herauszuhören, ob die Schwester ihre Bemerkung völlig scherzhaft, nur halb ernst oder als eine reine Feststellung verstanden wissen wollte, die ihrer Ansicht nach vielleicht nicht einmal respektlos gemeint war. Letzteres bezweifelte Conway allerdings stark, doch war ihm klar, daß ein Wutausbruch zu diesem Zeitpunkt nichts einbringen würde.

Er atmete tief durch und sagte etwas großspurig: »Möglicherweise hätte ich Ihre Wartezeit verkürzen können, wenn ich gelaufen wäre. Ich bin aber aus dem einfachen Grund dagegen, durch das Hospital im Laufschritt zu rennen, da es mir meine Position als Arzt verbietet, durch unnötige Hast einen schlechten Eindruck zu hinterlassen. Die Leute glauben nämlich dann, ich sei aus irgendeinem Grund in Panik geraten, und zweifeln sofort an meinen Fähigkeiten. Nur damit Klarheit herrscht ...«, fügte er hinzu, »... ich bin also nicht im Schneckentempo geschlichen, sondern mit festem und nicht überhastetem Schritt hierhergekommen. Das klingt doch schon ganz anders, nicht wahr?«

Das Geräusch, das die DBLF-Schwester daraufhin von sich gab, war unübersetzbar.

Conway bestieg als erster die kleine Fähre, und Sekunden später schossen sie durch die Schleuse hindurch in den freien Raum. Auf dem Heckbildschirm der Fähre sah man, wie sich das Lichtermeer des Orbit Hospitals langsam verdichtete und zu schrumpfen begann, und Conway kam ins Grübeln.

Es war nicht das erstemal, daß er zu einem Wrack gerufen wurde, und er wußte, wie die Sache angefaßt werden mußte. Aber erst jetzt wurde er richtig gewahr, daß er von nun an für alles, was geschehen würde, die alleinige Verantwortung trug. Falls etwas schiefgehen sollte, konnte er nicht einfach jemanden um Hilfe bitten. Zwar hatte er das schon früher so gut wie nie getan, aber es war immer ein beruhigendes Gefühl gewesen, zu wissen, dies im Notfall tun zu können. Er verspürte das dringende Verlangen, seine neu auferlegte Verantwortung mit jemand teilen zu können — zum Beispiel mit Dr. Prilicla, diesem sanftmütigen, einfühlsamen Alien, der sein Assistent in der Neugeborenenabteilung gewesen war, oder mit irgendeinem anderen seiner terrestrischen oder nichtterrestrischen Kollegen.

Während der Fahrt zu dem Wrack strapazierte die DBLF-Schwester, die sich mit Namen Kursedd vorstellte, Conways Geduld bis aufs äußerste. Sie besaß überhaupt kein Taktgefühl, und obwohl Conway den Grund dafür kannte, fiel es ihm trotzdem schwer, damit klarzukommen.

Kursedds Spezies war zwar nicht telepathisch veranlagt, aber untereinander konnten die DBLFs die Gedanken ihres Gegenübers mit großer Genauigkeit an dessen äußeren Merkmalen ablesen. Bei vier Augen und zwei Hörorganen, die allesamt wie Teleskopantennen ausgefahren werden konnten, einem Pelz, der seidenweich anliegen oder wie die strubbeligen Haare eines frisch gebadeten Hundes abstehen konnte, sowie verschiedenen anderen höchst wandelbaren äußeren Merkmalen, deren Ausdruck unbewußt gesteuert wurde, war es verständlich, daß diese raupenartige Spezies noch nie etwas von diplomatischen Umgangsformen gehört hatte. Unweigerlich sagten die DBLFs das, was sie dachten, weil sich ihre Gedanken einem anderen Angehörigen ihrer Spezies sowieso offenbarten. Etwas anderes zu sagen, als man dachte, wäre also ausgesprochen dumm gewesen.

Wie aus dem Nichts tauchte plötzlich vor ihnen der Kreuzer der Monitorkorps und das daneben hängende Wrack auf.

Außer dem hellorangefarbenen Äußeren unterschied sich das Wrack kaum von irgendeinem der anderen, die er bislang gesehen hatte. In dieser Hinsicht waren Schiffe wie Menschen, meinte Conway, denn ein gewaltsames Ende beraubte sie jedes individuellen Merkmals.

Er wies Kursedd an, das Wrack ein paarmal zu umkreisen, wobei er an das vordere Beobachtungsfenster trat. Auf kurze Distanz konnte man die innere Struktur gut erkennen, da es durch das Unglück praktisch in zwei Teile zertrennt worden war. Es bestand aus dunklem und normal aussehendem Metall, also mußte es sich bei dem grellen Orange um einen ganz normalen Anstrich und nicht um eine Verfärbung des Schiffskörpers handeln. Conway registrierte diese Tatsache mit großer Aufmerksamkeit, denn die Anwendung einer bestimmten Farbe ließ ziemlich exakt auf die Sichtweise der Sehorgane einer Spezies schließen und somit auf den Grad der Lichtdurchlässigkeit und die Beschaffenheit der Atmosphäre ihres Heimatplaneten. Nach einigen Minuten stellte er fest, daß er durch eine Außenbesichtigung des Wracks mehr nicht in Erfahrung bringen konnte, und er gab Kursedd das Zeichen, an die *Sheldon* anzudocken.

Die Schleusenvorkammer des Kreuzers war klein und wirkte im Moment noch enger, als sie eh schon war, da sich in ihr einige grünuniformierte Monitore aufhielten. Sie begutachteten heftig diskutierend ein seltsam aussehendes mechanisches Gerät auf dem Boden, das offenbar aus dem Wrack geborgen worden war. Die kleine Halle war erfüllt von technischen Fachausdrücken, mit denen sich diese Spezialisten gegenseitig bewarfen, und niemand schien den Arzt und die Schwester zu beachten. Erst als sich Conway zweimal laut vernehmlich räusperte, löste sich ein Officer mit den Insignien eines Majors aus der Gruppe — ein schmalgesichtiger Mann mit grau werdendem Haar — und ging auf die beiden zu.

»Captain Summerfield«, sagte er knapp, wobei er einen letzten sehnsüchtigen Blick auf das Ding hinter sich auf dem Boden warf. »Ich nehme an, Sie sind also diese Wunderheiler aus dem Hospital, richtig?«

Conway fühlte sich gereizt. Natürlich hatte er Verständnis für diese Leute — ein verunglücktes Schiff, das zu einer unbekannten, fremden Zivilisation gehörte, war ein äußerst seltener Fund; eine technologische Schatzkammer von unermeßlichem Wert —, aber er selbst dachte anders. Für ihn rangierte die Erforschung von Schöpfungen fremder Spezies in ihrer Bedeutung weit hinter dem Studium, der Untersuchung und der letztendlichen Wiederherstellung fremden Lebens. Und deshalb kam er auch gleich zur Sache.

»Captain Summerfield, wir müssen so schnell wie möglich die Umweltbedingungen des Überlebenden ermitteln und sie dann reproduzieren«, sagte er in einem ungewöhnlich barschen Ton, »und zwar sowohl im Hospital als auch in der Fähre, die ihn dorthin bringen wird. Könnten Sie uns jemanden zur Verfügung stellen, der uns das Wrack genauer zeigt? Möglichst einen kompetenten Fachmann, der weiß, wie man ...«

»Sicherlich«, unterbrach ihn der Captain. Es schien, als wollte er noch etwas sagen, aber dann zuckte er nur die Achseln, drehte sich um und schrie: »Hendricks!« Ein Lieutenant, der nur die untere Hälfte eines Raumanzugs trug und einen ziemlich abgespannten Eindruck machte, kam zu ihnen herüber. Der Captain stellte ihn kurz vor, dann begab er sich wieder zu dem rätselhaften Ding auf dem Boden zurück.

»Wir werden schwere Raumanzüge benötigen«, sagte Hendricks. »Für Sie, Doktor Conway, hab ich einen. Aber bei Ihnen, Doktor Kursedd, sehe ich schwarz. Sie sind ein DBLF und ...«

»Kein Problem«, warf Kursedd schnell ein. »Ich hab einen Anzug in der Fähre. Lassen Sie mir nur ein paar Minuten Zeit ...«

Die DBLF-Raupe kroch auf die Luftschleuse zu. Ihr Pelz hob und senkte sich dabei in langsamen Wellen, die beim relativ dünnbehaarten Halsansatz begannen und sich bis zum buschigen Schwanzende fortsetzten. Conway hatte Hendricks schon korrigieren wollen, als er Schwester Kursedd mit ›Doktor‹ angeredet hatte. Ihm war aber plötzlich klargeworden, daß diese falsche Titulierung bei der DBLF-Raupe eine starke emotionale Reaktion hervorgerufen hatte — das sich plötzlich kräuselnde Fell mußte jedenfalls der Ausdruck für *irgendein* Gefühl gewesen sein. Da er selbst kein DBLF war, konnte er allerdings nicht sagen, ob die Schwester damit Freude oder Stolz ausdrückte, versehentlich für eine Ärztin gehalten worden zu sein, oder ob sie sich am liebsten vor Lachen über diesen Irrtum eins ihrer vierunddreißig Beine ausgerissen hätte. Da diese Angelegenheit sowieso nicht von Belang war, entschied sich Conway, einfach nichts dazu zu sagen.

II

Die nächste Gelegenheit, bei der Hendricks die Schwester mit ›Doktor Kursedd‹ anredete, war, als sie das Wrack bestiegen. Dieses Mal blieb ihre emotionale Reaktion allerdings unter der Schutzhülle ihres Raumanzugs verborgen.

»Und was ist hier passiert?« fragte Conway, während er sich neugierig umsah. »Ein Unfall, eine Kollision oder so etwas?«

»Unsere Theorie ist, daß eins der beiden Generatorenpaare, durch die das Schiff während der Überlichtgeschwindigkeit im Hyperraum gehalten wird, aus irgendeinem Grund ausgefallen ist«, antwortete Lieutenant Hendricks. »Eine Hälfte des Schiffs kehrte plötzlich in den Normalraum zurück, was automatisch bedeutet, daß sie weit unter Lichtgeschwindigkeit abgebremst wurde. Dadurch wurde das Schiff in zwei Teile zerrissen. Der Abschnitt mit den schadhaften Generatoren wurde zurückgelassen, weil nach dem Unfall das verbleibende Generatorenpaar für etwa eine Sekunde weiterarbeitete. Dabei scheinen noch verschiedene Sicherheitsmechanismen ausgelöst worden zu sein, die das Leck abdichten sollten. Das war natürlich sinnlos, da bei dem Zwischenfall praktisch das ganze Schiff zerfetzt wurde. Aber es wurde noch ein automatisches Notrufsignal abgesetzt, das wir glücklicherweise aufgefangen haben. Und offenbar herrscht in einem Teil des Wracks irgendwo noch Druck, da wir Bewegungsgeräusche eines Überlebenden feststellen konnten.

Was mir allerdings nicht aus dem Kopf gehen will, ist, in welchen Zustand sich die andere Hälfte befindet«, schloß er nachdenklich. »Ein Notrufsignal ist von dort jedenfalls nicht ausgesandt worden, sonst hätten wir das mitbekommen. Aber auch dort könnte es Überlebende geben.«

»Denen wird leider niemand mehr helfen können«, sagte Conway nachdenklich, dann fuhr er mit fester Stimme fort:

»Aber den Überlebenden hier werden wir retten. Wie kann ich an ihn herankommen?«

Hendricks überprüfte den Sitz der G-Gürtel und der Sauerstoffbehälter ihrer Anzüge, dann sagte er: »Vorläufig wird das leider nicht gehen. Folgen Sie mir, und ich werde Ihnen zeigen, warum.«

Wie sich Conway erinnerte, hatte O'Mara zuvor bereits erwähnt, man habe Probleme, an den Alien heranzukommen, allerdings hatte der Chefpsychologe angenommen, daß der Grund dafür wie üblich lose Wrackteile waren, die den Weg versperrten. Aber aufgrund des sachkundigen Blicks des Lieutenant im besonderen und der bekannten Leistungsfähigkeit des Monitorkorps im allgemeinen war Conway sicher, daß es sich nicht um ein gewöhnliches Problem handeln konnte.

Als sie tiefer in das Wrack vordrangen, war das Innere des Schiffs allerdings bemerkenswert frei. Ein paar lose Teile schwebten herum, aber nichts versperrte ihnen den Weg. Erst als Conway sich genauer umsah, erkannte er den vollen Umfang des Schadens. Es gab praktisch keine Rohre, Träger oder Trennwände, die nicht zerstört oder aus ihren Verankerungen gerissen worden waren.

Auf der gegenüberliegenden Seite der Kabine, die sie gerade betreten hatten, sah er eine schwere Stahltür, die aufgeschweißt worden war, wobei rings um sie überall Spuren von schnell trocknender Dichtungsmasse zu erkennen waren, die man normalerweise für provisorische Luftschleusen verwandte.

»Genau das ist unser Problem«, erklärte Hendricks, als Conway ihn fragend anblickte. »Durch die Katastrophe ist das Schiff praktisch in seine Bestandteile zerlegt worden. Hätten wir hier keine Schwerelosigkeit, würde es um uns herum einfach auseinanderfallen ...«

Er brach ab, um Kursedd zu helfen, die Schwierigkeiten hatte, durch das Loch in der Tür zu schlüpfen, dann fuhr er fort: »Alle luftdichten Türen müssen sich automatisch geschlossen haben, aber bei dem Zustand des Schiffs bedeutet allein die Tatsache einer geschlossenen luftdichten Tür noch lange nicht, daß dahinter auch noch Druck herrscht. Und obwohl wir glauben, den manuellen Öffnungsmechanismus herausgefunden zu haben, können wir nicht absolut sicher sein, ob wir bei Anwendung dieser Methode nicht nur eine, sondern gleich sämtliche Türen öffnen, was für den Überlebenden tödliche Folgen hätte.«

Conway vernahm im Kopfhörer ein kurzes, schweres Seufzen, dann fuhr der Lieutenant fort: »Deshalb haben wir uns gezwungen gesehen, vor jedem Schott, auf das wir getroffen sind, erst einmal eine Schleuse zu errichten. Sollte sich auf der anderen Seite eine Atmosphäre befinden, wenn wir uns durchschweißen, wird der

Druckabfall auf diese Weise nur geringfügig sein. Das ist natürlich eine sehr zeitaufwendige Geschichte, aber es gibt leider kein Schnellverfahren, durch das die Sicherheit des Aliens nicht gefährdet wäre.«

»Dann müssen eben mehr Bergungstrupps eingesetzt werden«, schlug Conway vor. »Falls Sie auf Ihrem Schiff nicht genügend Leute haben, können wir welche vom Hospital kommen lassen. Das würde den Zeitaufwand erheblich verkürzen ...«

»*Nein*, Doktor!« unterbrach ihn Hendricks energisch. »Was glauben Sie, warum wir wohl achthundert Kilometer vom Hospital entfernt in Position gegangen sind? Es gibt Hinweise, daß im Wrack noch ein gewaltiger Energievorrat gelagert ist. Und bevor wir nicht wissen, wie und wo er gespeichert ist, müssen wir sehr umsichtig vorgehen. Natürlich wollen wir den Alien retten, aber wir haben eigentlich nicht vor, mit ihm zusammen in die Luft zu fliegen. Hat man Ihnen davon im Hospital nichts gesagt?«

Conway schüttelte den Kopf. »Vielleicht wollten die nicht, daß ich mir unnötig Sorgen mache.«

Hendricks lachte. »Das will ich auch nicht. Im Ernst, die Wahrscheinlichkeit einer Explosion ist verschwindend gering, — vorausgesetzt, wir treffen die geeigneten Vorsichtsmaßnahmen. Aber wenn wir hier überall Leute mit Schweißgeräten herumschwirren lassen, die das ganze Wrack auseinandernehmen, dann ist eine Katastrophe so gut wie gewiß.«

Während der Lieutenant geredet hatte, waren sie durch zwei weitere Kabinen und einen kurzen Korridor gegangen. Conway fiel auf, daß die Innenausstattung jeder Kabine eine unterschiedliche Farbzusammenstellung hatte. Die Spezies des Überlebenden mußte also, jedenfalls nach der Innendekoration zu urteilen, höchst individuelle Geschmacksauffassungen haben.

»Und wann werden wir Ihrer Meinung nach bis zu

dem Überlebenden vorgedrungen sein?« fragte er den Monitor.

Das sei eine einfache Frage, die allerdings eine lange und komplizierte Antwort erfordere, gestand Hendricks fast reumütig. Der Alien hatte seine Anwesenheit durch Geräusche kundgetan, oder genauer gesagt, durch die Schwingungen, die seine Bewegungen im Schiff verursacht hatten. Der Zustand des Schiffs und der Umstand, daß seine Bewegungen von unregelmäßiger Dauer waren und immer schwächer wurden, machten es aber unmöglich, seinen Aufenthaltsort mit Sicherheit zu bestimmen. Zur Zeit arbeitete man sich auf den Mittelpunkt des Wracks zu, weil man dort noch am ehesten einen unzerstörten und luftdichten Kabinenabschnitt vermutete. Wegen des Krachs und der Vibrationen, die der Bergungstrupp dabei bereits verursachte, hatte man irgendwelche spätere Bewegungen des Überlebenden leider nicht mehr registrieren können.

Alles in allem dürfte es noch drei bis sieben Stunden dauern, meinte Hendricks.

Und gleich nachdem man mit dem Alien Kontakt bekommen hatte, dachte Conway, würde er von dessen Atmosphäre zunächst Proben nehmen, sie dann analysieren und schließlich reproduzieren müssen. Außerdem galt es, die für den Alien erforderlichen Druck- und Schwerkraftverhältnisse zu ermitteln, ihn für den Transport ins Hospital vorzubereiten und vorläufig ärztlich zu versorgen, bis man ihn dort angemessen behandeln konnte.

»Das ist viel zu lang!« wandte Conway erschrocken ein. Man konnte kaum damit rechnen, daß der Alien in seinem angeschlagenen Zustand so lange überleben würde. »Wir werden ein Notquartier vorbereiten müssen, ohne unseren Patienten wirklich gesehen zu haben — anders geht's nicht. Also, wir werden folgendes machen ...«

Er erteilte sofort die Anweisung, einen Teil des Bodenbelags herausreißen zu lassen, um die darunter befindlichen Schwerkraftgitter freizulegen. Von technischen Dingen verstehe er selbst nicht soviel, sagte er dem Lieutenant, aber bestimmt könne er, Hendricks, eine ungefähre Schätzung der Ausgangsleistung der Gitter vornehmen. Sämtliche raumfahrenden Spezies der Galaxis wandten dieselbe und einzig bekannte Methode an, die Schwerkraft zu neutralisieren; sollte die Spezies des Überlebenden eine andere Methode anwenden, könnten sie ihren Rettungsversuch sowieso auf der Stelle abbrechen.

»Nahrungsproben, Größe und Energieverbrauch der künstlichen Schwerkraftgitter, sowie Atmosphärereste, die in irgendwelchen Rohrleitungen eingeschlossen sind, lassen auf die physischen Eigenschaften einer jeden Spezies schließen. Wenn wir genug Informationen darüber zusammenbekommen, könnten wir die Umweltbedingungen dieses Aliens schon vor seiner Entdeckung auf der Fähre reproduzieren ...«

»Einige dieser herumschwebenden Gegenstände hier sind doch bestimmt Nahrungsbehälter«, warf Kursedd ein.

»Gute Idee«, stimmte Conway ihr zu. »Aber als erstes müssen wir eine Atmosphäreprobe nehmen und analysieren. Auf diese Weise bekommen wir eine ungefähre Vorstellung von seinem Metabolismus. Dann wird es uns leichter fallen festzustellen, in welcher dieser *Dosen* Farbe und in welcher Honig ist ...«

Gleich darauf war die Suche nach der Luftzufuhr in vollem Gang. Wie Conway wußte, hatten Raumschiffe notgedrungenermaßen eine große Anzahl verschiedenster Rohrleitungen, aber die ungeheuer vielen Rohre, die in diesem Wrack selbst durch die kleinsten Räume verliefen, verblüfften ihn schon durch ihre Komplexität. Ihr Anblick rief vage Erinnerungen in ihm wach, aber entweder funktionierten seine Assoziationszentren zur

Zeit nicht richtig, oder der optische Reiz war einfach zu schwach, um etwas damit zu verbinden.

Conway und die beiden anderen gingen von der Voraussetzung aus, daß, wenn auf diesem Schiff eine Kabine durch luftdichte Schotts abgedichtet werden konnte, dann auch die Zuleitungsrohre, die den jeweiligen Abschnitt mit Luft versorgten, durch Ansaugventile an den Aus- und Eintrittsstellen unterbrochen sein mußten. Das Auffinden eines Rohrabschnitts, der Atmosphäre enthielt, schien also nur eine Frage der Zeit zu sein. Aber in einigen dieser Rohre waren auch Steuerleitungen und Stromkabel verlegt, von denen das ein oder andere noch intakt sein konnte. Folglich mußte jede dieser Rohrleitungen bis zu einer Bruch- oder anderen Schadensstelle zurückverfolgt werden, um schließlich immer wieder nur festzustellen, daß sie *nicht* zum Luftzufuhrsystem gehörte. Es war ein langes und ermüdendes Eingrenzungsverfahren, und dieses mechanische Puzzle, an dessen schnellen Lösung das Leben des Patienten hing, brachte Conway innerlich immer mehr in Rage. Er wünschte sich nichts mehr, als daß der Bergungstrupp, der sich in die Mitte des Wracks vorkämpfte, endlich Kontakt zu dem Überlebenden bekam, nur damit er sich wieder seiner eigentlichen Arbeit als ein, wie er meinte, durchaus fähiger Arzt widmen konnte, anstatt hier wie ein Ingenieur mit zwei linken Händen agieren zu müssen.

Zwei Stunden waren bereits verstrichen, und sie hatten die Möglichkeiten auf ein einziges dickes Auslaßrohr eingegrenzt, das allerdings gleich sieben verschiedene Zuleitungen hatte!

»Ein Wesen, das sieben verschiedene Chemikalien benötigt ...«, stöhnte Hendricks, um gleich darauf verblüfft zu verstummen.

»Nur ein Rohr führt den Hauptbestandteil«, sagte Conway. »Die anderen sechs müssen die notwendigen Spurenelemente oder Gasanteile enthalten wie etwa der

Wasserstoff oder die Kohlendioxide in unserer eigenen Atmosphäre. Wenn sich diese Einlaßventile, die Sie an jedem der Rohre sehen können, nicht geschlossen hätten, als der Druck in dieser Kabine abfiel, hätten wir an deren Einstellung feststellen können, welche Menge von welchem Gas durch jede Zuleitung in das Hauptrohr gelangt ist.«

Conway klang zwar nach außen voller Zuversicht, von der er selber allerdings nichts spürte, denn er hatte eine böse Vorahnung.

Kursedd schlängelte sich plötzlich ein Stück vor. Die Schwester holte einen kleinen Schneidbrenner aus ihrer Ausrüstungstasche hervor, stellte die weißglühende Flamme so ein, daß sie nach etwa zehn Zentimetern spitz wie eine Nadel war, und führte sie dann vorsichtig an eins der sieben Zuleitungsrohre heran. Conway kam ein Stück näher und hielt eine offene Flasche bereit, um eine Probe nehmen zu können.

Als plötzlich gelblicher Dampf hervorstieß, fing Conway etwas davon ein. Zwar hatte sich nur wenig von dem Gas in der Flasche verfangen, für Analysezwecke aber reichte die Menge.

Während sich Kursedd an der nächsten Zuleitung zu schaffen machte, sagte sie: »Dem Aussehen nach zu urteilen, würde ich auf Chlor tippen. Und sollte Chlor der Hauptbestandteil der Atmosphäre dieser Spezies sein, dann könnte eine umgerüstete PVSJ-Station den Überlebenden aufnehmen.«

»Ich fürchte, ganz so einfach wird das nicht sein«, bemerkte Conway skeptisch.

Kaum hatte er den Satz zu Ende gesprochen, als ein weißer Hochdruckdampfstrahl den Raum im Nu mit Nebel füllte. Kursedd zuckte unwillkürlich von dem Rohr zurück und riß dabei den Schweißbrenner samt Flamme mit sich. Der Dampf verwandelte sich in eine klare Flüssigkeit, die nun in Form von Blasen heraussprudelte und wie schrumpfende, stark dampfende

Glaskugeln überall um sie herumschwebten. *Das Zeug verhält sich wie Wasser,* dachte Conway, während er eine weitere Probe nahm.

Als sich die Schweißflamme beim dritten Rohr noch für einen Moment im Strahl des austretenden Gases befand, schwoll sie kurz an und wurde sichtbar heller. Diese chemische Reaktion war eindeutig.

»Sauerstoff oder etwas mit hohem Sauerstoffanteil«, stellte Schwester Kursedd fest, wobei sie Conways Gedanken in Worte gefaßt hatte.

»Diese Wasserblasen scheren mich nicht weiter«, bemerkte Hendricks grimmig. »Aber Chlor und Sauerstoff sind eine höchst lungenunfreundliche Mischung.«

»Da haben Sie allerdings recht«, stimmte Conway ihm zu. »Für jeden Chloratmer ist Sauerstoff binnen weniger Sekunden tödlich, umgekehrt genauso. Aber eins dieser Gase könnte an der gesamten Mischung nur zu einem sehr geringen Prozentsatz beteiligt sein, also in geringsten Mengen vorkommen. Möglich wäre auch, daß beide Gase nur Spurenelemente sind, und der Hauptbestandteil bislang noch gar nicht dabei war.«

Nach ein paar Minuten waren auch den vier übrigen Zuleitungsrohren Proben entnommen worden, wobei Kursedd anscheinend während des Schweißens über Conways letzte Bemerkung nachgedacht hatte. Kurz bevor sie sich zur Fähre begab, um eine Analyse vorzunehmen, zögerte sie und sagte mit ihrer ausdruckslosen Translatorstimme: »Wenn diese Gase nur in geringen Mengen vorkommen, warum werden dann nicht sämtliche Spuren- und Gaselemente — wenigstens der Sauerstoffträger oder dessen Entsprechung — vorgemischt und zusammen in die Zufuhranlage gepumpt, so, wie wir und die meisten anderen Spezies das auch machen? Schließlich gelangen sämtliche Bestandteile am Schluß sowieso durch ein einziges Auslaßrohr nach draußen.«

Conway räusperte sich gewichtig. Genau dieselbe Frage quälte auch ihn schon die ganze Zeit, und er wußte keine Antwort darauf. »Jetzt will ich erst mal diese Proben analysiert haben«, reagierte er etwas mürrisch. »Lieutenant Hendricks und ich werden versuchen, etwas über die Körpergröße und die Druckerfordernisse des Aliens herauszubekommen. Und keine Sorge, am Schluß wird sich alles als ganz einfach herausstellen.«

»Hoffentlich finden wir die Antworten auf unsere Fragen noch vor oder von mir aus auch während der Heilbehandlung und nicht erst bei der Autopsie der Leiche«, verabschiedete sich die Schwester. Bei diesem Tiefschlag zuckte Conway zusammen.

Ohne Aufforderung machte sich Hendricks daran, die verbogenen Bodenplatten aufzuklappen, um an die künstlichen Schwerkraftgitter zu gelangen. Conway hatte das Gefühl, daß der Lieutenant jemand war, der genau wußte, was er tat, und auch gut ohne ihn zurechtkam, und er nutzte die Gelegenheit, sich nach ein paar Einrichtungsgegenständen umzusehen.

III

Die Katastrophe, die sich hier ereignet hatte, war nicht so verlaufen wie auf anderen Schiffen. Gewöhnlich wurden sämtliche beweglichen Teile zusammen mit einer großen Anzahl normalerweise fest verankerter Gegenstände in die Luft gerissen und gegen die Aufprallstelle geschleudert. Auf diesem Schiff aber hatte es eine kurze, heftige Erschütterung gegeben, durch die die Bindungskräfte praktisch jedes Bolzens, jeder Niete und jeder Schweißnaht gesprengt worden waren. Das Mobiliar, das normalerweise auf jedem Schiff am leichtesten Schaden erlitt, war auch hier am meisten in Mitleidenschaft gezogen worden.

An einem Stuhl oder Bett konnte man mit recht hoher

Genauigkeit die Gestalt, die Körperhaltung und die Anzahl der Gliedmaßen eines Wesens erkennen und auch, ob es robust gebaut war oder eine weiche Polsterung benötigte, um es sich bequem zu machen. Zudem ließ eine Untersuchung des Materials und der Konstruktion auf die von dem Benutzer dieses Mobiliars als normal empfundene Anziehungskraft schließen. Aber Conway hatte anscheinend kein Glück.

Einige dieser Einzelstücke, die in jeder Kabine herumschwebten, gehörten mit ziemlicher Sicherheit zum Mobiliar, aber sie waren so hoffnungslos durcheinandergemengt, daß er das Gefühl hatte, er müsse die zusammengeworfenen Teile von einem Dutzend Puzzles auseinanderdividieren und dann wieder zu etwas Sinnvollem zusammenfügen. Kurz war er in Versuchung, O'Mara zu Rate ziehen, entschied sich dann aber eines Besseren — den Major würde es zu diesem frühen Zeitpunkt noch nicht interessieren, wie gut er vorankam.

Er durchsuchte gerade die Überreste von dem, was einmal zu einem Spind gehört haben könnte, und hoffte sehnsüchtig, dabei auf eine Goldader in Form eines Kleidungsstücks oder eines extraterrestrischen Pin-up-Bildes zu stoßen, als Kursedd ihn anfunkte.

»Ich bin mit der Analyse fertig, Doktor«, berichtete die Schwester. »Wenn man die Proben einzeln betrachtet, ist daran nichts Ungewöhnliches. Als Mischung aber wären sie für jede Spezies, die ein Atmungssystem hat, absolut tödlich. Man kann die einzelnen Bestandteile mischen wie man will, es kommt immer schlammiges, giftiges Mistzeug dabei heraus.«

»Drücken Sie sich gefälligst etwas präziser aus«, ermahnte er Kursedd scharf, »Ich will Fakten hören und keine persönlichen Meinungen.«

»Was die bereits identifizierten Gase betrifft«, antwortete die Schwester sachlich, »handelt es sich um Ammoniak, CO_2, und zwei reaktionsträge Gase. Zusammen und in allen mir vorstellbaren Kombinationen bilden sie eine dichte, giftige und fast undurchdringliche Atmosphäre ...«

»Das ist überhaupt nicht möglich!« widersprach Conway entschieden. »Sie selbst haben doch die verschiedenen Innenanstriche gesehen — diese Spezies wendet Pastellfarben an. Würden diese Wesen in einer undurchsichtigen Atmosphäre leben, könnten sie solch geringe Farbabstufungen überhaupt nicht wahrnehmen ...«

»Entschuldigung, Doktor Conway«, mischte sich Hendricks vorsichtig ein, »aber ich bin mit der Überprüfung der Gitter fertig. Soweit ich feststellen kann, sind sie auf ungefähr fünf Ge eingestellt.«

Eine fünffache Erdanziehungskraft bedeutete einen verhältnismäßig hohen Atmosphäredruck. Das Wesen mußte also eine dicke, giftige Suppe einatmen — aber eine klare Suppe, korrigierte er sich schnell in Gedanken. Und das hatte zusätzlich noch ganz andere direkte Folgen, die sich möglicherweise jeden Augenblick tödlich auswirken konnten ...

An Hendricks gewandt sagte er schnell: »Unterrichten Sie sofort den Bergungstrupp, er soll sehr vorsichtig vorgehen — wenn möglich, ohne dabei das Arbeitstempo zu drosseln. Eine Spezies, die unter Fünf-Ge-Bedingungen lebt, besitzt wahrscheinlich enorme Körperkräfte. Und ein Wesen, das in einer solchen Lage wie der Überlebende ist, neigt dazu, Amok zu laufen.«

»Ich verstehe, was Sie meinen«, entgegnete Hendricks betroffen und meldete sich ab.

Conway wandte sich wieder an Kursedd. »Sie haben sicherlich mitbekommen, was der Lieutenant gesagt hat. Probieren Sie Kombinationen unter hohen Druckverhältnissen aus. Und vergessen Sie nicht, wir wollen eine *klare* Atmosphäre!«

Nach einer längeren Bedenkpause sagte Kursedd: »In Ordnung. Aber ich muß hinzufügen, daß ich eigentlich nur ungern Zeit verplempere, selbst wenn man mir dazu den Befehl erteilt.«

Einige Augenblicke lang übte sich Conway in Selbstbeherrschung der grausamsten Art, bis ihm ein Klicken im Kopfhörer verriet, daß die DBLF-Schwester die Verbindung unterbrochen hatte. Dann stieß er ein paar Worte aus, die, selbst wenn sie dem Gefühlsausfilterungsprozeß eines Translators ausgesetzt gewesen wären, zweifellos jedem ET zu verstehen gegeben hätten, daß er, gelinde gesagt, wütend war.

Aber langsam ließ seine Wut auf diese dumme, eingebildete und ausgesprochen impertinente Schwester nach. Egal, was sie sonst noch alles sein mochte, aber vielleicht war Kursedd gar nicht so dumm ... Angenommen, sie hatte recht mit ihrer Vermutung, die Atmosphäre sei undurchsichtig — aber wo würde das hinführen? Die Antwort darauf war nur ein weiteres Indiz in einer Kette widersprüchlicher Beweise.

Im ganzen Wrack wimmelte es nur so von Widersprüchen, dachte Conway grimmig. Gestaltung und Konstruktion des Schiffs ließen nicht gerade auf eine Spezies mit hohen Gravitationserfordernissen schließen, und trotzdem konnten die Schwerkraftgitter laut Hendricks bis zu fünf Ge produzieren. Und die Farbzusammenstellung im Innern des Wracks wiesen auf eine Spezies hin, die ähnliche visuelle Vorstellung wie Menschen haben mußten. Aber wenn die Atmosphäre so war, wie Kursedd behauptete, würde man schon Radar benötigen, um überhaupt etwas sehen zu können. Dabei hatte er noch gar nicht das unsinnig komplizierte Luftzufuhrsystem bedacht und den hellorangefarbenen Schiffskörper ...

Conway versuchte zum x-tenmal, sich aus den ihm zur Verfügung stehenden Fakten ein sinnvolles Bild zu machen, aber vergeblich. Und was wäre, wenn er sich dem Problem von einer ganz anderen Seite nähern würde ...?

Plötzlich drückte er die Sprechtaste seines Funkgeräts und sagte: »Lieutenant Hendricks, würden Sie mich bitte mit dem Hospital verbinden? Ich will O'Mara sprechen. Und ich will, daß Captain Summerfield, Sie selbst und Kursedd mithören. Kriegen Sie das hin?«

Hendricks gab so etwas wie einen bejahenden Laut von sich und murmelte: »Warten Sie einen Augenblick.«

Neben etlichen klickenden, surrenden und piependen Geräuschen vernahm Conway die abgehackte Stimme von Hendricks und dem Funker auf der *Sheldon*, der zunächst mit dem Hospital Verbindung aufnahm und dann Captain Summerfield in den Funkraum bat; außerdem war noch die Translatorstimme eines ET im Hospital zu hören. Kurz darauf flaute das allgemeine Palaver ab, und eine feste, wohlvertraute Stimme brüllte ungehalten: »Hier O'Mara! Was ist los?«

So knapp wie möglich schilderte Conway die Situation auf dem Wrack, daß sie kaum Fortschritte erzielten und wie sehr sich die bisher entdeckten Fakten widersprachen. Dann fuhr er fort: »Der Bergungstrupp arbeitet sich zum Mittelpunkt des Wracks vor, weil sich der Überlebende dort noch am ehesten aufhält. Er könnte allerdings auch irgendwo in einem seitlichen Einschluß sein, und wir müssen möglicherweise jeden Winkel des Schiffs durchsuchen. Das kann Tage dauern. Wenn der Alien nicht bereits tot ist, muß er sich in einem furchtbaren Zustand befinden. Viel Zeit bleibt uns also nicht mehr.«

»Gut, Sie haben also ein Problem, Doktor. Und was gedenken Sie dagegen zu tun?« fragte O'Mara schnippisch.

»Nun, ein besseres Gesamtbild von der Situation wäre mir schon sehr hilfreich. Captain Summerfield könnte mir etwas mehr über die Bergung des Wracks erzählen — über die Position des Schiffs, den Kurs oder irgendwelche persönlichen Eindrücke, an die er sich erinnern kann. Wenn wir zum Beispiel die Flugrichtung Stück für Stück zurückverfolgen, ließe sich dann nicht der Herkunftsplanet des Wracks bestimmen? Das würde nämlich ...«

»Leider nein, Doktor«, unterbrach ihn Summerfield. »Durch Rückverfolgung haben wir bereits festgestellt, daß sein Kurs durch ein nicht allzuweit entferntes Sternsystem geführt haben müßte. Aber dieses System ist schon vor über einem Jahrhundert kartographisch erfaßt worden und als eine zukünftige Kolonisationsmöglichkeit aufgeführt worden. Wie Sie wissen, bedeutet das, daß es dort kein intelligentes Leben gab. Keine Spezies kann aber innerhalb von hundert Jahren vom Steineschmeißen bis zur Raumfahrttechnik vorstoßen, also kann das Wrack auch nicht von diesem Sternsystem stammen. Wenn man den Kurs nach vorne weiterverfolgt, führt er ins Nichts — genauer gesagt, in den intergalaktischen Raum. Meiner Meinung nach muß der Unfall eine gewaltige Kursänderung verursacht haben, so daß Ihnen die Position und der Kurs des Wracks nicht weiterhilft.«

»Es war ja nur eine Idee«, merkte Conway kleinlaut an, dann fuhr er mit entschlossenerer Stimme fort: »Aber die andere Hälfte des Wracks ist irgendwo da draußen. Wenn wir die finden könnten, erst recht, weil sich in ihr eine oder mehrere Leichen anderer Crewmitglieder befinden könnten, wäre das Problem gelöst! Ich gestehe ein, daß dieser Weg ein wenig umständlich ist, aber bei dem derzeitigen Stand der Dinge ist das vielleicht noch die schnellste Möglichkeit, um überhaupt irgendwie voranzukommen. Ich will also, daß umgehend eine Suche nach der anderen Hälfte des Wracks in Gang gesetzt wird«, schloß Conway und wartete gespannt auf den Sturm der Entrüstung, der jeden Augenblick über ihn hereinzubrechen drohte.

Der erste Donnerschlag kam von Captain Summerfield, der damit bewies, daß er am reaktionsschnellsten von allen am Gespräch Beteiligten war.

»Unmöglich! Sie wissen ja gar nicht, was Sie da verlangen! Wenn wir in der uns zur Verfügung stehenden Zeit überhaupt etwas erreichen wollen, bräuchten wir zweihundert Einheiten oder noch mehr, um das Gebiet abzusuchen — das heißt, eine ganze Sektorenflotte! Und all das nur, um einen toten Angehörigen dieser Spezies zu finden, damit Sie ihn analysieren können, um dadurch möglicherweise einem anderen Angehörigen derselben Spezies zu helfen, der seinerseits bis dahin wahrscheinlich sowieso schon tot ist. Ich weiß, daß nach Ihrem Berufsethos ein Leben mehr wert ist als alle materiellen Überlegungen«, fuhr Summerfield mit etwas ruhigerer Stimme fort, »aber was Sie da vorschlagen, grenzt ans Lächerliche. Nebenbei hab ich gar nicht die Befugnis, eine solche Operation anzuordnen oder auch nur vorzuschlagen ...«

»Das Hospital aber schon«, mischte sich O'Mara ein, und an Conway gewandt sagte er: »Sie riskieren dabei Kopf und Kragen, Doktor. Falls das Leben des Aliens aufgrund einer solchen Suche tatsächlich gerettet werden sollte, dann wird man Ihnen nach meinem Dafürhalten keine großen Vorhaltungen wegen des ganzen Theaters und der entstandenen Kosten machen. Das Monitorkorps wird Sie unter Umständen sogar dafür belobigen, daß es Kontakt zu einer neuen intelligenten Spezies aufnehmen konnte. Aber falls dieser Alien stirbt oder sich herausstellen sollte, daß er bereits tot war, bevor die eigentliche Suche begonnen hatte, dann, lieber Doktor, sind Sie dran.«

Wenn Conway die Situation ehrlich betrachtete, konnte er nicht von sich behaupten, für diesen einen Patienten mehr Besorgnis zu empfinden als für irgend einen anderen — und ganz bestimmt nicht so viel mehr, als daß er für die schwache Hoffnung, ihn zu retten, seine Karriere aufs Spiel setzen wollte. Es war eher eine wütende Neugier, die ihn dazu trieb, und eine vage Ahnung, daß die sich einander widersprechenden Tatsachen, die sie hatten, lediglich der Bruchteil eines großen

Ganzen waren, das weit mehr als nur ein Wrack und dessen einsamen Überlebenden umfaßte. Aliens bauten keine Raumschiffe, nur um terrestrische Ärzte in die Irre zu führen, also mußten die scheinbar widersprüchlichen Hinweise etwas zu bedeuten haben.

Einen Moment lang glaubte Conway, die Antwort gefunden zu haben. In den verborgensten Winkeln seines Gehirns formte sich ganz allmählich ein verschwommenes und noch konturenloses Bild ... das gewaltsam und komplett ausgelöscht wurde, als Hendricks aufgeregte Stimme plötzlich in seinem Kopfhörer schepperte.

»Doktor, wir haben den Alien gefunden!«

Als Conway kurz darauf beim Lieutenant war, sah er, daß bereits eine transportable Luftschleuse aufgestellt worden war. Hendricks und die Männer des Bergungstrupps unterhielten sich untereinander mit gegeneinandergehaltenen Helmen, um so den Funk nicht unnötig zu belasten. Aber der schönste Anblick von allen war für Conway der straff gespannte Stoff der Schleuse.

Drinnen herrschte also Druck.

Hendricks sagte plötzlich über Funk: »Sie können hineingehen, Doktor. Da wir ihn jetzt gefunden haben, können wir die Tür ganz normal öffnen, anstatt uns weiter durchschweißen zu müssen.« Er deutete auf den straffen Stoff und fügte hinzu: »Der Druck da drinnen beträgt nur etwas mehr als eine Atmosphäre.«

Das war allerdings nicht viel, dachte Conway, eingedenk der Tatsache, daß der Alien normalerweise unter Fünf-Ge-Bedingungen lebte und zu einer solch mörderischen Anziehungskraft ein ungeheurer Luftdruck gehörte. Er hoffte nur, daß der Druck ausgereicht hatte, den Alien am Leben zu erhalten. Nach dem Unfall mußte seiner Meinung nach Luft ausgetreten sein, wodurch sich der Druck in dem hinter der mobilen Schleuse befindlichen Raum allmählich verringert hatte, aber vielleicht hatte sich der Körper des Aliens genügend an die neuen Verhältnisse anpassen können.

»Lassen Sie sofort eine Atmosphäreprobe zu Kursedd bringen«, ordnete Conway an. Wenn man die Zusammensetzung kannte, würde es ein Leichtes sein, den Druck in der Fähre für einen Transport des Verunglückten entsprechend anzupassen. »Und ich will, daß sich Männer bei der Fähre bereithalten. Wir werden Spezialausrüstung benötigen, um den Überlebenden dort herauszuholen, und es könnte sein, daß ich die Geräte dann sehr schnell brauche.«

Gemeinsam mit Hendricks bestieg Conway die winzige Schleuse. Der Lieutenant überprüfte, ob der Verschluß der äußeren Schleusentür dicht war und öffnete dann die innere. Ein knarrendes Geräusch von Conways Anzug wies auf den zunehmenden Druck hin, als von der anderen Seite Luft hereinströmte. Es handelte sich dabei um klare Luft, wie er befriedigt feststellte, und nicht um den superdichten Nebel, den Kursedd vorausgesagt hatte. Schließlich bediente Hendricks den manuellen Öffnungsmechanismus der Tür zu dem Raum, in der sich der Alien befand. Die einst luftdichte Schiebetür glitt ein Stück zur Seite, blieb kurz hängen, als der vom Schweißen noch immer heiße Teil in einer Aussparung verschwand, und öffnete sich schließlich ganz.

»Betreten Sie den Raum nur dann, wenn ich Sie rufe«, befahl Conway leise und ging hindurch. Im Kopfhörer war ein zustimmendes Knurren von Hendricks zu vernehmen, und gleich darauf verkündete Kursedd, daß sie sämtliche Geräusche aufzeichne.

Der erste Anblick eines neuen physiologischen Typs hinterließ bei Conway zunächst immer einen verwirrenden Eindruck. Fast zwangsläufig versuchte er, die physischen Merkmale des betreffenden Aliens mit anderen, ihm bekannten Lebensformen in Verbindung zu bringen. Und ob er mit dieser Methode nun Erfolg hatte oder nicht, so nahm dieser Vorgang doch immer eine gewisse Zeit in Anspruch.

»Conway!« meldete sich O'Mara entrüstet. »Sind Sie eingeschlafen?«

Er hatte O'Mara, Summerfield und die Funker, die noch immer mit ihm in Verbindung standen, völlig vergessen. Er räusperte sich verlegen und begann schnell zu berichten: »Bei dem Alien handelt es sich um ein kreisförmiges, annähernd reifenähnliches Wesen. Der Gesamtdurchmesser des Rings beträgt ungefähr drei Meter, die Dicke zwischen gut einem halben und einem Meter. Es hat etwa die vierfache Körpermasse eines Menschen. Bislang kann ich weder irgendwelche Bewegungen feststellen, noch irgendwelche Anzeichen von ernsthaften Verletzungen.«

Er atmete tief durch, dann fuhr er fort: »Die glänzende und graue Haut ist glatt, allerdings an vielen Stellen mit einer dicken, bräunlichen Krustenbildung überzogen. Das braune Gewebe, von dem mehr als die Hälfte der gesamten Hautfläche bedeckt ist, sieht krebsartig aus, könnte aber auch eine natürliche Tarnung oder die Auswirkung starken Druckabfalls sein.

Auf der äußeren Oberfläche des Rings sitzt eine Doppelreihe relativ kurzer, tentakelartiger Gliedmaßen, die zur Zeit flach am Körper anliegen. Es gibt fünf Paare davon, und ich kann keine Anzeichen irgendwelcher Spezialisierung erkennen. Ich entdecke auch keine Sehorgane oder Organe zur Nahrungsaufnahme. Ich werde mir den Alien jetzt näher ansehen.«

Es gab keinerlei sichtbare Reaktion, als er sich der Kreatur näherte, und er fragte sich, ob sie bereits zu spät gekommen waren. Und es gab auch noch immer keine Hinweise auf Augen oder einen Mund, aber er erkannte kleine kiemenartige Öffnungen und etwas, das wie ein Ohr aussah. Er streckte eine Hand vor und streichelte sanft über eins der fest angelegten Tentakelglieder.

Das Wesen schien zu explodieren.

Conway wurde rückwärts zu Boden geschleudert. Sein rechter Arm war von dem Schlag wie betäubt, und hätte er keinen schweren Anzug getragen, wäre ihm das Handgelenk zerschmettert worden. Verzweifelt überprüfte er die Einstellung des G-Gürtels, um noch fester am Boden zu haften, und kroch dann rückwärts zur Tür zurück. Aus dem Stimmengewirr in seinem Kopfhörer kristallisierten sich allmählich zwei Hauptfragen heraus: Warum er so geschrien habe und was dieser gegenwärtige Lärm zu bedeuten hätte.

»Ich ... ehm ... hab feststellen müssen, daß unser Überlebender tatsächlich überlebt hat«, sagte er mit zitternder Stimme.

Hendricks, der alles beobachtet hatte, gab einen würgenden Laut von sich und stellte mit fast ehrfürchtiger Stimme fest: »Ich glaube kaum, daß ich jemals etwas Lebendigeres gesehen hab.«

»Jetzt kommen Sie endlich zur Sache!« funkte O'Mara wütend dazwischen. »Was geht da eigentlich vor?«

Die Frage war schwer zu beantworten, dachte Conway, während er das reifenähnliche Wesen beobachtete, das sich halb rollend, halb hüpfend durch die Kabine fortbewegte. Der körperliche Kontakt hatte bei dem Überlebenden eine Panikreaktion ausgelöst, und während beim erstenmal eindeutig Conway der Auslöser dafür gewesen war, schien jetzt jede Berührung — ganz gleich ob mit einer Wand, dem Boden oder lose im Raum herumschwebendem Gerümpel — dasselbe zu bewirken. Die fünf kräftigen, flexiblen Tentakelpaare schossen in einem Bogen von einem knappen Meter Länge mit voller Wucht hervor, und das Wesen schnellte erneut quer durch den Raum, wobei sämtliche Gliedmaßen des massiven Ringkörpers blindlings in alle Richtungen ausschlugen.

Conway hatte sich gerade in die mobile Schleuse gerettet, als durch eine glückliche Kombination verschiedenster Umstände der Alien in der Mitte des Raums hilflos in der Luft hängenblieb, wobei er sich langsam um die eigene Achse drehte und eine bemerkenswerte Ähnlichkeit mit einer der alten Raumstationen aufwies. Aber dann schwebte er wieder auf eine der Wände zu, und Conway mußte dringend etwas unternehmen, bevor der Alien erneut wie wild herumzuhopsen begann.

Ohne zunächst auf O'Mara einzugehen, gab er rasch einige Anweisungen. »Wir werden ein engmaschiges Netz der Größe fünf und eine Plastikhülle benötigen, die wir über ihn stülpen, und einen Satz Pumpen. In seinem gegenwärtigen Zustand können wir uns von ihm keine Zusammenarbeit erhoffen. Sobald er gebändigt ist und in der Hülle steckt, müssen wir sie mit seiner Atmosphäre vollpumpen. Das sollte reichen, bis wir ihn in der Fähre haben. Kursedd muß bis dahin alles vorbereitet haben. Und jetzt brauche ich sofort das Netz!«

Wie eine an einen so hohen Druck gewöhnte Spezies in einer solch ausgedünnten Atmosphäre eine derartige Aktivität entfalten konnte, war Conway ein Rätsel.

»Kursedd, was macht die Analyse?« fragte er plötzlich.

Die Antwort ließ so lange auf sich warten, daß Conway bereits annahm, die Schwester hätte ihr Funkgerät abgeschaltet. Aber schließlich sagte die Translatorstimme der Schwester: »Ich bin gerade fertig damit. Die Atmosphäre in dem Raum, in dem sich der Überlebende aufhält, ist so zusammengesetzt, daß Sie, wenn Sie Ihren Helm abnehmen würden, darin atmen könnten, Doktor.«

Und das ist nun der verrückteste Widerspruch von allen, dachte Conway völlig verdutzt. Wie er wußte, mußte Kursedd genauso von den Socken sein, und plötzlich lachte er. Nicht, weil es bei der Schwester gleich vierunddreißig Socken gewesen wären, sondern weil er sich vorstellte, wie ihr Pelz auf diese überraschende Erkenntnis reagiert haben könnte ...

IV

Nach sechs Stunden mühevoller Kleinarbeit war der Überlebende gegen seinen heftigen Widerstand auf die Station 310B gebracht worden, einen kleinen Beobachtungsraum mit direkt anschließendem OP, der zur chirurgischen DBLF-Hauptstation gehörte. Bis jetzt war sich Conway nicht einmal sicher, ob er die Gesundheit des Aliens überhaupt wiederherstellen oder ihn nicht lieber umbringen wollte. Und nach den spitzen Bemerkungen von Kursedd und den Monitoren während des Transports hierher zu urteilen, hegten sie zunächst ähnliche Gefühle.

Conway begann mit der Voruntersuchung, die er trotz der Behinderung durch das Fangnetz so gründlich wie möglich durchführte, und beendete sie schließlich mit der Entnahme von Blut- und Gewebeproben, die er, mit einem Dringlichkeitsvermerk versehen, in die Pathologie bringen ließ. Kursedd brachte die Proben selbst dorthin, anstatt sie der Rohrpost anzuvertrauen, weil die Mitarbeiter in der Pathologie notorisch farbenblind zu sein schienen, jedenfalls dann, wenn es um rote Aufkleber mit der Aufschrift »ÄUSSERST DRINGEND« ging. Schließlich ordnete er an, von dem Patienten Röntgenaufnahmen zu machen, und ließ Kursedd zur Beobachtung des Patienten zurück. Dann begab er sich zu O'Mara.

Als er dem Chefpsychologen Bericht erstattet hatte, sagte O'Mara: »Der schwierigste Teil wäre damit erledigt. Aber ich nehme an, Sie wollen, daß der Patient bis zum Schluß der Behandlung in Ihrer Obhut bleibt, oder?«

»Ich ... ich weiß nicht recht«, druckste Conway herum.

O'Mara runzelte die Stirn. »Wenn Sie das nicht wollen, dann sagen Sie's gefälligst! Ich dulde keine Unentschlossenheit und erst recht keine Ärzte, die zaudern.«

Conway atmete tief durch die Nase, dann sagte er langsam und mit überbetonter Deutlichkeit: »Ich will den Patienten weiter behandeln. Die von mir geäußerten Zweifel rühren nicht von meiner Unentschlossenheit her, sondern beziehen sich auf Ihre irrige Annahme, daß der schwierigste Teil bereits erledigt sei. Das Gegenteil ist nämlich der Fall. Ich hab eine Voruntersuchung vorgenommen, und sobald die Testergebnisse eingetroffen sind, werde ich wahrscheinlich morgen eine zweite, gründlichere Untersuchung vornehmen. Wenn möglich, möchte ich, daß die Doktoren Mannon und Prilicla, Colonel Skempton und Sie selbst daran teilnehmen.«

O'Mara zog verdutzt die Augenbrauen hoch und spöttelte: »Na, da haben Sie aber eine höchst merkwürdige Auswahl getroffen, Doktor. Würden Sie mir denn auch verraten, wozu Sie uns brauchen?«

Conway schüttelte den Kopf. »Das möchte ich jetzt lieber noch nicht tun.«

»Na gut, wir werden da sein«, willigte O'Mara gezwungen freundlich ein. »Und ich nehme erst einmal zurück, daß Sie ein Zauderer sind, denn da Sie mir hier die ganze Zeit nur etwas vorgenuschelt und vorgegähnt haben, hab ich allenfalls die Hälfte von dem, was Sie mir erzählt haben, verstehen können. Jetzt verschwinden Sie endlich, und hauen Sie sich aufs Ohr, Doktor, bevor ich Ihnen eins über den Schädel zieh.«

Erst jetzt merkte Conway, wie müde er war, und er stellte fest, daß sein vermeintlich fester und nicht überhasteter Schritt, den er gegenüber Schwester Kursedd erwähnt hatte, eher an ein müdes Schlurfen erinnerte.

Am nächsten Morgen verbrachte er zunächst zwei Stunden allein mit seinem Patienten, ehe er die Konsultation einberief, um die er O'Mara gebeten hatte. Alles, was er bislang herausgefunden hatte — und das war nicht viel —, verdeutlichte nur, daß für den Alien nichts Konstruktives getan werden konnte, ohne hochqualifizierte Spezialisten hinzuzuziehen.

Dr. Prilicla kam als erster. O'Mara und Colonel Skempton, der Chefingenieur des Hospitals, trafen zusammen ein. Dr. Mannon, der sich wegen einer dringenden Operation auf der DBLF-Station verspätet hatte, stürmte fast im Laufschritt herein, blieb kurz stehen und ging dann zweimal langsam um den Patienten herum.

»Sieht aus wie ein Doughnut mit Schokoladenstreusel«, bemerkte er trocken.

Alle sahen ihn an.

»So einfach und harmlos sind diese Streusel aber nicht«, begann Conway und rollte den Röntgenscanner heran. »Es handelt sich um Wucherungen, die nach Ansicht der Pathologie sämtliche Merkmale aufweisen, bösartig zu sein. Und wenn Sie hier einmal durchschauen wollen, werden Sie feststellen, daß es sich auch um keinen Doughnut handelt, sondern um einen Alien, der eine recht normale Anatomie der Klassifikation DBLF besitzt — ein zylindrischer Körper mit leichtem Knochenbau und kräftiger Muskulatur. Er ist auch nicht ringförmig, macht aber diesen Eindruck, weil er aus einem Grund, den der Patient wohl selbst am besten kennt, versucht hat, seinen Schwanz zu verschlucken.«

Mannon blickte gebannt durch den Scanner, gab ein ungläubiges Grunzen von sich und richtete sich wieder auf. »Ich würde sagen, der reinste Teufelskreis, wenn ich jemals einen gesehen hab«, murmelte er und fügte laut hinzu: »Ist O'Mara deshalb hier? Glauben Sie, der Alien hat nicht mehr alle Tassen im Schrank oder, besser gesagt, daß der Reifen 'ne Panne hat?«

Conway nahm die Frage nicht ernst und fuhr fort: »Die Wucherungen sind dort am stärksten, wo Mund und Schwanz des Patienten ineinander verkeilt sind. Sie sind dort so weit verbreitet, daß man die Verbindungsstelle kaum sehen kann. Eine mögliche Erklärung, warum er sich in den eigenen Schwanz gebissen hat, wäre, daß diese Wucherungen sehr schmerzhaft sind oder einen äußerst unangenehmen Juckreiz erzeugen. Eine andere Möglichkeit für seine gegenwärtige Körperhaltung ist, daß die Wucherungen einen Muskelkrampf hervorgerufen haben, also so etwas wie einen epileptischen Anfall ...«

»Ihre zweite Idee gefällt mir besser«, unterbrach ihn Mannon. »Um bei seinem angeschlagenen Zustand in einer solchen Körperhaltung vom Mund bis zum Schwanz — oder umgekehrt — ausgestreckt zu bleiben, müssen sich die Kiefer schon eine ganze Weile in dieser Position verfangen haben.«

Conway nickte und fuhr fort: »Trotz der Schwerkraftanlage in dem Wrack, die um die fünf Ge produziert, hab ich festgestellt, daß die Druck-, Atmosphäre- und Schwerkrafterfordernisse des Patienten unseren sehr ähnlich sind. Diese Kiemenöffnungen hier hinter dem Kopf, die von den Wucherungen noch nicht ganz erreicht sind, sind Atemöffnungen. Und diese kleineren Öffnungen hier, die zum Teil von Muskelklappen bedeckt sind, sind Ohren. Also kann der Patient hören und atmen, aber keine Nahrung zu sich nehmen. Sind Sie mit mir einer Meinung, daß als erster Schritt der Mund freigelegt werden muß?«

Mannon und O'Mara nickten. Prilicla spreizte seine vier Greifzangen in einer Geste, die dasselbe bedeutete, und Colonel Skempton starrte steif wie ein Klotz die Decke an. Offensichtlich fragte er sich, was *er* hier eigentlich zu suchen hatte. Conway ließ mit der Antwort darauf nicht lange auf sich warten.

Während Mannon und er über den operativen Eingriff berieten, wollten sich der Colonel und Dr. Prilicla darum kümmern, Kontakt zu dem Patienten aufzunehmen. Der GLNO sollte durch seine empathische Fähigkeit auf Reaktionen achten, während zwei von Skemptons Translatortechnikern Geräuschtests vornehmen sollten. Sobald der Hörbereich des Patienten bekannt war, konnte ein Translator passend darauf eingestellt werden, und der Alien könnte ihnen bei der Diagnose und Behandlung seiner Krankheit behilflich sein.

»Ich denke, der Raum hier ist bereits voll genug, und ich werde die Sache lieber selbst in die Hand nehmen«, sagte der Colonel und begab sich an den Kommunikator, um sich die benötigte Ausrüstung kommen zu lassen.

Conway wandte sich O'Mara zu.

»Sagen Sie nichts, und lassen Sie mich raten«, begann der Chefpsychologe, bevor Conway überhaupt etwas sagen konnte. »Mir fällt natürlich die leichteste Aufgabe zu ... Sobald wir uns mit dem Patienten unterhalten können, soll ich ihn beruhigen und ihn davon überzeugen, daß Sie und Doktor Mannon keine Schlachter sind, obwohl das manchmal durchaus den Anschein hat, sondern ihm nur helfen wollen, stimmt's?«

»Genau das«, antwortete Conway mit einem Grinsen. Dann wandte er seine ganze Aufmerksamkeit wieder dem Patienten zu.

Nach Priliclas Auffassung nahm der Überlebende seine Umwelt nicht wahr, zudem sei seine emotionale Ausstrahlung so schwach, daß er wahrscheinlich bewußtlos war und bereits kurz vor dem Exitus stand.

Trotzdem warnte Conway alle davor, den Patienten zu berühren. Während seiner Zeit als Arzt hatte er schon viele bösartige Wucherungen gesehen, und zwar sowohl bei Menschen als auch bei Extraterrestriern, aber diese mußten im wahrsten Sinne des Wortes nach allen Regeln der ärztlichen Kunst geschlagen werden.

Die Verbindungsstelle zwischen Mund und Schwanz des Patienten war völlig wie von einer zähen, faserigen Baumrinde überwuchert. Und als hätten sie nicht schon genug Probleme, war die Knochenstruktur der Kiefer, mit der sie es während der Operation hauptsächlich zu tun haben würden, durch den Scanner kaum zu erkennen, da die Wucherungen selbst für Röntgenstrahlen fast undurchdringlich waren. Ein weiterer Grund, äußerst vorsichtig vorzugehen, war, daß sich irgendwo unter diesem dichten, undurchsichtigen Panzer auch die Augen befinden mußten.

Mannon deutete auf die verschwommene Darstellung auf dem Bildschirm und sagte hitzig: »Unser Patient hat sich jedenfalls nicht nur gekratzt, weil er einen Juckreiz verspürt hat. Die Zähne haben sich nämlich regelrecht verfangen — er hat sich praktisch den Schwanz abgebissen. Eindeutig ein epileptischer Anfall, würde ich sagen. Andererseits könnte ein solcher Akt der Selbstverstümmelung auch auf einen geistigen Defekt schließen lassen ...«

»Na prima, eine ganz hervorragende psychiatrische Analyse!« bemerkte O'Mara giftig aus dem Hintergrund.

In diesem Augenblick trafen Skemptons Geräte ein, und Prilicla und der Colonel begannen damit, auf den Patienten einen Translator abzustimmen. Da der Patient praktisch bewußtlos war, mußten die Testgeräusche von ohrenbetäubender Lautstärke sein, um bis zu ihm vorzudringen, und Conway und Mannon wurden nach draußen vertrieben, wo sie ihre Diskussion weiterführten.

Ein halbe Stunde später kam Prilicla heraus und teilte ihnen mit, sie könnten jetzt zwar zu dem Patienten sprechen, das Gehirn sei aber nur teilweise bei Bewußtsein.

Als sie sich daraufhin umgehend in den Behandlungsraum begaben, sagte O'Mara gerade dem Patienten, daß alle im Raum Freunde seien und ihm Mitgefühl entgegenbrächten und alles in ihrer Macht Stehende tun würden, um ihm zu helfen. Er sprach mit leiser Stimme in seinen eigenen Translator und aus dem, der neben den Patienten aufgestellt worden war, dröhnte eine Reihe Schnalz- und Kollerlaute. In den Pausen zwischen den Sätzen berichtete Prilicla über den psychischen Zustand des Patienten.

»Verwirrung, Zorn und große Angst«, meldete der GLNO, und minutenlang blieben Aussage und Intensität der emotionalen Ausstrahlung konstant. Conway entschied sich, den nächsten Schritt einzuleiten.

»Sagen Sie ihm, daß ich ihn jetzt berühren werde«, sagte er zu O'Mara, »und mich entschuldige, falls ich ihm dabei irgendwelche Schmerzen verursache, ich aber nicht vorhabe, ihm Verletzungen zuzufügen.«

Er nahm eine lange Sonde mit einer scharfen Spitze und berührte vorsichtig die Gegend, wo die Wucherungen am dicksten waren. Prilicla berichtete keine Reaktion. Anscheinend waren nur die unbefallenen Stellen des Patienten derart empfindlich, daß schon deren geringste Berührung den Alien zur Raserei bringen konnte. Conway bekam allmählich das Gefühl, allein durch diese Erkenntnis wenigstens ein Stück vorangekommen zu sein.

Er schaltete den Translator aus und sagte: »Das hab ich gehofft. Wenn die befallenen Stellen schmerzunempfindlich sind, sollten wir mit Unterstützung des Patienten in der Lage sein, den Mund auch ohne Anästhesie freizubekommen. Bislang wissen wir noch nicht genug über seinen Metabolismus, als daß wir ihn anästhesieren könnten, ohne sein Leben aufs Spiel zu setzen. Sind Sie sich auch wirklich sicher, daß er alles hört und versteht, was wir sagen?« vergewisserte er sich schließlich bei Prilicla.

»Ja, Doktor«, antwortete der GLNO, »solange Sie langsam und ohne Zweideutigkeiten reden.«

Conway schaltete den Translator wieder ein und sagte leise: »Wir werden Ihnen helfen. Als erstes werden wir dafür sorgen, daß Sie wieder Ihre natürliche Körperhaltung einnehmen können, indem wir Ihren Mund freilegen. Dann werden wir die Wucherungen entfernen ...«

Plötzlich spannte sich das Netz, und die fünf Tentakelpaare schlugen wild auf und ab. Conway wich fluchend zurück — er war wütend auf den Patienten und noch wütender auf sich selbst, überstürzt vorgegangen zu sein.

»Angst und Zorn«, meldete Prilicla und fügte hinzu: »Der Patient ... scheint sogar Gründe für seine Emotionen zu haben.«

»Aber *warum?* Ich versuche doch nur, ihm zu *helfen ...!*«

Der Alien wehrte sich mit unvorstellbarer Gewalt, und Priliclas zerbrechlicher Körper zitterte unter der Wucht des emotionalen Trommelfeuers, das der Überlebende von sich gab. Einer der Tentakel des Patienten, der aus einer der überwucherten Stellen hervorragte, verfing sich dabei im Netz und wurde abgerissen.

So eine blinde und sinnlose Panik! dachte Conway erbost und enttäuscht zugleich. Aber Prilicla hatte gesagt, es gäbe Gründe für diese Reaktion seitens des Patienten. Selbst der Verstand dieses Aliens schien widersprüchlich zu funktionieren, fluchte Conway im stillen.

»Na endlich!« stöhnte O'Mara erleichtert auf, als der Patient sich wieder beruhigt hatte.

»Furcht, Zorn und Haß«, meldete sich der GLNO zu Wort. »Ich würde mit ziemlicher Bestimmtheit behaupten, daß er Ihre Hilfe ablehnt.«

»Dann haben wir's hier wirklich mit einer sehr kranken Kreatur zu tun«, warf O'Mara grimmig ein.

Die zuletzt geäußerten Worte des Chefpsychologen schienen in Conways Kopf regelrecht hin und her zu schwirren und dabei immer lauter und nachdrücklicher zu werden. Sie hatten irgendeine Bedeutung. Natürlich hatte O'Mara nur auf den psychischen Zustand des Patienten angespielt, aber das war egal. *Eine sehr kranke Kreatur* — das war das zentrale Teil des Puzzles, um das sich das Bild herum allmählich vervollständigte. Bis jetzt war es noch nicht komplett, aber es war genug davon vorhanden, um Conway so furchtbare Angst einzujagen, wie er sie noch nie im Leben empfunden hatte.

Als er schließlich zu den anderen sprach, konnte er kaum seine eigene Stimme erkennen. »Danke, meine Herren. Ich werde mir etwas anderes überlegen müssen, mich dem Patienten zu nähern. Sobald ich soweit bin, werde ich Sie unterrichten ...«

Conway wollte unbedingt allein gelassen werden, um seinen Gedanken zu Ende führen zu können. Am liebsten wäre er weggelaufen und hätte sich irgendwo versteckt. Das Problem war nur, daß es wahrscheinlich keinen Ort in der Galaxis gab, wo er sich vor dem verstekken konnte, wovor er Angst hatte.

Alle starrten ihn jetzt an, wobei ihre Mienen eine Mischung aus Überraschung, Besorgnis und Empörung ausdrückten. Schließlich wehrten sich viele Patienten gegen Behandlungen, die einzig und allein das Ziel hatten, ihnen zu helfen. Das hieß aber noch lange nicht, daß ein Arzt schon beim ersten Anzeichen von Widerstand seitens des Patienten die Behandlung gleich einstellte. Offenbar dachten sie, er hätte vor der Operation, die äußerst unangenehm und technisch kompliziert zu werden versprach, Angst bekommen, denn ein jeder versuchte ihn auf die ihm eigene Art aufzumuntern. Selbst Skempton machte Vorschläge.

»... falls eine gefahrlose Anästhesie Ihr Hauptproblem ist«, sagte der Colonel, »könnte sich dann die Pathologie nicht eine Methode einfallen lassen? Ich meine, mit Hilfe eines toten oder ... ehm ... tödlich verletzten Angehörigen dieser Spezies müßte das doch möglich sein, oder? Ich denke dabei an die Suche nach dem anderen Wrackteil, von der Sie schon zuvor gesprochen haben. Anscheinend haben Sie jetzt wirklich einen triftigen Grund, sie anzuordnen. Soll ich ...«

»Nein!«

Jetzt starrten ihn alle völlig fassungslos an, und besonders O'Mara setzte dabei eine entschieden finstere Miene auf.

Conway sagte schnell: »Ich hab vergessen, Ihnen zu erzählen, daß Captain Summerfield sich noch einmal bei mir gemeldet hat. Er sagt, die derzeitigen Untersuchungen hätten ergeben, daß das Wrack nicht die weniger beschädigte Hälfte des Schiffs ist, sondern diejenige, die bei dem Unfall am meisten in Mitleidenschaft gezogen worden ist. Seiner Aussage nach ist die andere Hälfte nicht etwa in Stücke gerissen worden, sondern in einem so guten Zustand gewesen, daß das Restschiff noch aus eigener Kraft die Heimreise antreten konnte. Wie Sie sehen, wäre eine Suche also sinnlos.«

Conway hoffte verzweifelt, daß Skempton damit zufriedengestellt war und nicht darauf bestehen würde, die Information persönlich nachzuprüfen. Summerfield hatte sich tatsächlich wieder vom Wrack gemeldet, aber was der Captain herausgefunden hatte, war allenfalls annähernd das gewesen, was Conway gerade daraus gemacht hatte. Allein bei dem Gedanken, daß Suchkommandos des Monitorkorps in diesem Abschnitt des Weltraums unbesonnene Aktionen vornehmen könnten, brach ihm der kalte Schweiß aus — denn allmählich dämmerte ihm etwas.

Aber der Colonel nickte nur, und das Thema schien damit für ihn beendet. Conway fühlte sich etwas entspannter und fuhr fort: »Doktor Prilicla, mit Ihnen würde ich mich gern über die emotionale Ausstrahlung des Patienten während der vergangenen Minuten genauer unterhalten, aber erst später. Also nochmals vielen Dank, meine Herren, für Ihren Rat und Ihre Hilfe ...«

Er setzte sie praktisch vor die Tür, und ihre Gesichtsausdrücke verrieten ihm, daß sie dasselbe dachten — O'Mara würde ihm später bestimmt bohrende Fragen stellen, warum er sich in dieser Angelegenheit so merkwürdig verhalten hatte, aber im Moment war ihm das egal. Als alle gegangen waren, bat er Schwester Kursedd, jede halbe Stunde den Zustand des Patienten optisch zu überprüfen und ihn sofort zu informieren, falls sich irgend etwas verändern sollte. Dann begab er sich auf sein Zimmer.

V

Conway hatte sich schon oft über die winzigen Ausmaße seiner Kabine beklagt, in der sich seine wenigen persönlichen Habseligkeiten befanden und wo er hin und wieder Kollegen bewirtete, aber jetzt empfand er diese Tatsache als durchaus beruhigend. Er setzte sich hin, weil kein Platz zum Auf- und Abgehen war, und endlich konnte er damit beginnen, die noch fehlenden Steine des Puzzles zusammenzutragen, das ihm zuvor auf der Station in den Sinn gekommen war.

Eigentlich hatte diese Idee von Anfang in seinem Kopf herumgespukt. Erst einmal waren da die Schwerkraftgitter — törichterweise hatte er völlig die Tatsache übersehen, daß diese ja gar nicht unbedingt die volle Leistung abgeben mußten, sondern zwischen null und fünf Ge eingestellt werden konnten. Dann gab es noch die Luftzufuhranlage — die auf den ersten Eindruck nur deshalb verwirrend war, weil sie für viele verschiedene Lebensformen konstruiert worden war und nicht nur für eine Spezies. Und zu guter Letzt war da der physische Zustand des Patienten und die Farbe der Schiffskörpers — ein hübsches, auffälliges Orange. Terrestrische Schiffe dieser Art — selbst Oberflächenfahrzeuge — waren traditionell weiß oder rot gestrichen.

Das Wrack war ein Ambulanzschiff!

Aber interstellare Schiffe jeder Art waren Produkte einer technisch fortgeschrittenen Zivilisation, die sich über viele Sonnensysteme erstrecken mußte oder zumindest hoffte, dies in Kürze zu tun. Und wenn eine Zivilisation an dem Punkt angelangt war, wo solche Schiffe eine derartige Zweckmäßigkeit und Spezialisierung erlangt hatten wie dieses Wrack, dann mußte diese Spezies sehr weit fortgeschritten sein. In der galaktischen Föderation hatten nur die Zivilisationen der Illensaner, Tralthaer und der Menschen dieses Stadium erreicht, und deren Einflußbereich war gewaltig. Wie aber hatte eine so hochentwickelte Zivilisation dermaßen lange verborgen bleiben können?

Conway räkelte sich unbehaglich auf der Couch ... auch auf diese Frage wußte er eine Antwort.

Summerfield hatte behauptet, daß das Wrack der schlimmer zerstörte Teil eines Schiffs sei, dessen andere Hälfte die Reise vermutlich aus eigener Kraft zum nächsten Reparaturstützpunkt hatte fortsetzen können. Der Teil mit dem Überlebenden, mit dem sie es zu tun hatten, war während des eigentlichen Unfalls abgerissen worden. Das hieß, daß die Kurskonstanten dieses antriebslosen Fragments dieselben gewesen sein müssen, wie sie das Schiff als Ganzes vor der Katastrophe gehabt hatte.

In diesem Fall mußte das Schiff von einem Planeten gekommen sein, der noch vor einem Jahrhundert als unbewohnt gegolten hatte. Also hatte dort jemand innerhalb von hundert Jahren eine Basis, vielleicht sogar eine Kolonie errichten können. Und das Ambulanzschiff hatte sich von dieser Welt entfernt und war in den intergalaktischen Raum vorgestoßen ...

Eine Zivilisation, die den Zwischenraum von einer Galaxis bis hierher durchquert hatte, um am Rande der Milchstraße eine Kolonie zu errichten, mußte mit großem Respekt behandelt werden — und mit Vorsicht, zumal man deren bisher einzigen Repräsentanten bei aller Toleranz — und durch die Blume gesprochen — bislang nicht gerade als freundlich bezeichnen konnte. Und die

Spezies des Überlebenden, die in medizinischer Hinsicht wahrscheinlich sehr weit fortgeschritten war, könnte sehr unfreundlich auf die Nachricht reagieren, daß jemand anders an einem ihrer kranken Angehörigen herumpfuschte. Bei seinem gegenwärtigen Wissensstand und den bisher gemachten Erfahrungen glaubte Conway, daß sich diese Spezies nichts und niemandem gegenüber freundlich verhielt.

Wie er wußte, waren interstellare Eroberungskriege logistisch unmöglich. Das galt aber nicht für Vernichtungskriege, in denen — ohne den Gedanken an eine spätere Okkupation oder Einverleibung — planetarische Atmosphären zur Explosion gebracht oder auf andere Weise unbrauchbar gemacht wurden. Während er an den letzten Kontakt mit seinem Patienten dachte, fragte sich Conway, ob sie es letztendlich nicht sogar mit einer überaus gewalttätigen und gänzlich feindlich gesinnten Spezies zu tun haben könnten.

Plötzlich summte der Kommunikator. Es war Schwester Kursedd. Sie berichtete, der Patient habe sich während der letzten halben Stunde zwar ruhig verhalten, daß sich die Wucherungen aber schnell auszubreiten schienen und bereits eine der Atemöffnungen zu überziehen drohten. Conway sagte ihr, er würde bald kommen. Dann ließ er Dr. Prilicla auf die Station 310 B bestellen und setzte sich wieder auf die Couch.

Als er seinen unterbrochenen Gedankengang wiederaufnahm, kam er zu der Auffassung, lieber niemandem etwas von seiner Entdeckung zu erzählen. Das hätte nämlich zur Folge gehabt, daß sofort Schiffe des Monitorkorps ausgeschwärmt wären, um Kontakt aufzunehmen, der aber nach Conways Ansicht verfrüht gewesen wäre. Er befürchtete, daß dieses erste Aufeinandertreffen zweier Zivilisationen zu einer direkten ideologischen Konfrontation führen könnte, und die einzige Möglichkeit, diesen Konflikt einzudämmen, bestand nach seiner Auffassung darin, wenn die Föderation zeigen konnte, daß sie einen der intergalaktischen Kolonisten gerettet, ihn versorgt und *geheilt* hatte.

Natürlich bestand auch die Möglichkeit, daß der Patient für seine Spezies atypisch war, daß er nämlich, wie O'Mara gemeint hatte, geisteskrank war. Aber Conway zweifelte daran, ob die Aliens das als eine Entschuldigung, ihn nicht geheilt zu haben, anerkennen würden. Und gegen diese Theorie sprach auch die Tatsache, daß der Patient laut Prilicla für ihn logische Gründe gehabt hatte, sich vor der Person, die ihm helfen wollte, zu fürchten und sie sogar zu hassen. Einen Augenblick lang beschäftige Conway die Frage, ob es so etwas wie eine grundsätzlich kontraterrestrische Denkweise gab, eine Mentalität, bei der zum Beispiel Hilfe Haß- anstatt Dankbarkeitsgefühle hervorrief. Selbst die Tatsache, daß er sich in ärztlicher Obhut befand, gab dem Alien kein Gefühl der Sicherheit. Leute wie Conway verbanden mit dem Begriff ›ärztliche Obhut‹ altruistische Fürsorge, aufopferungsvolle Rettungsversuche und dergleichen. Aber viele Spezies, selbst innerhalb der Föderation, betrachteten Krankheiten lediglich als vorübergehende körperliche Leistungsunfähigkeit und behandelten sie entsprechend.

Als er sein Zimmer verließ, hatte Conway nicht die geringste Vorstellung, wie er seinen Patienten heilen sollte. Er wußte nur, daß ihm kaum noch Zeit dafür blieb. Captain Summerfield, Hendricks und die anderen, die zur Zeit das Wrack weiterhin untersuchten, waren im Augenblick noch durch den Wust an offenen Fragen zu sehr abgelenkt, um an irgend etwas anderes zu denken. Aber es war nur eine Frage der Zeit, vielleicht von Tagen oder auch nur Stunden, bis ihnen ein Licht aufgehen würde und sie zu denselben Schlüssen wie er selbst kommen würden.

Das Monitorkorps hätte dann nichts anderes mehr im Sinn, als umgehend mit den Aliens Kontakt aufzunehmen. Diese würden logischerweise wissen wollen, wie es ihrem kranken Artgenossen ergangen war, der bis dahin entweder geheilt oder auf dem Wege der Besserung sein mußte.

Oder auch nicht.

Der Gedanke, den Conway verzweifelt zu verdrängen versuchte, war: Und was würde passieren, wenn der Patient mittlerweile gestorben war?

Bevor Conway mit der nächsten Untersuchung begann, erkundigte er sich bei Prilicla über den emotionalen Zustand des Patienten, erfuhr aber nichts Neues von ihm. Der Alien lag jetzt reglos da und war praktisch bewußtlos. Als Conway per Translator zu dem Wesen sprach, strahlte es Angst aus, obwohl Prilicla ihm versicherte, daß es verstand, was er sagte.

»Ich will Ihnen nichts antun«, begann Conway behutsam, wobei er langsam und deutlich in den Translator sprach und sich dem Patienten allmählich näherte. »Ich muß Sie aber berühren. Bitte glauben Sie mir, ich will Ihnen nichts zuleide tun ...« Er schaute Prilicla fragend an.

»Angst und ... und Hilflosigkeit«, sagte der GLNO. »Aber auch Zustimmung, verbunden mit Drohungen ... nein, Warnungen! Offenbar glaubt er Ihnen das, was Sie ihm sagen, versucht aber, Sie vor irgend etwas zu warnen.«

Das klang schon vielversprechender, dachte Conway. Der Alien warnte ihn also, aber es schien ihm nichts auszumachen, wenn er ihn berührte. Er trat noch ein Stück näher an den Patienten heran und streichelte ihm mit seinen behandschuhten Händen über eine der unbefallenen Hautstellen.

Gleich darauf stöhnte Conway vor Schmerz laut auf und sprang zurück; der Alien hatte ihm mit einem gewaltigen Hieb den Arm zur Seite geschlagen. Er rieb sich die schmerzende Stelle und schaltete den Translator ab, um seinen Gefühlen freien Lauf zu lassen.

Nach einer rücksichtsvollen Pause bemerkte der GLNO: »Wir haben eine sehr wichtige Entdeckung gemacht, Doktor Conway. Trotz dieser physischen Reaktion sind die Gefühle des Patienten Ihnen gegenüber genau die gleichen wie vor Ihrer Berührung.«

»Und was soll das heißen?« fragte Conway gereizt.

»Das heißt, daß diese Reaktion nicht dem Willen unterliegt.«

Conway überdachte das eine Weile und sagte dann entmutigt: »Das heißt also auch, wir können keine Vollnarkose riskieren, falls wir überhaupt ein geeignetes Anästhetikum für den Patienten haben, weil auch Herz und Lunge Muskeln sind, die nicht dem Willen unterliegen. Das macht alles noch komplizierter. Wir können ihn nicht matt setzen, und er wird nicht mitarbeiten ...« Er begab sich an das Kontrollpult des Behandlungsraums und drückte auf ein paar Knöpfe. Die Klammern, durch die das Netz zusammengehalten wurde, öffneten sich, und es wurde von einem Greifarm in einem Rutsch weggezogen. »Der Patient zieht sich am Netz andauernd neue Verletzungen zu«, rechtfertigte er Prilicla gegenüber seine Aktion. »Wie Sie sehen, hat er sich an einer Stelle schon fast einen zweiten Tentakel abgerissen.«

Prilicla protestierte gegen die Entfernung des Netzes und sagte, es sei viel wahrscheinlicher, daß sich der Patient Verletzungen zuziehe, wenn er sich im Raum frei bewegen könne. Conway hielt dem entgegen, der Patient könne sich in seiner gegenwärtigen Körperlage — also mit dem Schwanz im Mund und in Rückenlage, wobei die Tentakel zur Seite gerichtet waren — sowieso kaum bewegen. Und als er jetzt genauer darüber nachdachte, fiel ihm auf, daß diese Position wie die perfekte Verteidigungshaltung für diese Kreatur aussah. Es erinnerte ihn an die Art, in der sich terrestrische Katzen während eines Kampfs auf die Seite werfen, um alle vier Klauen einsetzen zu können — und das hier war eine zehnbeinige Katze, die sich nach allen Seiten hin verteidigen konnte.

Angeborene instinktive Reaktionen dieser Art sind ein Ergebnis der evolutionären Entwicklung. Aber warum sollte der Alien diese Verteidigungsposition einnehmen und sich völlig unnahbar geben, wo er gerade jetzt dringend Hilfe benötigte ...?

Plötzlich, als sei ihm schlagartig ein Licht aufgegangen, wußte Conway die Antwort. Jedenfalls war er sich zu neunzig Prozent sicher, sie zu wissen, wie er sich selbst, trotz aller Aufregung, vorsichtig korrigierte.

Sie alle hatten von Anfang an falsche Vermutungen über diesen Fall angestellt. Seine neue Theorie machte sich an der Tatsache fest, daß sie schlicht und ergreifend einer weiteren falschen Vermutung aufgesessen waren. Und angesichts dieser Tatsache konnten die Feindseligkeit, die Körperhaltung und der seelische Zustand des Patienten erklärt werden. Conway hatte nun sogar allen Grund zur Annahme, daß der Patient doch nicht unbedingt einer gewalttätigen und feindlich gesinnten Spezies angehören mußte, wie dessen Verhalten zunächst vermuten ließ.

Das einzige Problem an der neuen Theorie war nur, daß auch diese falsch sein konnte, und seine anfänglich haltlose Begeisterung schwand ein wenig, doch war er sich immer noch seiner Sache zu achtzig bis neunzig Prozent gewiß.

Ein anderes Problem war, daß er sein zukünftiges Vorgehen bei der Behandlung des Patienten unmöglich mit jemand anderem besprechen konnte. Dies zu tun, könnte glattweg eine berufliche Degradierung zur Folge haben, und darauf zu bestehen, die Behandlung bis zum Ende allein durchzuführen, würde im Falle des Todes des Patienten gar das unwiderrufliche Ende seiner Karriere im Orbit Hospital bedeuten. Die Lage war tatsächlich so ernst, wie er sie sich ausmalte.

Er näherte sich wieder dem Patienten und schaltete erneut den Translator ein. Noch bevor er sprach, kannte er bereits die Reaktion des Aliens, und so war es scheinbar ein Akt gewollter Grausamkeit, die folgenden Worte zu sagen, aber er mußte seine Theorie zu seiner eigenen Gewißheit noch einmal überprüfen.

Er atmete tief durch und sagte: »Keine Sorge, mein Junge, wir werden dich schon bald wiederhergestellt haben.«

Die Reaktion darauf war so heftig, daß Dr. Prilicla, dessen empathische Fähigkeit ihn die heftigen emotionalen Reaktionen des Patienten nachempfinden ließen, den Raum verlassen mußte.

Und erst jetzt traf Conway seine endgültige Entscheidung.

Während der folgenden drei Tage besuchte Conway regelmäßig die Station und machte sich sorgfältige Notizen über das Wachstum der dicken, faserigen Kruste, die mittlerweile zwei Drittel des Körpers des Patienten bedeckte. Es gab keinen Zweifel, daß der Wachstumsprozeß sich beschleunigte und die Wucherungen immer dicker wurden. Auf Proben hin, die er zur Laboruntersuchung in die Pathologie gegeben hatte, wurde ihm mitgeteilt, daß der Patient unter einer eigenartigen und besonders bösartigen Hautkrebserkrankung zu leiden schien, und man stellte ihm die Frage, ob nicht eine radioaktive Bestrahlung oder ein chirurgischer Eingriff angezeigt sei. Er antwortete, daß seiner Auffassung nach beides ohne eine ernsthafte Gefährdung des Patienten nicht möglich sei.

Das Konstruktivste, was er während dieser Zeit erreichte, war, die Anweisung durchzusetzen, daß jeder, der sich per Translator mit dem Patienten unterhielt, diesem unter keinen Umständen gut zureden durfte. Der Alien hatte bereits zu viel unter dieser Form gutgemeinter Dummheit leiden müssen. Hätte er mit Ausnahme von Kursedd, Prilicla und ihm selbst jedem anderen den Zugang zu dem Raum verbieten können, hätte er es getan.

Die meiste Zeit verbrachte er damit, sich selbst davon zu überzeugen, daß er das Richtige tat.

Seit dem Tag der ersten Untersuchung war er Dr. Mannon bewußt aus dem Weg gegangen. Er wollte mit seinem alten Freund nicht über den Fall sprechen, weil Mannon einfach zu nett war, um ihn mit Halbwahrheiten abzuspeisen, denn selbst ihm konnte er die ganze Wahrheit nicht erzählen. Er hoffte inständig, daß Captain Summerfield auf dem Wrack zu beschäftigt war, um eins und eins zusammenziehen zu können, und seine Idealvorstellung wäre komplett gewesen, wenn O'Mara und Skempton ihn mittlerweile schlichtweg vergessen hätten und Mannon überhaupt kein Interesse mehr hatte, seine Nase in diese Angelegenheit zu stekken.

Aber es sollte alles ganz anders kommen.

Als Conway am fünften Tag die zweite Morgenvisite vornehmen wollte, erwartete Dr. Mannon ihn bereits auf der Station. Sein ehemaliger Vorgesetzter bat ihn zunächst ordnungsgemäß um die Erlaubnis, sich den Patienten ansehen zu dürfen, aber kaum hatte er diese Höflichkeitsfloskeln gesagt, fuhr er ungehalten fort: »Jetzt hören Sie mal zu, Sie junger Hüpfer! Ich bin es langsam leid, daß Sie jedesmal nur Ihre verdammten Schuhe begaffen oder geistesabwesend an die Decke starren, sobald ich in Ihre Nähe komme! Wenn ich nicht das dicke Fell eines Tralthaners hätte, wäre ich schon längst beleidigt. Ich weiß natürlich, daß sich neu ernannte Chefärzte die ersten Wochen für ihre Arbeit ganz besonders verantwortlich fühlen, aber Ihr Verhalten in der letzten Zeit ist regelrecht unverschämt gewesen!«

Bevor Conway etwas dazu sagen konnte, hob Mannon beschwichtigend die Hand und fuhr fort: »Ich nehme Ihre Entschuldigung an, und jetzt kommen wir zur Sache. Ich hab mit Prilicla und den Leuten oben in der Pathologie gesprochen. Man hat mir gesagt, der Körper sei von den Wucherungen mittlerweile völlig überzogen und von Röntgenstrahlen mit tolerierbarer Stärke nicht mehr zu durchdringen, so daß über Lage und Funktion der inneren Organe nur noch Vermutungen angestellt werden können. Außerdem können Sie das Zeug nicht unter Narkose entfernen, weil eine Lähmung der Gliedmaßen einen Herzstillstand nach sich ziehen könnte. Andererseits ist eine Operation mit den um sich schlagenden Tentakeln nicht möglich. Gleichzeitig wird der Zustand des Patienten immer schlimmer und wird sich weiter verschlechtern, wenn wir ihm keine Nahrung zuführen können, und das wiederum geht erst dann, wenn sein Mund freigeräumt ist. Und um die ganze Geschichte noch komplizierter zu machen, als sie eh schon ist, zeigen Ihre zuletzt genommenen Proben, daß sich die Wucherungen schnell nach innen fortsetzen, und es gibt Hinweise, daß Mund und Schwanz miteinander verschmelzen, wenn nicht sofort operiert wird. Ist das, in knappen Worten dargestellt, die Lage?«

Conway nickte.

Mannon atmete tief durch, dann kam er zu seinem eigentlichen Thema. »Angenommen, Sie amputieren die Tentakel, entfernen die Wucherungen vom Kopf und vom Schwanz und ersetzen die Haut durch eine geeignete synthetische Substanz. Sobald der Patient Nahrung aufnehmen kann, würde er bald wieder genug bei Kräften sein, um eine mehrmalige Wiederholung dieser Prozedur an seinem restlichen Körper auch durchstehen zu können. Ich gebe zu, es handelt sich dabei um einen drastischen Eingriff. Aber unter den gegenwärtigen Umständen scheint mir das der einzig gangbare Weg zu sein, das Leben des Patienten zu retten. Außerdem gibt es immer noch die Möglichkeit, die Haut später eventuell zu transplantieren und die Tentakel durch künstliche Gliedmaßen zu ersetzen ...«

»*Nein!*« widersprach Conway heftig, und an der Art, in der Mannon ihn anguckte, erkannte er, daß er blaß geworden sein mußte. Falls seine Theorie in bezug auf den Alien stimmte, dann würde eine Operation zu diesem Zeitpunkt fatale Folgen haben. Sollte sie hingegen nicht stimmen, und der Patient sich als das Wesen entpuppen, das er zu sein schien — gewalttätig, abartig und unerbittlich feindselig —, und sollten seine Gesinnungsgenossen tatsächlich kommen, um nach ihm zu sehen, dann ...

Mit ruhigerer Stimme fuhr er fort: »Stellen Sie sich vor, einer Ihrer Freunde mit einer schweren Hauterkrankung gerät in die Hände eines extraterrestrischen Arztes, dem nichts Besseres einfällt, als ihm bei lebendigem Leib die Haut abzuziehen und die Arme und Beine abzuhacken. Sie wären sicher sauer, wenn Sie Ihren Freund so vorfinden würden. Selbst wenn man berücksichtigt, daß Sie als ein zivilisierter Mensch tolerant und zu Kompromissen bereit sind — Eigenschaften, die wir unserem Patienten nicht mit Sicherheit zuschreiben können —, wage ich doch zu behaupten, daß Sie dem Arzt die Hölle heiß machen würden.«

»Dieser Vergleich hinkt, und das wissen Sie auch!« widersprach Mannon energisch. »Manchmal muß man etwas riskieren, und das hier ist so ein Fall.«

»Nein«, sagte Conway erneut.

»Haben Sie vielleicht eine bessere Idee?«

Conway schwieg eine Weile, dann sagte er vorsichtig: »Ich hab eine Idee, die ich ausprobieren möchte, über die ich aber jetzt noch nicht diskutieren will. Wenn sie funktioniert, werden Sie der erste sein, der davon erfährt, und wenn nicht, auch ... dann wird sowieso *jeder* davon erfahren.«

Mannon zuckte die Achseln und wandte sich ab. An

der Tür hielt er inne, drehte sich noch einmal um und sagte: »Egal, was Sie vorhaben, es muß sich jedenfalls um eine ziemlich heikle Angelegenheit handeln, wenn Sie so geheimnisvoll tun. Aber Sie sollten bedenken, daß, wenn Sie mich einweihen und sich die Sache später als ein Fehlschlag erweisen sollte, wir uns dann wenigstens die Schande teilen müssen ...«

Und so spricht ein wahrer Freund, dachte Conway gerührt, und er war versucht, Mannon sein Herz vollständig auszuschütten. Aber Dr. Mannon war ein neugieriger, freundlicher und hochqualifizierter Chefarzt, der seinen Beruf als Heiler immer sehr ernstgenommen hatte und stets ernst nehmen würde, trotz der Witze, die er selbst häufig darüber riß.

Wahrscheinlich wäre Mannon nicht dazu in der Lage, das zu tun, worum er ihn bitten würde, oder wenigstens den Mund zu halten, während Conway es selbst tat.

Bedauernd schüttelte er den Kopf.

VI

Nachdem Mannon gegangen war, wandte sich Conway wieder seinem Patienten zu. Wie er meinte, ähnelte der Alien immer noch einem Doughnut, aber einem, der im Laufe der Äonen zu einem runzligen Fossil geworden war, und er mußte sich selbst daran erinnern, daß seit der Einlieferung des Patienten erst eine Woche verstrichen war. Die Tentakel wiesen allesamt erste Spuren von Wucherungen auf und standen in einem merkwürdigen Winkel wie die ausgedörrten Zweige eines morschen Baums starr vom Körper ab. Da klar war, daß irgendwann auch die Atemöffnungen von den Wucherungen befallen werden würden, hatte er Röhren eingeführt, um die Atemwege freizuhalten. Diese Intubationen erzielten auch den gewünschten Effekt, aber trotzdem hatte sich die Atmung verlangsamt und war immer flacher geworden. Das Stethoskop verriet, daß der Herzschlag zwar schwächer geworden war, die Herzfrequenz sich aber erhöht hatte.

Seine eigene Unentschlossenheit trieb Conway den kalten Schweiß auf die Stirn.

Wenn es sich doch nur um einen gewöhnlichen Patienten handeln würde, um einen, den man vor aller Augen behandeln und über dessen Therapie man offen diskutieren konnte, dachte er verärgert. Aber die Tatsache, daß dieser Alien einer hochentwickelten und möglicherweise feindlich gesinnten Spezies angehörte, machte alles so kompliziert, daß er sich niemandem anvertrauen konnte, wenn er vermeiden wollte, daß man ihm diesen Fall entzog, ehe er seine Theorie beweisen konnte. Sein größtes Problem war, daß sich seine Theorie als gänzlich falsch herausstellen und es durchaus möglich sein könnte, daß er gerade dabei war, den Patienten langsam zu töten.

Während er sich die Herz- und Atemfrequenzen notierte, entschied Conway, daß es an der Zeit war, die Häufigkeit der Visiten zu erhöhen und sie so zu legen, daß Prilicla, der derzeit auf der Neugeborenenstation stark eingespannt war, daran teilnehmen konnte.

Kursedd beobachtete ihn aufmerksam, als er die Station verließ, und ihr Pelz reagierte höchst eigentümlich. Conway gab sich erst gar nicht die Mühe, der Schwester zu sagen, sie solle über das, was er mit dem Patienten anstellte, Stillschweigen bewahren, weil er so die Gerüchte nur noch mehr geschürt hätte. Das gesamte Pflegepersonal sprach ohnehin schon über ihn, und er hatte feststellen müssen, daß einige der Oberschwestern ihm allmählich mit einer gewissen Kälte gegenübertraten. Aber mit etwas Glück, würden die Gerüchte über das, was er hier tat, erst in einigen Tagen bis zu seinen Vorgesetzten vorgedrungen sein.

Drei Stunden später war er zusammen mit Dr. Prilicla bereits wieder auf der Station 310B. Er überprüfte erneut Herz und Atmung, während der GLNO auf die emotionale Ausstrahlung achtete.

»Er ist sehr krank«, berichtete Prilicla. »Da ist zwar noch Leben in ihm, aber so schwach, daß er sich nicht einmal seiner eigenen Existenz bewußt ist. In Anbetracht der fast nicht vorhandenen Atmung und der schwachen, aber hohen Pulsfrequenz, fürchte ich ...«

Der Gedanke an den Tod war für einen Empathen besonders deprimierend, und der sensible kleine Alien brachte es nicht übers Herz, den Satz zu Ende zu führen.

»Dann hat all die Angst, die wir ihm eingejagt haben, um ihn zu beruhigen, auch nichts genutzt«, sagte Conway halb zu sich selbst. »Er konnte nichts essen, und wir haben ihn dazu gezwungen, sämtliche Energiereserven zu verbrauchen, die er dringend selbst benötigt hätte. Aber er mußte sich vor uns schützen ...«

»Aber warum? Wir haben dem Patienten doch nur helfen wollen!«

»Sicher haben wir das«, sagte Conway mit beißendem Ton. Er wollte gerade die Untersuchung fortsetzen, als es eine unvermutete Unterbrechung gab.

Der Alien, dessen mächtiger Körper an beiden Seiten und an der Oberkante der Tür entlangstreifte, als er den Raum betrat, war ein Tralthaner, physiologische Klassifikation FGLI. Für Conway waren die Bewohner von Traltha so schwer auseinanderzuhalten wie Schafe, aber diesen kannte er. Es war kein Geringerer als Thornnastor, der Chefdiagnostiker der Pathologie.

Der Diagnostiker verdrehte zwei seiner Augen in Priliclas Richtung und polterte los: »Gehen Sie bitte hier raus. Sie auch, Schwester.« Dann richtete er alle vier Augen auf Conway.

»Ich will mit Ihnen allein reden, weil sich einige meiner Bemerkungen auf Ihr berufliches Verhalten bezüglich dieses Falls beziehen, und mir liegt es fern, Ihr Ansehen noch weiter in Mißkredit zu bringen«, sagte Thornnastor, nachdem die anderen den Raum verlassen hatten. »Trotzdem will ich mit der guten Nachricht beginnen. Wir haben nämlich ein Mittel speziell gegen diese Wucherungen entwickelt. Es verhindert nicht nur deren weitere Ausbreitung, sondern weicht auch die bereits befallenen Stellen auf und regeneriert das Hautgewebe und die in Mitleidenschaft gezogenen Blutgefäße.«

Verdammter Mist! fluchte Conway im stillen und fügte laut hinzu, da es der Wahrheit entsprach: »Glückwunsch, da haben Sie wirklich eine unglaubliche Leistung vollbracht.«

»Nun, das wäre nicht möglich gewesen, wenn wir nicht einen Arzt zu dem Wrack beordert hätten, dessen einzige Aufgabe es war, uns alles zu schicken, was mögliche Rückschlüsse auf den Metabolismus des Patienten zuließ«, fuhr der Diagnostiker fort. »Offenbar haben Sie diese Informationsquelle völlig übersehen, Doktor, denn die einzigen Proben, die Sie uns von dort geliefert haben, stammen aus der Zeit Ihres kurzen Aufenthalts auf dem Wrack, und das war allerdings nur ein Bruchteil dessen, was dort wirklich zur Verfügung stand. Das war eine grobe Nachlässigkeit, Doktor, und allein Ihren früheren guten Leistungen haben Sie es zu verdanken, daß Sie nicht degradiert worden sind und Ihnen der Fall noch nicht entzogen worden ist …

Unser Erfolg ist in erster Linie darauf zurückzuführen, daß wir etwas gefunden haben, das anscheinend so etwas wie ein sehr gut ausgestatteter Medizinschrank ist«, fuhr Thornnastor fort. »Die Untersuchung des Inhalts, verbunden mit anderen Informationen, die sich auf die technische Ausrüstung des Wracks beziehen, führte uns zu dem Schluß, daß es sich um eine Art Ambulanzschiff gehandelt haben muß. Die Offiziere des

Monitorkorps waren völlig aufgeregt, als sie davon erfahren haben ...«

»Wann war das?« unterbrach ihn Conway voller Entsetzen. Für Conway brach eine Welt zusammen, und er fror am ganzen Körper, als hätte er einen Schock erlitten. Aber vielleicht gab es noch eine Chance, Skempton wenigstens eine Weile daran zu hindern, Kontakt aufzunehmen. »*Wann* haben Sie die Monitore davon unterrichtet, daß es sich um ein Ambulanzschiff handelt?«

»Diese Information sollte für Sie doch wohl zweitrangig sein«, entgegnete Thornnastor ungehalten und holte eine große, gepolsterte Flasche aus seiner Tasche hervor. »Ihre Sorge gilt hoffentlich in erster Linie Ihrem Patienten. Von diesem Mittel werden Sie eine Menge benötigen, und wir stellen so schnell wie möglich mehr davon her, aber das hier sollte erst mal reichen, um Kopf und Schwanz freizulegen. Injizieren Sie genau nach der aufgeklebten Anweisung. Nach etwa einer Stunde stellt sich die erste Wirkung ein.«

Conway nahm die Flasche vorsichtig in die Hand und um Zeit zu gewinnen, sagte er: »Und was ist mit Nebenwirkungen oder langfristigen Auswirkungen? Ich möchte nicht riskieren, daß ...«

»Doktor«, unterbrach ihn Thornnastor, »mir scheint, durch Ihre übertriebene Vorsicht verzögern Sie alles nur auf dümmliche und geradezu kriminelle Weise.« Auch wenn die Stimme des Diagnostikers über den Translator ausdruckslos klang, mußte Conway kein Empath sein, um mitzubekommen, daß Thornnastor mittlerweile außer sich vor Wut war. Und die Art, in der er durch die Tür hinausstürmte, verdeutlichte dies noch mehr.

Conway fluchte wie rasend. Die Monitore waren im Begriff, mit der Alienkolonie Kontakt aufzunehmen, wenn sie dies nicht schon getan hatten, und bald würden diese Aliens durch das ganze Hospital schwirren und zu wissen verlangen, was er mit dem Patienten angestellt hatte. Wenn sich bis dahin der Zustand des Patienten nicht wesentlich gebessert hatte, würde es Ärger geben, egal, um was für eine Spezies es sich dabei handelte. Und noch viel früher hätte er es mit Scherereien aus den Reihen des Hospitals zu tun, weil er Thornnastor von seinen beruflichen Fähigkeiten alles andere als überzeugt hatte.

Er hielt immer noch die Flasche in den Händen, deren Inhalt zweifellos all das bewirken würde, was der Chefpathologe behauptet hatte — kurz, das zu heilen, was den Patienten zu belästigen schien. Conway zauderte einen Moment lang, dann hielt er mit fast grimmiger Entschlossenheit an seiner Entscheidung fest, die er vor einigen Tagen getroffen hatte. Er konnte noch gerade rechtzeitig die Flasche verstecken, bevor Prilicla wieder hereinkam.

»Jetzt hören Sie mir bitte genau zu, bevor Sie irgendeinen Kommentar ablassen«, sagte er mit ungewohnter Schärfe. »Ich will keine weiteren Debatten, was das weitere Vorgehen bei diesem Fall angeht, Doktor. Ich glaube, genau zu wissen, was ich tu, aber sollte ich doch einem Irrtum erliegen, an dem Sie letztendlich mit beteiligt wären, würde auch Ihr Ruf als Arzt darunter leiden. Haben Sie mich verstanden?«

Priliclas sechs dünne Beine hatten die ganze Zeit gezittert, während Conway geredet hatte. Aber es waren nicht die Worte gewesen, die der kleinen Kreatur nahegegangen waren, sondern die dahintersteckenden Gefühle. Conway wußte, daß seine emotionale Ausstrahlung gerade jetzt alles andere als erfreulich sein mußte.

»Ich verstehe«, sagte Prilicla.

»Sehr gut, dann können wir uns ja wieder an die Arbeit machen. Ich möchte, daß Sie mit mir zusammen Puls, Atmung und emotionale Ausstrahlung permanent überwachen. Es müßte bald eine Veränderung eintreten, die ich auf keinen Fall verpassen will.«

Zwei Stunden lang beobachteten sie die Entwicklung genau, ohne eine wesentliche Veränderung beim Patienten feststellen zu können. Einmal ließ er Prilicla und Kursedd mit dem Patienten allein, um mit Colonel Skempton Kontakt aufzunehmen. Aber ihm wurde gesagt, der Colonel habe das Hospital vor drei Tagen in aller Eile verlassen. Zwar habe er die Raumkoordinaten seines Reiseziels angegeben, aber es sei unmöglich, zu einem Schiff über interstellare Entfernung Kontakt aufzunehmen, solange es sich im Hyperraum bewege. Es täte Ihnen leid, aber seine Benachrichtigung an den Colonel müsse schon so lange warten, bis dessen Schiff sein Ziel erreicht hatte.

Also war es bereits zu spät, das Korps daran zu hindern, mit den Aliens Kontakt aufzunehmen. Folglich bliebe ihm nur noch die Möglichkeit, den Patienten zu ›kurieren‹.

Wenn man es ihm erlaubte ...

Im Wandlautsprecher war ein Knacken zu vernehmen, und eine Stimme sagte: »Doktor Conway, bitte melden Sie sich sofort in Major O'Maras Büro.«

Er dachte gerade verdrossen, daß Thornnastor sich umgehend beschwert haben mußte, als Prilicla sagte: »Atmung fast nicht mehr vorhanden, unregelmäßiger Herzschlag.«

Conway schnappte sich das Mikrofon vom Kommunikator und brüllte hinein: »Hier Conway! Sagen Sie O'Mara, ich bin gerade mit etwas Dringendem beschäftigt!« An Prilicla gewandt sagte er: »Ich hab dasselbe festgestellt. Und was ist mit der emotionalen Ausstrahlung?«

»Stärker während der Pulsschwankungen, aber jetzt sind beide wieder normal.«

»Gut. Halten Sie Augen und Ohren offen ... und Ihre anderen Sinne!«

Conway nahm eine Probe von der aus einer der Atemröhren ausströmenden Luft und ließ sie durch ein

Analysegerät laufen. Selbst in Anbetracht des schwachen Atems ließ das Ergebnis dieser Probe wie schon zuvor bei den anderen, die er während der vergangenen zwölf Stunden genommen hatte, kaum noch einen Zweifel zu, und er wurde allmählich zuversichtlicher.

»Atmung fast eingestellt«, meldete Prilicla.

Bevor Conway antworten konnte, platzte O'Mara durch die Tür herein. Er blieb nur wenige Zentimeter vor Conway stehen und fragte mit einer beängstigend ruhigen Stimme: »Und *womit* sind Sie so dringend beschäftigt, daß Sie nicht zu mir kommen können, Doktor?«

Conway platzte vor Ungeduld praktisch aus den Nähten, und er bat O'Mara flehentlich: »Kann das nicht warten?«

»Nein!«

Wie Conway wußte, würde er den Psychologen nicht eher loswerden, bevor er ihm gegenüber sein Verhalten in der letzten Zeit nicht irgendwie rechtfertigen konnte — und er mußte die nächste Stunde unbedingt ungestört sein. Er trat rasch an den Patienten heran und gab O'Mara über die Schulter hinweg ein kurzes Resümee über seine Vermutungen hinsichtlich des Ambulanzschiffs und der Kolonie, von der es gekommen war. Er schloß mit der dringenden Bitte an den Psychologen, Skempton, falls dieser den Hyperraum bereits verlassen hatte, davon zu unterrichten, die erste Kontaktaufnahme so lange hinauszuzögern, bis Genaueres über den Zustand des Patienten bekannt war.

»Also wußten Sie das schon seit einer Woche und haben uns trotzdem nichts davon gesagt«, reagierte O'Mara nachdenklich. »Nun, ich kann sogar die Gründe für Ihr Schweigen verstehen. Danke für Ihre rührende Fürsorge, Conway, aber das Monitorkorps hat bereits eine Menge Erfahrungen mit Erstkontakten gesammelt und jedesmal seine Arbeit erfolgreich beendet. Wir haben Leute, die extra dafür ausgebildet sind. Sie aber haben sich wie ein Vogel Strauß verhalten — den Kopf in den Sand stecken, nichts tun und hoffen, daß das Problem sich von allein löst. Dieses Problem, das eine Kultur betrifft, die so weit fortgeschritten ist, daß sie den intergalaktischen Raum durchqueren kann, ist aber zu groß, um sich davor zu verstecken. Es muß schnell und definitiv gelöst werden. Ideal wäre natürlich, wenn wir als Beweis unseres guten Willens den Überlebenden gesund und lebendig vorweisen könnten ...«

O'Maras Stimme wurde plötzlich strenger und klang wütend und heiser. Der Psychologe stand so dicht hinter Conway, daß er seinen Atem im Nacken spürte.

»... womit wir wieder bei unserem Patienten wären, jenem Geschöpf, das Sie angeblich behandeln.

Schauen Sie mich gefälligst an, wenn ich mit Ihnen rede Conway!«

Conway drehte sich um, aber erst, nachdem er sich vergewissert hatte, daß Prilicla den Patienten nicht aus den Augen ließ. Er stellte sich wütend die Frage, warum ausgerechnet alles auf einmal passieren mußte, anstatt hübsch ordentlich nacheinander.

»Bei der ersten Untersuchung«, fuhr O'Mara im ruhigen Ton fort, »haben Sie sich auf Ihr Zimmer verdrückt, bevor wir in irgendeine Richtung vorankommen konnten. Auf mich wirkte das so, als hätten Sie kalte Füße gekriegt, wofür ich damals allerdings noch Verständnis hatte. Später schlug Dr. Mannon eine Behandlungsmethode vor, die zwar drastisch war, aber in Anbetracht des Zustands des Patienten durchaus zulässig und sogar absolut angezeigt war. Sie aber weigerten sich zu diesem Schritt. Dann entwickelte die Pathologie ein Mittel, durch das der Patient innerhalb weniger Stunden hätte geheilt werden können, und selbst *dessen* Anwendung haben Sie vereitelt!

Normalerweise gebe ich auf das ganze Gerede im Hospital nichts«, fuhr O'Mara fort, wobei seine Stimme wieder lauter wurde, »aber wenn sich Gerüchte verbreiten und immer hartnäckiger werden, erst recht unter dem Pflegepersonal, das grundsätzlich weiß, wovon es spricht, wenn es um medizinische Dinge geht, dann muß ich der Sache auf den Grund gehen. Es ist offenkundig geworden, daß Sie außer der ständig aufrechterhaltenen Überwachung des Patienten, den regelmäßigen Untersuchungen und den zahlreichen Proben, die Sie in die Pathologie gegeben haben, rein gar nichts für den Patienten getan haben.

Er siechte langsam dahin, während Sie seine Behandlung nur *vorgetäuscht* haben! Sie haben eine derartige Angst vor den Konsequenzen eines Versagens Ihrerseits, daß Sie nicht einmal imstande sind, die einfachste Entscheidung zu treffen und ...«

»Nein!« protestierte Conway energisch. Obwohl O'Maras Vorwürfe lediglich auf unvollständigen Informationen beruhten, hatten sie doch gesessen. Und weit schlimmer als die Worte war dabei O'Maras Gesichtsausdruck gewesen, in dem sich Zorn, Verachtung und vor allem tiefe Enttäuschung widerspiegelten, daß jemand, dem er sowohl als Kollegen wie auch als Freund stets vertraut hatte, ihn so schrecklich hatte hintergehen können; O'Mara fühlte sich für Conways Taten fast genauso verantwortlich wie er selbst.

»Man kann Vorsicht auch übertreiben, Doktor«, fügte O'Mara betrübt hinzu. »Manchmal muß man einfach Mut beweisen. Wenn eine dringende Entscheidung ansteht, muß man sie treffen und bedingungslos an ihr festhalten, egal ...«

»Was glauben Sie eigentlich, was ich hier die ganze Zeit mache?« wehrte sich Conway jetzt energisch.

»Nichts!« schrie O'Mara ihn an. »Absolut nichts!«

»Und das stimmt sogar!« brüllte Conway den verdutzten O'Mara an.

»Atmung ist eingestellt«, meldete sich Prilicla leise zu Wort.

Conway schnellte herum und schlug auf den Alarmknopf für Schwester Kursedd. »Herztätigkeit? Gehirnströme?« fragte er Prilicla angespannt.

»Erhöhter Puls. Etwas stärkere Emotionen.«

Als gleich darauf Kursedd eintraf, erteilte ihr Conway im Eiltempo einige Anweisungen. Aus dem direkt anschließenden DBLF-Operationssaal brauchte er Instrumente. Sterilisations- oder Anästhesiemittel waren nicht notwendig — er benötigte lediglich eine große Auswahl Skalpelle. Die Schwester verschwand, und Conway erkundigte sich bei der Pathologie, ob sie ihm ein für den Patienten geeignetes Blutgerinnungsmittel empfehlen könnten, falls ein größerer chirurgischer Eingriff notwendig sein sollte. Man konnte und versprach ihm, es umgehend bringen zu lassen. Als er sich vom Kommunikator abwandte, meldete sich O'Mara wieder zu Wort.

»All diese fieberhafte Tätigkeit ist doch nichts als Augenwischerei und beweist gar nichts. Der Patient hat die Atmung eingestellt. Wenn er noch nicht tot ist, ist er es bald, und Sie tragen die alleinige Verantwortung dafür, Conway! Der Himmel stehe Ihnen bei, Doktor, denn sonst haben Sie niemanden mehr, der Ihnen beisteht.«

Conway schüttelte beunruhigt den Kopf. »Unglücklicherweise könnten Sie damit sogar recht haben, aber ich hoffe, daß er nicht sterben wird«, sagte er halb abwesend. »Ich kann Ihnen das jetzt nicht alles erklären, aber Sie könnten mir helfen, wenn Sie zu Skempton Kontakt aufnehmen und ihm sagen, er soll die Kontaktaufnahme zu dieser Alienkolonie nicht überstürzen. Ich brauche Zeit, wieviel, weiß ich noch nicht.«

»Vor allem wissen Sie nicht, wann es an der Zeit ist, aufzugeben«, bemerkte O'Mara kopfschüttelnd, begab sich aber trotzdem an den Kommunikator. Während er sich um eine Verbindung bemühte, wogte Schwester Kursedd in sanften Wellenlinien mit einem Instrumentenwagen herein.

Conway plazierte ihn in eine günstige Position neben dem Patienten, dann sagte er über die Schulter hinweg zu O'Mara: »Ich hab da etwas, worüber Sie einmal nachdenken sollten. Während der letzten zwölf Stunden ist die vom Patienten ausgeatmete Luft völlig frei von Unreinheiten gewesen. Der Patient hat also geatmet, aber offenbar keine Luft verbraucht ...«

Er beugte sich rasch vor, setzte das Stethoskop an verschiedenen Stellen auf und horchte. Er hatte das Gefühl, daß der Herzschlag jetzt zwar etwas schneller und kräftiger war, aber gleichzeitig stellte er eine damit nicht harmonisierende Unregelmäßigkeit fest. Durch die dikken und fast starren Wucherungen wurden die Geräusche sowohl verstärkt als auch verfälscht wiedergegeben. Conway konnte nicht sagen, ob das Herz allein für das Geräusch verantwortlich war oder ob Bewegungen anderer Organe hinzukamen. Dieser Umstand beunruhigte ihn, weil er nicht wußte, was für diesen Patienten als normal anzusehen war. Schließlich war der Überlebende auf einem Ambulanzschiff gewesen, was bedeutete, daß er zusätzlich zu seinem gegenwärtigen Zustand möglicherweise schon irgendeine andere Krankheit oder Verletzung gehabt hatte ...

»Worüber phantasieren Sie da eigentlich vor sich hin?« fragte O'Mara, und Conway wurde plötzlich bewußt, daß er laut gedacht haben mußte. »Wollen Sie etwa behaupten, daß der Patient gar nicht krank ist ...?«

»Eine werdende Mutter kann durchaus leiden, ohne im eigentlichen Sinne des Wortes krank zu sein«, antwortete Conway geistesabwesend.

Er wünschte, er würde mehr von dem wissen, was in seinem Patienten vor sich ging. Wären die Ohren mittlerweile nicht vollständig von den Wucherungen überzogen gewesen, hätte er es erneut mit dem Translator versucht. Die saugenden, rumpelnden und gurgelnden Laute konnten alles mögliche bedeuten.

»Conway...!« brüllte O'Mara und atmete dabei so tief durch, daß man es auf der ganzen Station hören konnte. Dann fuhr er mit erträglicherer Lautstärke fort: »Ich bin in Verbindung mit Skemptons Schiff! Offensichtlich sind die schnell vorangekommen und haben bereits mit den Aliens Kontakt aufgenommen. Der Colonel wird gerade geholt...« Er brach ab und fügte dann hinzu: »Ich werde die Lautstärke erhöhen, damit Sie mithören können.«

»Aber bitte nicht zu laut«, sagte Conway und an Prilicla gewandt: »Was ist mit der emotionalen Ausstrahlung?«

»Viel stärker als vorher. Ich registriere jetzt wieder verschiedenartige Emotionen. Gefühle der Not, des Leids und der Angst — möglicherweise Platzangst — in einem an Panik grenzenden Ausmaß.«

Conway musterte den Patienten eine ganze Weile mit großer Aufmerksamkeit. Es gab keine sichtbare Bewegung. »Ich kann es einfach nicht riskieren, noch länger zu warten«, sagte er plötzlich. »Er scheint zu schwach zu sein, um sich selbst zu helfen. Die Trennwand, Schwester!«

Die Trennwand sollte lediglich O'Mara ausschließen. Würde der Psychologe sehen, was nun kam, ohne genau zu wissen, was da vor sich ging, hätte er zweifellos weitere falsche Schlüsse gezogen und Conway wahrscheinlich gewaltsam an seinem weiteren Vorgehen gehindert.

»Der Patient wird immer unruhiger«, meldete Prilicla plötzlich. »Er empfindet keinen direkten Schmerz, fühlt sich aber entsetzlich eingeengt...«

Conway nickte. Er verlangte von Kursedd ein Skalpell und begann, in die Wucherungen zu schneiden, wobei er zunächst versuchte, deren Tiefe festzustellen. Sie waren jetzt wie weicher, zerbröckelnder Kork und boten dem scharfen Messer kaum Widerstand. In einer Tiefe von etwa zwanzig Zentimetern legte er etwas frei, das wie eine graue, ölige und schwach durchlässige Membran aussah, aber innerhalb des Operationsfelds trat keinerlei Körperflüssigkeit aus. Conway atmete erleichtert auf, zog das Skalpell zurück und wiederholte den Eingriff an einer anderen Stelle. Dieses Mal hatte die Membran einen grünlichen Farbton und zuckte leicht.

Er unternahm einen weiteren Einschnitt. Die durchschnittliche Tiefe der Wucherungen betrug anscheinend zwanzig Zentimeter. In fieberhafter Eile öffnete Conway die Wucherungen an insgesamt neun Stellen, die ungefähr in gleichen Abständen um den ganzen ringförmigen Körper herum verteilt waren. Dann blickte er Prilicla fragend an.

»Jetzt wird alles immer unerträglicher«, sagte der GLNO. »Extremer seelischer Schmerz, Angst ... Erstikkungsgefühle, der Puls rast und ist unregelmäßig ... das Herz ist an den Grenzen der Belastbarkeit angelangt. Außerdem verliert er erneut das Bewußtsein ...«

Bevor der Empath zu Ende gesprochen hatte, begann Conway, sich wie ein Schlachter aufzuführen. Mit langen, brutalen Schnitten, die eher an Säbelhiebe erinnerten, schuf er zwischen den Stellen, bei denen er zuvor die tiefen Einschnitte vorgenommen hatte, Verbindungen. *Alles* wurde jetzt der Geschwindigkeit geopfert. Selbst unter Aufwendung jeglicher Vorstellungskraft konnte man das, was er da tat, nicht mehr als einen chirurgischen Eingriff bezeichnen, denn ein Holzfäller mit einer stumpfen Axt hätte wohl sauberere Arbeit abgeliefert.

Als er fertig war, schaute er den Patienten kurz an, aber es gab noch immer keine Anzeichen einer Bewegung. Er ließ das Skalpell fallen und zerrte an den Wucherungen mit den bloßen Händen.

Plötzlich erfüllte Skemptons Stimme den Raum. Er beschrieb aufgeregt die Landung auf der Alienkolonie und den Beginn der Kontaktaufnahme. Dann fuhr er fort: »Und O'Mara, die gesellschaftlichen Zustände hier sind völlig verrückt. So etwas hab ich noch nie erlebt! Es gibt hier zwei verschiedene Lebensformen ...«

»Die ein und derselben Spezies angehören«, ergänzte Conway laut keuchend, während er arbeitete. Der Patient gab jetzt deutliche Lebenszeichen von sich und begann endlich, sich selbst zu helfen. Conway hätte am liebsten vor Freude laut geschrien, fuhr aber im relativ gefaßten Ton erschöpft fort: »Eine Lebensform ist der zehnbeinige Typ wie unser Freund hier, allerdings ohne daß dabei der Schwanz im Mund steckt. Das ist nur die Übergangsposition.

Die andere Form ist ... ist ...« — Conway hielt inne, um das Wesen, das sich jetzt vor ihm entpuppte, eingehend zu betrachten. Die Überreste der Wucherungen, von denen es überzogen gewesen war, lagen überall auf dem Boden verstreut, einige waren von Conway abgerissen worden, andere hatte der Alien selbst abgestoßen — »... nun, ich würde sagen, daß es sich hierbei natürlich um einen eierlegenden Sauerstoffatmer handelt«, fuhr er schließlich fort. »Mit einem langen, stabähnlichen, aber flexiblen Körper, der mit jeweils vier insektenartigen Beinen und Greifzangen, drei Flügelpaaren und den üblichen Sinnesorganen ausgestattet ist. Klassifikation GKNM. Sieht ungefähr wie eine Libelle aus.

Außerdem denke ich, daß die erste Form, den primitiv entwickelten Tentakeln nach zu urteilen, in erster Linie die Schwerarbeit leistet. Erst wenn das Wesen dieses Larvenstadium durchlaufen hat und zu dieser grazileren und schöneren Libellengestalt geworden ist, betrachtet man es als reif und befähigt genug, auch verantwortliche Aufgaben zu übernehmen. Wie ich mir vorstellen kann, hat sich auf diese Weise eine höchst komplizierte Gesellschaftsstruktur entwickelt, die ...«

»Ich wollte gerade sagen, daß zwei von diesen Aliens bereits unterwegs sind, um sich um den Überlebenden zu kümmern«, fuhr Colonel Skempton dazwischen, dessen Stimme man den Verdruß anmerkte, daß ihm jemand den Applaus gestohlen hatte. »Sie bitten inständig darum, daß wir unter keinen Umständen irgend etwas mit dem Patienten unternehmen, bevor sie ...«

An diesem Punkt schob O'Mara die Trennwand beiseite. Er starrte den Patienten mit offenem Mund an, der sich gerade die Flügel ausschüttelte, und man konnte dem Psychologen die Anstrengung regelrecht ansehen, mit der er die Fassung allmählich zurückzugewinnen versuchte. Schließlich sagte er: »Ich fürchte, ich muß mich bei Ihnen entschuldigen, Doktor. Aber warum haben Sie niemandem etwas davon gesagt ...?«

»Weil ich keinen eindeutigen Beweis hatte, daß meine Theorie stimmte«, entgegnete Conway im ernsten Ton. »Als der Patient immer wieder in Panik geriet, sobald ich ihm meine Hilfe anbot, bekam ich allmählich den Verdacht, daß diese Wucherungen ganz natürlich waren. Von einer Raupe konnte man erwarten, daß sie sich gegen jeden wehrt, der ihren Kokon frühzeitig entfernen will, nämlich aus dem einfachen Grund, daß sie durch ein solches Vorgehen getötet werden würde. Und es gab andere Hinweise — die nicht stattfindende Nahrungsaufnahme, die kreisförmige Körperhaltung mit den nach außen gerichteten Gliedmaßen — offensichtlich ein Verteidigungsmechanismus, der aus einer Zeit stammt, als natürliche Feinde das neue Leben in dem immer härter werdenden Panzer des alten Lebens bedrohten — und schließlich die Tatsache, daß die ausgeatmete Luft während des letzten Stadiums keine Unreinheiten mehr aufwies. Das bewies nur, daß Lunge und Herz, die wir die ganze Zeit abgehört haben, keine direkte Verbindung mehr hatten.«

Conway erklärte weiter, er sei sich zu Beginn der Behandlung seiner Theorie zwar nicht sicher gewesen, habe aber andererseits nicht genügend Zweifel an ihr gehegt, als daß er Mannons oder Thornnastors Vorschlägen hätte zustimmen können. Er sei zu dem Schluß gekommen, daß der Zustand des Patienten normal oder zumindest einigermaßen normal gewesen war, und die beste Behandlung sein würde, absolut nichts zu unternehmen. Und daran hatte er sich gehalten.

»... aber dies hier ist ein Hospital, das seinen Patienten unter allen Umständen helfen will«, fuhr er fort. »Und ich kann mir einfach nicht vorstellen, daß Doktor Mannon, Sie selbst oder irgendeiner der anderen Leute, die ich kenne, einfach nur danebenstehen und nichts unternehmen würde, während der Patient scheinbar unter ihren Händen stirbt. Vielleicht hätte der eine oder andere meine Theorie akzeptiert und wäre sogar mit meinem Vorgehen einverstanden gewesen, aber ich konnte mir dessen nicht sicher sein. Und meiner Ansicht nach *mußten* wir diesen Patienten heilen, weil seine Freunde bis zu diesem Zeitpunkt ein so gut wie unbekannter Faktor waren ...«

»Schon gut, schon gut«, unterbrach ihn O'Mara und hob beschwichtigend die Hände. »Sie sind wirklich ein Genie, Doktor, jedenfalls so etwas Ähnliches. Aber wie geht es jetzt weiter?«

Conway rieb sich das Kinn, dann sagte er nachdenklich: »Wir dürfen nicht vergessen, daß sich der Patient auf einem Ambulanzschiff befand, also mußte schon etwas mit ihm nicht in Ordnung gewesen sein, bevor wir ihn gefunden haben. Er war zu schwach, um allein aus seiner Larve herauszuschlüpfen und brauchte Hilfe. Vielleicht war diese körperliche Schwäche sein einziges Problem. Aber wenn es etwas anderes war, wird Thornnastor mit seinen Leuten ihn bestimmt kurieren können, zumal wir jetzt mit dem Patienten reden und mit seiner Zusammenarbeit rechnen können.

Es sei denn«, ergänzte er, wobei er sich plötzlich besorgt anhörte, »unsere vorhergehenden Versuche, beruhigend auf ihn einzuwirken, haben bei ihm einen geistigen Schaden hinterlassen.« Er schaltete den Translator ein, kaute einen Augenblick nervös auf den Lippen herum, und sagte dann zu dem Patienten: »Wie fühlen Sie sich?«

Die Antwort fiel kurz und bündig aus — aber sie enthielt all das, was das Herz eines besorgten Arztes höher schlagen läßt.

»Ich hab Hunger«, sagte der Patient.